《教父版圖》系列一之1

上海教父

上

《上海教父》〈上〉目錄

~上海教父~

前　言

民國初建至三十年代，中國軍閥混戰，豪強紛起，英、法、美、日等列強加緊並擴大了對中國的經濟、文化侵略。

就在這時局動盪之際，中國第一大城市——上海，崛起了一批遊刃於黑白兩道的梟雄人物，如黃金榮、杜月笙、張嘯林、鄭子良之流，他們憑藉各種手段拉幫結派，搶奪地盤，擴張勢力，操縱黃、賭、毒，稱霸上海灘。他們依仗帝國主義及其他黑道勢力，既當政府官員，又做幫會大哥；既為流氓把頭，又是商界大亨。這股強大的青洪幫人馬，在各個山頭幫派之間既互相勾結又互相爭奪；大把頭操縱手下的徒子徒孫，形成一個龐大的勢力網，滲透到社會的各個階層，對當時的社會產生了相當深遠的影響。

本書以長篇小說的形式，再現當年政治的腐敗、時局的混亂、幫會的猖獗；尤其翔實地描述當年上海灘種種光怪陸離的奇特社會現象，描述青洪幫的崛起與發展，江湖道上，如何詭譎變化；描述白道黑道如何沆瀣一氣、為害社會，三教九流人物為了各自的私利運用各種手段將上海灘搞得烏煙瘴氣；此外，還記述了多起震驚當年上海灘以至整個中國的歷史事件之來龍去脈。

杜月笙，中國現代史上最著名的青幫頭目、大毒梟、商界大亨，上海灘的黑道教父，是這部長篇小說的主角。他原來只是一個苦難孤兒，亡命闖蕩上海灘，以出眾的智算機謀與吃人不吐骨頭的手段，打倒一個又一個對手，吞掉一個又一個地盤，一步步走向黑道的頂峰……。

〈引子〉魚龍混雜上海灘

民國以前，上海是一座方圓十里的小城，「十里洋場」便是由此得名。打開今天的上海地圖，我們可以找到一條迴旋馬路那便是當年縣城的城牆所在。在這條迴旋馬路上至今仍保留著老北門、小北門、大東門、小東門、大南門、小南門、老西門、小西門等歷史地名。不過近現代上海灘的繁榮、精彩、陰險詭詐、驚心動魄又波瀾壯闊，不是在老城，而是在老城北面、西面、東面的租界裡。

租界，是中國近代史上帝國主義列強利用不平等條約勒索的租借地或割讓地，是舊中國悲慘歷史的一部份。一八四五年十一月二十九日，上海道台公佈了《上海土地章程》，劃地八三〇英畝（約合三三六公頃）租借給英國僑民，這就是中國的第一個租界。開了這個頭，其他列強便有像學樣了。一八四八年，美國聖公會主教也向上海道台討了一塊地皮，將蘇州河北岸的虹口地帶劃為美國租界。第二年，法國領事將今人民路至延安東路一帶劃歸法租界。隨後，洋鬼子們欺負清廷腐敗無能，依仗手中的領事裁判權，不斷擴大租界。一八六三年九月，美英租界合併，稱為「英美公共租界」。到一八九九年，公共租界的總面積已擴大到三四三三英畝。而法租界也從原來的兩英畝擴大到後來的兩萬多英畝（合八〇九三公頃）。到一九一五年為止，上海城除老縣城及其以南的南市地區和肇嘉濱路以南地區外，其它的地方幾乎全成了外國人的租界。洋鬼子們在租界內設立警察、法院、市政管理和稅收機關，進而控制了中國的海關、郵政、警政、司法等大權；同時，開洋行、蓋洋房、建築棧房、碼頭、工廠，走私販毒，偷運軍火，無所不為，使租界簡直就成了國中之國，成為列強勢力侵略中國的最重要據點。在全國各地的租界裡，上海租界被公認是最典型的代表，「發育」得最完全。

較鮮為人知的是，列強們還佔有水上租界，而且那比陸地租界還要來得早。一八四三年，英國領事巴富爾擅自在黃浦江上劃出一段水上租界，說是「洋船停泊界」，其範圍，南起洋涇濱（今延安東路外灘），北至蘇州河口。以後更得寸進尺，用建碼頭的辦法，不斷擴展洋船停泊範圍，到一九三〇年，從龍華到吳淞整段黃浦江上的黃金水域都被劃為洋船停泊界，比原來擴展了四十多倍。洋人們在黃浦江上走私鴉片，轉賣軍火，拐賣人口，無所不為。這些外國人給近代中國帶來了西方的文明，同時卻也使得租界這個華洋雜處的地方成為罪惡的淵藪。在英文《韋氏大辭典》中，「上海」條目後的釋義之一竟是「麻醉、綁架」！在當代出版的《遠東英漢大辭典》中，仍然收有這樣的釋義：「灌以麻醉劑而綁架至船上服勞役；誘拐。以武力或卑劣手段強迫他人做事。」這個釋義的依據便是來自當年上海的租界，因為那裡的一大罪惡是人口拐賣。當年美租界的百老匯路（今大名路）有不少販賣華工的黑窟。一伙外國流氓在這條路上開設酒吧、咖啡館，他們在烈酒和咖啡中加入蒙汗藥，把被麻倒的中國人裝上停泊在黃浦江畔的輪船，賣到美洲各地去當苦力。同時，他們又用騙的辦法把人誘拐上船；更甚者就是乘夜深人靜時當街綁架路人。這種罪惡行徑竟延續了半個世紀之久。當年另有一本研究外國人在上海的生活的書，其中的一段描述也可作為佐證：「上海在前一世紀的四十年代末和五十年代初期，已經變成一個無法無天的外國人的銷金窩。他們的心態是在上海內，只要有利可圖，一切都不須顧忌，走私犯禁，行凶殺人，也是在所不惜的。」到了近代，賣豬仔的事是沒有了，但麻醉、綁架、誘拐等「走私犯禁、行凶殺人」的事並沒有停止，而且，租界更成了中國的官僚買辦、政客流氓、不法商人的庇護所，黃娼賭煙毒黑的集中地。

本書所講的故事，主要就發生在租界裡，發生在租界東面那條寬闊的黃浦江上。如果沒有帝國主義勢力在租界的確立、擴張和統治，如果現代中國不是軍閥混戰、時勢紛亂、社會動盪、法制鬆弛甚至黑白兩道同一個鼻孔出氣，上海灘就不可能崛起一批遊刃於黑白兩道的梟雄人物，如黃金榮、杜月笙、張嘯林、鄭子良之流，也造就不出如王亞樵這樣的一代梟雄，幫會勢力就不可能在上海灘肆意橫行，稱雄一時；也不會有虞洽卿、朱如山、黃楚九這樣的商界大亨。

也就是說，不會有本書所講的很多故事。

第一章　黃浦江畔夜劫土

上海外灘以南的十六鋪，東臨黃浦江，西望舊城垣，早在清代嘉慶年間，就已是水陸航運的集散地。一八六二年，美國商人在這片上海縣城東南郭的繁華之地建造了一個碼頭，叫做「金利源碼頭」。十一年後，清政府成立招商局，把這個碼頭接收過來，改名南棧碼頭，也就是今天十六鋪碼頭的前身。等到民國開始，這裡更發展為店鋪相連的熱鬧所在。只見街道縱橫，商賈輻輳，煙館、賭檔、妓寨、茶樓林立，人煙稠密，三教九流，混雜其中，繁榮昌盛與烏煙瘴氣並存。

當時利源碼頭南面有一間小小的煤炭貨棧，年久失修，搖搖欲墜，久已被棄置不用。民國初年的一個深秋之夜，刮起了北風，空中濃雲翻滾，星月無光，寬闊的黃浦江在夜幕下靜靜流淌，天地間是烏濛濛的一片。市區已慢慢沉寂下來，沿江一帶更是萬籟俱寂。從遠處走過來兩個巡更的巡捕。兩人好像喝醉了酒，一晃一蕩的沿著江岸向北逛去；他們的身影剛剛消失，從舊東城牆的一間小屋裡突然閃出了十多條漢子，如同幽靈一般，向江邊疾快挺進，一眨眼便閃進了煤炭貨棧。就在這時，一艘法國輪船正從長江駛入了吳淞口，沿黃浦江南下，望金利源碼頭而來。

大約半個小時，輪船開到了碼頭對出的江面。江灘水淺，輪船不能靠岸。船頭大燈射出了一道光柱，在江面上掃了幾掃，再霎地熄滅。原來已停在江邊的幾隻小筏子立即向輪船打出了手電筒光，同時向江面急速划去。隨後，十多條黑影從貨棧先後躥出，靜悄悄地一個個躍入江中。下游黑濛濛處，正浮蕩著一隻舢舨。

幾隻小筏子靠近輪船的船舷，一只只木箱立即從船上吊下來。筏子上的人把木箱疊好，立即划回江邊。走在最後的那隻筏子剛好划到半路，突然劇烈地搖晃起來，蕩了幾下，便整個翻倒，船上七八個木箱連同兩個船伕全部掉落江中。「救命！有人搶劫！」兩個船伕的頭終於浮出水面，一齊高聲大叫；但前面筏子上的人似乎誰也沒聽見，都只顧拼命地划回江岸。

黃浦江水仍在靜靜地北流。夜色茫茫。

正對十六鋪碼頭的黃浦江東岸也有一個碼頭，叫做東昌路碼頭；附近不遠處，有一間小寺廟，名叫「金絲娘娘廟」。沒多少人知道金絲娘娘是何方神靈，而她的塑像更早已被人扔進了黃浦江。現在神廟成了賊窩，賊頭叫馬德寬，四十歲開外，生得口寬鼻隆，身材五大三粗，一雙炯炯有神的小眼睛，是青幫中的「悟」字輩，手下養有八九個徒弟，專門幹那收贓、窩贓和銷贓的勾當。

當天黎明，馬德寬正呼呼大睡，徒弟爛賭六衝進來，興奮地大叫：「師父！范高頭又來了！」范高頭不是一個人來，帶了十二個徒弟的隨從，貨物是三個麻包袋。

「范高頭早呀！」過了一會，馬德寬從寺廟後間轉出來，對著正坐在麻袋上悠閒地抽旱煙的范高頭拱拱手，「哈哈，一兩個月沒見了吧，有何關照？」

「寬哥你早。打擾清夢，別見怪！」范高頭站起來，拱手還禮。他長得高高瘦瘦，尖口尖鼻，年約三十，腰身板直。江湖上傳言，此人泳技之高，能在水中潛游半個小時不浮頭；又說他的徒弟也同樣厲害，其中有個綽號叫「橡皮老虎」的，有一次跟人打賭，潛泳橫渡黃浦江，那人駕船跟在他的身後，結果是輸掉了十個大洋。

「哪裡哪裡。」馬德寬施施然在八仙桌旁的大背椅坐下，從爛賭六手中接過茶杯，喝了一口，眼看范高頭，「有什麼好貨？」

范高頭得意地一笑，不答，只向身邊幾個徒弟打個眼色。徒弟們立即把麻袋裡的東西拉出來，是三個木箱，再用鐵筆把蓋板撬開，露出箱內用臘紙包得嚴嚴實實的煙土。

范高頭這才向馬德寬做個手勢：「小土，寬哥請看。」〈註一〉

馬德寬一聽「小土」二字，來了精神，放下茶杯走過來，彎身拿起一包，慢慢打開，裡面是一塊黑油油的小「磚糕」，心中道一聲：「上品，確是好貨！」不過嘴裡沒說出來，只是別過頭看一眼范高頭，笑道：「老兄果然身手不凡啊！」

「寬哥過獎。」范高頭一臉得意，「如無異議，那就按原價交易吧！」

「好！」馬德寬在江湖上以做事乾脆聞名，只見他一個轉身回到後間，隨即就拿出一大疊銀票來，遞給范高頭：「三千兩。成交！」

范高頭粗略一點，然後往懷中一揣，再一拱手：「寬哥，那小弟先告辭了。」

「好，多多發財。」馬德寬一伸手打個「請」的手勢，送范高頭到廟門口，突然低聲問：「一下子三箱，你老兄出手這麼重，不怕黃金榮生氣？」

范高頭的一臉得意隨即煙消雲散，舌頭變得有點打結：「寬，寬哥，這事你知我知，天知地知……。」

「我不會說，這個你放心。但難保別人不說。」馬德寬聲調不高，但很沉穩。

范高頭囁嚅起來：「這，這也沒辦法。」一轉話題，像是來了氣，「我和十多個兄弟昨夜天寒地凍的潛在黃浦江底翻筏子，撈木箱，這是用命來搏的！一袋子銀洋踩在自己的腳下，難道不撈上來！他黃金榮倒好，躲在被窩裡玩女人，他賺得可容易了，還要見怪！」

「這是你們的事。我是見合適的貨便收，不管來路。」馬德寬見他憤憤不平，淡然道，「剛才說的，不過閒話。」

「寬哥你說的也是。」范高頭不得不表示點謝意兼歉意。

坐上自己的舢舨回到浦西，范高頭上了岸，與眾徒弟在聚寶茶樓的雅室裡來個「皮包水」，同時分了銀票，一飲將近中午，才回東新橋街的家。想起馬德寬的話，心中仍憤憤不平，同時又是七上八下。叫女傭拿酒來，悶悶的喝了半杯，正想著該怎樣向黃金榮交代，該不該向這個巡捕房探長多孝敬二百大洋，突然女傭走進來：「少爺，有人找。」抬頭一看，心中當即打個突：來者不是別人，正是黃金榮的親信師爺程聞，四十來歲的漢子，對著自己躬身：「范先生，黃老闆請……。」

金利源碼頭的北面，黃浦江畔有一座著名的茶館，叫「望江樓」。樓高三層，內設白木茶座三十二副。當年的上海茶館，具有十分廣泛的功能：這裡是商人的聚集之地，交際應酬、交易往來的場所；也是經紀掮客之地，生意做成，可從中提百分之十的佣金；又是三教九流人物的相聚之處，他們在這裡講斤頭、論手段。此外還有一奇，那就是在日上三竿之時，茶館樓柱上醒目處便會掛上一塊木牌，上書「奉憲嚴禁講茶」六字。什麼叫「講茶」呢？那就是發生糾紛的雙方，借茶館之地請一個「大好佬」來拉和，如果爭鬥得以平息，那就把紅、綠兩茶混在碗內一飲而盡，表示「和」了；如果三句不合，爭得火紅火綠，就可能大打出手，茶樓成了戰場。「嚴禁講茶」，那就是「不得在此講斤頭打架」。

望江樓在當年的上海灘名聲顯赫，主要的不是由於它具有以上所說的功能，而是因為它竟成了租界華籍巡捕「包打聽」及其助手「三光碼子」相聚議案、探案、辦案之地。〈註二〉

當時社會上流行一個很古怪的詞，叫「望江樓出身的人」，便是指的這類巡捕及其助手。

話說黃浦江上翻了小筏子的第二天上午，「奉憲嚴禁講茶」的牌子掛出來不久，也大約就是范高頭跟徒弟們在聚寶茶樓的雅室裡分銀票的時候，一個身穿黑香雲衫褲，腳穿布鞋白襪的中年胖子施施然步上望江樓來，此人便是法租界巡捕房華籍探長——黃金榮，當年上海灘法租界聲名顯赫的第一把頭。只見他頭頂半禿，眼蓋微腫，鼻頭寬隆，口大唇厚，兩頰橫肉，間有三五麻點；神色傲慢，目中無人。身後跟四個隨從保鏢。正在茶館裡談天說地的各式人物一見他上來，不覺便紛紛站起，這個打躬叫「黃探長您早」，那個作揖稱「黃老闆您好」。

長得高高瘦瘦的望江樓老闆曹春明當即哈著腰迎上前：「黃探長您早，請這邊雅座。徐福生在恭候您老了。」邊說邊恭恭敬敬地做個「請」的手勢。

黃金榮斜眼一掃，兩頰橫肉抖了抖，似笑非笑，輕輕抬了抬右手，算是向眾人和曹春明還了禮，再雙手一背，踱著方步，走向雅室。

雅室內一個三十來歲的青年人正在伏案大吃豬油三色大麻餅、肥兒八珍糕，一見黃金榮進來，連忙站起身：「黃探長您早。」

黃金榮坐下，伙計跟在他屁股後面進來開了茶，再躬躬身退出。黃金榮慢慢拿起茶杯呷了一口，看青年人一眼，輕聲問：「小徐，事情辦得怎麼樣啦？」

徐福生身子前俯，一臉苦相：「黃探長，這件事棘手哪。我已經發散了所有相識的兄弟去找，就是找不到。那個圓頭福不知躲哪裡去了。」隨後把叫了多少兄弟，到了什麼地方，問了多少人，喋喋不休的說了一通。

黃金榮聽得不耐煩：「小徐，你說那麼多有什麼用？都十多天了，這件事總監催得緊。辦不成，法租界巡捕房的面子哪裡擱？費沃利的面子哪裡擱？我黃金榮的面子哪裡擱？你都跟了我這麼長日子了，連這麼件事都辦不好！」邊說邊把茶杯往桌面上重重一放，從口袋裡掏出三個銀元來，往徐天福面前一扔，「別喝茶了，趕快辦事去！叫各位兄弟加把勁！」

「是是是，多謝黃探長！多謝黃探長！」徐福生上半身像彈簧似的一連躬了幾躬，把三塊銀元往褲袋裡一揣，走出雅室的門。

黃金榮斜了一眼他的背影，悠悠閒閒地喝茶。不過這頓茶黃金榮喝得不舒服。他的一碗陽春麵剛下肚，一個頭戴藍色太陽帽、身穿藍色嗶嘰制服，腿上裹著黃布綁腿的巡捕就走進來：「黃探長，費沃利先生有請。」

費沃利是當年上海法租界巡捕房總監，執掌整個法租界的治安大權。黃金榮在同胞面前趾高氣揚，不可一世，對洋主子的召喚則不敢怠慢，趕緊回家換回那套探長裝束：一身洋呢制服，腳穿高統皮靴，頭戴闊沿花邊呢帽，腰間別支勃朗寧手槍。結束停當，急匆匆奔向洋涇濱大自鳴鐘總巡捕房。

費沃利看著啪的一聲向自己敬禮的黃金榮，在上唇兩邊翹起的白鬍子向上抖了抖，藍綠藍綠的眼珠子盯著，過了約半分鐘，才問：「黃探長，那件越獄殺人案有頭緒了麼？」

「正在追查。」黃金榮說得篤定。

「今早英租界那邊又來了人催，你要抓緊！」

「是！」

費沃利藍綠的眼珠子仍然盯著：「還有，今早隆吉記、郭源茂、同昌行等一批商號來訴苦，說他們昨晚在黃浦江上被人劫去了三箱貨。上個月碼頭失竊案還未破，今天又搞出這件案來，你這個探長怎樣當的？」頓了頓，「你手下的巡捕們昨晚究竟跑哪裡去了？」

黃金榮一聽，心中來了氣。他氣的不是這批靠販賣黑貨起家的廣東幫大商號來向費沃利告狀——這類狀已經告過太多次了，他氣的是自己昨晚有意支開巡捕讓范高頭「翻艇」，這范高頭卻壞了自己立下的江湖規矩，一下子竟劫去近一萬大洋的貨，這叫他黃金榮不好向各方面交代。不過這個黃金榮不愧是當年法租界巡捕房首屈一指的華捕，他知道，這個時不時吹鬍子瞪眼睛的法國佬只有依靠自己來維持法租界的治安，他找不出第二個人來替代自己，實在是不難糊弄這洋鬼子的。心中不覺便輕輕罵了一句：「你這個法國佬，每月收土行上萬銀洋的孝敬，怎能不讓各方面的人都沾上一口！」不過嘴上說的卻是：「總監先生，這類的事件時不時發生，我們更不知道那些水老蟲在什麼時候作怪，巡捕房的人總不能天天值夜更吧？」語氣一轉，免得跟這紅毛綠眼番夷頂撞起來，啪的一聲再向費沃利敬個禮，「我黃金榮一定克盡職守，把劫匪捉拿歸案！」

「你說了做得到才好！」費沃利別無良策，擺了擺手，「告訴那些商號，少說兩句，免得那些記者在報紙上胡說八道。」

「是。」黃金榮離開總巡捕房。那裡本來有他一間專用的辦公室，但他很少在那裡辦公。他的工作方法一般是上午「皮包水」（上茶樓），下午「水包皮」（到浴室浸泡），表面看來悠哉遊哉，其實自有一大批「三光碼子」來隨時向他報告各種消息，他就在「包水水包」中發號施令，根據自己的喜惡與不同案情、事件的實際情況，或抓人放人，或調解流氓癟三團伙的各類糾紛，又或佈置向商號富翁敲榨勒索，貪贓枉法。費沃利對他的這種工作方法睜隻眼閉隻眼，通常不予干涉，只要他能夠維持住法租界治安的表面平靜，不要讓人上告巴黎說自己無能就可以，各路黑錢自會「袋袋平安」。不過今天黃金榮不能像往常那樣悠哉遊哉了。越獄殺人案關係到他在巡捕房的聲譽和在法國領事、總監面前的地位，水老蟲范高頭的劫土事件他也不能就此了了。

回到八仙橋同孚里黃公館，黃金榮把程聞叫來：「要范高頭到這裡來一趟。」

范高頭已經有很長時間沒來黃公館，他向這位專職維持租界的公正、正義、公道、治安的探長表達他的孝敬，是在茶樓或浴池的雅室裡，但現在程聞來請，他就不得不來。一路上，這個上海灘上著名的水老蟲已打定主意：「你黃金榮發財也發得太容易了！要錢也要得太狠了！我這回就孝敬你二百大洋，大不了不在法租界撈，不在你黃金榮的地頭撈，轉到英租界去投靠探目沈杏山！」隨著程聞走進同孚里總門，范高頭的決心幾乎發生了動搖。他看到這弄堂口裡，過街樓下，靠邊放著一條紅漆長板凳，上坐十名八名彪形大漢，一色黑香雲紗褂褲，微微的掀起袖口，露出裡面的白衫口來。對襟鈕扣，板帶寬厚，個個虎背熊腰，活像武台上的武生。盯著自己，目露凶光。程聞哈著腰向他們點頭招呼，這幫人卻是皮笑肉不笑，其中幾個把手揮了兩下，意思就是：「好啦好啦，進去吧。」

范高頭走了過去，低聲問程聞：「這些人是誰？」

程聞說得輕鬆：「黃老闆的保鏢，在那裡隨時聽候差遣的。」

穿出過街樓，頭頂上才又露出天光。再走十來步，進入黃公館的大門，只見門廊下、天井裡，來來往往的到處是人。細看一下，多是穿長袍馬褂的官商人士，但也有三幾個捲起袖口的幫會中人。范高頭心中不得不感嘆一聲：「不愧是法租界霸主，左右逢源！」進入大客廳，抬頭一望，頓覺百彩紛陳。最令人矚目的，是正牆當中一巨幅「關雲長夜讀《春秋》」的彩畫，如真人般大小，描繪得栩栩如生，兩旁懸一副泥金繡字長聯，寫的是：

赤面秉赤心，騎赤兔追風，馳驅時無忘赤帝；
青燈照青史，仗青龍偃月，隱微處不愧青天。

再看靠牆放一張紅木炕几，墊著大紅呢氈。中間一張大八仙桌與兩旁的靠背椅，均蓋以魚蟲花卉的湘繡圍披。波斯地毯，上置紫紅絲絨沙發。四面牆上，掛滿了名家字畫、楹聯立軸。洋文的獎狀，高懸在清代著名書法家何紹基的屏條之上，而王石谷的大幅山水，竟跟西洋裸女橫陳圖，遙遙相對。整個客廳的佈置，既可稱中西合璧，更可謂不倫不類。

范高頭正看得意亂情迷，一個使媽走過來，對程聞和范高頭躬躬身：「老爺請客人到書房。」

書房很大，靠牆處放了兩個書架，擺了不少書，不過黃金榮一本也不讀，因為他認不了多少字。這個所謂書房，主要是作為議事的密室。他現在躺在煙床上「吹橫簫，吃黑飯」(吸鴉片煙)，看見范高頭進來，只是輕輕做了個「坐吧」的手勢。

程聞給范高頭上了茶，便站在一旁侍立。

過足了癮，黃金榮把煙槍遞給程聞，眼睛卻盯著范高頭，終於開了口：「范高頭，昨晚發財啦？」

范高頭身子向前俯了俯：「托黃探長的福，承蒙黃探長的關照，昨夜撈了一箱小土。」

「一箱？」黃金榮心中打個突，臉上的橫肉抖了抖，不由自主似的便坐起來，眼睛是死盯著范高頭，「觸那娘，就一箱？」

「就一箱。」范高頭保持鎮定，他知道黃金榮的「觸那娘」只是口頭禪，並沒有實質意義；隨手就從懷中掏出一個小紙包來，雙手遞給黃金榮，「這是二百元銀票，兄弟們孝敬黃探長的，黃探長請笑納。」

黃金榮接過，往茶几上一放，也不打開——范高頭在這個地方絕不敢少給自己一毛錢。隨手拿起几上的一碗參茶，慢慢喝一口，放下，臉上是皮笑肉不笑，一開口，禁不住還是先放出他的口頭禪來，不過這回口氣重了些：「觸那娘！范高頭，我聽說是三箱！」

「沒的事。黃探長，就一箱。」范高頭現在更改口不得，也不愧在上海灘上闖蕩了十來年，眼神甚是鎮定，「如果隆吉記說丟了三箱，那其餘兩箱就一定是他們在陸路上被人『套箱』了！」〈註三〉

他料定黃金榮不能公開反駁他的話，因為搶土事件不時發生。搶土可獲重利，重利之下，必有亡命之徒。這是當年上海灘黑道生財的主要方法之一。

土商們對於這些搶土的亡命之徒無計可施，經過一番商議，只能求助於公開維持法租界治安的巡捕，辦法就是各自拿出一筆錢來，暗裡孝敬捕頭黃金榮，求他「親率巡捕捉拿劫匪歸案」。

黃金榮收了大筆銀洋，心中大笑。他跟不少搶土的流氓團伙本質上是一路貨，只不過他明裡披著件巡捕探長服，是法租界維持治安的華捕首領，暗裡則在收受各路的黑錢，哪會盡心去捉劫匪？真的把他們捉了，豈不等於斷了自己的財路？況且拿朋友見官，豈不壞了自己在江湖上的名聲？但受人錢財，多少也得替人消災。怎麼辦？

以後黃金榮就實施明暗兩種手段：對那些跟自己並無關係，搶土後又不懂得「落門落檻」的團伙，派出三光碼子，偵查緝捕，務求捉拿歸案，嚴加法辦。這樣竟被他破了好幾件「搶土案」，在洋大人面前贏得了信任和好評，流氓團伙也知道了得多少孝敬孝敬這個「犯罪剋星」才好找生活，不明真相的人還以為他真的在盡心盡職地維持治安。對那些搶土後就來孝敬自己的團伙，黃金榮就不但不去捉，有時還有意支開巡捕，網開一面。他看著土商們跟搶土團伙血腥爭鬥，自己只管上午皮包水下午水包皮，坐收漁翁之利。

這樣的局面維持了一段時間，哪知最近搶土之風越刮越猛，流血事件也越加慘烈，巡捕房不能置之不理，黃金榮只得加以干涉了。他自己不出面，卻命令門徒阿發把相關的流氓頭如范高頭、李德榮等召到聚寶茶樓雅室，先宣講一番「有飯大家吃」的江湖道義，然後把話說得拐彎兒：以後搶土，「應有節制」，最多不得超過兩箱。這等於是公開默認了這些流氓團伙的搶土行動。

土商們是靠販賣鴉片發家的，多少都經過風浪，不是省油的燈。他們見黃金榮雖曾捉了幾次劫匪，卻並未能真正壓抑搶土之風，心中大為不滿，又經一番商議，轉而去求總巡捕房裡的法人巡捕。

洋捕們見有人送錢來，照收不誤，其實他們對上海灘的幫會流氓活動情況知之不多，更不願意跟這類亡命之徒動真傢伙。這些土商們眼睜睜看著自己的銀票又如肉包子打了狗；幸好後來通過這些洋捕，搭上了巡捕房總巡沙利和總監費沃利，了解清楚這些鬼佬全是「萬里東來只為財」，全是見錢眼開的傢伙，於是一咬牙又獻上大筆「孝敬」，希望通過法國人頭目來壓黃金榮「撲滅罪案」。這兩個紅毛綠眼的番鬼佬收了土商的銀兩，既是受人錢財，替人消災，同時也是為了自己的聲譽和法租界的治安，便一而再、再而三地訓令黃金榮「嚴加緝捕」。黃金榮最近正為這件事心煩，豈料這范高頭又搞出這一劫三箱的事，況且這小子現在咬死只是一箱，孝敬他的也只是一箱的銀子：二百銀元。這叫他心裡怎會痛快！

黃金榮看著范高頭，在心裡狠狠地又罵了一聲：「觸那娘！」但他也確實反駁不得范高頭的抗辯，誰知道是哪個小流氓團伙動了手，況且還有洪門裡的各路人馬，他們搶了兩箱煙土，並非不可能的事。

「好吧，」黃金榮終於擺擺手，「這件事我會查。」

范高頭在心裡道一聲：「你查好了！我大不了走人。」起身告辭。

第二章　設計奪東昌碼頭

水老蟲范高頭離開了黃公館，黃金榮隨後就命程聞去天后宮橋找徐福生。哪料程聞在徐家一直等到日落西山，還不見這個鬧天宮回來，只得回黃公館覆命。這時候，徐福生正在人和棧幾乎被人揍了一頓。

徐福生今早拿了黃金榮打賞的三個大洋，走出望江樓去召集他手下的七八個嘍囉，說了一番黃探長急著要找到圓頭福的話，命令嘍囉們加把勁。佈置完畢，自己卻一個轉身，跑到了「人和棧」去賭錢。

當年上海賭風大盛。豪華奢麗的俱樂部與地址固定的中型夜總會，不少都內設賭場；虹口一帶、北海路福康里、廣東路滿庭芳等弄堂內則設有很多賭台。後來租界工部局禁賭，弄堂口便掛出「總會」、「俱樂部」之類的牌子，交付一筆捐稅，便又照賭不誤。此外，在幽僻角落則有臨時擺設的賭棚，又有流動性的賭攤。這些弄堂賭台、賭棚、賭攤的後台全是在當地形成勢力的黑道幫會人物，或是負責維持該地治安的巡捕頭子。

當年設賭是分幫派分地域的。從大的方面來說，幫派主要可以分為上海幫、廣東幫和紹興幫。他們各有自己擅長的賭具和方式：上海幫以搖攤、牌九為主；廣東幫則有番攤、輪盤、大牌九、小牌九、二十一點；紹興幫較專長於「銅寶」。而打麻將，簡直是全國流行，可稱「國賭」。至於吃角子老虎機這類玩意兒，當時還未傳入中國，傳入上海則是在二十年後的三十年代。

分幫派分地域設賭場是當年上海灘一大社會景觀。「人和棧」據說是上海灘最早的大賭窟之一，地址在小東門陸家宅橋口，也就是現在的一枝春街口。老闆便是當年為金利源碼頭一霸的陳世昌。此人又名陳福生，是青幫中的「通」字輩，手下有一幫徒弟，江湖上稱為「三十六股黨」。陳世昌給徒弟們的主要「幫訓」是：人不犯我，我不犯人；人若犯我，我必拼命相犯。這伙亡命徒在江湖上便以打起架來如「拼命三郎」聞名。其中在黑道上曾混出點名氣的有沈嘉福、范恆德等人，而最著名的當然就是後來稱雄整個上海灘黑白兩道的杜月笙。不過徐福生來賭錢時，杜月笙還只不過是十六鋪碼頭一帶的一群小癟三中的頭目，還未真正出頭。

陳世昌在形成自己的勢力之前，是靠在路邊玩「套簽子」騙錢為生的，因此綽號「套簽子福生」。〈註四〉

陳世昌開始時原來拜師的那個歪嘴老六便是幹這種營生的。後來，他把這一帶的流氓癟三白相人收為門徒，逐步形成並擴張自己的勢力，成了小東門一帶的青幫頭子之一、十六鋪碼頭一霸。當有了一定的財勢後，他就開始計劃他的發財之道。此人也可謂有心計，他看到小東門一帶開設了不少魚行，成了魚市集中之地，「一早開市，賣魚販子賣掉鮮魚，自然手中有錢……」如此想來，靈機一動，先向其他幫會人物打了招呼，並向黃金榮這個華捕首領獻上一筆「孝敬」，免得他「秉公辦理」，前來踢盤捉賭，然後，陳世昌就在陸家宅橋口開設賭窟「人和棧」，誘魚販們及其他市民、白相人參賭，抽水騙錢。

徐福生走進人和棧時，已近中午，賭客不算很多，但四張麻將台、兩桌牌九、兩桌紙牌、一桌二十一點，都坐滿了人，在吵吵嚷嚷；還有十來個人圍住牆角的擲骰子桌賭「大小」，一些人在扯開喉嚨喊「大！大！大！」，另一些人則在聲嘶力竭地叫「小！小！小！」。場內一片喧譁。

徐福生視如不見，先去買了籌碼，東張西望一會，便走過去賭轉盤。轉盤是一個用木做成的直徑七八十公分的圓盤，四週擺放著各種小物件：鈕扣、領花、三砲台香煙……。

徐福生先交了兩角錢的籌碼，然後信手一轉盤裡指針；只見指針轉啊轉的，漸漸慢下來，眼看就要停在「三砲台香煙」的格子上，卻差一點兒就停住了，指的卻是「鈕釦」。徐福生大罵一聲：「觸那娘！」一把將那顆鈕扣拿起，向身後側面一拋，轉身去賭「二十一點」。

那顆鈕釦不偏不倚，正好飛到二十一點的賭桌上。那桌賭客剛好賭完一局。其中一名賭客聽得徐天福那一聲罵，再看到一顆鈕釦從天而降，接著是這個氣沖沖的青年人走來，心中道聲「別惹事」，起身「讓賢」。

徐福生老實不客氣，坐下，隨手抄起桌上的那副撲克便切牌。徐福生跟另外三個賭客大賭起來。切牌，洗牌，發牌，你眼望我眼，心理戰；勝者大呼，負者怪叫，時輸時贏，時贏時輸，這徐福生終是贏的次數少，輸的次數多，到最後，十個大洋的籌碼全部輸光，這時已近黃昏。

徐福生雙眼血紅，盯著贏家哈哈大笑著把自己面前的所有籌碼全部掃去，咬牙切齒了約半分鐘，突然右手一拍賭桌，整個人蹦地彈起來。身體向前一俯，左手一伸，幾乎抓住贏家的胸口，右手已五指變拳，同時嘴裡不乾不淨地大罵一聲：「觸那娘！我叫你……」「笑」字還未出口，突覺肩頭被人用力拍了一下，同時一個沉沉的聲音在身後響起：「兄弟，別在這裡白相！」

徐福生別頭一看，是一個神高神大，目光陰陰森森的漢子，不覺氣往上衝，怒目圓睜，一聲大喝：「你是誰！敢來管老子的閒事！」

那漢子並沒有被他嚇住，雙眼盯著徐福生，右手就搭在他的肩頭上：「我係這裡的巡場。來這裡白相，可有規矩。你如果再臭口，就別怪我們不客氣！」話音剛落，已有三幾條漢子走過來，後面跟著十個八個賭客。

徐福生輸了大錢，當時是又惱又悔的火遮眼。現在眾目睽睽，大感受了侮辱。他明知自己雖有「鬧天宮」的綽號，在這裡卻是寡不敵眾，但又死要面子，不肯認錯低頭，更恃著自己的後台老闆是黃金榮，料想對方不敢怎麼樣，於是氣昂昂把右手一揮，打下漢子搭在自己肩頭上的手：「你敢！你敢動我一動，我以後叫你吃勿消！我是黃金榮黃探長的徒弟！」

徐福生以為抬出黃金榮的招牌就可以嚇倒對方。哪料漢子聽了後並不驚惶。他不哼聲，只管定定地盯著徐福生。兩人四目相對，怒視了大約兩分鐘，漢子突然把左手一抬。徐福生還未反應過來，就已被從左右兩邊撲上來的人抓住了雙手，並猛地扭到背後，痛得他慘叫一聲：「唉唷！」

漢子從齒縫裡擠出一句話：「我現在就叫你吃勿消！」右手一揚，就要給痛得正齜牙咧嘴的徐福生一記耳光。

說時遲那時快，突然一條漢子從圍觀的賭客外面猛地擠進來，一舉左手擋在徐福生的頭頂：「嘉福哥，有事好商量！」

沈嘉福是陳世昌的左右手，在這人和棧賭窟可以稱得上是「二老闆」。除了陳世昌，他頤指氣使，沒人敢不聽他的。但他一看眼前這漢子，不得不給面子：「哦，原來是阿發哥。」舉起的手定在那兒，再慢慢放下來。

阿發何許人也？他是黃金榮倚重的一個大流氓頭、金利源碼頭一霸。此人老家在杭州，清末時流浪到上海，綽號杭州阿發。據說，他是黃金榮的前姘頭阿桂姐的堂弟。黃金榮看他為人機警，又夠心狠手辣，大概也看在阿桂姐的面子上，有意扶植他，暗裡幫他糾合了一幫流氓地痞，形成一股惡勢力，打走了原來盤踞此地的另一股流氓惠根和尚，佔有了金利源碼頭的鴉片提貨裝運權〈詳見第二十六、二十七章〉。如果別的流氓團伙膽敢公開來「分肥」，自然就會有法租界探捕前來追緝，維持治安。幫會中人大多知道這箇中的秘密，只是奈何他不得。阿發自己倒也做得「落門落檻」，把所得利潤，跟黃金榮劈把分贓。

人和棧距碼頭不遠，沈嘉福認得這個金利源碼頭的霸主。

「這小子在此鬧事，壞了人和棧的規矩。」沈嘉福雙手交叉胸前，邊說邊斜了一眼還被捉住雙手的徐福生，「發哥有何指教？」

阿發拱拱手：「嘉福哥海量。這位是鬧天宮徐福生，在下的兄弟，是不是先放了他再說？」

「哈哈。」沈嘉福還未回答，身後突然有人發笑，大家回頭一看，只見一個身材高高瘦瘦，五十來歲的中年漢子正走過來，手托煙斗，身穿長袍，兩道劍眉，一雙馬眼，上唇兩撇八字鬚，嘴裡在說：「應該應該，你們放手。」此人便是人和棧老闆陳世昌。數名打手立即放開徐福生。這個鬧天宮抖抖雙手，鬆一下筋骨，滿臉怒氣。

陳世昌向正對自己拱手的阿發也拱拱手，算是還了禮，再笑對徐福生：「原來是鬧天宮，哈哈，久聞大名。你叫福生，我陳某也叫福生，有緣有緣。剛才的事，一場誤會。以後再來發財。」

徐福生發作不得——也不敢再鬧了，氣鼓鼓，轉身走出人和棧。

第二天，黃金榮在望江樓雅室聽到外面有茶客在低聲議論昨天人和棧的事，說徐福生如何如何，陳世昌怎樣怎樣，聽了一會，不得要領，心中打個突：「難道你陳世昌敢欺負我黃金榮的門徒？」要程聞把曹春明叫進來：「我知道你經常在下午去人和棧玩兩手，昨天那裡發生了什麼事？」

曹春明昨天下午正好在人和棧，他是茶樓老闆，本不想管這類江湖上的事，但黃金榮問到，他不得不說：「黃探長，是這樣……」囁囁嚅嚅的把事情經過說了一遍，看黃金榮的臉色，倒沒有什麼變化。

「好，知道了。」黃金榮擺擺手，心裡覺得好受些：是自己的門徒在人家的地頭搞事，並非陳世昌有意坍自己的台子。

回到黃公館，立即命程聞把徐福生叫來。徐福生昨天輸了大錢，又受了氣，就喝了整晚的酒，現在還有點昏昏糊糊的，便被拉到黃公館來。

黃金榮見程聞已把書房門關嚴實了，再看看徐福生的這個衰樣，當即氣不打一處來：「觸那娘！徐福生！昨日找了你一天，原來你跑到人和棧去賭銅鈿！你這個鬧天宮怎麼鬧到人家的碼頭上？有所謂一個地頭一個幫！幸好阿發去得及時，陳世昌還算圓滑，如果沈嘉福給你吃生活，我黃金榮的面子往哪裡擱？幫你出頭還是不幫你出頭？觸那娘！」狠狠一頓臭罵，如狗血淋頭，倒是把徐福生的酒意全罵醒了，只管低著頭，不敢反駁——他不敢惹惱老頭子，擔心被逐出黃門，那就等於失了靠山。

「以後別再去人和棧賭銅鈿了！」黃金榮罵了一頓，畢竟這是個跟了自己多年的愛徒，見他服服貼貼，氣就慢慢降下來。喝了口參茶，話題一轉，「現在你去辦一件事。水老蟲范高頭說自己只是撈了一箱小土，隆吉記等土行則向費沃利告狀說丟了三箱。你找些兄弟去查查清楚，一個禮拜內回來答覆我！」

「是，是。」徐福生怯怯的抬頭看看黃金榮，「但那，那件越獄殺人案呢？」

「我自會另外叫人查，你已經查了十多天了，一點線索都沒有，就別管了！」

「是，黃探長。」徐福生躬躬身退出，心裡七上八下：我找誰去查？問他范高頭他當然不會承認是三箱，他多認一箱就得多孝敬你，我做了我都不會承認！那我還能找誰？找范高頭的徒弟？他們哪會在背後出賣師父！不怕三刀六洞啊？忐忐忑忑的走出黃公館。

傍晚，黃金榮從逍遙池「水包皮」回來，過足了煙癮，讓程聞把馬祥生叫來。

馬祥生是黃公館裡的一個小廚師，二十五六歲，其外貌就像著名相書《麻衣相》裡所說的「木形人」：「昂藏而瘦，挺而直長，露節，頭隆而額。」特點便是骨節突出，面部上闊下窄，看上去似乎有點眉目清秀，實際上是個動輒揮拳頭拔刀子的狠角色。

「小馬，你知不知道，一個多月前，英租界發生了一件越獄案，後來還殺了人？」黃金榮問。

「聽人說過，實情怎樣不知道。」馬祥生回答得老實。

「那好。」黃金榮看一眼程聞，「阿聞，你跟他詳細說說。」

「是，黃老闆。」程聞躬躬身，再望向馬祥生，「是這樣的。一個多月前，關在英租界西牢裡的一個案犯，叫廣東桂林的，跟一個叫福生的案犯一同越獄，逃了出來。聽一些兄弟說，這個福生綽號叫圓頭福，原來是嚴九齡賭場中的一個小開，因為跟印捕紅頭阿三打架被關進了西牢的。兩人逃出來後，可能就分了手。後來英租界有暗探發現有個人穿著得不倫不類的，先到德勝昌買衣服，再去裕興隆買鞋子，又去宏茂昌買布襪。你知道，這幾家都是著名字號，暗探便覺得這人有可疑，於是就跟著他。這人買了東西後，又去五龍池水包皮。暗探趁機去找來另一個暗探認人。兩人來到五龍池門口，那傢伙剛好走出來，另一個暗探曾經在西牢裡呆過的，認得此人正是廣東桂林，便上前拘捕。廣東桂林一看勢頭不對，就突然拔刀，把那暗探捅倒地上，拔腿就跑。至今無影無蹤。」

說到這裡，程聞看一眼好像在閉目養神的黃金榮。

黃金榮擺擺手：「說下去說下去。」

「是，黃老闆。」程聞頓了頓，「現在英租界剛開始設立暗探，哪料到一開始就搞出這件越獄殺人案來，實在令英租界巡捕房很惱火，更影響了他們以後繼續雇傭暗探，所以他們一定要捉拿廣東桂林歸案。但查了將近半個月，還是找不到這個廣東桂林，於是他們料定這傢伙一定是已經跑到法租界來了。你知道的，根據約定，英租界的案犯跑到法租界來，英租界的巡捕不能越界追捕；反過來也一樣。因此英租界巡捕房派人來，要求法租界協助捉拿廣東桂林。總監費沃利就把這件事交黃探長，黃探長要徐福生發散眾兄弟去找，但至今仍未找到，連圓頭福也沒見著。」

馬祥生看看黃金榮：「那黃老闆是要我……？」

「小馬，我知道你在小東門、南市一帶有不少小兄弟，」黃金榮靠在太師椅上，半眯著那雙浮腫眼，說得慢條斯理，「你去找他們，快點幫我查查清楚。查清楚了再回來見我。」對程聞擺擺手，「帶他去帳房領十個大洋。」

馬祥生一聽，連忙站起身躬了幾躬：「多謝黃老闆！多謝黃老闆！」心想這黃金榮今天怎麼啦？平時小氣得要死，現在卻如此大方。十個大洋，一個多月的工錢呢！不過當程聞把這十個大洋交到他手裡時，他就知道其中的份量了。

「祥生，這事關涉到黃老闆在法租界的聲譽，你要盡快辦好。」程聞語調低沉，「我知道小東門一帶有個小白相叫杜月笙，有點名氣，不少人傳他做事落門落檻，講信用，重義氣，豪爽慷慨，又有計謀，綽號叫『軍師爺』、『諸葛亮』，是你的同參兄弟。你回去找他商量商量，別以為這十個大洋可以獨吞。」有意頓了頓，「這件事如果辦得好，黃老闆以後還會給你好處；辦不好，說不定你就得回民國里的小屋裡孵豆芽了。」

吃過晚飯，歇了一會，馬祥生便離開黃公館，直接回民國里，找杜月笙商量。

黃公館在八仙橋，離民國里不遠，馬祥生沿著公館馬路向東走，這裡自十九世紀中期後就已成為法租界裡最熱鬧的馬路，商業繁盛，店鋪相連，每當夜色降臨，便會燈火如遊龍，弦管齊奏，笙歌遍地，一派燈紅酒綠的景象。現在馬祥生是邊踱步前行邊欣賞街景，只見夜幕籠罩之下，路旁的茶館、煙間、妓院、書場正在紛紛接客，人群熙來攘往。遠遠望去，可見弄堂口、屋簷下，掛著些或稜形或圓形的紅燈籠，裝著些玻璃罩燈，暗暗的五光十色間雜在店鋪、茶館的燈光中；走近去，可見燈籠上、燈罩上寫著「荷香館」、「燕翠堂」、「香閨」、「留芳」之類的字，有濃妝豔抹的女子站在燈光下候客，時不時又有三幾「流鶯」在附近留連；同時又有別一類的馬路天使，三三兩兩的站在陰暗角落裡，雙手放在小腹前慢慢地絞著小手絹兒，東張西望，向路人亂拋媚眼，一看哪個「瘟生」有意，便忸怩作態，撇著嘴兒迎上前來。這是當年十里洋場中到處可見的夜景。

要是在平時，馬祥生難免不心如鹿撞，喉頭發乾，至少也滿足一下手足之慾。不過他今晚沒有這個心情，對迎上前來向他兜生意的一對流鶯，劈臉就喝罵一聲：「走開！不走叫你吃生活！」嚇得兩個流鶯原本裝出來的媚態就僵在了臉上，成了尷尬的苦笑。轉向南走過永泰路，便來到了舊上海縣城的北城牆處，當時城牆已拆掉，正在填城溝準備建馬路，走過一段盡是爛磚爛瓦的爛路，來到民國里口，馬祥生又瞪了那個正站在巷口向自己大送秋波的野雞一眼，叫她止了腳步，然後便拐進去。在弄堂裡轉了兩轉，來到一間小瓦房前，這是杜月笙經常在裡面「孵豆芽」的地方。

馬祥生已有好幾個月沒來找過杜月笙了，他先不敲門，而是把臉貼到門上，透過那條大門縫往裡瞧，看看這個同門兄弟還住不住這裡，有沒有發生什麼意外——像杜月笙這類白相人，時常居無定所，說不定一下子就會飄忽無蹤，又或死掉了也不是什麼令人感到稀奇的事。

屋裡沒有太大的變化，大約是十坪的小房子，牆角放著一張大床，不過床邊多了個高衣櫃。正面牆上掛了一個鐘。屋樑正中還是直垂下來以前的那個小燈泡，燈泡下面是一張方形木桌，木桌左右兩邊是兩個青年人，都是二十四五的年紀。在昏黃的燈光下，可見其中一個身材比較壯實，穿了一套店員的服裝，平平常常的一張臉，五官沒有什麼突出之處，正坐在一張木凳上，把一隻腳彎著豎起來，踩在凳上。馬祥生認得，這是同參兄弟袁珊寶，他的正當職業是小東門恆大水果行的學徒。兩年前，杜、馬、袁三人一道拜陳世昌為師，加入了青幫。另一個穿著舊得泛白的黑香雲衫褂褲，袖口微翻起，對襟鈕扣；身材削瘦，兩肩微聳，平頂頭，面容清瞿，兩道新月眉下是一雙帶有點陰森氣的眼睛。眼睛下是兩個高顴骨，眉心下是一道窄而高的鼻樑，鼻頭尖，頦尖，嘴闊而唇薄；而最為突出的，是太陽穴後面的那對大而厚的招風耳。此人便是後來名震上海灘黑白兩道的杜月笙，他發跡後，洋人叫他「大耳朵杜」。

不過這時候他整個人正蹲在一張木條凳上，俯著上身跟袁珊寶籌劃怎樣去搶奪東昌路碼頭。這件事他們已籌劃了一段時間，今晚又已討論了半天，但就是不敢貿然決定下手。

「月笙哥，來了一個發財機會！」袁珊寶今晚一吃完飯就過來找杜月笙，「我聽說江浙那邊過幾天有好幾船水果運來，就在東昌碼頭上貨，那保護費是一大筆銅鈿呢！月笙哥，這比我們平時搗亂商號弄銅鈿好多啦！我們還是趕快集合起一幫兄弟動手吧！」

杜月笙今晚只吃了一個大餅，喝了兩碗白開水。他原有的一個大洋本來可以用來大魚大肉的吃一頓，但他卻將它分成兩半，一半給了小兄弟馬世奇去買香燭給其先母辦喪事，一半拿去賭檔挖花，輸個精光。現在躺在床上，肚子裡還在咕咕叫，抬頭看一眼這個興沖沖的珊寶哥，沒哼聲。

「我們在小東門這一帶都混了這麼多年了，但總是似乎混不出個頭來。」袁珊寶一屁股坐到凳上，雙手按著小木桌，眼睛看著杜月笙，「有時弄到大把銅鈿，你老兄又拿去賭場孝敬，亂打花會！又拿去給這個，還那個。這樣下去，我們什麼時候才能夠真正出頭，似個大亨的模樣？」

「別急，時運未到嘛。」杜月笙仍躺在床上，「我不這樣做，那些小兄弟會跟我？」

「你現在是多少有了點名氣，人家叫你軍師爺，叫你諸葛亮，但名氣頂個屁用！」袁珊寶拿起杜月笙喝剩放在方桌上的半碗涼水，仰頭便喝了一口，再重重一放，「月笙哥，你要利用這名氣呀！現在有二三十個兄弟捧你做大阿哥，你要帶他們發大財呀！

「珊寶哥，你可知道霸住東昌碼頭的是哪路人馬？」杜月笙岔開話題，從床上慢慢爬起來。

「嘻！不就是獨眼狼和他手下的那幫子人嗎！」袁珊寶一臉不以為然，「聽說他們才十來個人，我們有三十六股黨呢！」

「三十六股黨是老頭子陳世昌的，不是我杜月笙的，至少現在不是。如果現在我要拉一幫兄弟上陣，真正夠膽跟我去的不會超過十人。跟惠根和尚結下的仇我還未報哪！」杜月笙說著下了床，坐到木條凳上，眼睛盯著袁珊寶，又一轉話題，「你知道那個獨眼狼是誰？」

「別人不是說他原來是殺牛公司一帶的白相人嗎？後來在英租界嚴九齡開的賭場裡做過抱台腳，幾個月前佔了東昌碼頭。」

「前兩天我總算查清楚了，這獨眼狼本名叫郎濤，十年前是殺牛公司一帶的霸主姜一鳴的手下，被鄭子良用計搶了地盤，就自己出來。不久前他加入了洪門。這麼說來，他又是鄭子良的同門兄弟了。你知道，今天黃浦江的沿江碼頭不少是洪幫的勢力範圍，鄭子良的『俠誼社』勢力先後佔了公和祥碼頭和關橋碼頭，不久前又佔了新開河碼頭，聲勢不小。如果我們現在公開去搶奪獨眼狼的地盤，萬一鄭子良出面，那後果會是怎樣？」

袁珊寶一聽，即時愣住，作聲不得。

第三章　土地廟機緣巧合

杜月笙夠膽指揮手下的小流氓去搗亂沒有靠山的店鋪，勒索老實的商戶，但若要明火執杖的去搶奪有幫會勢力的碼頭，他就不得不三思而後行；何況他要面對的可能是上海灘洪門頭目之一的鄭子良，一個稱霸法租界殺牛公司一帶的「大哥」。

當年的上海灘已形成了一個廣東幫，其中最有勢力的，便是潮州幫，這幫人主要是靠販賣鴉片起家的。鄭姓在廣東潮州是大族，分佈在各鄉各鎮。據說，鄭子良是潮州梅花鄉中一個敗落大戶中某房遺留下來的一個孤兒，生得虎頭虎腦，鼻大口寬，眼圓眉濃，曾從汕頭名師、易筋神技熊長卿習武，練得腿粗膀圓，虎背熊腰。可惜此人雖讀過幾年私塾，也算有點文化，但自小就放蕩不羈，不務正業，娶了老婆後家境更為困頓，不得已只好隨其堂叔鄭四跑到上海來謀生。當年十里洋場中最為熱鬧的地方、英租界四馬路棋盤街有一家潮州土行「鄭洽記」，鄭四就在那裡當經理，鄭洽跟他是用算盤才能打到一塊的遠親，跟鄭子良就只能是「同姓三分親」而已了。鄭子良來到上海，就在鄭洽記打雜，並充當打手，但他魯莽好鬥的本性不改，三日兩頭闖禍惹事，不斷給鄭洽記添麻煩，結果被他堂叔逐出店門。

鄭子良孤身一人，在上海灘上到處流浪，開始了他的癟三生涯。偷搶騙賭嫖，無所不為；居無定所，隨遇而安。碰上白相人糾紛，夠膽挺身而出進行調解；弄到錢也不獨吞，說是有錢大家花，有飯大家吃。打起架來又敢拼命，衝殺在前，相傳有一次他以一對四，結果把對手打到四散奔逃。如此這般混了一段時間，竟讓他混出了點名氣來，那些流氓地痞敬重他的所謂江湖義氣，見他生得高大，還以為他是山東人，便稱他為「山東大個子」，直到後來才知道他是廣東潮州人。

但這小小名氣並沒能解除鄭子良的困境，那些傳頌他講義氣的地痞都是些錢來錢去的傢伙，沒有固定的職業，更沒有可以用來謀生的技術，沒錢時就像隻死老鼠，悶在家裡孵豆芽；又或在馬路上、弄堂裡流離浪蕩，幹小偷小摸耍無賴的勾當；到真的弄到錢時，就嫖賭飲蕩吹五毒俱全，花光用光賭光，最後就打回瘪三原形。這類經常身無分文的白相人，別說資助鄭子良，還恨不得鄭子良救濟他。於是鄭子良也同樣是經常困頓得身無分文。

這一天，鄭子良流浪到了法租界的呂班路。昨晚沒有吃飽，今早又顆粒未進，肚裡咕咕作響，正想著如何去弄點吃的來祭祭五臟廟，剛好看見路旁有間小餅鋪，簷下掛著個木匾，上書「旺記」二字，看上去還挺新。店裡沒有顧客，坐櫃面的則是一個美貌少婦，大約十八九歲，頭上梳一個橫的S髮型，穿一身長裙圓角短襖，左襟上別一朵小紅花兒；瓜子臉，柳葉眉，一雙杏目，鼻如懸膽，唇若丹朱新塗，面似桃花開放，真箇是容貌姣好，典雅而豔，且又有一種英氣颯颯的韻味。

看得鄭子良一愣：想不到這條遠離鬧市區的小馬路竟有個如此尤物！心中竟就起了邪念。站在路邊東張西望了一會，再轉過身走進店去：「小姐，早哇！」他打定的主意是：賣賣口乖；若逗得這少婦高興，就吃吃豆腐，順便討個餅吃。

「先生您早。」少婦見有客人來光顧，立即笑臉相迎，露出兩行潔白碎玉來。

鄭子良一看，愈加心猿意馬，裝模作樣的瞧瞧這種餅食，看看那種糕點，抬起頭，對著少婦一咧嘴，露出兩行煙屎牙：「唉呀，姑娘你真美喲！」

這少婦被人吃豆腐吃得多了，一看他灰塵蒙面封額，長辮子鬆散，衣裝又髒又舊的衰樣，心中不覺便起了厭惡：「討厭！」不過嘴裡沒說，只是當即收起笑容：「先生，請問想買點什麼呀？」

「唉呀，姑娘，真的，我走南闖北了那麼多地方，還從未見過像姑娘你這樣漂亮的喲！」鄭子良嬉皮笑臉。

「先生，如果你要買什麼糕點，我包給你；」少婦看他這個無賴相，不覺柳眉倒豎，杏眼圓睜，語氣沖起來，「如果不買，就請你出去！」左手一指門口。

「唉呀，姑娘你別發火嘛。」鄭子良眼睛看著少婦，面上仍是一副無賴相，「喲喲，姑娘你發起火來又是一種美樣喲。好好好，我買，我買。」東看西看，終於指了指玻璃櫃內一種滿鋪芝麻的橢圓形餅，「來兩件黃橋燒餅吧。」

少婦瞪他一眼，把餅包上，往櫃面上一放：「多謝一角錢。」

鄭子良哪來錢，他昨晚在貝蒂奧路里弄的賭攤上把僅餘的三角錢都輸光了。只見他在身上的口袋裡東掏西挖，摸了一會，然後對著少婦人裝出一副很誠懇的模樣：「姑娘，錢忘在家裡了。我家就在旁邊的弄堂，一會我就來還你的銅鈿。」話未說完，一伸手便拿了那兩塊燒餅轉身向門外就衝——他看見有兩條漢子正從後間轉出店前來，心想現在若不拿了餅去，今天說不定就要挨餓了！

少婦人措手不及，急得對著正走出店面來的兩個漢子大叫：「二哥！阿富，有人搶餅！」

兩條漢子大罵一聲：「我操！」其中一個隨手抄起靠在牆邊的一根棍，躍起直追，同時嘴裡大叫：「打死你這個小癟三！」

鄭子良猛聽後面響起喊殺聲，別頭一看，後面是兩條大漢挺著木棒追來，心中叫聲：「不好！」大白天惹來巡捕，這可脫不了身。若被捉到巡捕房去，那更不是好耍的。好漢不吃眼前虧。拼盡勁拔足狂奔，腦後的辮子幾乎翹起來，再一轉身拐進一條弄堂。他在上海灘已流浪了大半年的時間，對弄堂的東彎西轉十分熟悉，當兩條漢子呼叫著衝進弄堂時，鄭子良已拐了三兩個彎，無影無蹤了。

當晚，鄭子良來到南陽橋殺牛公司一帶，漫無目地的亂逛了一會，眼看夜色漸深，正不知該到何處棲身，無意中看到一條弄堂內好像有間小廟宇，便走過去。

廟門半掩，推開一看，只見廟堂不大，塵封灰覆，十分殘破。靠牆處有兩三條跛腳木凳，旁邊是一個簸箕一把爛掃帚。堂中央放了一張大供案，供案上有三個香爐，上面只有幾支殘香，可見已有好長時間沒人來拜祭了。供案後是一個神座，神座上是一個半人高的泥塑像，借著濛濛月色，鄭子良認出來了，那是土地公，穿長袍，戴烏帽，一縷長鬚，兩手垂膝，慈眉悅目的坐在那兒。照一般規矩，土地公的旁邊應該還放置一個土地婆，不過這廟沒有，大概是此廟年久失修，沒有多少香火，土地婆塑像不知什麼時候被人不小心打碎了，就幹脆掃出廟去，只剩下個土地公在此孤家寡人。

鄭子良走到香案前，一出手就把那三個香爐搬到地下，鼓著氣吹了吹供案上厚厚的浮塵，再身子往上一橫，躺了上去。只見頂樑上已掉了幾片瓦，露出天光來。望著樑上一個個蛛網橫陳，想起今早被人當街追打，真是丟盡了臉子，不覺長嘆一聲，大大感慨自己「英雄末路」。

鄭子良打算就這樣過一夜，明天再做打算。豈料當他感慨了一會，正要朦朦朧朧地入睡時，突然聽到弄堂傳來了幾個人急驟的腳步聲，似是向這土地廟走來。鄭子良當即驚覺，條件反射般就是一個鯉魚打挺，再跳下供案，把那三個香爐搬回案上，再兩步跳到神座後，一彎腰，整個人就鑽到了神座底。這時候，廟門「茲」的一聲開了，走進五條二三十歲的漢子來，一個個黑衣黑褲，每人手中還有一個黑布卷。

為首的那條漢子邊走進廟裡邊低聲對四個手下道：「我們就在這裡等著，不要聲張，免得引來巡捕。」

一個手下低聲問：「旺哥，姜一鳴會來嗎？」

「會來。阿榮跟他約好了，我要子時三刻在土地公面前送他一百大洋。」說完，嘿嘿冷笑兩聲，「這小子在殺牛公司一帶稱王稱霸多時，自以為沒有對手，根本不把我高丁旺放在眼裡，現在又有一百大洋奉送，嘿嘿，他會不來？」

「阿榮，他當時怎麼說？」另一個人問，他是剛被高丁旺從家裡叫來的。

「他問我為什麼要子時三刻，我就照旺哥的吩咐，說這是經鐵嘴吳瞎子算出來的，只有這樣才大家吉利。」阿榮笑道，「我又說了，為免巡捕注意，雙方只准帶兩個兄弟來做證，他一臉不在乎，都答應了。阿祥，你不用擔心，一會兒是我們人多，他們人少。」

「今晚一定要放倒這個姜一鳴！」高丁旺狠著聲說了一句，想起兩天前在自己新開的賭場裡被姜一鳴逼著交保護費，就怒火中燒。掏出懷錶看了看，對阿榮道：「現在將近十一點半，你出弄堂口看清楚有沒有巡捕，順便等姜一鳴，帶他們進來。」指指另外兩個手下，「把東西都拿出來！打開廟門，你倆藏在門後，阿榮一帶他們進來，就關門。聽我的命令動手。」再看一眼阿祥，「過來。」兩人走向供案。

過了一會，聽到阿榮從弄堂口傳過來的聲音：「唉呀！一鳴哥來了，旺哥在等你啦。請跟我來。」聲音由遠而近，隨後便見他躬著身領了三個人走進廟來。

走在前面的是一個中等身材的壯實漢子，穿著黑香雲衫褂褲，翻起袖口，腳穿藍布鞋，一個幫會頭目的模樣。對著正向自己拱手走過來的高丁旺得意地哈哈一笑：「旺哥果然講信用！好！好！」也拱拱手。

高丁旺比他更得意：「哈哈！一鳴哥你更講信用！怪不得人人叫你阿哥。請吧，時間剛好，先來給土地公上香！」

「好！好！」姜一鳴挺胸凸肚，走前兩步，猛地聽到身後廟門砰的一聲關上，回頭一看，大吃一驚：除了自己的兩個手下也是一臉愕然外，後面緊跟著三個人，兩人手裡各拿著一把斧頭，阿榮手裡的則是一把尺半長的彎刀。

「這是什麼意思？」姜一鳴一轉頭看著高丁旺，臉上的傲然神態已全變成了驚愕與恐懼，不過儘管心裡發毛，但語氣還算鎮定。

這時阿祥手裡已拿著兩把刀，黑布卷掉在地上，並將其中一把交與高丁旺。

「意思就是你中計了，姜一鳴。」高丁旺接過刀，臉部表情是冷冷的得意，「現在是五對三，而且還是刀斧對空手。姜一鳴，你自己想想後果。」

姜一鳴掃一眼兩邊，自知已陷入絕境，一咬牙：「廢話少說！你要怎樣！」

「姜一鳴，你在這一帶也算威風多年了，所謂風水輪流轉，也該由我高丁旺及其他兄弟來做做莊。」高丁旺見他竟不求饒，心中不得不有點佩服，不過佩服歸佩服，豈能容到手的獵物脫逃，「兩天前你到我的場裡耀武揚威，脅逼交錢，用意不外是想吞了我的賭場。現在我就跟你學。這樣吧，把你手下的三間賭場、兩處燕子窠全部歸我……」

「好說！」姜一鳴當即答應，心想出了這廟門就是另一個世界。

「哈哈，一鳴哥果然豪爽！不過且慢！口說無憑，在江湖上這得有個證據。供案上為你準備好筆墨了。」高丁旺豈是他一句「好說」就騙得過的！只見他右手提刀，左手從衣袋裡掏出一張紙和一把短短的匕首來，往供案上一拋，「條款已在這張紙上寫好，簽上你的大名，蓋上指模就是。然後，」手中刀一伸，直指姜一鳴的面門，「你老哥就自斷右手三指，從此離開江湖！」

姜一鳴一聽，驚恐得整個人呆住。他心中恨啊！同時只覺一股怒火直衝腦門，再加恐懼，臉上的肌肉便不由自主的在微微地顫抖，冷汗珠兒霎時從額頭上一顆顆冒出來。他深感在劫難逃，但闖蕩江湖十多年，豈能受此大辱，如此了結！雙眼盯著面前的刀尖，在朦朧月色下，只覺得寒光閃閃；腦中在急劇盤算，約過了十來秒，一咬牙，看一眼高丁旺，似乎下了決心：「好！旺哥如此大量，謝旺哥不殺之恩！小弟一切遵命！」

說完，姜一鳴一個轉身走向供案，似乎根本沒在意高丁旺手中的刀就架在自己的脖子上。只見他提起筆，蘸蘸墨，攤開紙，連看也沒看，就在右下角畫了幾畫；把筆放下，用右手拇指點點墨，似乎就要移到紙面上，說時遲那時快，就在他的手掠過供案上面時，他已順勢向左猛一轉身，左手一揚拍向身後側的刀，右手已執匕首，衝前朝高丁旺直刺，三個動作一氣呵成，同時嘴裡大喝一聲：「殺！」

變化實在太過突然！高丁旺看著姜一鳴簽了名，又用拇指點墨，心中正在得意，哪料這傢伙會驀地捨命反攻，直衝刺來。不過高丁旺也算敏捷，雖是比對方差了半秒，但刀背被姜一鳴一拍之時，他就猛醒過來，把頭向後一側，姜一鳴的匕首就在臉旁擦過。

若論赤手空拳的單打獨鬥，高丁旺不是姜一鳴的對手，但現在情勢不同，他手中握有尺半的彎刀，又有阿祥的相助，只見他隨勢一退馬，手腕一轉，刀鋒削向姜一鳴的手臂。姜一鳴猛地縮手，雙腳一發力，身體後退三尺；這時阿祥已撲上前，舉刀劈來。

姜一鳴能稱雄這殺牛公司一帶，豈是沒有點真功夫的！只見他面對撲上來的阿祥，竟不退反進，後腳一發力，身向前衝，左手一托，正好托住阿祥劈下來的手肘，同時右腳一掃，「啪！」阿祥應聲倒地，姜一鳴左手順勢一拖，奪刀在手。

阿祥朝前撲時，高丁旺在他背後，揮不了刀，眼看阿祥一倒，他的刀鋒就劈向姜一鳴頭顱。姜一鳴身一側，左手舉刀一擋，畢竟從沒有左手用刀的經驗，力道甚差，「鐺！」的一聲，刀已脫手，刀刃就在鼻尖前落下，並幾乎剁到了腳上。

姜一鳴「呀！」的一聲怪叫，轉身就逃，慌不擇路，幾步躍到了神座側邊，腳下被條小木板一絆，身子向前撲，幸好這一撲，高丁旺劈下來的刀尖才沒能破開他的後腦，但也在他的背上刷的一聲割了個十公分開外的大口子。姜一鳴一聲慘叫，整個人趴向地上，但不愧是在江湖上出生入死的，況且發了狂的人往往會有驚人發揮，如此嚴重情形下他竟能來一個燕子翻身，身體一扭，右手順勢就向後面擲出匕首。

高丁旺猛見飛來一道寒光，一側身，匕首刺入左臂。

高丁旺「呀」了一聲，一個人發了狂，也不覺得怎麼痛，右手再度舉刀：「我劈了你！」

姜一鳴已倒在地上，驚恐得雙目呆定，腦中猛然一片空白。

高丁旺並沒有劈下去——他遭到了突襲，一條黑影突然從他身後側躍起，並對著他的脖子狠狠揮拳一劈，高丁旺又「呀」了一聲，尺半彎刀墜地，身體向下便倒……。

隨著姜一鳴喊出的那一聲「殺」，他的兩個手下已轉身跟阿榮等三人打起來，雖是手無寸鐵，但利用對手一怔之時，已急躥牆邊，拿起了條凳抵抗。這場混戰從開打到現在只不過一兩分鐘，姜一鳴的兩名手下已有掛彩，不過沒傷筋骨，倒是穩操勝券的高丁旺先被打倒了。

「全部停手！」廟裡同時響起一聲打雷般的暴喝。所有人都大吃一驚，一齊望過來，只見高丁旺被一個身高體壯的大漢箍住了脖子，動彈不得，左手臂上還插著一把匕首。

姜一鳴雙眼凶光畢露，突然從地上跳起來：他看到了復仇的機會，忘了背上的刀傷，心裡罵一聲：「高丁旺我踢死你！」左腳一步上前，飛起右腳，猛踢高丁旺的陰部。高丁旺身體動彈不得，但他看得見，急得「呀」的一聲正要喊出來，大漢已帶著他猛一側身避過，同時右手一抄，五指如鋼爪般抓住了姜一鳴的右腳踝，同時向上一托，姜一鳴啪的倒地，仰臉朝天，一聲慘叫。

這不過是幾秒鐘的事。

「你是誰？」姜一鳴與阿榮等人幾乎是同聲大叫。

「山東大個子鄭子良！」大漢聲如洪鐘，同時一指姜一鳴：「你見他動彈不得就暗起飛腳，算什麼英雄！」右手一把拔出高丁旺左臂上的匕首，往地上一擲，「你！設局暗算，稱什麼好漢！」掃一眼廟裡其他的人，「江湖道，有錢大家撈！有飯大家吃！你們互相殘殺，算是哪路子的貨！」邊說邊一腳挑起高丁旺掉在地上的刀，右手一抄，穩握掌中，動作漂亮至極。

鄭子良的豪氣威勢一下子把所有人都鎮住了。

高丁旺右手捂住鮮血湧出的左手臂，痛得齜牙咧嘴。

刷的一聲，鄭子良一把從自己身穿的短褂上撕下一塊布來，往高丁旺手裡一塞：「先捂住！」但鮮血仍是浸湧而出。

「你們兩個現在都回去敷藥止血！誰也不得再打！誰再動手我就先殺了誰！」鄭子良圓睜他那雙豹眼，提著刀，「快回去！別丟了命！」

高丁旺及其手下已無力也無心再打了，姜一鳴知道自己傷得不輕，更是恨不得立即離開，咬著牙低喊聲：「快走！」在兩個手下的攙扶下急急若漏網之魚。高丁旺與四名手下也隨後而出，跨步出廟門時，高丁旺突然回過頭，對「護送」出來的鄭子良叫了聲：「多謝鄭大哥！後會有期！」這個後會不過在幾個鐘頭以後。

當一輪旭日剛剛升上黃浦江面，鄭子良伸個懶腰跳下供案正準備走出土地廟時，高丁旺的手下阿榮推門進來：「鄭大哥你早！旺哥有請鄭大哥。」

高丁旺與四名手下半夜回到自己的賭場，用布緊紮了傷口，血是止住了，但痛得他根本睡不著，同時心裡又焦急又懊悔。看看阿榮阿祥幾個，個個在看著自己。

大家沉默了一會兒，阿祥終於開了口：「旺哥，以後怎麼辦?現在跟姜一鳴結了仇，他們有十多二十人，以後肯定會來踢盤，我們是打不過的！」

高丁旺看了阿榮一眼，仍然看回屋頂的橫樑。又過了大約半個鐘頭，高丁旺向大家說道：「這次我傷了筋骨，左臂還不知能不能夠復原。就算以後傷好了，這左臂大概也打不得了。」嘆了口氣，問：「各位覺得鄭子良這山東大個子怎麼樣？」

「夠豪氣！」阿祥叫道，「以前我曾聽人說過，這山東大個子既打得，又講義氣。」

阿榮接口道：「我也聽人這樣說過。」

「那好。」高丁旺又沉默了一會，「剛才鄭子良劈了我，隨後又救了我，也算是我的恩人。我們辛辛苦苦佔了回龍里這塊地方，難道就這樣眼睜睜讓姜一鳴他們搶了?今夜打了這一場，現在就算我們願意歸順姜一鳴，姜一鳴以後也不會放過我們。與其讓姜一鳴他們白佔了我們這塊地盤，我寧願認了鄭子良做大哥，由他去對付，保住這塊地盤，這樣我們還能夠繼續在這裡發財。」看看手下這四個嘍囉，「你們覺得怎麼樣？」

大家你眼望我眼，過了一會，阿榮道：「既然旺哥願意這樣，我也願意。」其他人也贊同。

「那就這樣。」高丁旺看看阿榮，「天亮了你就去土地廟把鄭大哥請來。」

鄭子良萬沒料到自己的一番「見義勇為」竟有了這樣的回報，一夜之間便真真正正的當上了回龍里這伙流氓的大哥。想想以後不必四處浪蕩，又有這麼幾個手下「開拓事業」，又有這麼個賭場收錢，心中不覺興奮莫名，先謙讓了幾句，見大家確實誠心跟他，便對著這幾個流氓一拍胸口：「旺哥你安心養傷，不必記掛賭場的事！我和幾個兄弟自會看著，誰來搗亂，我就打他出去！」

以後幾天，回龍賭場倒是風平浪靜。到了第五天的下午，來了一幫人，約八九個，為首的那個是當夜跟著姜一鳴到了土地廟的，阿榮認得他，綽號叫桃花眼，姓李，是姜一鳴手下的得力幹將，以好嫖聞名。

阿榮一見這幫人進來，就知來者不善，急急跑回後間報告鄭子良。

鄭子良正在算帳，連忙問：「誰？來了多少人？」邊問邊把掛在牆上的氈帽往頭上一蓋，再從抽屜裡拿出個平光眼鏡戴上：「不要聲張。」踱著步出來，掃了場裡一眼，低聲吩咐阿榮幾句，阿榮點點頭走開。這時桃花眼一伙人已圍著場中那張骰寶台，賭「骰寶」。

桃花眼掏出幾個銅角子，往骰寶台上一拍：「大！」再一昂頭，對著搖盅的阿祥一聲暴喝：「快搖盅！開！」其他人有些押大，有些押小，同時一齊大喊大叫。

阿祥認得桃花眼這伙人，心中有點發毛，手便有些抖。這時阿榮已擠到他的身邊，低聲道：「搖，開。」阿祥的心定了些。開出的是十四點，殺小賠大，賭場賠了少少。

桃花眼這伙人除了一些罵娘，一些叫好外，也沒有什麼動作。

接下來幾次，開出的大小都十分清楚，賭場賠少殺多，已有約十個大洋的進帳。桃花眼斜著他那雙桃花眼，盯著阿榮和阿祥，微微冷笑。鄭子良站在他的身後，中間隔著兩個賭徒，既看著他，也瞟著台上開出的骰子。

又是一輪，阿祥把盅蓋一提，十點。便叫：「殺大賠……」「小」字未喊出，桃花眼突然出手如電，右手往骰子上面一放，眼睛瞪著阿祥，暴喝道：「是十一點！是大！」同時手一拿開，果然是十一點。

隨著阿祥的「殺大」，站在左面的荷官已伸手把押大的銅角子一掃，這下子全場大亂了。

第四章 結盟回龍里賭場

一般人都有這樣的習性，若遇突發意外，情形已變得無法辨清時，任誰都會先維護自己的利益，哪怕明知原先的情況是被人有意攪亂了，只要對自己有利，也不會管什麼道義不道義，何況賭場裡這些已紅了眼的賭徒及無賴白相人。現在就是這樣，骰子點數變成了十一點，是「大」，而押「大」的賭注則已被掃去，弄不清楚誰押了多少，這就使回龍賭場一下子陷入十分不利的境地了。霎時間，只見賭徒們一個個不管押大押小都狂呼大叫著要賭場賠錢，桃花眼手下的那伙人更是把手指到了阿祥的鼻子上，破口大罵，唾沫橫飛，各種髒話噴湧而出。整個賭場吵嘈得像滾水開了鍋。

阿祥是一下子愣了。他萬沒料到桃花眼會突然出手，而且一揚手之下骰數變了十一點。阿榮也愣了愣，不過還算鎮定，他一把撥開伸到自己和阿祥面前的手，大喝道：「剛才是十點！清清楚楚！」再一指桃花眼，怒目圓睜，「你把手放在骰子上，分明是出千！」

賭場大亂，桃花眼正心中得意。他來前就已跟手下說定了，要的就是這種動手動腳的亂法，好把對手激怒，才便於發難。現在只見他看著阿榮嘿嘿兩聲冷笑：「矮仔榮，嘿嘿，你敢賴帳！」話未說完，隨手一抄台上的三粒骰子，就向阿榮和阿祥面門擲去。手下那伙人一看這個「開打」信號，齊喝一聲：「打啊！」揮拳向阿榮、阿祥及兩個負責點數收錢、賠錢的荷官打來。

阿榮、阿祥哪想得到形勢會如此急轉直下，一見骰子飛來，先是急忙揚手躲閃，哪料才避過了骰子，兩脅及後背就已中了幾拳。其他賭徒一看大事不好，一些躲到牆邊，一些轉身就逃。整個賭場當即大亂。

就在這時，鄭子良已一把撥開眼前的兩個賭客，對著桃花眼的左脅就是狠命一擊。桃花眼本來武功不俗，但毫無防備下遭此突襲，不覺一聲慘叫。鄭子良豈能容他清醒過來，當即再揮右拳，「碰！」桃花眼被打得整個人倒飛三尺，一下子撞到一個正要奪門而逃的賭徒身上。兩人一齊倒地，又是一聲慘叫。整個場裡的人全都一時愣住。

「把他們打出去！」鄭子良暴喝一聲，雙腳一發力，整個人就跳過骰寶台，猛撲一個剛才還在揮拳亂打，現已嚇得呆在那裡的桃花眼的手下。那小子一見鄭子良這個大漢向自己撲來，猛然驚醒，「媽呀！」的一聲怪叫，轉身就跑。鄭子良左腳一蹬骰寶台，右腳同時飛起，中其後背，這小子也是一聲慘叫，隨即一個狗吃屎。

從鄭子良拳打桃花眼到現在，不過半分鐘的時間，整個形勢就逆轉了。阿榮他們原本在挨打，現在立即反擊。打架有時跟打仗一樣，士氣盛時，以一可以當十；士氣一衰，心一怯，就敗如山倒。桃花眼這伙人，來時一個個自以為必勝，高丁旺他們不就五六個人麼！何況這個高丁旺還負了傷，打不得的了。現在幾乎是二打一，可謂穩操勝券，又可以耀武揚威，又可以接收這個回龍賭場，簡直是叫人興奮的發財機會！剛才就打得過癮，哪知突然會殺出個武功如此了得的大漢子來，打得桃花眼倒在地上幾乎爬不起來，頓時軍心大亂；現在又看到這個傻仔壽已趴到了地上，對手們正揮著拳頭或舉起條凳如亡命徒般的打來，哪還有心戀戰，發一聲喊：「走啦！」轉頭就逃，只恨阿媽少生兩隻腳，也不管桃花眼和傻仔壽了。

阿祥舉起條凳對著正要爬起身來的桃花眼就要劈下去，鄭子良一把將他拉住：「阿祥，打不得！」將凳奪下來，指指桃花眼，對已爬起身來的傻仔壽道：「你把他扶回去！」

桃花眼這伙人就這樣逃出了回龍里，一場混戰於是結束。鄭子良回過頭來，對還在賭場的賭徒道：「各位請繼續。剛才骰寶台上，誰押了多少，我看得清清楚楚。剛才的十點十一點都不算數，你們各自報說押了多少，阿祥，你把他們下注的銅錙還給他們。各位繼續玩。」說完，向阿榮打個眼色，自己走回後間。

賭徒們剛才看鄭子良打人，現在哪敢報大數，一個個取回剛才的下注數，有的不敢再賭了，擔心桃花眼他們再來鬧事，急急忙就出了賭場；還有些是賭癮既大又不怕事的，便留下繼續賭。不過場中已少了近半數人了。

阿榮一邊對賭徒們說：「各位請繼續玩，各位請繼續玩。」一邊走到後間。

鄭子良坐在大靠背椅上抽三砲台，看見阿榮進來，做個手勢：「坐。」阿榮坐下。兩人一時都沒有哼聲。

過了三兩分鐘，鄭子良把煙往煙盅裡一撳，再拍拍座椅扶手：「阿榮，你看這件事是桃花眼自己所為，還是姜一鳴有意叫他來搗亂？」

「鄭大哥你怎會這樣想的？」阿榮顯然沒想到鄭子良會這樣提出問題，有點吃驚，「當然是姜一鳴要他帶人來的！姜一鳴要報復旺哥在土地廟設局害他啊！」

鄭子良喝口茶：「我覺得未必是。前幾天旺哥給他後背上劈下的那一刀，照我看來，傷得不輕，你看他離開土地廟時，臉色痛得發青，幾乎都站不穩了。如果我看的沒錯，這時候他只能躺在床上養傷。在這種情況下，一般來說，他不會指使手下人來踢對方的盤子。因為對方一反擊，對他可是非常的不利。我不是說他不想報復，但他真要動手，也應該在傷癒之後，至少在能夠下床行走之後，這樣一來他可以從容應付對手的反擊，二可以通過時間的拖延先來鬆懈對方的警戒。但現在不是。」說完，看看阿榮。

「還有，」鄭子良沉思一會，又道，「你看今天的桃花眼，帶來的那八九個嘍囉，主要是些街頭小癟三之類，我看他們在姜一鳴這伙人中，不會算是什麼角色。是不是？」

阿榮點頭：「他們主要是街頭小癟三，不過也算是姜一鳴的手下。」

「前幾晚陪姜一鳴去土地廟的除了桃花眼，另一個是誰？」鄭子良一轉話題。

「那個人叫潘阿毛，跟桃花眼一樣是姜一鳴的得力助手。」

「你看，今天潘阿毛沒來。」鄭子良又拍拍背靠椅的扶手，「姜一鳴手下有差不多二十人，如果他真要報復旺哥，搶奪回龍賭場，就不會只叫桃花眼帶八九個人來。所以我覺得桃花眼這次來搗亂，未必是姜一鳴的意思。」

「大哥你說得有理。」阿榮心中不得不佩服，「但這又怎麼樣？這次打走了桃花眼，哪知道他們的人什麼時候會再來？我們就這幾個人。而且回龍賭場也經不起這樣的折騰。他們若再多來兩次，說不定就沒有誰敢再來賭了！」

「你說得不錯。我決定了，不管這次是不是姜一鳴的意思，我都應該去跟姜一鳴談談，大家當面講清楚。」

「你就一個人去？」阿榮大吃一驚，「姜一鳴是殺牛公司這一帶最有勢力的霸主！上次在土地廟，他要起飛腳暗算旺哥，被你一把抄住，摔了個四腳朝天，他會記恨你的！還有，他上次來逼旺哥交保護費，聲明保護費未交前，不得開這回龍賭場，若果不聽，那就等於跟他全部人作對。所以旺哥才被迫設計在土地廟裡放倒他。現在大哥你連招呼也沒跟他打，就開了回龍賭場，他知道後，才會叫桃花眼來搗亂；好，就算桃花眼這伙人不是他叫來的，但他若知道你瞞著他就開了回龍賭場，他也不會放過你的！你是一個人去啊，大哥！」

「我想姜一鳴不至於會對我怎麼樣，說來我也是他的救命恩人。」鄭子良說得輕鬆，「如果當時不是我一掌劈了旺哥，他還不被劈成兩半！」

「好，就算姜一鳴不會對大哥你怎麼樣，那還有桃花眼剛才那伙人啊！你一個人去，被他們看見了，可不是好耍的！你鄭大哥是好武功，但雙拳難敵四手，何況他們都懂得暗算，搞突襲，大哥你可是防不勝防的啊！」

「這伙小癟三，哪做得什麼大事！」鄭子良仍是輕鬆一笑。

「這真的很危險，大哥。」阿榮是真的不放心。

「連這樣的事都畏首畏尾，以後還怎麼做大事？」鄭子良不以為然，擺擺手，「阿榮，多謝你的好意。我覺得自己沒看錯。這樣吧，為了保險起見，你就帶我到他住的里弄口，多隻眼幫我看看有沒有桃花眼剛才那幫人，有什麼事也好接應，這樣可以放心了。」

阿榮還想說什麼，鄭子良已一擺手：「不必說了。走吧！」

姜一鳴住在和方里，那裡距回龍里約十來分鐘的路程。兩人來到里弄口，並沒有碰到桃花眼剛才那伙人，連姜一鳴手下的人也沒有碰到。鄭子良站在巷口朝四週看了看，對阿榮道：「你就在馬路對面等著，我自己進去。」

來到姜一鳴住的三十五號，大門關著，鄭子良打門，出來一個女傭，挽著一個竹籃子，上面蓋了塊布，說：「你找老爺？老爺住醫院了。」

鄭子良一驚：「姜一鳴什麼事？」

「老爺前幾晚半夜回來，血流不止，痛得不得了，就去了博愛醫院，再沒回家來。現在我就去給他送飯菜。」

「我是他的朋友。來，我幫你挽竹籃，一起去看看他。」鄭子良拿過女傭的竹籃，心中盤算：姜一鳴這回定得傷得不輕，桃花眼大概是看到姜一鳴命不久矣，就想取而代之。

姜一鳴病房前站了兩個保鏢打手，一把攔住了鄭子良：「你是誰？」

「鳴哥的朋友。」

「我們從未見過你。大哥吩咐，不認識的人不准進去。」

女傭推門進去，鄭子良趁機往內瞧瞧，見到病房裡有三個人，其中一個就是潘阿毛，便大聲道：「有勞，你去叫阿毛哥出來。」

潘阿毛聽到有人叫，轉過頭來，看是鄭子良，不覺怔了怔，又轉頭問了躺在床上的姜一鳴兩句，走出來：「山東大個子，來探鳴哥？」

「正是。」鄭子良拱拱手，「不過這兩位兄弟說不認識我，不讓進。」

「你幾個人來？」

「就我一個。」

潘阿毛走出房門，四處看了看，向鄭子良點點頭：「好吧，嗚哥請你進去。」

才過了這麼五六天，原來臉圓身壯的姜一鳴現在瘦了一大圈，兩隻手臂吊著針，後背處引出一條管子，臉青唇白；躺在病床上，對著鄭子良，嘴皮子動了動，有氣無力：「大個子，坐。」

鄭子良講了幾句嗚哥豪傑，安心養傷，必無大礙之類的安慰話，看這個姜一鳴只是一臉的苦笑，似乎連說話的力氣都沒有，便輕輕拍拍他的手：「嗚哥先歇著。」站起身，把阿毛拉過一邊：「毛哥，嗚哥傷勢到底如何？」

「醫生說，他被劈斷了一條肋骨，又折斷了一條，斷骨處刺傷了肺，又沾了泥土，併發炎症，肺內蓄了膿血；而且失血過多。幸好送院及時，否則早沒命了。現在還未過危險期。」

鄭子良點點頭，沉默了一會，盯著潘阿毛的眼睛，話題一轉：「今早桃花眼帶了十個八個人到回龍賭場搗亂，這是不是嗚哥的意思？」

潘阿毛驚叫一聲：「沒有啊！嗚哥當夜從土地廟回來後就進了這博愛醫院，再沒出去過，我一直在陪著他。桃花眼這兩天也不時過來看看，其他時間，嗚哥要他看住幾處賭棚燕子窠，其他事等他傷好出院後再說。沒要他去任何地方生事。」說完，自己走到姜一鳴床邊，低聲道：「大哥，桃花眼沒聽你的話，今早帶了大幫兄弟去回龍搗亂。」

「這個桃花眼見我管不了他，是想造反了。」姜一鳴的嘴角抽了抽，閉上眼睛，過了一會，把右手抬了抬，對另外兩個手下道：「你們出去房門口看著，關上門。」

病房現在只剩下姜一鳴、潘阿毛和鄭子良三人。姜一鳴對潘阿毛道：「你一直跟桃花眼勾心鬥角，這個我知道。不過有我在，你們不敢公開鬧翻臉。現在我躺在這裡，還不知道能不能夠活著出去，桃花眼大概見時機到了，就想自己拉起人馬，自立山頭。阿毛，你打算怎樣？」

「我就跟著嗚哥。等嗚哥傷好了，出了院，桃花眼肯定不敢亂來。」

「難得你一片忠心。」姜一鳴苦笑一下，「不過能不能夠出去，很難說了。」眼神一轉，看著站在床邊的鄭子良，鼓起全部精神：「山東大個子，我以前也聽過你在英租界一帶的名聲，說你為人講義氣，又據說你曾以一對四，打到對方四散逃走。我姜一鳴在這殺牛公司一帶稱王多年，劈過不少人也被不少人劈過。想不到今天躺在這裡，動彈不得，還不如那些在路邊討飯的癟三，多少英雄豪氣剎時如煙消霧散。」咳了兩聲，再輕輕嘆了一口氣，「大個子，在土地廟裡你一掌劈倒高丁旺，救了我，是我的恩人；你一出手把我掀倒地上，折了肋骨，是我的仇人。這恩仇就相抵了！我在，不會求你什麼；若我出得這醫院，說不定我還會和你交手，你聽好了。」

「鳴哥果然豪氣！」鄭子良笑了笑，把原來打算對姜一鳴說的話收起來，「鳴哥這樣直言，不怕我趁鳴哥你躺在這裡，暗中使手段？」

「大個子，」姜一鳴竟也笑起來，眼睛像有了點神采，「我姜一鳴料定你不是這樣的人！」頓了頓，「我剛才的話還未說完。我若出得了醫院，我和你可能是朋友，也可能是對手。若我出不了這間醫院，大個子，你就幫幫潘阿毛，算我拜託你了！」

「那一定。」鄭子良鄭重地拱拱手，「不過鳴哥英雄，哪會這麼容易死。我還是等著鳴哥傷好了，一起有錢大家撈！」話題一轉，「鳴哥，別說這麼多了，好好歇著吧，我先告辭。」拱拱手站起來。

鄭子良回到回龍賭場，在後間剛坐定，阿榮便急急腳闖進來：「唉呀！大哥！你上哪去了？我以為你中了姜一鳴他們的伏擊！」

「哪來的伏擊。」鄭子良把見姜一鳴的經過說了一遍，末了，沉著聲對阿榮道：「我看姜一鳴是不行了，可能就是十天半個月的命。他若一死，桃花眼跟潘阿毛就極可能內鬨。阿榮，這幾天你不必在賭場裡了，你去查清楚，桃花眼家住哪裡，平時多去什麼地方。這小子好嫖，一般光顧哪間堂子，帶多少人去。記住，不要告訴任何人。」

過了大約十天，阿榮除了查出桃花眼的住址外，其他情況沒法查清，因為桃花眼躲在家裡養傷，很少外出。

這天晚上九點半，回龍賭場打了烊，鄭子良清點了帳目，默默喝茶。阿榮看他憂心忡忡的模樣，便問：「大哥，有什麼不妥？」

「確是不妥。」鄭子良看阿榮一眼，「桃花眼傷一好，肯定會搬大隊人馬來報復，這樣，我就不可能像上次那樣採用暗襲手段了。回龍賭場就有大麻煩。」

「那怎麼辦？」阿祥急起來。

「姜一鳴躺在醫院裡，他現在已制止不住桃花眼。」鄭子良沒答阿祥的話，自己繼續沉思著往下說，「姜一鳴不死，我就不便對桃花眼下手，否則就等於向姜一鳴整幫人開戰，打起來，我們這幫人在這裡就肯定呆不下去。況且，現在也下不了手，桃花眼躲在家裡，那一帶全是他的人。」

「那豈不是坐以待斃？」阿榮擔憂地說。

鄭子良苦笑一下。幾個人只能沉默。突然，「砰砰砰！」有人打門。

「誰？」阿祥去開門，先問一聲。

「潘阿毛，我找良哥。」

鄭子良一聽，立即來了精神，他預感「好事」來了。

「良哥，鳴哥死了！」潘阿毛走進來，對著鄭子良就叫，連拱拱手都忘了。

「阿毛哥，坐。什麼時候？」鄭子良並不感到意外。

「今天下午。現在屍體還在醫院裡。」

「要我帶班兄弟去弔唁？」鄭子良半開玩笑。他現在心中確實在笑。

「唉呀！良哥，人死了就死了，弔什麼唁！」潘阿毛好像有氣，「良哥，小弟黑夜找來，是要求良哥你幫個忙啊！」

鄭子良一聽潘阿毛這口氣，就知道姜一鳴沒把這「大哥」之位傳給他，這小子肯定是心有不甘，便道：「這個鳴哥生前就對我說過了。怎麼樣？桃花眼要當大哥了吧？」

「良哥你真是未卜先知！」潘阿毛叫道，「鳴哥今早還沒什麼事的，中午突然喘起來，我猛搖他問他，他就只能乾瞪眼，後來桃花眼不知怎麼得到消息的，急匆匆闖進來，那時候鳴哥肯定是想讓我繼他的大哥位的，但他又說不出聲，喘了半個鐘，就回不過氣來了。鳴哥一死，桃花眼就召集了所有兄弟，宣佈自己是大哥，封我做二哥。良哥，你講義氣，出來主持公道，幫幫小弟。」

鄭子良笑了：「阿毛哥，半個多月前高丁旺讓位給我當了回龍里的大哥，但我不是和方里的大哥。我倒是跟桃花眼那伙人打了一架，把他們打出了回龍里。我現在憑什麼出來主持公道？算個什麼？豈不被江湖笑話？而且，這不等於我向和方里的那幫人公開挑戰嗎？阿毛哥，這我犯得著？」

潘阿毛愣了十來分鐘，想清楚了：論勢力自己不及桃花眼，公開跟他鬧翻絕對佔不了便宜，這就只好在和方里繼續混下去。那末，與其當桃花眼的手下，不如改跟這個鄭子良。桃花眼歷來跟自己有心病，當他的手下不會有好結果；這個鄭子良人人稱讚他講義氣，我拉一幫人跟了他，他至少會記著我的好處。一咬牙，把原來自己想當大哥的心思丟掉，對著鄭子良拱拱手：「良哥，如果你能夠把桃花眼趕出殺牛公司這一帶，我願意帶原來的那幫兄弟一起奉你做大哥！」

「哈哈！阿毛哥抬舉了。還是那句江湖老話，有錢大家撈，有飯大家吃！」鄭子良拱拱手，「請問，和方里的人，有多少願意跟你，又有多少願意跟桃花眼？」

「願意跟我的有五六個，願意跟桃花眼的有十二三個。」

「那好辦。阿毛哥，把願意跟你的那些人都叫過來。你跟他們說，我們這個回龍賭場，有錢大家撈，比他們在和方里撈得多！這樣我們也有了十來人，桃花眼就不敢來搗亂了！」

「但，但就這樣讓桃花眼把鳴哥留下的三間賭棚、兩間燕子窠全佔了？」潘阿毛看定鄭子良，

「這樣不行！鳴哥留下的我應該有份，不能這樣白送他！」

「你放心，這不過是緩兵之計，先確保回龍里。我保證，在半個月之內，放倒這個桃花眼，把殺牛公司這一帶的地盤全接過來，到時候就是我們大家兄弟享有！如果做不到，阿毛哥你來當大哥，我離開，回英租界。」

「良哥不講假話？」

「君子一言，快馬一鞭。我鄭子良說到做到。」

「良哥，講真心話，我不敢奢望自己能夠佔得了鳴哥留下來的所有地盤，如果你真能放倒桃花眼，我甘心奉你做大哥。我擔心的是你放不倒桃花眼。上次他毫無防備被良哥你偷襲，才吃了大虧；若公開交手，他未必就輸給良哥你！何況那小子平時出出入入的都跟著三幾個人。」

「山人自有妙計。」鄭子良笑笑，「就這樣定了！」喝口茶，想了一會，忽然問，「阿毛哥，我知道桃花眼好嫖，你可知道哪個是他最要好的相好？」

潘阿毛想了想：「他相好的女人有好幾個，最要好的是格格克路悅芳院的丁玉蘭。」頓了頓，「還有勞神父路仁壽坊的張三香，她是開私門口的。」

鄭子良點點頭，沉默了一會，突然問：「阿毛哥，你老兄可曾光顧過張三香？」

「光顧過。」潘阿毛直言不諱，「鳴哥也光顧過。不過那是二十多天前的事了。這妞叫人好樂胃。」流氓癟三講起女人經，不但不會覺得不好意思，而且口水花亂噴，末了，還加上一句，「這妞兒據說以前不叫張三香，只因她身上有香味，才改了這個名，大概是為了招生意。」

「她身上真的有香味？」阿榮來了興趣。

「哪裡有什麼香味，其實是她在跟人上床前有意在身上撲了香粉！這妞兒多汗。」潘阿毛說完，嬉嬉笑起來，「她的皮膚又滑又嫩，倒是真的。」

其他人跟著笑。鄭子良也笑，不過他同時在盤算。

第五章　上海灘肉慾橫流

鄭子良在心裡籌劃陰謀，但他沒有說出口。

第二天，潘阿毛真的帶了願意跟隨自己的五個手下「過檔」到回龍賭場來。以後兩天，賭場風平浪靜。晚飯後，鄭子良把潘阿毛、高丁旺和阿榮等人叫到一起，道：「各位兄弟，現在回龍賭場已經有十二個兄弟，雖然稱不上人強馬壯，也足夠保住賭場的了。以後幾天我想桃花眼可能會帶上大幫人來鬧事，他若來，你們就告訴他，說我鄭子良怕了他，不敢留在這兒，跑到別的地方去了。桃花眼跟我有深仇，跟各位則並無大恨。我想他既然找不到我，就不至於敢硬來。他要的是錢和想找我報仇而已。若他提出什麼要收保護費的話，你們先答應他。」

眾人一聽，面面相覷，阿榮大叫起來：「什麼?鄭大哥你真的要走?」

高丁旺也叫道：「鄭大哥，我們怎能夠就這樣讓他白收我們的銅鈿!」

鄭子良先看一眼阿榮：「我明天就離開回龍賭場，但不是走人，是找機會放倒桃花眼。我說過了，半個月之內我就要放倒他。」再看一眼高丁旺：「旺哥和各位放心，回龍的錢不會白白地交到桃花眼手上。我鄭子良說到做到，哪怕我這條命不要了，跟他同歸於盡，也要放倒他，我只會讓大家去佔了他的地盤，而絕對不會讓大家吃虧。」

鄭子良說得鄭重而誠懇，況且他還沒說要帶上其他人做幫手，也就是說要獨力承擔這殺人的重任，這令眾人相當感動，潘阿毛就一豎大拇指：「鄭大哥，你真是好漢!」 鄭子良臉上笑笑。

第二天東方剛露出一絲曙色，鄭子良便從回龍賭場的後門走了出去，左右掃一眼，沒有可疑的人，便急走幾步，鑽進另一條里弄。別人看他，一襲新做的淺藍色長衫，大襟右衽，長至踝上二寸，左右兩側下襬處，開有約一尺的長衩；外罩馬褂，材料是黑色的優質絲麻，對襟窄袖，下長至腹，前襟五粒鈕釦。足穿藍布鞋，手拿一只小皮夾。一條髮辮垂在腦後，梳得油亮，再戴了一副平光眼鏡，十足一個意氣風發的少東模樣。其實這時鄭子良的心是如同井裡十五個吊桶，七上八下。

他並沒有把握殺得了桃花眼這個有財有勢的地頭蛇。

當著高丁旺、潘阿毛等人的面誇下海口說要放倒桃花眼，鄭子良嘴上說得輕鬆，那是為了在這伙流氓面前樹立自己的威望，讓他們感覺自己有勇有謀有膽識，且敢於承擔責任，以後信服自己；其實他心裡十分清楚，這事說說當然容易，真要做到就不僅艱難，而且相當危險。桃花眼多年來跟隨姜一鳴橫行殺牛公司一帶，現在還成了大哥，除了有十多名夠膽上陣揮刀打架的手下外，還有對他畢恭畢敬的很多街邊流氓癟三甘願供他驅使——如果他捨得花錢的話。自己在這裡不過是巧逢機遇，猛然崛起，才二十天不到，並無根基；論勢力，亦只侷限於回龍里。要想幹掉這個當地最大的地頭蛇，真是談何容易！

但鄭子良不得不在高丁旺他們面前逞英雄，逼著自己去幹。他心裡更清楚，自己在回龍賭場暗地偷襲，把個桃花眼打到趴地，彼此已結下了無法化解的冤仇。現在自己面臨兩條路，必須選擇其中一條：要嘛放倒桃花眼，進而搶佔他的地盤；要嘛自己離開殺牛公司這一帶，以避開桃花眼對自己的追殺；逆水行舟，不進則退，此外別無第三條路，否則就只有等著桃花眼來殺自己了。

先下手為強！鄭子良憑著自己的江湖經驗，毫不猶豫地選擇了第一條路。他知道這是自己能夠真正形成一股黑道勢力並大發黑道橫財的一次千載難逢的良機，豈容錯過！

但怎樣才能幹掉桃花眼？憑著一股蠻勁衝到人家的地頭去明幹，那是不行的，除非自己也甘願把命填上；鄭子良口上說哪怕同歸於盡也要幹掉對手，其實他才不會如此捨命。他決定了，要實施的只能是暗殺手段；思索了兩日兩夜，輕輕一拍桌子：桃花眼你不是以玩女人出名麼？好，那就從你的相好下手，先去摸摸情況。

潘阿毛說，桃花眼最要好的相好是悅芳院的丁玉蘭和開私門口的張三香。悅芳院是有名的「么二堂子」，「開私門口」即是私娼。

當年上海灘的娼業極之繁榮，可說源遠流長。（註五）

鄭子良這天一大早離開了回龍里，逛了一會，在路邊吃了碗陽春麵；日上三竿時分，便來到悅芳院。這間么二堂子他以前來過，只是不知道哪個叫丁玉蘭。

悅芳院在法租界的么二堂子中雖是個大門口，但生意並非興隆。一見來了這麼個少東模樣的青年人，堂子裡的龜奴連忙一臉諂笑的上前迎候：「多謝先生光臨。請座，請座。」別過頭來大叫一聲：「移茶！」

鄭子良施施然在八仙桌旁落座，鴇母已捧上香茗一杯。這時，一群打扮得花妓招展、臉上滿是胭脂水粉的女子正紛紛從房中走出，來到廳堂。三幾個就緊靠著鄭子良坐下，另外十個八個則站在兩旁，對著鄭子良，如眾星拱月一般。這個撇撇紅嘴唇，那個咬咬手絹兒，亂拋媚眼，大送秋波，鶯聲笑語紛然而起。

鄭子良一臉得意，看看這個，摸摸那個，正在心猿意馬，鴇母已躬著身問：「先生以前光臨過本院，我認得的。請問先生可相中哪位姑娘呀？」

鄭子良怔了怔，暫且收回那份淫心，問道：「相傳這裡有位丁玉蘭姑娘，長得漂亮，又叫人樂胃，不知是哪位呀？」

「唉唷！奴家便是。」站在桌子對面的一個二十來歲的女子把手中小絲絹兒往嘴角上輕輕一放，同時打個半膝，瞟了鄭子良一眼，踏著小碎步便走過來。

鄭子良輕輕拍拍丁玉蘭搭在自己肩頭上的玉手，朝鴇母一笑：「果然，果然。」

「先生真好眼光呢。」鴇母笑道，別過頭，「移茶。」

這回是真的移茶。一個中年女傭立即過來拿起桌上的那杯香茗，扭著肥臀便轉身上樓，鄭子良挽著丁玉蘭的腰隨後。

走進二樓尾房的一個小小房間，推開門，只見柚木地板，窗台前是一張大床，床上的被褥看上去還算潔淨；靠牆處放一几兩椅，另一面牆上掛一張如真人般大的彩色春宮畫，畫的是一個雙膝跪在床上，雙手上舉的裸女正在斜眼瞟人。

女傭在茶几上放下香茗，緊隨著一位使媽端進來一盤「乾濕」（瓜子、水果），也放到几上。

鄭子良在椅上剛坐定，女傭已拉上了窗簾，對著他躬躬身：「先生還有什麼吩咐？」見鄭子良擺擺手，便又躬躬身：「先生玩好。」和使媽一同退出去，順手關了房門。

丁玉蘭對著鄭子良一邊拋媚眼，一邊解鈕釦。最後是全身一絲不掛，往床上倒去，隨即擺出個「大」字的姿式。

鄭子良走到床邊站定，似笑非笑的欣賞了一會，再慢慢動手。

丁玉蘭漸漸發出呻吟，由呻吟而怪叫，渾身顫抖，突然一聲尖叫：「唉唷！痛死我啦！先生，求求儂，儂輕手點。」

鄭子良像沒聽見，又用力抓了幾下，讓這個丁玉蘭再叫了幾聲，才輕著手撫摸起來：「丁姑娘，聽說有個綽號叫桃花眼的常來光顧你，他一般什麼時候來啊？」

「這說不準呢。有時連續幾晚來，有時隔晚來，有時三五日才來一次。」

「他來的時候是不是一個人來？」

「先生你問這個幹嘛啊？」丁玉蘭斜著眼，「李先生吩咐過我不要對人亂……」「說」字未說出，便又「唉唷！」一聲尖叫，痛得全身一抖。

「丁姑娘，如果你不說，我可就不只是夾你兩個奶頭這麼簡單了。」鄭子良看著這個可憐的女人，發出「嘿嘿」兩聲冷笑，眼中含著一種叫丁玉蘭看得有點心寒的光，「這悅芳院的老闆不就是大頭富嗎！他可是我的好朋友。我出得起銅鈿，可以把你帶回家去慢慢受用。」

「哦哦，不，不，先生。」丁玉蘭慌起來，隔壁那個小馬子就曾被個變態客人出錢買過兩天，回來後講起那遭遇，嚇得其他的姐妹冒冷汗，「我說，我說。李先生來時都帶上三兩個人。」

「他們一起玩？」

「不，李先生在我的房間時，他的手下就在廳堂等他。」

「他不過夜？」

「他一般是不在這裡過夜的。」

鄭子良一邊問一邊撫摸丁玉蘭的下體和乳房，聽到這裡心中不覺大感沮喪：要在這裡暗殺桃花眼，自己又能安然逃脫，看來不可能。

鄭子良口停了，手沒停，丁玉蘭又開始呻吟起來，似乎十分受用，過了一會，突然發出「咭咭」兩聲嬌笑，拋著媚眼道：「李先生可是好人呢，他的動作像先生你現在這麼溫柔，而且還喜歡用舌頭來舔女人，把人全身都舔遍了，真舒服。」

鄭子良看她一眼：「別的姑娘也這樣說？」

「是的，都這樣說。先生你不試試？」

半個鐘頭後，鄭子良完了事，下樓結帳。鴇母對著他點頭哈腰：「先生，多謝四元。」

「什麼？我以前來是兩元！」鄭子良圓眼一瞪。

「唉呀！今時不同往日啦！先生。」鴇母滿臉堆笑，「現在什麼都貴啦！您看，一盤乾濕是一元，姑娘招呼先生是兩元，再加『下腳』一元，剛好四元啦。我們悅芳院在法租界是有大名氣的呢，這裡的姑娘都是上等貨啊！先生你去蕊香院、留香院看看，還不止四元呢。先生您有沒有聽說過『六跌倒』？那是要花六元呢。」

鄭子良聽她嘮嘮叨叨個沒完，心裡真沒好氣，掏出四個大洋往櫃面上一放，走出悅芳院。

時值八月，天氣正熱，鄭子良走到路上，大覺心情煩躁。若在平時，他恨不得就只穿條荷包短褲，打個赤膊，圖個痛快；現在可好，為了避人耳目，得強迫自己著長衫馬褂扮斯文，弄出一身臭汗。更叫他不痛快的是花了四個大洋，那可是一個普通人一個月的收入，雖是把個丁玉蘭玩得顛三倒四，哀叫連聲，趁機發洩了一通對桃花眼的仇恨，但卻是無法在悅芳院對桃花眼下手。

漫無目的地沿著盧山路往東走，不覺來到了呂班路口，掏出懷錶看看，已是中午。走進路旁的一間小飯館，要了三個菜、一瓶酒，仰頭猛灌了一杯：桃花眼，我在悅芳院殺你不成，下午去找張三香，我不信沒機會！

第六章　貪財色三香入局

張三香住勞神父路仁壽坊，但住哪一號，潘阿毛記不起來了，沒說。

鄭子良來到勞神父路，慢慢往前逛，抬頭四處望，終於看到「仁壽坊」三字石刻嵌在一個弄堂口之上。太陽正猛，弄堂附近沒有什麼行人。

鄭子良踱著步走進弄堂，兩邊是一排間間相連的石庫門民居，看遠處有個老太婆在門口逗孫兒，便慢慢走過去，正要俯身詢問，突然看見前面遠處拐出三四人來，定眼一看，走在前面的，不是別人，正是桃花眼！

鄭子良一驚，這回壞了！兩旁全是房屋，沒有橫街窄巷可鑽，街上又沒有幾個行人，簡直沒處躲藏；回頭走，又有一段路。若被桃花眼認出來，這可是寡不敵眾，況且對方如果有槍，再好功夫也沒用。一怔之時，鄭子良一眼瞥見前面兩間鋪子是個藥材店，上頭掛個「生記」的匾，心中叫聲：「天助我也！」快步上前，一頭便拐進去，見裡面並無顧客，只有兩個青年伙記在閒聊，一位老人家坐櫃面，心中又一急：萬一桃花眼接著也走進來，豈不要命！腦中打個轉，拱手向老人家便深深一揖：「老人家，在下外地人，彆得慌，一路走來都沒有看到茅廁，請老人家給個方便。」

老人家心地好，又看他這個少東模樣，一表斯文，便道：「先生不客氣，馬桶在後間。」做個手勢，「往左拐就是。」

當年一般的上海人家都沒有衛生設備，大便均使用馬桶，那才造成了當年的上海一景：每天清晨，不論是酷暑嚴寒還是颳風下雨，清糞工人推著糞車穿街走巷，放聲高叫：「倒馬桶哦！」睡夢中的居民們便一個個鑽出被窩，揉著惺忪的雙眼拎著馬桶出來倒上糞車。這種街景持續了幾十年。

現在鄭子良道聲：「多謝老人家。」舉步走進後間，才拐過去，便聽到鋪面上有三幾個人說笑笑著走進來，其中一人叫：「老闆！來兩盒旺春丸！」

鄭子良一聽，心中叫聲：「好險！」他聽出來了，說話者便是桃花眼。

「大哥真是好豔福啊！」有人拍馬屁。

「哈哈！那妞兒確是叫人好樂胃！」又是桃花眼的聲音，過了一會，便聽桃花眼問：「煙屎強，回龍那裡怎麼樣？」

「一直沒見高丁旺出來，賭場內就八九個人。」有人回答。

「有沒有見鄭子良？」另有人問。

「沒見。」

「嘿嘿！這回我們二十個人去！上次被他暗算，這回我看鄭子良有多大本事！」是桃花眼冷冷的聲音。

「大哥英雄！」這伙人走出去了。

鄭子良隨後也走出來，在鋪面上裝模作樣地看了幾眼，向老闆買了一小盒仁丹，同時問道：「老人家，有位朋友托我打聽一個人，叫張三香，聽說就住在這仁壽坊，不知是哪一戶？」

「到前一個街口向右拐，第二間便是。」

「謝謝。」鄭子良走出生記藥材鋪，不一會便來到張三香的住宅前，這是一幢很普通的石庫門民居。（註六）

張三香居住的石庫門房子，門前掛著一個「張宅」的牌子。

鄭子良面對著眼前這寧波紅石的門框、兩扇緊閉的烏漆大門，一時間進退兩難：張三香是開私門口的，這類女子平時招呼客人來家打牌飲宴，合意者才上床交易。想接近她，得有熟客介紹，否則會被趕出門去……現在當然又不能一走了之，這裡應是下手的最佳地方；但鄭子良不敢上前敲門。

他在附近閒閒逛逛了近半個鐘頭，仍然不敢。張三香不認識他，他擔心進不了門，還被認出來，那以後就更難下手，儘管直到此時他還未能確定該怎樣下手。

鄭子良想不出個萬全之策，正有點茫然，猛抬頭，看到張宅斜對面有一間門面不大的茶樓，一個泥金大招牌掛在門前，上書「意如春」三字，在陽光照耀下熠熠生輝。

鄭子良突然心生一計，便上了二樓，找了個靠窗的位置，一邊喝茶一邊瞟著張宅，心中打定的主意是：看看來光顧張三香的有沒有自己認識的人，如果有，就去拉拉關係由他介紹自己進去。

坐了整個下午，鄭子良卻失望了：只有一個中年男子來敲張宅的門，一個肥肥胖胖的中年婦人開了門，不知對這男子說了什麼，便那他打發走了。鄭子良又不認識這個男子，不便向他打聽。

當晚在仁壽坊口的一間低檔小客棧過了一夜。第二天，鄭子良再上意如春樓，仍獨自坐了靠窗的位置。上午九點來鐘，看見有個中年婦人挽著菜籃子出了張宅，約大半個鐘頭後買了肉菜回來；中午一點來鐘，桃花眼帶了三個手下來，個個大搖大擺的進了張宅，過了大約兩個鐘頭，又走了。其餘時間，再沒有人上門。

又這樣過了兩天，鄭子良越想越犯難：難道這個張三香不開私門口了？這可怎麼辦？正在沮喪，意如春樓老闆走過來，低聲道：「多謝先生惠顧敝茶樓。先生在這裡坐了幾天了，似乎有什麼心事？」

要是在平時，鄭子良想事時如果有人來打擾，他就會一瞪那雙豹眼罵人，現在卻露出一個笑容來：「多謝老闆動問。」用手輕輕指了指斜對面的張宅，「聽說那裡有個叫張三香的姑娘長得很漂亮，是半開門的，怎麼好像沒見什麼客人？」

「先生可是有意思？」老闆笑得曖昧。在當年的上海灘，男人之間談嫖女人並不是一件什麼叫人難為情的事。

「是有這個意思。」鄭子良輕輕一抱拳，「老闆跟她是街坊，可否幫個忙？小弟感激不盡。」

老闆微微搖搖頭：「先生，不是我不想幫忙，是先生來遲了。」

「什麼來遲了？」

「她不開私門口了，成了堂客了，新主是這一帶的老頭子。」頓了頓，好心再加一句，「先生最好別去惹這種人。上海灘姑娘多的是，有銅鈿哪怕沒地方找？犯不著。」

「多謝老闆忠告。」鄭子良一臉誠懇，「只是，她什麼時候成了堂客了？」

「上個月的事了。我是聽二孀娘說的。」

「二孀娘？」

「就是張三香的女傭人，你看見上下午都去買菜的那個中年婦人便是。」

當晚鄭子良躺在小客棧的床上，直苦思到半夜，正在迷迷糊糊之際，突然想起生記藥材鋪側面牆上貼著的一張告示，那是去年八月上海縣知縣汪懋琨發佈的，告示的大意是：近來有不法之徒用砒霜等藥物製成迷藥，在各處作案行騙。凡人一經沾口，便立即昏迷不醒，歹徒遂趁機行施騙竊誘拐伎倆，被騙者深受其害。此類事件在上海縣已發生多起，且有日趨嚴重之勢，以至城鄉居民人心惶惶。為安定民心，此後城鄉各家藥鋪嚴禁隨意售賣砒霜等藥物，如遇有人購買，須詳加詢問，並須有人作保方能酌量出售，還須登簿記明以備查案。店主若然私售，案發後必將與行騙者一同科罪嚴辦，決不寬貸。云云。

砒霜！鄭子良猛地精神一振，他想起說書人講《水滸傳》，潘金蓮用砒霜毒死了武大郎；又想起師父熊長卿說過，砒霜無色無味，劇毒無比，沾口即死。下毒！

鄭子良興奮得一下子便從床上坐起來，雙眼茫然發直：但怎樣下？雙手抱著腦袋發了一會呆，突然想起了丁玉蘭：這個說自已動作粗魯的么二說桃花眼喜歡用舌頭舔女人，而且舔遍全身，其他妓女都是這麼說；霎時又想起前幾晚潘阿毛的話：「張三香哪裡有什麼香味，其實是她在跟人上床前有意在身上撲了香粉！這妞兒多汗。」

「這就妙啊！」鄭子良越想越來勁，霍地跳下床，在房子裡踱來踱去，踱了大約十來分鐘，情不自禁叫一聲：「就這麼辦！」右手握拳往左手掌心一擊，「有錢能使鬼推磨！二孀娘、張三香，我不信你們不上當！」

天色微明，當糞車進入仁壽坊，「倒馬桶哦！」的喊叫聲打破了清晨的寧靜時，鄭子良從濛濛惺忪中醒來，梳洗畢，出了小客棧，向南走去。走不多遠，便出了法租界，漸漸進入鄉郊之地，只見眼前是田疇一片。

鄭子良的目的地，是龍華古鎮。今天的龍華，早已跟城區連成一片，道路縱橫，樓宇幢幢，成為繁華大上海的一個部分。當年的龍華，雖因其龍華寺、龍華塔而遠近聞名，卻不過是一個遠離上海城區的鄉郊集鎮。鄭子良看中的正是這一點。

來到鎮上，已是中午。太陽高懸頭頂，鎮上罩著一片白光，熱氣撲面而來。鎮上居民大多躲在屋裡，街道上沒有幾個行人。鄭子良東遊西蕩逛了一會，看到整個古鎮似乎已進入了午睡狀態，心中暗道一聲：「此其時也！」走到鎮北雇了一輛候客的馬車，然後拐到鎮東面。兩個月前他曾流浪到龍華鎮，知道鎮東面有一間祥記藥材鋪，是一對老年夫婦開的。

來到祥記東面一個街口，鄭子良給了車伕十文錢，吩咐他稍等，然後下了車，向祥記走去。這時老夫婦剛吃完中飯，店裡沒有顧客；老婦人回了灶間收拾，老闆詹祥坐在靠牆的一張竹椅上，左手摸著頷下的白長鬚，右手搖著大葵扇，看著空蕩蕩的街道出神。一見有個少東模樣的青年人走進來，連忙起身恭迎：「先生儂好。天氣熱喲。請問有什麼惠顧小店？」

鄭子良滿臉微笑：「老闆儂好。我家裡老鼠成群，想買點砒霜，和了飯，毒殺那些混帳東西。」

「有，有。」詹祥邊說邊從抽屜裡拿出個登記簿來，提起筆蘸蘸墨，「先生貴姓？家居何處？」

「在下姓溫名圓，住本鎮南邊的港口村。」

詹祥記下來，抬起頭：「想必先生知道，知縣大人出了告示，買砒霜之類藥料得有保人，像先生這樣的，得由村長作保，不知貴村長來……。」

「老闆不須如此遵命吧？」鄭子良打斷他的話，邊說邊把手中的皮夾子放在櫃面上，並拉開了鍊子，「我出雙倍的價，你賺了。」

「那不行。」詹祥合上登記簿，語氣堅決，「知縣告示：店主私售，案發同罪。我擔當不起。」

「那好。」鄭子良驀地從皮夾裡抽出一把寒光閃閃的匕首，一下子頂住了詹祥的腰，原來可親的微笑成了滿臉的冷陰，「我是屠龍幫的頭目，殺人是家常便飯。儂不想死，就把砒霜拿出來！」

詹祥一怔，雙眼發直，嘴巴微張，全身如篩糠一般，頷下的白長鬚在拼命的抖。

「我數三聲，一……」鄭子良的聲音寒氣迫人。

「是，是。」詹祥顫抖著雙腳，移了三兩步走到櫃面後靠牆的一個藥屜前，那隻手微顫還未伸出去，鄭子良已看到「砒霜」二字的小帖，先自一伸手把藥屜抽出，抓了一把，同時就在詹祥的耳邊沉聲道：「你敢叫，我今夜就殺了你！」一轉身向門外走，匕首已放進了袖裡；一腳剛踏出門口，猛聽得「啪」的一聲，急回頭一看，詹祥已倒在了地上，大概是昏過去了。

鄭子良快步走到街口，跳上仍等在那兒的馬車：「去法租界！」

風風火火逃出了龍華鎮，鄭子良回頭看看，鎮中安靜如常，並沒人追來，才暗自長舒一口氣。回到仁壽坊，在小棧裡好好睏了一覺，梳洗畢，又是一個意氣風發的少東模樣。施施然步出仁壽坊，沿勞神父路向東走，從老西門進了縣城，來到城中間的晏海路，轉向北，從老北門出去，朝北再走一會兒，便到了公館馬路。

公館馬路在當年的法租界裡是最熱鬧的地方，店鋪相連，商賈輻輳，不管是國貨洋貨，各類化妝品均可在這裡買到。在此路的北面是洋涇濱，當年濱上泊有不少妓船，兩岸更是妓院的集中地，妓女們為討客人的喜歡，不但搽脂蕩粉畫嘴唇，而且還會撲香粉、噴香水，好令自己遍體生香，招徠人客。鄭子良知道這其中的奧妙，找到一間洋人開的百貨店，先買了一盒法國產的白色香粉「迷人香」，又買了一支英國產的「陶桃情」香水，兩者都是在同類產品中香氣最為濃烈的。當晚，就在小客棧中把砒霜研成粉末，與「迷人香」混和；又將砒霜混入香水中。做妥了，鄭子良靠在竹椅上欣賞自己的「傑作」，輕輕地冷笑了兩聲：「嘿嘿，桃花眼，我叫你舔女人！」

第二天一早，鄭子良提了個小皮箱，又上了意如春樓。大約是上午九點，看到二孀娘挽了個菜籃子出門，便下了樓，尾隨在後。等二孀娘在市場買了肉菜往回走，來到仁壽坊隔離的富和里時，鄭子良便從拐角處轉出來，對著二孀娘便是微微一躬：「唉呀！原來真的是二孀娘啊？」語氣是非常的驚訝，「好久沒見了，二孀娘好。」邊說邊躬了躬身。

二孀娘年約五十，眼睛不花，站住腳看看眼前這個少東模樣的青年人，一臉驚詫：「這位先生，你是……？」

「我叫黃東，以前曾陪姜一鳴哥到三香姑娘家作過客呢，不過我坐了一會就走了，急著上北方做生意。唉呀，自從那次見過三香姑娘後，我總是忘不了她，平時想她，夢裡見她。昨天我才從北方回來辦點貨，真的很想去會會三香姑娘。」苦笑著搖搖頭，「三香姑娘可能也忘了我了。」邊說邊塞給二孀娘一個大洋，「二孀娘可不可以幫個忙啊？」

二孀娘知道姜一鳴，還曾受過他的打賞，不過這個黃東，一點印象都沒有。大洋拿在手中，道聲：「多謝黃先生。」心裡有點甜滋滋的，不過隨後就發呆，想了一會，還是把它還給鄭子良：「黃先生，我不敢要你的銅鈿。三姑娘現在做了堂客了。李先生每個月給她五十個大洋，不讓她再見別的客人。」頓了頓，「李先生是這一帶的老頭子，手下有一大幫人，我不敢幫你這個忙，三姑娘也不敢見你的。」

鄭子良心中怒罵一聲：「桃花眼，我看你怎的凶！」隨後又罵一聲：「你這個死肥婆，不外想多要點錢！」臉上卻是十足的誠懇：「唉呀，二孀娘，我真的好想好想會會三香姑娘呢！簡直想死我了！」把如何如何思念說了一通，「二孀娘您老心地好，我明天就要回北邊去了，走前就想會會她。求您幫幫我。」這回一掏掏出五個大洋來，塞到二孀娘手中，「這個不成敬意，就請您幫這個忙，如果求得三香姑娘會我，我再孝敬二孀娘五個大洋。」

二嬸娘一聽，就徹底地心動了。十個大洋！兩個月的工錢了！這位黃先生出手如此大方，一定是個大商家，可能比李先生還有錢呢！若能攀上他，還怕以後沒有好處？眉開眼笑的便接了銀洋：「多謝黃先生！多謝黃先生！我現在就去跟三姑娘說。請跟我來。請跟我來。」

二嬸娘把鄭子良帶到張宅的後門：「黃先生你在這裡等著，一會我就來。」開了門進去，拐過小天井，來到廳堂。

張三香正斜靠在一張大搖椅上，左手搖著扇子，右手拿著《肉蒲團》在看。這是一部成書於清初的長篇小說，以非常自然主義的筆法描寫男女交媾的細節動作和情狀，在清代曾多次被列為淫書並遭到禁毀，現在張三香正看到妓女玉香如何以「特技」接客，越看越滋潤，禁不住一陣陣臉紅身熱心跳，見二嬸娘進來，放下書問：「怎麼去了這麼長時間？」

「三姑娘，大喜事呢！」二嬸娘低聲叫道，「有個青年人是個大商家，生得高大威猛，卻又一表斯文，仰慕姑娘仰慕得不得了……」把相遇鄭子良的經過說了一遍，同時把這位「黃先生」如何癡心又如何有錢等等添油加醋地吹了一番，「三姑娘，這是一條大財路啊！黃先生明天就要回北邊去了，以後還要回來上海做生意，如果現在放走了他，實在是可惜呢！」

二嬸娘的話還未全說完，她已心中大動，但一想到桃花眼，這股衝動又稍微熄了：若被這個流氓頭知道，可不得了；口中不覺便囁嚅起來：「二，二嬸娘，這事若被桃花眼得知……。」

「嘻！我說三姑娘！」二嬸娘一下打斷她的話，「桃花眼一般都是吃了中飯才來的。現在才十點鐘，黃東在小後門等著姑娘會他呢！姑娘就跟他樂上一兩個鐘，賺他一筆銅鈿，完事後還是要他走後門，桃花眼哪會得知？我為姑娘在正門把風，保管萬無一失的。」

張三香想想也是。面對這些誘惑，正如鄭子良事前算好的，她簡直是難以抗拒，更何況她剛看完的玉香的「特技」正搞的她心中發癢，便紅了臉，點了點頭。

二嬸娘一看又要有五個大洋到手，興奮得叫聲：「是，三姑娘。」一個轉身，急急腳走出去開後門。

鄭子良就這樣斯斯文文的隨著二嬸娘進了張宅，對著正向自己款款走來的張三香微微一躬身，來了一句衷心的讚嘆：「三香姑娘真是國色天香啊！」

張三香一看這鄭子良，真箇是高大威猛而又一表斯文，再聽這一句，那個心甜得幾乎淌出蜜來，連忙整整衣袖，兩手鬆鬆抱拳，重疊在胸前右下側輕輕拜拜幾下，同時微微彎膝鞠躬，深深道個「萬福」，同時那道柳葉眉輕輕向上一戚，嘴角兒那麼輕輕一翹，眼珠兒稍稍一斜，連續三五個秋波便送過來。

當下二嬸娘一看她和鄭子良的眼神，就知道下面要發生什麼事了，說聲：「黃先生請坐。我去弄兩個菜，拿瓶白蘭地來。」

當二嬸娘端來美酒佳釀時，鄭子良對張三香說的仰慕話也說完了，兩人四目相對，心領神會。張三香接過鄭子良雙手遞過來的三十個大洋「見面禮」，心滿意足地輕輕道聲：「黃先生，請稍等，小妾失陪一會。」便上了堂樓。

二嬸娘輕輕一聲：「黃先生請慢用。」躬躬身退出。

鄭子良自斟了兩杯酒，聽到堂樓上嬌嬌的一聲：「黃先生請來呀！」

鄭子良抬頭望，看到張三香倚著樓欄俯臉朝自己撇了撇嘴，隨即退回房去了。便一手拿了兩只酒杯，一手提了小皮箱，上樓去。

推開房門，是一間潔淨的臥室。一張彈簧床放在中間，牆角一個高身紅木衣櫃，靠牆一張梳妝台，另一面牆是一個小茶几、一張長沙發。沙發上是一巨幅的西洋裸女畫。

鄭子良跨步進房之時，張三香便擺著碎步兒從床那邊款款走上前來相迎，並帶過來一股甜甜的香氣。她已換了裝，去了剛才的那套家居便服，換上一件當時最時髦的絲質睡衣，半透明的輕輕的飄，低低的領口露出一道深深的乳溝，玲瓏的曲線隱隱地顯現。

鄭子良心中一顫，輕輕「啊」的驚嘆一聲，雙眼有點發直，隨後緩過神來，迎上前左手酒杯已遞了過去，同時笑道：「三香姑娘的漂亮，真是名不虛傳啊！」

張三香嘻嘻一笑；「黃先生真會說話呢。」接過酒杯，跟鄭子良輕輕一碰。兩人又相視一笑，同時仰臉一飲而盡。

張三香把酒杯倒過來，示意已經飲勝，放回茶几上，又撇撇那個櫻桃小嘴，便慢慢解開睡衣的鈕扣。

第七章 美人共砒霜奪命

一個年約二十的妙齡女子的胴體裸裎出來：膚白如雪，曲線玲瓏；該凸處，豐滿瑩潤；該凹處，平緩柔和。襯上那披肩長毛，鵝蛋臉，豔勝桃花；兩道柳眉，一雙鳳目；鼻樑筆直，鼻頭圓潤而微翹；唇紅齒白，猶若玫瑰含雪。真箇是天生尤物，凡人見了自是心動，就是成仙的真的見了，難免也會動了凡心。

鄭子良猛覺心如鹿撞，血往上衝，但他拼命地克制住自己，以拖延時間；臉上是微微的笑著，看她的表演。

張三香在幺二堂子裡雖只做了半年的時間，但已受過嚴格的「職業培訓」。現在她已脫得一絲不掛，高舉雙手，踮著腳尖兒慢慢轉了個圈，見鄭子良仍在微笑欣賞，並不動手，便把剛從《肉蒲團》裡所學到的「特技」也使出來。只見她一邊笑得百媚橫生，一邊便跪到了彈簧床上，分開雙腿，腰慢慢地往後彎，雙手撐著床，頭用力地向後仰，使兩個肉團子高高地聳起，尖端處兩粒紅紅的小乳頭充了血，硬硬的挺著，同時一邊呻吟喘氣一邊就斷斷續續的吐出如夢囈之語：「黃先生，來，來呀，來折磨小妾呀，小妾全是儂的喲。」

鄭子良瞥了一眼牆上的掛鐘，十一點，「時間剛好。」脫去長衫，慢慢動手。

張三香像觸了電，全身微微地顫抖，先是嬌喘再是呻吟然後是怪叫，隨後不斷地變換姿式，玲瓏嬌軀如蛇般扭來曲去，淫蕩聲足可以繞樑三日。當鄭子良終於發出一聲長嘯時，她身上的香粉已全溶進了遍體的汗水。鄭子良斜了一眼牆上的鐘，已是十二點半了。

「三香姑娘的身子真是香啊！」鄭子良一邊撫摸著一邊讚嘆，「不知是用哪種牌子的香粉？」

張三香微微喘息著，嬌笑道：「黃先生你又不送我，問來幹啥？」

「三香姑娘如此嬌美，小生哪有不送脂粉的道理？」鄭子良下了床，打開放在梳妝台上的小皮箱，取出「迷人香」與「陶桃情」來，「小小心意，權當送姑娘補妝。」

張三香已站在了床上，遠遠的瞟一眼小皮箱內是不是裝了不少的銀洋。一見鄭子良轉身把東西遞過來，連忙接了，定眼一看，不覺發出一聲驚嘆：「唉喲！這是西洋貨呢！法國的，英國的！黃先生，這很貴的喲。」眉開眼笑地欣賞，嗅了嗅，「好香喲！多謝黃先生。」

鄭子良讓她看清楚了，然後笑道：「三香姑娘不必說多謝。小生這裡還有個交換條件。」

「什麼交換條件啊？」張三香笑咪咪。

「三香姑娘真是令人銷魂，這一遭的快樂叫我終生難忘啊。就請三香姑娘把你現在用的香粉香水送了給小生，好讓小生以後睹物思人，永遠記著姑娘的嬌豔體香。這就算個交換條件吧。」神情和語氣都誠懇極了。

張三香接過的客人數以百計，還未見過如此癡情的，雖說明知歡場無真情，不覺還是有所感動，用手一指：「梳妝台上的就是，黃先生拿去吧。」跳下床，兩條手臂就從背後繞著了鄭子良，螓首靠緊上去，那又嗲又甜的聲調幾乎可以把男人熏昏，「黃先生別忘了小妾喲，下次回上海來，一定要來看小妾喲！」

鄭子良一邊應著：「一定，一定，這還用說嗎！姑娘不讓我來我也要來喲！」一邊就把梳妝台上的兩盒香粉、兩支香水全放進皮箱，同時把「迷人香」和「陶桃情」放在台上，轉過身，又和張三香扭著纏綿起來。

兩人又在咬嘴唇，正咬得有點兒氣喘，突然傳來敲房門聲，接著是二嬸娘急速的低叫：「黃先生快從後門走，桃花眼來了！」

鄭子良其實一直清醒著，一聽此話，心中叫聲：「來得正好！」一把便挪開了張三香：「三香，快擦了汗，整好妝，記得撲香粉噴香水，不要讓桃花眼知道了！過兩天我再來看你。」看張三香似乎一陣愕然，「別擔心，我會從後門出去。」一邊說邊三下五落二便穿好了衣服，提起皮箱就奔出房門，下了樓梯被早候在那兒的二嬸娘攔住：「黃先生……」，無奈何，只得再掏出五個大洋來。

張三香看著鄭子良轉了出去，發了一會呆，猛然驚醒，立即匆匆整妝，重新塗了口紅畫了眉，把散亂的長髮梳順了，挽起弄個髻，再擦乾身上的汗，遍體撲上「迷人香」，再在耳後、腋下、下體噴上「陶桃情」。嘻嘻，果然香氣撲鼻。再穿上那件絲質睡衣，斜斜的往彈簧床上一靠，很自然的便擺出一個懶洋洋的性感姿式，等桃花眼進來。

桃花眼今天真興奮。前兩天他帶了二十個嘍囉氣勢洶洶的去了回龍賭場，大吵大嚷：「高丁旺！出來！叫山東大個子鄭子良出來！」嚇得場內的賭徒一個個呆若木雞，閃閃縮縮的便向外溜。當時潘阿毛剛好不在，跟他轉檔過來的幾個手下對著桃花眼叫了聲「大哥」，便躲過一邊。

阿榮阿祥幾個人自知不敵，也就呆站著，只有高丁旺硬著頭皮上前一拱手：「李大哥有話好說，請到後間用茶。」

桃花眼見對手不敢反抗，得意極了，哈哈大笑，在賭場後間的大靠背椅上一坐，右手一揮，要高丁旺交五十個大洋的保護費：「旺哥如果嫌多，這回龍賭場可以讓我桃花眼來做。哈哈！同道人嘛，我每個月給你五個大洋的『俸祿』好了。」

本來以為會有一番爭鬥，哪料到高丁旺竟然一口答應：「好的。旺哥後天來取好了。」桃花眼於是大獲全勝，曲著手指往口上一放，打了一聲長嘯，帶著手下揚長而去。

今早桃花眼便去回龍賭場取了銀洋，接著大賭了兩個鐘頭，手氣甚佳，竟贏了有十七八個大洋，趾高氣揚就上了回龍里口的裕隆茶樓，與手下三個保鏢大吃大喝了一頓，酒氣上衝，淫慾熾旺，醺醺然到這仁壽坊找張三香來了。

二嬸娘今天得了十個大洋，實在高興，把原來端出來招呼鄭子良的美酒佳釀早收拾好了，現在則端出茶點水果來招呼這伙流氓。像往常一樣，三個保鏢在廳堂吃喝並打牌九，桃花眼自己急急腳上了堂樓，推開房門，朝裡直進。

這時張三香的性感姿式剛擺好，嬌笑著，拋媚眼。桃花眼血往上衝，平時那雙瞇瞇的桃花眼現在瞪成了圓圓的龍眼，撲上前，三下五落二便剝了張三香的睡衣，再拿著她的雙腳向下一拉，讓這個尤物平躺在床上成了一個「大」字，那舌頭便在她的陰戶上舔起來。

張三香全身抖著，咭咭咭地笑著，呻吟著，這次不僅是她的半自然半造作的反應，還因為她想到今天賺了三十個大洋，釣到了黃先生這樣一條大魚，開闢了一條既可銷魂又能賺大錢的財路，心中高興。

桃花眼進入了神志不清的瘋狂狀態，也沒管張三香身上的香味跟往常有何不同，只管一邊又抓又捏，一邊把她的全身差不多都舔遍了。要在平時，他還要慢慢的玩弄，今天卻興奮得難以自制，正要來個霸王硬上弓，突然感覺噁心，喉部如火灼，頭炸欲裂、腹部劇痛，情不自禁便發出「呀！」的一聲慘叫，同時哇的一口便狂吐起來。

張三香嚇得整個人彈起：「唉呀！儂怎麼啦？」一看桃花眼已曲著身滾到了地上，失聲便叫：「來人哪！救命啊！」

房門幾乎是應聲而開，三個保鏢已衝了進來，二孀娘緊隨其後，一看桃花眼口吐白沫，已是昏迷不醒，大叫：「快送醫院！他發急症啦！」

三個保鏢撲上前，其中一個把桃花眼背起，衝出房門，下了樓，衝出張宅，邊向弄堂口狂奔邊大叫：「馬車！」兩個保鏢緊隨在後。

一輛馬車剛好從弄堂口經過，當它載著這伙人直奔博愛醫院時，張三香正呆呆的坐在彈簧床邊上，已驚出了遍體的冷汗，雙眼發直，口舌有點兒打結：「孀，孀娘，這，這是什麼回事？」

二孀娘見的世面多，聽人講光怪陸離的事也多，她也呆了一會，這時倒鎮定下來了，突然大叫一聲：「三姑娘！桃花眼是中毒了！」

「唉呀！他進來時好像有點醉，其他還好好的，怎麼會突然中毒？」張三香急得幾乎哭起來。

二孀娘一眼瞥見梳妝台上的「迷人香」、「陶桃情」，一把全拿過來：「是不是今早黃先生送你的？」她對張三香用的香粉、香水一清二楚，那都是經她的手買的。

「是，法國名牌貨啊！」

「儂用到身上了？」

「當，當然，香得很呢！怎麼啦？」

「唉呀！莫非這，這迷人香。」二孀娘一下子也舌頭打起結來，她知道桃花眼有舔女人的習慣，臉色不覺便驀地變青，「這黃，黃先生……？」

二孀娘的話未說完，突然聽得樓下有人大叫：「屋裡有人嗎？樓上有人嗎？」

張三香一把披上睡衣先撲出房來，向下一看，天井處站了一個街頭的小癟三，穿短褲打赤膊，腦後垂條小辮子，便高聲問：「你找誰？」

「有人給張姑娘一封信。」小癟三揚起手中的一個信封，「我給儂送信，儂得給我十文錢。」

「快拿上來！」張三香大叫，「給儂二十文！」

小癟三叫一聲：「發啦！」如飛般上了樓，接過二孀娘的一串銅錙，把信往張三香手上一塞，又如飛般的下樓，他還未跑出張宅的大門，樓上便已傳出「哇呀！」的一聲驚叫。

「什麼事？」二孀娘不怎麼認識字，但她一聽張三香的驚叫，再看她的臉色，就知大事不好，「上面寫了什麼？」

「上，上面寫說，」張三香不但拿著信紙的手發顫，連雙腿都抖起來，舌頭又不靈便了，「寫，寫說：速離上海灘，越遠越好！否則必死！以後不得再回來，否則必殺，殺你！」雙眼愣著，「孀，孀娘，誰，誰要殺，殺我？怎，怎麼辦？」

「三姑娘！這是黑道上的仇殺啊！快走！」二孀娘一把拉了張三香進房，「說不定現在桃花眼的手下就來找我們了！他們會認定是我們下毒毒死桃花眼的！」

「我，我沒有哇！」張三香大叫。

「黑道上的事我們哪搞得清！」二嬸娘說得斬釘截鐵，「就算我們一時不被他們打死，也會被捉到公堂去！縣太爺開審你不承認？那就打板子夾手指抽鞭子！比死了還慘！那就是屈打成招哪！」

張三香驚恐得全身抖得如篩糠一般，眼全直了：「這，這……」

「就算縣太爺明鏡高懸，不定我們的罪，但那個姓黃的，這個叫送信來的也不會放過我們！所以才叫『必死』『必殺』啊！三姑娘，快帶上值錢的東西！走！」看她仍愣著，劈頭給她一聲怒喝，「三姑娘，快換了衣服！」

這時的張三香只覺腦中如同塗了一片漿糊，又好像一片空白，幸好被這一聲喝喝醒了，「啊！」的叫了一聲，手忙腳亂脫了睡衣，換上平時出門的服飾。還是二嬸娘做事麻利，從衣櫃裡一把拉出個皮箱，把內裡的衣服全倒出來，再三下五落二把屋裡的首飾細軟、銀票銅鈿等全往裡一放，眼睛一掃，從衣櫃裡拿了兩件值錢的貂皮大衣也往裡一塞，其他別的都不要了。嘴裡叫嚷：「快快快！」左手就提了皮箱，右手拉著張三香，急匆匆下了樓，從小後門出去，放開喉嚨叫住了兩輛黃包車，跨步上去還未坐定便叫：「快！去金利源碼頭！」真可謂惶惶若喪家之犬。

兩輛黃包車向東穿過縣城朝碼頭飛奔時，桃花眼的兩個親信保鏢郎濤與余青正闖進張宅，狂叫著上樓要捉拿張三香問下毒之罪——博愛醫院的醫生已經確診：桃花眼是砒霜中毒。

當張三香與二嬸娘在金利源碼頭下了船，準備逃到二嬸娘的老家南通去時，桃花眼在博愛醫院已昏迷了一個多小時，正踏進鬼門關去：救治砒霜中毒的特效藥是二巰基丙醇，但博愛醫院裡沒有，醫生雖然已給他洗了胃，但這流氓頭還是因多個臟器功能衰竭而一命嗚呼。

這時鄭子良正悠悠閒閒地坐在小客棧裡，慢慢品嘗著美酒佳釀。他相信自己的計劃已經成功。

中午時鄭子良離開張宅，從小後門走了出去，但他並沒有走遠，而是一個拐彎便上了意如春樓，又在靠窗的餐桌前坐下，眼睛瞟著張宅。剛拿起茶杯喝了一口，便看到桃花眼嘴角叼著根香煙，後面跟隨三名保鏢，大搖大擺地從弄堂那邊拐過來，進張宅去了。

鄭子良要了一個菜、一兩酒，邊吃邊喝。約半個鐘頭，看到一個保鏢背著桃花眼從張宅裡衝出來，兩個保鏢緊隨在後，邊狂叫「馬車！」邊朝弄堂口奔。鄭子良微微笑了，他下了樓，找到一個正在弄堂口百無聊賴地發愣的小癟三，從懷中掏出封信，同時給他十文錢，用手遠遠的指了指：「你把這封信送到那間張宅去，交給一個叫張三香的姑娘。你還可以跟她討十文。」

看看懷錶已經是下午四點，鄭子良結了小客棧的帳，施施然回到回龍里賭場，被高丁旺一把拉到後間去。

「鄭大哥！」高丁旺還未等鄭子良坐定，就叫起來，「今早桃花眼來拿了五十個大洋！」把對方如何來搗亂的事略說幾句，「鄭大哥，以後怎麼辦？你說放倒桃花眼……。」

「桃花眼已經倒了。」鄭子良微笑，把經過也略說幾句，聽得高丁旺、潘阿毛等人又驚又喜，「張老頭不是有個姪女在博愛醫院當護士嗎？叫他現在去探個確切消息回來。」

張老頭是回龍賭場的打雜，去了大半個鐘頭，回來稟報：桃花眼在幾個鐘頭前就死了。高興得潘阿毛等人大喊大叫，高丁旺向鄭子良一豎大拇指：「鄭大哥，儂不愧是大哥！」

鄭子良笑笑：「硬仗還在後頭。明天我們就到和方里去！」

第二天，日上三竿時，鄭子良、潘阿毛、高丁旺帶著手下十一二人向和方里進發，這時的和方里賭場，正聚集了桃花眼原來的大部份手下，一些靠在牆邊，一些蹲在牆角，一些坐到了骰寶台上，個個嘴角叼支三砲台或老刀牌，一屋煙霧瀰漫，在商議怎樣為桃花眼辦後事和由誰來當大哥。

桃花眼在自任大哥時有近二十個手下，潘阿毛拉走了六個過檔到回龍，便剩下十二三人。自從當了大哥後，桃花眼又蒐羅了十個八個街頭巷尾的流氓癟三，算起來也有個二十來人。現在桃花眼突然暴斃，沒吩咐後事，他的三個親信保鏢郎濤、余青、方千里便都窺伺著大哥的位子，這種情況幾乎是所有黑幫團伙的慣例。

這三人其實沒有什麼忠實手下，原來全是為桃花眼當保鏢的，並沒有拉幫結派，現在約二十個流氓癟三聚在和方賭場裡，也不是什麼正式的開會，流氓癟三嘛，也不懂得什麼開會不開會，只是你一言我一語的在嘈嘈吵吵。這個問，開私門口的張三香怎會毒死了李大哥的？那個說，李大哥死了，大家最好別散伙，否則又要回到街邊去跟人乞討了……。

突然，小嘍囉李六發出提議：「各位兄弟，現在李大哥死了，我們應該給他燒炷香。他的兩個老婆在家裡擺了靈堂，是供他的親戚拜祭的，我們這麼多人去，也不好，不如就在這賭場裡設個靈位，大家兄弟拜祭拜祭，好不好？」

其他嘍囉七嘴八舌的說好，突然一個新入伙的街頭癟三提出：「好是好，但誰來領頭呢？誰來做大哥呢？」這才是要害。大家突然都靜下來。

郎濤掃周圍一眼，叫道：「李大哥在時，我一直跟著李大哥，他有什麼都問我，現在大哥不在了，就應該由我來做大哥！我保證各位兄弟以後有銅鈿花！」

「什麼李大哥有事都問你！」余青霍地從骰寶台上跳下來，把叼在嘴裡的那支老刀牌香煙往地上一擲，瞪起那雙小眼睛，「李大哥這次中毒，還是我背他去的呢！去捉那個張三香，又是我帶頭的！李大哥在生時，很多事都是找我去辦的！」別過頭來問站在骰寶台另一邊的方千里，「里哥，你說是不是？」

方千里好像沒聽到，他說自己的話：「李大哥生前經常說我人緣好，講義氣。做大哥，當然必須講義氣才行。各位兄弟，你們說是不是？」

明擺著，三個人都想做大哥，對於其他人來說，最有資格做大哥的也只有他們三個人，至於該由哪一個來做，可是誰也不願得罪其中任何一個，於是，這伙烏合之眾就只管你眼望我眼，不哼聲。

郎、余、方三人原來都是街邊的小流氓頭，後來跟了姜一鳴，加入桃花眼一幫，姜死後自然成了桃花眼的親信，現在桃花眼又死了，三人的資歷可謂「半斤八兩」。照著他們的流氓本性，誰也不讓誰。

彼此又擺了一會自己的功勞，見其他人還是不哼聲，郎濤突然對著那伙嘍囉叫起來：「你們說，是不是該由我來做大哥！」說完，一手抓住坐在他旁邊的一個小嘍囉：「鬼仔三，你說是不是該由我來做大哥！」

鬼仔三沒料到自己會被一下抓住，嚇得愣了愣，連連點頭：「是，是。」

「什麼！」余青衝過來也一把抓住鬼仔三：「那你說我該不該做你們的大哥！」

鬼仔三才十五六歲，加入這伙流氓不久，身材又生得瘦小，被兩個大流氓一人抓住一邊，嚇得幾乎沒哭出來：「應，應該。」

方千里也走過來，突然出手一把抓住鬼仔三的胸口，向外一拉，叫他「呀」的一聲怪叫，隨即來了一個狗吃屎，然後雙手一扠腰：「郎濤、余青，現在是我們三個人要爭做大哥，其他兄弟既然都不說話，那我們三個就比試比試好了！說書的也講過，羅通掃北時那二路先鋒就是比武比出來的！我們點到即止，倒地為輸，怎麼樣？」看著兩人，拱拱手，「誰先來？」

這三個流氓頭，論身材、論力氣，方千里都略佔優勢。他現在看著兩人，頗有得意之色。他明白，既然大家都不哼聲，他這個提議是最公平合理的了。

「里哥講得不錯。」郎濤說，看一眼余青。余青愣著，他知道自己的斤兩，打不過郎、方二人。豈料這愣還未發完，郎濤突然一下躍起，對著方千里就是當胸一拳：「我先來！」

方千里當時正看著余青，覺得他那個發愣樣實在好玩，心想這個大哥之位捨我其誰。哪料到郎濤會來這一下突然襲擊，眼尾瞥見對方打來，躲閃已經來不及了，「篷！」連退三步，被腳下的條凳一攔，便來了個仰面朝天，發出「唉唷！」的一聲怪叫。

眾人大吃一驚，面面相覷，但不敢哼聲，年紀輕又是新入伙的，心裡不覺害怕，便想向外溜。

郎濤大笑起來：「里哥說的，倒地為輸。」拱拱手，「承讓，承讓。」看著佘青，「青哥，輪到我和你了。」

佘青看郎濤拳打方千里，心中突的一跳，明知自己不是郎濤的對手，但他又不甘心就此服輸，看著郎濤向自己拱手，表情像是仍在發愣，心中卻是一聲暗叫：「你使得的手段，我也用得！」突然右手對著郎濤的臉門就是一下直衝拳，右腳同時對著郎濤的上五寸下五寸就蹬過去。這一腳若被他蹬實了，不斷骨也至少痛得郎濤即刻倒地。

不過郎濤精得很，他使出了突襲的手段，很自然地也防著對方的突襲。佘青身一動，他就察覺對方有所動作，連忙退馬，佘青一拳打了個空，一腳也蹬了個空，人向前跨，未能站穩，郎濤即時給了他一個泰山壓頂，揮拳對著他的後腦勺就是狠命的一擊。佘青也是「呀」的一聲怪叫，跟鬼仔三一樣，來了個狗吃屎。

郎濤又是大笑：「哈哈！青哥承讓，青哥承讓！」拱拱手，向看得呆在當地的其他嘍囉叫道：「各位兄弟！你們說是不是該由我郎濤來當大哥！」

這些人看他如此兩下便把佘青和方千里都打倒了地上，哪個還敢反抗，況且這三人誰來做大哥還不是一樣，只要在這殺牛公司一帶稱王稱霸就行了，每個月從賭場、燕子窠拿得到銅鈿就行了，於是有些人便低聲應：「是，是。該由濤哥來當大哥。」

「有誰不服？」郎濤聽到有人響應，更得意了，「誰不服就上前來。」

話音未落，門口處響得一聲大叫：「我上前來了！」大家轉頭一看，潘阿毛帶了十多人進來，個個凶神惡煞的模樣。高丁旺、阿榮、阿祥等人是認得的，其中有一個大高個子這些人沒見過。當下便有人低聲議論：「這大個子莫非就是桃花眼前幾天去回龍要找的山東大個子？」

潘阿毛站定了，向各人拱拱手：「各位兄弟，我潘阿毛回來了！大家知道，姜一鳴在時我是他的左右手，桃花眼自封大哥時還得封我做二哥。我潘阿毛為了避免兄弟反目，故而帶了幾個兄弟去回龍先幫幫高丁旺。桃花眼現在被個開私門口的暗算了，姜大哥以前創下的這個地盤豈能就這樣散伙！我潘阿毛現在就回來主持大局。各位兄弟，有錢大家撈，有飯大家吃！這是我潘阿毛歷來的主張。我繼任大哥是理所當然，你們誰有意見？」

其他人一聽，面面相覷，不知怎樣反應，郎濤先大叫起來：「潘阿毛你是叛徒！說什麼避免兄弟反目，是你背叛了各位兄弟……」他還未叫完，鄭子良已向他走過去，對著他的臉門就是一拳。

上次桃花眼帶了十個嘍囉去回龍賭場搗亂時，郎濤在醫院裡陪著姜一鳴，沒有去，也不認識這個大個子，現在見對方陰冷著臉向自己走來，心中猛地打個突，也不叫了，向後退一步，雙手擺個樁式，做好應戰準備。卻見這個大個子一言不發，當臉就是一拳打來，忙出一招貓兒洗面，想把對方的手格開，同時又一退馬。大叫一聲：「你是誰？」

鄭子良在郎濤的手就要跟自己的手相觸之時，已化拳向爪，同時一反手腕，扣住了對方的內關穴，向自己身側一拉。他身高力大，又有真功夫，郎濤哪是他的對手，「呀」的一聲叫，人已向前撲，鄭子良順勢一揮左拳，對著他的肋部就是一擊，「篷！」郎濤「呀」的一聲怪叫，應聲倒地。同時聽到對方大喝一聲：「我是山東大個子鄭子良！」

這時方千里與余青已齜牙咧嘴的站了起來。本來他們三人若不內鬨，而是一致對敵，那鄭子良未必就有獲勝的把握，所以他說「硬仗還在後頭」。況且，桃花眼的這伙人也可能會奮起抗爭，兩伙人打起來，極可能就是一場混戰，勝負也在未定之天。現在可好，他倆恨這個郎濤，見他被鄭子良一拳打倒地上，也不上前相幫，其他人便成了一盤散沙，全都呆住。

只聽潘阿毛又叫道：「我潘阿毛來當大哥，你們誰還有意見？」

儘管有人心中不服，但沒人敢做出頭鳥，否則就等於向鄭子良挑戰，於是全場仍是愣著。

「那好，」潘阿毛不失時機便又拱拱手，「我潘阿毛是各位的大哥，但這位大個子鄭子良是我潘阿毛的大哥，也是高丁旺旺哥的大哥。因此，現在大家的真正大哥是鄭大哥。相信有人聽過鄭大哥現在我們在英租界的名聲：他有勇有謀，為人講義氣，又好功夫，主張有錢大家撈，有飯大家吃！現在我們就奉鄭大哥做我們的大哥！」說完，向鄭子良拱拱手，「鄭大哥！」

高丁旺、阿榮阿祥等人也一同向鄭子良拱拱手：「鄭大哥！」

似乎真是人心所向、眾望所歸了，一些街邊小流氓癟三以前也是聽過鄭子良的名聲，現在又見他如此勇武，又有這麼些人捧他，便紛紛附和起來，向鄭子良拱手：「鄭大哥！」

鄭子良拱手還禮：「我鄭子良多謝各位！」一轉話題，「現在回龍里與和方里就不分彼此了！有錢大家撈，有飯大家吃！我鄭子良講的就是這點！原來大家誰看管哪個場、哪個燕子窠的，還是看管那個場那個燕子窠。有得撈大家撈！我鄭子良保證大家有銅鈿花！有事找我鄭子良，我幫各位出頭！」看一眼已爬起身來的郎濤，又看一眼呆呆地站著的方千里和余青，「你們三位覺得怎樣？」

這三人當然不服氣，這些流氓哪能一下子就認了人家做大哥，但打不夠人家打，況且看看原來自己的這伙人，已一個個向鄭子良拱手叫大哥，自己還能怎麼樣？想到這裡，余青心裡叫聲：「說書佬說的，識時務者為俊傑。」對著鄭子良一拱手：「我聽鄭大哥的。」

方千里一看，還有的一點點對抗心理只得壓下來了，也拱拱手：「我也聽鄭大哥的。」

只有郎濤一肚子氣，他知道打不過鄭子良，但心中的那股氣衝得他怒目一睜，轉過身，蹬蹬蹬便走出了賭場。

鄭子良看著郎濤走了出去，只是微微一笑，也不介意，向著眾人又拱拱手：「那好！今天就算群英會，大家不打不相識，相識了，就要同心協力做好我們的生意。今天各賭場燕子窠繼續開檔！各位辛苦！」一揮手，「殺牛公司這一帶就是大家的天下！」

眾人齊聲響應：「是！鄭大哥！」

就這樣，鄭子良成了殺牛公司一帶流氓的大哥。

第八章　洪門秘辛說從頭

鄭子良成了殺牛公司一帶的流氓大哥後，隨即就設法鞏固自己的勢力和地位。他指派高丁旺、潘阿毛、方千里、余青、阿榮、阿祥等手下骨幹分別打理殺牛公司一帶的賭場和燕子窠，而他就是總頭目，統領這幫流氓小頭目，協調各方面的關係，每月收受他們的「貢奉」；同時，他又指使手下去搗亂商鋪，乘機勒索，收取保護費，於是銀洋銅鈿便有如豬籠入水。有錢有勢，不少地痞癟三也望風來歸，加入了這個流氓團伙，奉他為大哥。大約一年功夫，鄭子良手下的嘍囉便擴展到六七十人，賭檔開了十五六個，燕子窠更發展到二十個。他真正成了殺牛公司一帶的霸主，比原來的姜一鳴可威風得多了。

有了錢，鄭子良便開始著手置他的家業，租賃了一幢二上二下的石庫門樓房，即當年法租界洛斐德路茄勒路口光裕里四號。隨後，一個唱蘇灘的朱姓名旦介紹自己的表姐張氏給鄭子良為妻，於是，這個流氓頭也算是正式的成家立業了。過了不久，鄭子良又租下隔壁的二號，也是一幢二上二下的樓房，把中間的牆拆掉，重新裝修一番，兩幢就併為一幢，成了一間豪宅。

鄭子良娶了張氏後不到一年，便又把個貼身丫環納為小妾。這個小姑娘叫柯蘋，才十六七歲，是從蘇北逃荒來的，流落街頭，被鄭子良看中，便收為貼身丫環。在鄭家做了還不足三個月，便成了小婦人了。看著自己家大業大、妻美妾嬌，手下又有這麼一幫子人，勢力又在逐漸擴張，鄭子良不覺得意，哪料就在這時，真正的麻煩事來了。

一般的麻煩事其實早已有的。

在開始穩固自己在殺牛公司這一帶的流氓地位時，鄭子良曾先後遭到過附近幾股流氓勢力的「入侵」。這些地痞們三五成群的到他轄下的賭場來搗亂，聲言要收保護費，這無疑是與虎謀皮，流氓勒索強盜。鄭子良得報後，表面上不動聲色，暗裡則派手下人瞭解對方的來頭，確證對方並沒有什麼幫會堂口的背景後，就採取行動：事先埋伏在賭場外面，當這伙人再來搗亂時，就一聲呼嘯，以絕對優勢的兵力一擁而上，刀棍齊下，這些流氓癟三不過是一伙烏合之眾，並非鄭子良這伙人的對手，再加上被做個措手不及，立即一個個抱頭鼠竄，以後不敢再來。

經過好幾次這樣的打鬥後，附近的流氓再不敢來捋他的虎鬚，有的更轉而前來投靠。鄭子良當然是多多益善，小小無拘。隨著在江湖上的名氣越來越大，不覺躊躇滿志，私下便慫恿手下的幹將向西面擴張勢力。手下打著他的招牌多搶得一塊地盤，自然就要多給他一份「貢奉」；手下撈到錢，他亦腦滿腸肥。當然，碰上麻煩事他就得出面解決。這三幾年下來，麻煩不是沒有碰過，與其他流氓團伙的爭鬥也不時發生，但都被鄭子良運用各種手段平息了，勢力在慢慢地擴張。想不到就在這「風調雨順」之時，碰到了一個強硬的對手。此人就是當年上海灘的一個洪門頭目，名叫范三。

這麻煩事是由潘阿毛惹來的。

不久前，潘阿毛探得消息，說薩坡賽路原福里新開了一間賭場，便帶了五六個兄弟到那裡去收保護費，大模大樣的進了門，大叫一聲：「誰是這裡的頭，叫他出來！」一個身材中等、臉肉橫生的壯實漢子幾乎是應聲而出，場中三幾個一臉殺氣的職員立即緊隨在後。

「你是誰？」漢子走到潘阿毛的面前站定，左手扠腰，右手幾乎指到他的鼻頭，「有何貴幹！」

潘阿毛中等身材，生得並不壯實，一看對方那股氣勢，不覺有點心怯，但他在殺牛公司一帶橫行慣了，心想一打出鄭子良的牌子，對方就不敢囂張，於是仍是一副目中無人的模樣，一把撥開對方的手：「我是潘阿毛！我的大哥是鄭子良鄭大哥！老友，你把賭場開到了原福里，竟不先去拜拜鄭大哥的碼頭，這不是太不給鄭大哥面子了嗎！」

潘阿毛以為對方一聽「鄭子良」的名氣，也會像以前碰到過的大多數流氓癟三那樣連說「是是是」，哪料這個壯漢竟大笑起來：「哈哈！我以為是誰，原來是你這條小毛毛蟲！告訴你！這裡是范三爺的碼頭！」右手伸出一個指頭就在潘阿毛的眼前晃了兩晃，「如果識相，你就立即滾回殺牛公司！」輕蔑地做了個殺的手勢，大笑起來，「否則我就把你當牛，殺！」話音剛落，緊跟在後面的人也跟著一齊放肆地大笑，連一些原來愣著的賭徒也怪笑起來。

潘阿毛這三兩年還從未受過這樣的侮辱，氣得眼一瞪，罵一聲：「你這頭瘋牛！」一拳就打過去，哪料對方左手一撥，右拳已閃電般擊來，潘阿毛躲閃不及，正中眉心，「呀」的一聲怪叫，向後連退兩步，幸好被同來的手下一把扶住，才沒有倒地。

「滾！」壯漢大喝一聲，一步步向前逼來，後面的人也是一個個殺氣騰騰的模樣，潘阿毛這伙人膽怯了，潘阿毛自己昏昏糊糊，連退幾步，一轉頭：「走！」倉皇而逃，背後傳來一陣哈哈大笑。

潘阿毛苦著臉，找上高丁旺一道到這光裕里來找鄭子良稟報，鄭子良一聽，以前的氣慨也蔫了，一時間啞口無言。

「大哥，這是明剃眼眉！我們不能夠就這樣算數！」高丁旺叫起來。

鄭子良沒哼聲，慢慢喝口茶，放下杯，才冷冷地盯著這兩個手下幹將，沉聲道：「現在不是我們想算數就罷，我擔心的是對方不算數。」

「什麼！」這二人一聽，你眼望我眼，吃驚得目瞪口呆，「我們不去找他，他還要來找我們？」

「你們知道范三是誰？」

「聽說好像是什麼三合會的人，」高丁旺搔搔頭，「以前又沒有打過交道。」頓了頓，「他有多厲害？」

「此人到底有多大的勢力我不清楚，但至少不會弱於我鄭子良。他是三合會的頭目，是徐朗西的徒弟，而徐朗西，」鄭子良有意頓了頓，「是今天上海灘最有勢力的洪幫大哥！」

高、潘二人同時「呀！」了一聲。

「你們啊，就只知道在殺牛公司這一帶嫖、賭、抽大煙，撈銅鈿，也不關心一下外頭的形勢。」

鄭子良帶點責備又帶點自負地看了兩人一眼，然後擺了擺手，「不過事到如今，也不必太過驚慌。有什麼事由我鄭子良出面應付。你們回去吧，向所有兄弟傳我的話：各自看好自己的賭場、燕子窠，誰也不得再到外面鬧事，否則決不輕饒！」高、潘二人連連稱是，站起來，躬身告退。

當晚，鄭子良是妻也不要，妾也不要，獨自躺在床上，苦思對策。

這三幾年儘管是「風調雨順」，但鄭子良已明顯感覺到自己由於不是幫派中人所造成的不利。他知道當時的上海灘兩個幫派的勢力最大，一是洪幫，一是青幫。洪幫中分好幾個山頭，其中一個名聲很響的龍頭大哥叫徐朗西，但此人是高是矮，是肥是瘦，一概不知，因為無緣相見。這樣的大哥不是順便可以見到的，得有人引見才行。而青幫，他知道現在上海灘最高的輩份是大字輩，至於這個幫派的內部詳情，就更是不甚了了。這些全是道聽途說。以前他也曾想過要加入幫會，但一直沒有碰到什麼大麻煩，加上又沒有碰上合適的介紹人，也就不急，便一拖再拖。現在他終於明白，自己在殺牛公司一帶還可以稱王稱霸，一出了這個範圍，若跟這兩個大幫的人一交手，那就如同小巫見了大巫，氣勢就蔫了一大節。道理很簡單，因為自己是幫外人，即行話中所說的「空子」，跟幫派中人作對，對方背後有著一股強大無比的勢力，而自己只不過是幾十個小流氓，況且真要明刀明槍的幹起來，肯為自己賣命的不出十個。

鄭子良抽出香煙，眼睛茫然地看著蚊帳頂出神，不用多久便在心中得出了一個毫無疑義的結論：自己要應付范三，以後要更快地擴張勢力，要成為真正的大亨，就必須加入幫會，僅靠現在這幾十個跟著自己撈錢的小流氓是不可能真正發達的，時間一長，還不知會被誰吞掉，就像現在這樣，碰上個三合會的頭目，立即就顯得處於劣勢。既為救燃眉之急，更為了將來發展的打算，今天這種狀況是不能繼續下去了！

鄭子良霍地坐起來。

但該入洪幫還是入青幫呢？找誰來詳細瞭解今天上海灘洪幫、青幫的狀況呢？找誰來介紹自己結識那些有頭有面的幫會首領，並加入幫會呢？慢慢地把自己相識的朋友想了一遍：來到殺牛公司以前的朋友都是些流氓白相人，知道的事情可能比自己還少，他們中可能有人是加入了幫會的，但由整天在家孵豆芽的人來介紹自己入幫，實在太沒面子。想到這裡，鄭子良把這些白相人全部否決掉；那麼這裡殺牛公司一帶的朋友呢？也是些流氓癟三，可能也有人加入了幫會，但他們現在還得跟著自己撈銅鈿，若向他們討教幫會的事，並由他們介紹入幫，我這個做大哥的面子還往哪兒擱？鄭子良猛喝一口茶：不行！那還能找誰？

又糊糊塗塗的想了約半個鐘頭，鄭子良突然靈感一現：四叔！

鄭子良的堂叔鄭四是在英租界棋盤街的鄭洽記土行做經理的，鴉片從外地運來，護送的多有洪幫兄弟；在碼頭上岸，那裡也多屬洪幫的勢力範圍。土行商人必須跟這伙人打交道才能購進鴉片，而他們本身加入幫會，也是極有可能的事。況且，鄭四還是個秀才，在家鄉時，公認是個博學的人，天文地理無所不曉的，相信他對上海幫會的狀況有相當的瞭解。

鄭子良不覺微微笑了。

幾年前他雖被鄭四逐出店門，但並沒有記仇，這種性格使他在江湖上有不少朋友，也是他能夠得到流氓癟三擁戴的原因之一。四處流浪，匆匆一年過去，當他成了殺牛公司一帶的流氓頭，多少有了點錢後，還回到英租界去探訪過鄭四，並送上豐厚的禮，一來是敘親戚同鄉之誼，二來也是順便向同鄉及朋友炫耀！鄭四見這個堂侄子竟有如此胸襟，又如此重親情鄉情，不覺也大為感動，便在潮州人開的菜館裡辦了一席酒菜，好好地招呼了這個堂侄子一頓，幾杯酒下肚，兩人天南地北的亂聊，席散之時，已是前嫌冰釋。以後這三幾年，每到過年過節，兩家便有往返。

鄭子良想到這裡，把煙頭往煙盅裡一撳：「明天就找四叔去！」

第二天一早，鄭子良來到英租界棋盤街找鄭四。鄭四年約五十，中等身材，額高鼻尖，嘴寬下巴翹，眉毛濃密，雙目炯炯。身著一襲長衫，腳穿一對藍布鞋，看上去一副神閒氣定的模樣，既似

個飽讀詩書的秀才，又像個精明的商家。見子良來訪，便向行裡伙記吩咐兩句，然後叔姪倆就上了石路有名的茶樓五雲日升樓。

在雅室坐定，鄭子良吩咐茶樓老闆：「這雅室裡的其他茶位全算我的，不要再讓別人進來。」

「子良，何事如此機密？」鄭四看老闆關了門，笑著問。

「我知道四叔見多識廣，又博古通今，故特來向四叔請教。」鄭子良恭恭敬敬地給鄭四斟上茶，遞上支香煙，點上火，坐定，直言不諱就將自己面臨的困境簡略地說了幾句，「四叔，我想詳細瞭解一下上海灘青洪兩幫的情形，並想向四叔討教怎樣應付范三的事。」

鄭四哈哈一笑：「子良，你找四叔算是找對了。要是別人，絕對不會跟你說幫會的事，而且他們也未必知道得像四叔那麼多。」喝口茶，吸口煙，神情頗為自負，「范三的事，暫且先放過一邊。你現在在江湖上也算個小小的人物，應該多知道一點青洪兩幫的來龍去脈了。」

「是，多謝四叔提點。」鄭子良立即欠身又給鄭四斟茶，「小姪若能知個詳細，以後定必大有好處，請四叔詳細說說。」

「你很聰明，不讓外人進來，又關了雅座的門。」鄭四看看鄭子良，「那我就從頭說起。」身體往椅上一靠，很瀟灑地揮了揮手，「青洪兩幫，實在可說是一脈兩支，講起它的源頭來，得說到前朝的事了。」輕嘆一聲，「話說明朝末年，清兵入關，崇禎皇帝跑到煤山上吊，明朝就亡了。明臣史可法在揚州抗擊清兵，亦兵敗身死。他有一個部下幕僚叫洪英，字啟盛，是山西平陽府太平縣人，崇禎四年的進士，在史死後招撫部眾二萬抗清，那時蒲城人蔡德忠、懷來人方大洪、涿州人馬起興、絳州人胡德帝、李式開五人都慕他的名來投奔他。到本朝順治二年，洪英在一場戰役中身負重傷，死在三叉河。臨終前命蔡德忠等南下福建，投奔鄭成功。」喝口茶，看一眼鄭子良，頗得意地加上一句，「那是我們的先祖呢！」

「以後怎麼樣？」鄭子良邊為他斟茶邊低聲問。

「過了十六年，也就是順治十八年，鄭成功退守台灣，創設『漢留』，開山立堂，定名『金台山』、『明倫堂』，以反清復明為宗旨。這可以算是洪門的源頭。同時招兵買馬，徐圖反攻。軍營之中，一律以兄弟相稱。」

「隨後，鄭成功派遣大將陳近南赴珠江流域，萬雲龍往黃河流域，蔡德忠等五人赴長江流域，任務是聯絡各地志士，共謀反清復明。陳近南因語言不通，便將珠江流域的工作交付蔡德忠五人，自己遠走雲南、貴州、四川，在湖北襄陽附近的白鶴洞以修道為掩護，糾集志士，共圖大舉。康熙十三年七月二十五日，在紅花亭歃血為盟，兄弟結義。據秘籍的記載，當時黑夜沉沉，天空突發紅光，眾人大驚，以為是天意助成，因號這次結義為『洪家大會』，隨後舉義，這便是洪門的由來。」

「為什麼叫洪門呢？」鄭子良問。

「他們要做的事是復明，明太祖年號洪武，因而叫洪門。」

「那為何又稱天地會呢？」

「洪門人士指天為父，指地為母，故又名天地會。」

「以後又如何？」

「洪家大會的起義很快就失敗了。到了康熙二十二年，鄭成功之孫鄭克塽降清，之前把洪門兄弟的花名冊、規章及鄭成功的『延平郡王招討大元帥印』藏諸鐵箱，沉沒海底。本以為永無再見天日的了，哪料後來有個四川藥材商人名叫郭永泰的，是洪門人士，由四川來到福建以聯絡反清人士，一日到了金門，借宿一漁民家，見他家中的米缸蓋上，竟有『漢留』規章。急忙追問，得知這漁民在台灣近海撈到了一個鐵箱，箱內的『大元帥印』已以十兩紋銀賣了給鄰居。郭永泰當即出資買回元帥印，並把『漢留』規章一同帶返四川，從此後洪門兄弟身上所攜帶的憑證，即蓋用此印，稱之為『寶』。不過洪門一直在擴展，以至兄弟遍於全國，一個印哪蓋得過來，於是便根據『漢留』規章訂出許多暗號，稱為『海底』——因為那是從海底撈回來的，見面盤問，以判斷是不是同門兄弟，這就叫做『有寶獻寶，無寶盤考』。」

「怎個盤考法呢？」鄭子良低聲問。

「你是我的子姪，現在又是一方的所謂大哥，我就不妨對你直說，你對外人可不能亂講。」

「這個四叔放心。」

「我說過了，洪門兄弟遍於全國，他們在各地的組織稱為山堂，成員之間以兄弟相稱。各地山堂為了彼此聯繫，接待兄弟，就在一些交通要道的城鎮設立碼頭。據一些前輩說，以前設碼頭，必須秘密通報全國各山堂，以便聯絡；現在呢，沒有全國性的洪門組織，聯絡面不廣了，大致是同省的各有聯絡，互相通告對方，出了本省，對方就未必知道了。」

「洪門兄弟外出聯絡或私事路過受到當地洪門接待照應的，行話叫『闖碼頭』。碼頭一般都設在茶館酒店，稱為『方首』，由洪門內的『紅旗老五』主持，或由執法老么代行。闖碼頭的洪門兄弟進茶館酒店時，必須先用右腳跨進門檻，坐下後將兩手分開按住桌邊，口稱請堂倌泡茶；即使在酒店，也得這樣說的。」鄭四邊說邊做了示範，「堂倌問要什麼茶時，須回答要紅茶，意思就是來找洪門兄弟。如果該店確是『方首』，堂倌會送上有蓋的茶杯和一雙筷子，這時闖碼頭的就要將筷子放在茶杯的左邊，同時將茶杯蓋朝天放在筷子左面。堂倌會上前問要吃什麼，回答我要吃糧；吃糧本是當兵的意思，後來純屬暗語了。又問先生從何而來，回答從山裡來；意思就是從山堂來。再問到哪裡去，回答從水路回家；意思是從山堂香水訪自家人。如此三問三答後，堂倌便改稱來客為『哥子』，繼續問府上哪裡，答家堂頭鄉下。又問哥子尊姓大名，昆仲幾人，要答兄弟某姓某名弟兄八人，我是長房老幾或二房老幾。」說到這裡，鄭四喝口茶。

「這幾句問答是什麼意思呢？」鄭子良邊斟茶邊問。

「這是暗語，八人是指洪門的內外八堂，長房指內八堂，二房指外八堂，老幾指擔任的職務。」

「內外八堂又是什麼意思呢？」

「這是山堂中不同的職位，各自執掌不同的職責。」

「實際情形是怎樣的？」

「洪門每個山堂的首領稱龍頭大哥，又稱龍頭大爺，下設內外八堂。內八堂為『京官』，屬山堂裡的最高層，主持內政，分為八等，各以八卦中的一卦為名：一步『乾』字為『正山主』；二步『坎』字為『副山主』，同屬『坎』字輩的還有『香長』、『盟證』兩軍師；三步『艮』字為『座堂』，職責是幫助香長處理內部事務；四步『震』字是『陪堂』，職責同座堂；五步『巽』字是『刑堂』，職責是受理本山堂內政；六步『離』字是『執堂』，職責是總核和監督各路碼頭內政；七步『坤』字為『理堂』，專管錢糧、財政、軍需事宜；八步『兌』字為『管堂』，同一級別的還有『護劍』『護印』各一人，負責稽查不肖、判決罪狀和執行紀律。座堂以下的六個堂又稱『六部』，凡洪門兄弟違反幫規，要經六部會商，決定處分，正副山主不能擅自決定。」

「外八堂對外主持軍事，依次以『孝、悌、忠、信、禮、義、廉、恥』為代號：一是『心腹大爺』，又稱『心腹大哥』，為外八堂首領，又是龍頭大哥的軍師；二是『聖賢二哥』，或稱『老二爺』，是心腹大爺的助手，也是龍頭大哥的軍師；三是『桓侯三哥』，或稱『老三爺』，是外八堂的管堂，其中又分金旗、銀鑑，前者掌管糧餉、銀錢、出納，後者掌管收發、文告、印鑑；四是『管事五哥』，其中又分幾種：紅旗五哥管生殺大權，執法五哥執行體罰，黑旗藍旗五哥管上下聯絡，傳令報訊；五是『巡風六哥』，司理巡山、放哨、偵查等事；六是『賢牌八哥』，職責與六哥同，只是專由師公和尚之類的人充任；七是『江口九哥』，司理站崗放哨等外勤事務，地位最低，一般由在社會上沒有地位的平民百姓擔任；八是『么滿十哥』，小么滿哥一般由在社會上無正當職業的人充任，大么滿則是龍頭大爺的勤務員；自然由其親信擔任，因而有直接升為心腹大爺的，其他等級的人一般只有從小到大逐級來，因功提升，也可連升三級。至於初入堂的人，看他的社會地位和學識聲望來定，有一入堂就擔任心腹大爺的，那是為山主所器重或有才能者。此外，照山堂內的稱呼習慣，二哥以下的『某哥』又稱為『某排』。」

說到這裡，鄭四喝口茶，看一眼鄭子良，看他聽得挺專心，笑了笑，問道：「子良，有沒有聽出這外八堂有什麼特別？」

「是，四叔，這外八堂裡怎麼沒有四哥和七哥？」

「聽得仔細。」鄭四稱讚了一句，「據說是這樣的：乾隆十四年，洪門在廣東惠州高溪廟集商舉義，主持者叫蘇洪光，又名天佑洪，他把自己的組織定名為『三合會』，以天為父，以地為母，以日月為姐妹，取義是天時、地利、人和三合為一。天佑洪率軍攻佔了不少城鎮，名震東南七省。又以史可法之姪史鑑明為軍師，女俠關玉英為女軍統領，自襄陽起兵入四川。當時蜀督叫王春美，他設計派自己的心腹符四、田七向三合軍詐降，天佑洪中計，安置符四為四排，即四哥；田七為七排，即七哥，並任副軍師。在重慶一仗中，因符四、田七作了清軍內應，三合軍大敗，潰退到白虎山，符四、田七均被拿獲處死，此後洪門就禁用四、七兩排。」頓了頓，「後來以金鳳四姐和銀花七妹代之。二者均是女人，職責是發展女性入幫，跟外八堂一起，合稱為十兄弟。此外，金鳳四姐又稱鳳頭大姐，一般是由龍頭大爺的老婆或有相當勢力的人擔任的。」

「聽四叔這樣說來，洪門組織真是相當嚴密，名目繁多。」鄭子良輕輕感嘆一句。

「聽起來，內外八堂是共設了三十七個名目，號稱是『三十六部半』，實際上按其權力、職責依次不過是這樣八級：山主、副山主、六部、心腹大爺、當家三爺、管事五爺、巡風老六、江口老九、么滿十排。其他名目只是硬性湊滿『三十六天罡』之數而已。」

「四叔，洪門兄弟遍佈全國，到底有多大的勢力？」

「各地情形不同，這很難說。有些地方，它足可以是僅次於官府的第二衙門，可以決人生死；有些地方，則被官府捕殺得四處躲藏，狼狽得很。洪門在社會下層有廣泛的基礎，這是可以肯定的。」頓了頓，「跟你說個事。左宗棠你聽說過吧？」

「不知道。」鄭子良搔搔頭。

「他在二十年前死了，生前是總督、軍機大臣。相傳有一次他率兵到迪化，行軍到平涼的時候，突然前軍不發。問什麼原因，原來是軍中身在洪門的士兵要迎接他們的龍頭大爺，請求駐兵一日。左帥軍紀甚嚴，這些官兵竟敢冒獲罪之險來迎接大龍頭，可見這大龍頭的威勢，而左帥竟也只得批准。據說後來連左宗棠自己也入了幫，用幫規來約束部隊，將士關係融洽，用兵得心應手。」

鄭子良輕輕「呀」了一聲。兩人默默飲了一會茶，鄭子良問：「剛才說到堂倌跟來客幾問幾答，通了暗語後，又如何呢？」

鄭四把手中茶杯輕輕往桌上一放：「哥子應對無誤，堂倌便初步認定他是洪門兄弟了，就說哥子如要解手，我可領你去。來客便說謝謝五哥，說完即隨堂倌入一密室，由紅旗老五，也就是我在上面所講的外八堂中的紅旗五哥、管事五爺，繼續盤問來客山堂的四柱名稱和寨主姓名……」

「四柱名稱？」

「洪門山堂各有自己的山名、堂名、水名、香名，稱為『四柱』，此外還有內外口號、一首詩。舉個例，湖南的錦華堂，寨主是劉傳福，山名是錦華山，堂名是仁義堂，水名是四海水，香名是萬福香，內口號是義重桃園，外口號是英雄克立，詩句是『錦華山上一把香，五祖名兒到處揚；天下英雄齊結義，三山五嶽定家邦。』這些都是該山堂的兄弟必須熟記於心的。」

「不過，四叔，真的每個山堂都有您老所講的那麼嚴密的組織、那麼多的名堂嗎？」鄭子良頗為困惑，「照我所聽到的，好像並不是這樣。」

鄭四微微一笑：「以前的洪門，宗旨是要反清復明，可以組建起一支軍隊，這裡舉事，那裡攻城，跟朝廷明刀明槍，那是把腦袋掛在腰帶上。組織嚴密，立許多規矩、訂種種暗語、設各處碼頭，為的是方便聯絡各地同門以圖大舉，並防止被官府偵破和被奸細混入。而且，過去洪門開山，要舉行最隆重盛大的儀式，必須經過普天下三山五嶽英雄好漢的同意，而且大家到場會齊，當眾承認，躬與其盛才算數，所謂『開山立堂，扯旗掛帥』。現在遍佈各地自立山頭的所謂洪門，嘿嘿，哪需要那麼多的規章？哪需要普天下三山五嶽人物的承認？不過是稱霸一方的豪強，想方設法撈銅鈿就是了。這跟當年拿性命來爭奪天下簡直是不可同日而語的。」

鄭子良也笑起來，喝口茶：「四叔，問明四柱名稱和寨主姓名後，又如何呢？」

「那就證明是自家兄弟了。便請來客入座用餐。如在茶館，由其任意挑選點心吃飽為止；如在酒店，則送上兩菜一湯和一壺酒。吃完後，來客須說請結帳，堂倌就說記帳。此時來客不能說表示感謝的話。然後約定時間地點，來客再去拜訪紅旗老五。如果是有事前來聯絡的，再由紅旗老五見本地的洪門大哥；公事未辦完，『方首』都要盛情款待，臨走時還要送一筆路費。如果是私事路過闖碼頭的，『方首』則招待住宿三天，臨行前也送一筆到達下一個碼頭的路費；但過了三天，送了路費，就不再招待。」

說到這裡，鄭四看鄭子良一眼，加重語氣道：「青幫有一條規矩，叫『許充不許賴』，意思是，如果你不是幫裡人，而懂得幫裡的規矩，這叫『空子』，幫裡一樣招呼你，甚至代你付酒飯帳和旅館錢。洪門的規矩正好相反，是『准賴不准充』，意思是，洪門成員在洪門內所幹的事，對外應嚴守秘密，可賴得一乾二淨，但決不允許外人冒充是洪門的人，誰敢這樣騙吃騙住的，一被發現，必遭一頓狠打，嚴重的格殺勿論。」頓了頓，「不久前曾有一個鄉下人來到漢口，在法租界燕子窠裡吸大煙，他放煙槍，插煙簽，放茶壺的地方，拿茶杯的手法，吸香煙的姿勢，斟茶的派頭，儼然是大哥的身份。小二看見了，就去報告大哥，說是不知什麼山頭的大哥到這裡來了。於是他們就去招待他，同他辯道，哪知此人答非所問，證明不是同門中人，大家最後認定他是有意冒充，那鄉下人雖跪地求饒，結果還是被割了一隻耳朵。」

鄭子良明白鄭四的意思，又欠身斟茶：「多謝四叔提醒。」頓了頓，「那青幫又是如何從洪門中分支出來的呢？」

第九章　冤仇人狹路相逢

鄭子良問從洪門裡如何又分支出一個青幫，鄭四深吸一口煙，慢慢吐出來：「這得說到一百八十年前的事了。那是雍正三年，離『洪家大會』足五十年了，當時盜賊遍地，漕運受阻，朝廷於是懸榜招賢以加強漕運。」頓了頓，「知道什麼叫漕運嗎？」

「是水上運輸吧？」

「本意如此。但實際上，是專指歷朝將所徵得的糧食解往京師或其他指定地點的運輸，這種運輸主要是水運，由來已久。比如，秦始皇將山東的糧食運往現在的蒙古作軍糧；從西漢到唐代，都將東南的糧食經黃河、渭水運往關中或洛陽；宋代時，開封是國都，東南和西北的糧食就分別由汴、黃、惠民、廣濟四河輸入。前朝和本朝，東南漕糧都經貫通南北的大運河運往京師。歷代漕運糧食每年有幾百萬石，事關朝政安危、國計民生，可謂關係重大。雍正時不得不招攬賢才來加強漕運。」

「四叔真是博學啊！」鄭子良由衷讚嘆一句。

「我們做土行的，貨從水路來，我自然對此有所瞭解。」鄭四哈哈一笑，「況且，我還是個秀才呢！有研究的癖好。」一擺手，「閒話少說。且說雍正懸榜招賢，當時有三個異姓兄弟就在河南撫署揭了皇榜，他們都是洪門道友，名翁岩、錢堅、潘清。揭榜後，他們向撫台田文鏡談了他們將如何整頓漕運的辦法，田文鏡與漕督就同上奏本，得到雍正的批准。三人於是聯絡了舊有糧幫和天地會的人，統一了糧幫組織，並被推為首領，組成了一個『道友會』，奉達摩為始祖，金幼孜為第一代祖師，羅清為第二代祖師，陸逵為第三代祖師，青幫裡的人稱這三代祖師為『前三祖』。」

「四叔，等等。」鄭子良一臉不解，「達摩不是什麼佛禪宗嗎？這青幫怎麼跟佛教拉上關係？這前三祖又是何方神聖？」

「達摩是我國佛教禪宗的創始人，傳說他是印度王子，歷三年寒暑，於南朝宋末年時到了廣州，在現在廣州的西來初地登陸，後來又一葦渡江，往北魏洛陽，在嵩山少林寺面壁打坐九年，創立禪宗。後來授予慧可《楞伽經》四卷，禪宗從此得以流傳。」

「金幼孜是明朝洪武年間的進士，曾奉明成祖命都督糧運。後見仕途險惡，又仰慕達摩，便辭官到江蘇棲霞山紫雲洞修煉，後又轉至五台山受戒，拜禪宗臨濟派三十六傳鵝頭禪為師，取名清源，也就是說，他的祖師是達摩。後又再回紫雲洞隱居，並在那裡圓寂。」

「什麼圓寂？」鄭子良不懂。

「高僧魂歸西天，便叫圓寂。」鄭四頓了頓，「有沒有興趣聽下去？」

「有意思，有意思。四叔請繼續說，小姪不打岔就是。」

「羅清是金幼孜的徒弟，不過他是『自拜』的。他本是明朝嘉靖年間恩科舉人，後賜進士，擢任監察御史及戶部侍郎。吐魯番犯邊時，嘉靖帝任命他為閫外都督，他率兵征番，傳說經過一番血戰後，被困於兩狼山下，糧盡三日，殺馬充饑。忽然來了一個和尚，說石崖下有本朝清源禪師北征時所儲藏的糧食，羅清即令兵士往取，全軍飽餐一頓，次日出擊番營，斬番將，一直追至番都。番主出降，表示以後永不叛明。羅受了降書，大獲全勝而回，歸途中經過五台山，想起金幼孜曾挽救全軍的恩典，便訪求這位清源禪師的遺蹟，看到他的遺物，並得知嘉靖帝曾封金為護國禪師，不覺大為感動，便在埋有金的佛塔下，拜金為師。後人在師父死後拜師，稱為『靈前拜祖』，據說就是起源於此。後來羅清被嚴嵩父子陷害，入獄十二年，萬曆年間獲釋，遁往棲霞山紫雲洞金幼孜修煉處修道，在那裡終了一生。」

「羅清拜金幼孜為師，而陸逵則拜羅清為師。陸逵曾當過江右總兵，明亡後隱居茅山。後到五台山求道。雲遊西北時，看到回民跟漢人因宗教不同而爭執械鬥，便向朝廷上書條陳用感化的策略，被康熙帝接納，賜他為『西北宣化法師』，訂立『回漢約法』。回京後，康熙本要給他官做，但他乞歸學道，便封了他為靖國尊人，又加封其師羅清為一清佛祖。晚年時，陸逵在杭州武林門外寶華山劉氏庵講經說法，翁岩、錢堅、潘清當時已是結拜兄弟，聽了非常佩服，就投拜在他的門下。」

「從這裡可以清楚地看到，青幫是一種師承關係。祖師爺是達摩，所以尊他為始祖。前三祖依次是師徒，而翁、錢、潘三人又是陸逵的徒弟。這留給青幫一個傳統，便是重視縱的關係，即師徒關係、父子關係；講究輩份，所謂『論資排輩，倚老賣老』；所謂『一日為師，終身為父；師徒如父子，兄弟如手足』。後一句的意思是，凡同拜一個師父的徒眾便為同參兄弟，因而嚴格地說，父與子是不能同拜一個師父的。他們稱幫內的前輩為師『父』，而不是師『傅』。洪門跟青幫不同，重視的是橫的關係，即兄弟關係，以兄弟相稱，最高首領是『大哥』。這是青洪兩大幫派一個很大的不同點。而且，青幫有佛門的色彩，也是淵源於此。」

鄭四說到這裡，喝了口茶，便繼續道：「其實，青幫的真正創始人是『後三祖』，也就是翁、錢、潘三人。他們得了聖旨，開辦糧運，首先設廠造船，統一尺寸，繪成圖樣，親自監工。傳說一共造了九千九百九十九隻半——所謂『無半不成幫』，半隻是腳筏子；當然，這個數字肯定是誇張了。同時動員山東民夫十六萬五千人，用銀一百一十萬兩，開濬河道，打通南北水運。佈置完成，便大開香堂，廣收門徒——這是欽准的。青幫從此創立，真正從洪門中分離出來。」

「相傳，翁岩當時按八仙之數收徒八名，錢堅按二十八宿之數收二十八名，潘清按天罡之數收三十六名，三人按七十二地煞之數共收徒七十二名。下立三堂：翁佑堂、潘安堂、錢保堂。此後徒弟又收徒弟，青幫組織便擴大發展起來。」

「隨後，翁等三人向師父陸逵請字，討教如何收徒立譜。陸便以祖傳的二十四字的字輩相授，作為傳統的幫內『家譜』。這二十四字是：『清淨道德，文成佛法，能仁智悲，本來自性，圓明興理，大通悟覺。』其中『清淨道』三字是『前三祖』的號頭——金幼玫號清源，羅清號清淨，陸逵號道元——實際便是教派，從『德』字起才是正式立幫。此後，這幫人在杭州武林門外寶華山建立『家庵』及十二座『家廟』——後三祖的十二高徒家庵，承運漕糧事務所就設在家廟內，並公議訂立了十大幫規、香堂儀式、孝祖規則、十禁十戒、家法禮節等規則。」

「後來翁、錢二人去了青海、蒙古朝佛，再無音訊，幫務由潘清一人主持。雍正十三年，潘在黃河大風事故中身死，由王德降繼任。這個王德降，青幫中稱為小祖師，他見幫內徒眾越來越多，怕陸逵定下的二十四字輩不夠用，便續訂下二十四字，那就是：『萬象皈依，戒律傳寶，化度心回，臨持廣泰，普門開放，光照乾坤』。不過這些字到現在還沒有用到。」

「現在用到哪個字了呢？」鄭子良問。

「至多用到『覺』字。」

「最高輩份又是哪個字呢？」

「是『理』字輩。當中最有名的就是徐懷禮，字寶山。他同時又是洪門大哥。」

「他既是青幫理字輩，怎麼又是洪門大哥？」鄭子良驚問。

「沒錯，此人實在是個梟雄。」鄭四輕輕點點頭，「他是丹徒南門人，今年四十開外。此人身材高大，氣宇軒昂，聲音洪亮，臂力過人，精於劍術，尤擅槍法，在江湖上可謂身經百戰。」

「四叔可否詳細說說？」鄭子良眼睛睜大，興奮莫名。

「少年時，徐寶山在他父親開的竹店學做生意。十五歲時，他父親病死，他既不願經商，又不思務農，就開始遊食四方，結交各地豪傑，後來乾脆加入綠林，嘯聚同伙，屢次在揚州仙女廟、宜陵、大橋、郭村一帶明火執仗，攔路打劫。官兵捕快一再兜捕，但他憑著自己機警敏捷，屢脫法網。人傳他凶猛剽悍，狂妄大膽，驕恣橫暴，無所畏懼，又以豪俠聞名。因而年僅二十，就已成為一群汪洋大盜的首領。」

「當時兩淮鹽梟，也就是私鹽販子，可稱多如牛毛。這伙人大都是從泰縣販運私鹽到揚州東鄉，再由三江營等處的通江口岸，運往江南各地售賣。因此揚州東鄉塘頭、吳家橋、朱家夥各地，都是私鹽集散轉口的重要地區，順理成章成為鹽梟的根據地。這是一伙殺人如吃生菜的亡命之徒，其中有兩兄弟最為有名，那就是朱大獅子和朱小獅子。徐寶山先去投奔這兩個人，隨後又自己獨建山頭。你要知道，鹽梟人數比綠林多，入息較強盜豐，於是徐寶山就這樣從綠林盜匪搖身一變，成了一股強大鹽梟中的首領。」

「徐寶山勢力越大，就越加放肆。抗拒官兵，殺人放火，尋仇報復，可說無所不為。人人畏懼，稱他為『徐老虎』。相傳鎮江對岸七壕口一帶沙灘，就是他們殺人的地方。他有個徒弟叫顏小麻子，深得他的真傳，可在人叢中刀刃仇家，旁人竟渾然不知……。」

「有這麼厲害？」鄭子良自認是武林高手，也稍吃一驚。

「這是江湖上的傳聞。據說有一次鄉間演戲，顏小麻子在人群中看到一個仇家，就帶著兩個手下慢慢擠到他的身邊，暗暗從腰間拔出兩把匕首，一手執一把，趁著仇家和四週的人聚精會神地看台上的花旦，猛一下就插進這仇家的左右腰穴，刀尖直抵脊椎骨上的笑筋，這人明知遭了暗算，卻連呀都不曾呀一聲，而只會呵呵的傻笑。顏小麻子的兩個手下，就立即攙扶著這個半死的人，一直談笑風生，若無其事地走出人叢，周圍的人竟不知發生了殺人命案。待來到一個僻靜處，顏小麻子才一拔雙刀，此人血如泉湧，一命嗚呼。徐寶山稱這一殺人手段為叫人死得快活。」

鄭子良點頭道：「了得了得，果然梟雄。」喝口茶，低聲問：「只是徐寶山怎麼會身在兩幫？」

「徐寶山很早時就已加入青幫，他的師父是誰，傳說不一。他在黑道上朋友甚多，很多人贊他三樣事，一是事母至孝，相傳他鬥毆殺人之時，若其母出來一聲喊，他就停手，不敢有違；二是劫富濟貧，他攔路打劫，常把所得浮財散發給窮人；三是敬重斯文，這就跟他加入洪門有直接關係。他聽說泰州城中有個落弟秀才叫任春山，是洪門首領，明智謀，通文墨，會算命，是個能人，洪門兄弟中除了稱他為大哥外，還尊稱他為『任先生』，徐寶山於是就帶上隨從秘密赴泰州找任春山。任春山當時正在考慮如何擴展自己的洪門勢力，於是兩人一拍即合，結為異姓兄弟，任介紹徐入了洪門，徐介紹任入了青幫。隨後兩人又商定合開洪門山頭，從兩人名字中各聯一字作為山名，那就是江湖道上赫赫有名的『春寶山』。成立時間是光緒二十五年，地點在七壕口。兩人共為山主，徐寶山原來手下的人也都成了洪門兄弟。」

鄭四邊說邊將右手食中二指輕輕敲擊著餐桌，「以前，青幫從洪門分支出來，為朝廷搞漕運，做得很賣力，洪門因而視他們『投靠滿清』，是『漢族叛徒』，為爭取碼頭，又時有仇殺，兩家積怨頗深。徐寶山提倡『青紅不分家』，兩幫的攜手合作，很多人都認為這大概就以徐任二人合開『春寶山』為起點。」

「了不得！」鄭子良由衷贊了一句，「後來又如何？」

「春寶山的創設，使徐寶山既是青幫中理字輩這樣的高輩份，又是洪門中的龍頭大爺，在江湖上更加名聲大振，青洪兩幫的人馬都有投靠他的，連武秀才、武監生都有投到他的門下。相傳他勢力最盛時手下達數萬人，下轄的販鹽船隊擁有船隻七百多艘，他便成為兩淮長江一帶幫會的總頭目。」

「官兵一直對他進行清剿，卻無法奏效，後來就轉而用招安的辦法，許以高官厚祿。這時春寶山內部出現了內鬨，徐寶山於是投靠了朝廷，出任兩淮鹽務緝私統領，一個綠林大盜於是變成了一個負責清剿綠林大盜的將領了。他招來了不少武藝高強的人物，歸他統領的部隊，號稱飛虎營，是清軍中一支驍勇善戰的勁旅。」

「那他就等於向舊日的兄弟開刀了？」

「說得不錯。徐寶山是以洪門山主的身份接受朝廷招安的，因而很多匪盜及幫會人士引為奇恥大辱，徐寶山也自知難容於昔日兄弟，於是先下手為強，利用手中職權，對不屬於自己統領的鹽梟私販、綠林舊侶大量捕殺。由於他熟悉幫會及盜匪的內情，因而大有成效，以至兩淮一帶的鹽梟盜匪，被殺了不少，沒被逮著的也只有紛紛逃亡，有的便逃進了上海租界躲起來。江淮一帶地方秩序恢復安寧，這倒為他贏得了不少好官聲。不過很多幫會人士大罵他絕情寡義，卻無奈其何。」

說到這裡，鄭四頗感慨地說了一句：「自古道，成者為王敗者寇，徐寶山的名聲建立在累累屍骨之上，現在不少人提起徐老虎的大名，幾乎是不寒而慄。」

「四叔，請恕小姪直言。」鄭子良突然一轉話題，「四叔對青洪兩幫的源流和人物如此熟悉，想必也在青洪兩幫？」

「哈哈！」鄭四笑起來，不說是，也沒說不是。

就在這時，有人急促地敲門：「四爺！」

「我手下的小伙記左韋。」鄭四對鄭子良道，起身去開了門，一個小青年對著他就是一揖：「四爺！老爺有事要請四爺回去。」

「什麼事？」鄭四看他神色有點不對。

「好像是失了土。」左韋低聲道。

鄭四面色一凜：「走！」轉過頭對鄭子良擺擺手，「子良，我有急事先回去，你自便，改日再談。」說完，跟著左韋匆匆而去。

鄭子良連忙躬身拱手：「四叔請便。」

鄭四走了，鄭子良呆了一會：整個上午聽四叔對青洪兩幫追根溯源，講那個梟雄徐寶山，關於自己加入幫會的事反而沒談。看現在鄭四的神情，一定有急事，不好打擾。掏出懷錶一看，已近中午，心中又記掛著有關范三的事，便結了帳，返回光裕里，剛進門，管家黃良便低聲叫：「少爺你回來了！范三今早送了張帖來！」

鄭子良心中立即打個突。范三的請帖是邀鄭子良到縣城裡的和福酒樓鴻圖廳相敘，時間是大後天下午三時。大後天？鄭子良怔了怔。大後天是農曆七月十五中元節，也就是俗稱的鬼節。鄭子良想到這裡覺得心中不舒服。把帖看了兩遍，心中又打個突：范三為什麼不定在租界的酒樓而定在城裡的酒樓？便問：「老黃，可有什麼信札？」

「沒有，就這個帖。一個小青年送來的，要少爺務必赴會。」

鄭子良沒再問，拿著請帖走回自己的房間，往床上一躺：這范三挑這麼個日子定這麼個地點來會自己，到底想怎樣？想了半夜，沒得頭緒。

第二天，鄭子良再去英租界找鄭四。左韋告訴他，經理外出，要三天後才回來。鄭子良驀然覺得自己孤立無援，臉上卻露出一絲冷笑。

不覺便到了中元節，吃過中飯，默默喝了會兒茶，已二時半，鄭子良帶上潘阿毛、高丁旺和保鏢陳小猛、董志，走出光裕里，從老西門進了城，沿著肇嘉路來到位於城中心虹橋旁邊的和福酒樓。進了門，看到梯口站了三個幫會打手之類的青年人在虎視眈眈；上了二樓，看尾房鴻圖廳，門口又站了兩個同類的青年人。

潘阿毛心裡不覺有點發毛：「鄭大哥，他們人多，肯定是……」

鄭子良冷冷一笑：「阿毛，如果你害怕，現在就回去。」潘阿毛立即閉嘴。

鄭子良對門口的兩名打手視如不見，跨步直入鴻圖廳，一眼看到內裡的大圓餐桌已換成了八仙桌，正中面對門口的人四十來歲，鼻大口大，眉濃眼小，正悠閒地坐在一張大交椅上抽大煙，後面站著四名彪形大漢，其中一個一見緊隨鄭子良走進來的潘阿毛，便用手一指，大笑起來：「哈哈，這條毛毛蟲也來了！」

鄭子良平靜地別過頭，用眼色制止住怒火上衝的潘阿毛。

中年人輕輕放下煙槍，慢慢站起身，朝鄭子良拱拱手：「在下范三，良哥果然守約，請坐。」話說得客氣，神情卻是不把鄭子良放在心上的傲慢。

「謝座。」鄭子良拱手還禮，眼一掃，只看到牆角處放著一張日字凳，此外室內再無座椅，這分明是范三要先來一個下馬威，落自己的面子。頭也不轉便沉著聲道：「董志，叫老闆親自搬張同樣的大交椅來！」

董志應聲：「是！」一個轉身正要出去，門口的兩名打手已一步上前把他夾在中間，原來站在梯口的三名打手也正好來到，喝一聲：「回去！」

鄭子良也不回頭，平靜地看著范三的眼睛，手仍拱著，語氣很平靜：「范三爺，江湖上講個義字，這裡不是打架的地方。」

范三微微一怔，傲慢的神色不覺有所收斂。他原來以為鄭子良年紀輕，在這樣的情勢下要嘛會發火，那自己動手就有充分理由；要嘛會被迫屈服，像個街邊小癟三似的坐到牆角的日字凳上去，那他在江湖上就丟盡了臉，接下來就好向他步步進逼。哪料到，這小子竟能鎮定自若。

兩人對視了約有三分鐘，范三感覺到鄭子良的眼中有股決不屈服的氣勢；而且相傳這小子武功好，敢拼命，看他這種身形和神態，似乎也非虛言。彼此相距這麼近，萬一逼急了對方一出手，對自己並沒有什麼好處……腦子打了這麼兩個轉，范三向五名手下把手一揮，然後自己慢慢坐下來，瞟一眼鄭子良，臉上是似笑非笑。

鄭子良仍然站著，一言不發，眼神仍然很平靜。過了約十來分鐘，一個中年胖子跟在董志的後面搬進來一張大靠背椅，放在八仙桌旁，連連躬身：「鄭大爺請坐，鄭大爺請坐。」哈著腰退出去。

鄭子良把大靠背椅輕輕一轉，慢慢坐下，這樣他的面也就正對著門口而不是對著范三，再輕輕把左手向上提了提，高丁旺立即從口袋裡掏出包香煙來，抽出一支，躬著身遞過去，再點上火。好像不當范三等人存在。

鄭子良吸一口，煙霧還未吐出，范三突然一拍八仙桌：「鄭子良！你現在已經踩進了我范三的碼頭。在青幫，你是空子；在洪幫，你連門檻兒也未見過！年紀輕輕的四處亂踩，今天在這鬼節裡踩進鴻圖廳來，算你夠膽，但你不夠識！是不是？」

鄭子良別過頭來看一眼，只見范三正一臉殺氣地怒視著自己，大有一口把自己吞進肚裡的氣勢，要在平時被人這樣拍桌子大罵，早已一下蹦起來，現在卻微微一笑：「三爺，您老有請，小弟我恭敬不如從命，自然來了，這跟膽識有什麼關係？」

范三一怔，他沒想到鄭子良竟不說是，也不說不是。說是，等於受他的教訓；說不是，那就好動手。現在他反問自己這跟膽識有什麼關係，說有沒關係都理虧。

就這樣愣了七八秒鐘，范三怒氣沖沖的臉色一轉，竟大笑起來：「哈哈！良哥果然是個人才。我范三就喜歡這樣的人才。」神情又一變，似乎很誠懇，「良哥，在十里洋場上海灘，不進幫門是吃不開的。這樣吧，我們今天兄弟相敘，你就加入我范三的三合會，以後就像你們廣東人說的，同撈同煲，如何？」

鄭子良心裡罵一聲：「你想得美！我入了你的三合會，不等於把這幾年創下的碼頭雙手奉送給你？見你的鬼！」臉上仍在微笑：「三爺好意，小弟心領了。小弟是爛命一條，無幫無派，不敢高攀，謝了！」

范三又一怔，原來一臉的誠懇隨即變得陰冷陰冷：「嘿嘿，鄭子良，你無幫無派，就別亂踩碼頭，應該貓在光裕里孵豆芽！」

鄭子良仍然微笑：「我想大家都曾孵過豆芽。」

范三霍地站起來，右手一指潘阿毛，「你手下這條小毛毛蟲踩到我的碼頭來搗亂，難道你以為可以就這樣算了？」

「阿毛哥並不知道那裡是三爺的碼頭，有所謂不知者不罪。」鄭子良看一眼潘阿毛，「還不向三爺謝罪！」

潘阿毛很不情願地拱拱手，躬躬身：「向三爺謝罪，請三爺原諒。」

「罷了！原諒？沒那麼容易！」范三把手一揮，同時狠狠地「哼！」了一聲。五個打手幾乎是應聲而入，這時候已是人人手提尺半短刀。同時「啪」的一聲關了鴻圖廳的門。傍著范三的四個彪形大漢，幾乎也是同時扯開上衣，各自拔出斜插在布腰帶上的斧頭。堵了門，十人對四人；除范三外，一個個手執利刃，眼露凶光。

霎時間，鴻圖廳裡殺氣騰騰。高、潘、陳、董四人不覺臉色青灰，鄭子良一直壓抑著猛往上衝的怒火，仍然坐著，身體輕輕靠在椅背上。只有他的眼神表明，他正處於極度警覺的狀態。

范三的話像是從齒縫裡擠出來的：「鄭子良，江湖上傳你武功了得，不過你自知也未必及得上馬永貞，如果你不想把這和福酒樓變成一洞天，那最好就聽我的話，別敬酒不吃吃罰酒！」

「三爺的意思是怎樣？」鄭子良仍然沒動，只是偏了偏頭。

「好說！爽快！」范三的話陰冷陰冷，「第一，姜一鳴的碼頭原來就在平濟利路以東，良哥你就把平濟利路以西的地盤退出來，那裡有五個賭檔、八間燕子窠，橫豎這些地盤都是你搶了姜一鳴的碼頭以後搶回來的，退出來，不過是物歸原主，你良哥並沒有損失。第二，」范三一指潘阿毛，「這條小毛毛蟲竟踩到我的碼頭來，我就當是良哥你事先不知道，不關你的事，就讓這條小毛毛蟲把只耳朵割下來，好讓他記住，以後不要再四週亂踩。第三嘛，你良哥雖然事先不知道這件事，但你是大哥，手下兄弟做的事哪能不負一點責任，就拿一千五百個大洋出來，算是補償原福里賭場的損失。」皮笑肉不笑的「格格」兩聲，慢慢坐下來，眼睛盯著鄭子良，「你現在就叫個人回去拿銀子來！這事也就算扯平了。」

潘阿毛嚇得冷汗從額上冒出來，接著是一聲怪叫：「你……」立即被一把短刀架在了脖子上。范三手下的其他幾個人同時全撲過來，利刃斧頭，寒光閃閃，盡在鄭子良及其手下的眼睛前晃，後腦上閃。

鄭子良眼睛向左右一掃。他明白，現在悄有不慎，就要血濺鴻圖廳。只一兩秒的時間，卻見他慢慢站起來放聲大笑：「哈哈！范三爺，我說過了，這裡不是打架的地方。」轉過身，對著范三，根本沒理會已幾乎碰到鼻頭上的刀尖，「三爺，和福酒樓在縣城的中心，官府一直在防範革命黨人，城中遍佈捕快，現在若打起架來，難免不會被當成是革命黨人暴動，城門一關，誰也跑不掉，拿到官府去，全當革命黨辦，那就大家都成了冤鬼！今天是鬼節，范三爺不想應節吧？」眼睛一瞪舉刀對著自己的范三的手下，喝道：「把這玩意挪開點！別擋著我跟三爺聊天！」同時舉左手輕輕一撥。

鄭子良的氣勢令這個手下怔了怔，刀一下被撥開，人後退了半步。

范三仍然靠著大交椅坐著，眼睛一秒也沒離開過鄭子良。鄭子良這番話一說完，他也大笑起來：「哈哈！鄭子良，你很聰明，以為這樣就嚇得著我？告訴你，我為什麼要把約你來的地點定在城中的和福樓？因為守東門的小捕頭是我兄弟！有什麼事，我就從那裡出去，外面就是法租界，捕快不能夠進租界裡捕人！哈哈，鄭子良，血濺鴻圖廳是你跑不掉，不是我范三。」

鄭子良心中一跳：「糟！」他萬沒想到范三竟有這一手，不覺臉色一怔，隨之又大笑起來：「哈哈！范三爺果然是老江湖，小弟佩服！不過三爺大概不會不知道徐寶山徐老虎的大名吧？你可知道小弟是徐老虎的什麼人？」

范三霍地站起來，他當然知道這個名震朝野的兩淮鹽務緝私統領、凶殘成性的青洪兩幫大龍頭，這令他不得不緊張：「你是徐老虎的什麼人？」

「徐老虎三姨太的表弟！」鄭子良冷冷一聲。他斷定徐寶山這樣的人肯定有三姨太，而范三不會不知道徐寶山，至於徐寶山的三姨太就不會清楚，而三姨太的表弟就更不用說了。

范三又一怔，他知道徐寶山有三姨太，但這三姨太是不是正得寵，不知；若她正得寵，那如果傷害了她的表弟，後果就絕對不是好耍的。鄭子良就乘他這麼一怔之時，閃電般向前一躍，疾如猿猴，身體轉到了范三的背後，左手一把夾住他的脖子，藏在右手衣袖內的匕首已執在手中，並頂住其右肋，同時大喝一聲：「叫他們放下刀斧！否則我一匕首捅死你！」

鄭子良的武功確是了得，他這幾個動作簡直是一氣呵成，范三一怔之時已失了先機，待他猛醒過來時，已處於對方的控制之下。

鴻圖廳裡的人全都愣住，一個個呆若木雞。

「叫他們把刀斧全部放下！」鄭子良又一聲怒喝，手裡的匕首頂了頂范三的右肋。

范三的舌頭有點打結：「放，放下，全部放下！」

九個人你眼望我眼，只得放下武器。

「范三爺，請你跟我一齊出去。」鄭子良的右手又頂了頂，「你放心，我不會傷害你，不過你若反抗，就休怪我不客氣！」

「是，好。」范三現在性命攸關，不得不從。

鄭子良夾著范三出了鴻圖廳的門，又叫一聲：「阿旺、阿毛、小猛、董志都出來！」高、潘、陳、董四人應聲退出，范三的手下也跟著湧出來，鄭子良又喝一聲：「各位留步！請繼續在廳裡慢慢飲茶，范三爺送了我們出西門，自然平安無事。我鄭子良說到做到！你們若跟來，我就難保你們三爺的命！我鄭子良言出必行！」說著匕首又一頂，「你叫他們全退回去！」

鄭子良這一頂有點傷著皮肉了，范三輕輕「呀」了一聲，臉色有點變了：「你們回去！我相信良哥會言出必行！」

九個手下只得停住腳，潘阿毛順勢「啪」的一聲關了鴻圖廳的門。

鄭子良的幾聲怒喝已驚動了經理和樓上的客人，經理是個圓鼓鼓的矮胖子，邊一挪一挪的走過來邊咕嚕咕嚕的叫著：「什麼事？什麼事？」後面跟了十來個客人。

鄭子良一聲怒喝：「沒你們的事！軋什麼鬧猛！」嚇得所有人一個個站住。

鄭子良再叫一聲：「經理，鴻圖廳裡的人會跟你結帳！」輕輕頂頂范三的肋間：「走！」幾個人就這樣「擁」著范三下了樓，外人看來還以為是幾個朋友攬臂挽肩的。

范三輕輕掙扎了一下，肋間立即又被頂了一頂，沉聲道：「鄭子良，事情不要做絕。」

「三爺你放心，我說不傷害你，就絕不會動手。但你得送我們出西門，可別耍花招。」

六個人沿著肇嘉路向西走，一路上碰到好幾個捕快，但范三不敢叫，因為鄭子良的匕首始終沒離他的肋間，就這樣出了西門，便進入法租界。鄭子良把匕首交與潘阿毛，對范三一拱手：「三爺，多多得罪！潘阿毛誤進寶地，不知者不罪，我們就這樣算了，以後井水不犯河水，三爺以為如何？」

范三把身體抖了抖，鬆鬆筋骨，臉上冷冷一笑：「那是以後的事！」又把頭點了兩點，「鄭子良，你功夫不錯，不過馬永貞也有中計的時候。」說完，一轉身，走回西門。

第十章　舊話重提馬永貞

潘阿毛的臉色還未回復正常，看著范三進了西城門，急得直想跺腳，低聲叫道：「大哥！我們怎麼不趁機殺了范三！」

鄭子良對他怒目一瞪：「你還說殺！」掃大家一眼，「走吧！」

五人急步回到光裕里，鄭子良慢慢坐到太師椅上，才感到背上的冷汗已浸濕了內衣，心中暗嘆一聲：「好險！」叫女傭：「阿香，拿酒來！」

高丁旺等人現在總算是驚魂甫定，圍著八仙桌坐下，喝了一會悶酒。

高丁旺終是忍不住，抬頭看看鄭子良：「大哥，我們不殺范三，以後他不會就這樣算數的！」

「你以為我不知道嗎！」鄭子良仰頭乾了一杯，「殺了范三，你以為我們走得了嗎！以後還可以在這裡混嗎！范三是三合會的頭目，身後是一個強大的洪門幫會，我們就這麼幾個人，如果就這樣殺了他，逃不逃得出縣城不說，就算逃出來了，江湖道上、官府裡，全都容不得我們！租界巡捕、洪門幫會，隨後就全都會找上門來！以後我們就別想像現在這樣撈銅鈿過安穩日子，別想繼續在這裡混！混不下去就只有散伙，散了伙，還要被官府通緝，被范三原來的手下以至其他洪門的人追殺，以後就連死在哪裡可能都不知道！」又喝了口酒，「江湖道是險惡道哪！你們說，這樣殺人，圖一時痛快，值嗎！」眾人一聽，全哼聲不得，只好繼續喝悶酒。

過了一會，才二十歲出頭的董志低聲問：「大哥，范三兩次說什麼馬永貞中計，這個馬永貞是誰？什麼回事啊？」

「這是二十多年前上海灘曾轟動一時的血案。」潘阿毛道。

「也是江湖道上一個血的教訓。」鄭子良頗為感嘆。

馬永貞是山東大漢、著名的武林高手、馬販頭子，馬術十分高超。他在上海灘曾稱雄一時，引起轟動的第一件事，是嚇走了西洋騎術冠軍、英國人史帝夫，此事記載於當年的老牌報紙《字林西報》上。

這一天，泥城橋附近的跑馬廳萬頭攢動，人山人海，到處是小食檔、小貨攤，還有玩猴的、雜耍的、舞槍弄棒的、算命看相的，各式人物把個平日空曠冷落的跑馬廳擠出黑壓壓人頭一片，興高采烈的人群就是因為看到《字林西報》刊登的「山東馬永貞欲與英國冠軍史帝夫決一雌雄」的消息後，從四面八方湧來看中外馬術高手較量的。表演開始，先出場的是六個金髮碧眼的西洋騎師和六個壯實的山東騎士。一番熱鬧後，人們就全靜下來，看主角出場。只聽得一聲馬嘶，一名山東大漢騎在一匹棗紅色的「追風嘶月」馬上衝出場來，只見他上身穿一件白色粗布緊身夾襖，下身穿一條毛藍布褲，腳上是一對黑色的土布馬靴，濃黑濃黑的絡腮鬍子遮住了大半邊臉，年約三十，豹頭環眼、鼻闊口方，威風凜凜。在場中嘶的一聲勒住馬，向四週打個羅圈揖，朗聲高叫道：「各位父老兄弟姐妹，俺馬永貞從山東大老遠來，就是要跟洋人比個高低！俺堂堂中華，山林沃野無處不是藏龍臥虎之地！某雖不才，但若論賽馬，必不在洋人之下！」

說完，馬永貞一聲呼哨，「追風嘶月」似離弦之箭，疾馳起來，跑道上如衝出一團棗紅色火燄。如此跑了三圈，馬永貞突然從馬背上一躍而下，嚇得看客大聲驚叫，卻又見他緊追兩步，一拉馬尾巴，身體如蜻蜓點水般倏地騰空而起，又穩穩坐在了馬背上。頓時喝采聲四起。

馬永貞接著是一個「金雞獨立」，單腿立於馬上，一手扠腰，一手將馬鞭在空中揮動得啪啪作響。在「追風嘶月」風馳電掣般就要奔至一名大漢身旁之際，大漢猛地擲出兩枚銀元，白光閃閃的在空中劃了半個弧圈，眼看就要落地，說時遲那時快，馬永貞一個「猿猴探井」，從馬背上栽下身子，同時就是一個「海底撈月」，將兩塊銀元穩穩撈在了手中。好一招「飛馬拾銀」！

這個動作剛完，馬永貞已經來了一個「鷂子翻身」，翻回馬鞍上坐穩，同時左手擲出三枚銀元，分左、中、右三個方向飛出，再右手一抖，也擲出三枚銀元，只聽得鏗鏘三聲，前三枚銀元已被擊中，空中閃出三點火星來。這是「空中銀花」絕技。全場呼聲雷動。

喝采聲未落，馬永貞已接過手下扔出的一柄寒光閃閃的單刀，就在奔騰的馬背上舞將起來，只見銀光一團，馬永貞的身影竟被裹在其中。這時，十來公尺外的一個漢子又甩出三枚銀元，馬永貞飛馬趕到，又聽得鏗鏘三聲，空中三道白光閃過，銀元已被劈成了兩半。

史帝夫當時站在場邊，看到這裡不覺雙腿打起哆嗦來，慢慢轉過身，便從後門溜了出去，在觀眾的狂呼大叫聲中，逃之夭夭。

整個跑馬廳沸騰起來，喝采聲動地驚天，更有人高喊馬永貞的名字。馬永貞得意極了，仰天大笑。他嚇走洋人，幾乎成了民族英雄。

這時在看台上有那麼十個八個人神色陰沉，其中一個也是滿臉鬍鬚的漢子的臉上還露出了輕輕的冷笑。他在第二天使馬永貞再次轟動上海灘，並且魂歸離恨天；而他自己也把性命填了上去。

此人名叫顧忠溪。

他為什麼要暗算馬永貞呢？這段恩怨得從頭說起。

話說馬永貞從山東來到上海後，就既當拳師，又做馬販子。他自恃武藝高強，不免有點目中無人，竟在教拳的地方豎起一面大旗，上面寫著：「拳打南北兩京，腳踢黃河兩岸。」這難免不招來他人的忌恨。而且，他又把持販馬市場；一般馬販來到上海灘，得向他送禮進貢，否則他就以相馬估價為名，在馬身上暗中發力將馬擊傷，這樣自然引起不少馬販子對他的怨恨。這給馬永貞埋下了殺身的禍根。

大約在「馬永貞稱雄跑馬廳，史帝夫吃癟上海灘」的前一個月，河北宣化縣的馬販子顧忠溪帶了三十多匹馬來到上海販賣。初來乍到，也不知什麼規矩。馬永貞得知消息，便前來觀看，看到馬叢中有一匹全身烏黑，四蹄踏雪的好馬，便令手下拉走，顧忠溪走過來索要馬價，馬永貞豹眼一瞪：

「什麼！問我要錢？在這地方誰個不知我馬永貞的大名！馬販子來上海做生意，誰都先得向我孝敬一百幾十個大洋，你這匹馬值幾兩銀子？還敢向我要錢？」

顧忠溪從未被人這樣硬搶過，而且還這樣當眾遭人訓斥，立即氣得臉色青紫，但看這大漢身高體壯，旁邊又有兩個殺氣騰騰的手下，自己初到上海，不知底細，儘管雙拳握得發疼，卻是不敢動手，眼光光看著馬永貞把匹四蹄踏雪的好馬牽了去。心中恨得咬牙切齒，發下毒誓，必報此仇。

顧忠溪並非等閒之輩，他會耍幾套拳棒，在馬販中有一幫兄弟。上海雖然不是他的地頭，但他把馬賣完，早已結識了好些馬販，並且聽說了這個馬永貞的蠻橫和厲害。他知道自己獨力難以成事，便暗中拉攏了十個八個也怨恨馬永貞的同道。覺得人手已夠，便著手行動。

顧忠溪事先已偵察清楚馬永貞的行蹤，發現此人有個癖好，經常在下午到一洞天茶樓飲茶。有時一個人去，有時帶上三兩個手下。

一洞天茶樓是上海灘最早的茶樓。一百多年前，租界還未出現之前，中國人根本不知汽水、可樂等近現代玩意。他們只喜歡喝茶。清茗一碗，綠葉漂漂，翠香滿頰，已足解悶消閒了，上海諸多茶園茶樓也就應運而生。租界出現後，洋涇濱三茅閣橋北的麗水台茶樓興起。那時的洋涇濱河水尚清，河邊是平房民居，麗水台飛簷聳翹，高閣臨流，明窗四敞，後面的棋盤街、四馬路正是當年上海灘最熱鬧的所在。坐在茶樓上，聽歌聲笑語，觀火樹銀花，真可謂人生一樂，麗水台因而成為春申一景。當年著名的茶樓還有石路的百花錦鄉樓、寶善街的陽春煙雨樓、大馬路的五雲日升樓、外灘的天地一家春、豫園的春風得意樓，還有春遊雙鳳園、　春中寶帶樓、春江話雨樓等等，遍佈大街小巷。而在這眾多茶樓中，論資格之最老者，便數一洞天茶樓。

且說顧忠溪探查清楚了馬永貞的行蹤後，與幾個馬販子經過一番週密商議和佈置，決定在馬永貞跟洋人比試後就在一洞天茶樓動手。

也該馬永貞命絕，昨天嚇走史帝夫，得到上海人的歡呼喝采，便更加得意忘形。今天下午睡了一個懶覺，醒來梳洗畢，看看幾個手下，有些還未醒，有些也不知跑到哪裡快活去了，便獨自一人上一洞天來。當時大約是下午四點。

上了樓，馬永貞看到樓面靠牆角處分散坐了好幾個似曾相識的馬販子，也沒在意。這時伙計、老闆正跟在他後面齊齊點頭哈腰豎大拇指，這個讚他功夫了得，那個稱他是民族英雄，嚇得洋人落荒而逃，不敢比試。聽得馬永貞更加目無餘子，在一張臨窗餐桌旁坐下，道聲：「好說！好說！斟茶來！」

老闆親自為他開了茶，伙計給他斟上，馬永貞開始慢慢品嘗，突然覺得有雙眼睛在隔兩張桌處盯著自己，便轉過頭去一看，原來是被自己搶了馬的顧忠溪，正對著自己陰陰冷笑，不覺心頭火起，大喝一聲：「你這小子看什麼！不認得我了嗎！」

顧忠溪一聽，當即也勃然大怒，一拍桌子站起來，罵道：「放屁！我是看窗外，誰看你！」這下撞火了。馬永貞在上海灘還沒有誰敢當面頂撞他，不覺「啪」的一下也站起身來：「你這小子是活得不耐煩了！」

正想走過去，突然一個在馬市場上相識的馬販子急步走過來，雙手捧著一包東西，叫道：「馬大爺，大家同行，請息怒請息怒！在下前天從蘇州回來，購得一樣珍品，特來送給馬大爺。」

這時顧忠溪也跟在這個馬販的後面走過來。

馬永貞沒把對手放在眼內，就沒理他，只顧對馬販子道聲：「什麼好東西？讓我看看。」那人就打開紙包，馬永貞探頭過來。就在紙包將要全部打開的一剎那，那人突然一個轉手，把那紙包直蓋到馬永貞的臉上。馬永貞一貫傲慢自負，根本沒想到有人敢暗算他，一下猛醒起來時，已經遲了，紙包內的石灰粉已嗆了他一口一鼻，最要命的，是直封了雙眼，痛得馬永貞一聲慘叫，情知不妙，雙手隨即抄起一條板凳，這時顧忠溪已執短刀在手，猛撲過來，當胸就給他一刀。

馬永貞雙眼睜不開，人已瘋狂，雖然中刀，竟還能操起板凳，憑聲音感覺朝顧砸去。顧忠溪萬沒想到對方仍能反擊，躲避不及，正中腦袋，哼也沒哼一聲，便昏倒地上。這時扮作茶客的馬販已蜂湧撲上，把馬永貞圍在中間，刀斧齊下。馬永貞瞎了雙目，又是以寡敵眾，功夫雖然了得，也是枉然，狂打亂掃了幾下，終於還是身中刀斧，重傷倒地。就在這時，傳來一陣陣急速哨子聲，馬販們知是巡捕趕來，也發出一聲呼哨，即作鳥獸散。這時其他客茶早已狂呼怪叫著走得一乾二淨。當巡捕們衝到樓上來時，只看到樓板上躺著兩個人，一個是渾身冒血的馬永貞，一個是昏迷未醒的顧忠溪。兩人隨即被送去醫院，馬在半夜裡死去，顧在數小時後醒來，不過經會審公廨審理，認定顧是殺人主犯，隨後也被判死刑。

以上這件血案的大致經過記載於當年上海的另一份老牌報紙《申報》上。不過有關此案，民間還有一種說法。說的是英租界當局仇恨馬永貞，於是買通當地大流氓「白癩痢」，率其斧頭黨黨徒設伏一洞天茶樓，先扔石灰包使馬睜不開雙眼，再一擁而上亂斧砍殺。後來馬永貞之妹馬素貞聞兄遇害，從山東趕到上海並手刃「白癩痢」，為兄報了仇。

「不管仇家是誰，馬永貞終是恃強中伏死在了一洞天。」鄭子良講完這件當年轟動一時的血案，頗有感觸地發出一聲長嘆，「有所謂，『獵狗終須山上喪，將軍難免陣中亡』啊！」高丁旺等人你眼望我眼，不知說什麼好，只得又喝悶酒。

沉默了一會，鄭子良看看這幾個手下幹將，道：「我剛才說自己是徐老虎三姨太的表弟，這只能夠暫時唬住范三，以利脫險，用不多久范三就一定會帶人到白萊尼蒙馬浪路的賭檔、燕子窠來踢盤。你們回去告訴手下的兄弟，他們若來，覺得打得過就打，打不過，就暫時退讓，付給他們保護費，多出的數，由我來付。」

第二天，鄭子良再去英租界棋盤街找鄭四，鄭四已經回來了，兩叔姪又上了五雲日升樓，跟上次一樣，把一間雅室包了。寒暄話說了幾句，鄭子良便把跟范三交手的經過說了一遍。

鄭四聽完，微微笑道：「子良，你也可謂有勇有謀。不過以後除非萬不得已，最好還是別認自已是徐老虎的什麼人，這事若傳到徐老虎那裡，你不出上海灘還可能不會出什麼事，若到了江淮一帶，也可能會惹來大禍。」

「子姪明白。當時是士急馬行田，沒辦法的事。現在范三已跟我結下怨恨，以後必會發生一番爭鬥，他的洪門三合會，勢力遠大於我。我想投拜到徐朗西門下，由他出面調停，以保住自己在殺牛公司一帶的地盤，不知四叔以為如何？」

鄭四沒答，只是默默喝口茶，突然問：「子良，你可知我這幾天去了哪裡？」

「不知。」鄭子良微微吃驚。

「搶土之風不息，我到青洪兩幫中尋找解決的辦法，不過成效不大。現在各路人馬，簡直是三山五嶽，什麼都有。」鄭四說到這裡，停住，看看鄭子良。

鄭子良給他斟茶：「四叔，我現在又沒去搶土，這跟我想拜師徐朗西有什麼關係？」

「這次我曾去找過徐朗西老先生，想由他出面招集各路人馬調停，但他似乎對這類事沒有興趣。我想他也未必會收你為徒。」

鄭子良從懷中掏出一疊銀票來，放在桌上：「四叔，一切看您老的面子。這裡是一千兩銀子，我的請求只是：一，加入洪門，由徐朗西給我一個無關輕重的職位即可；二，請他老人家出面，制止范三可能要發起的進攻。四叔，一切拜託！」

鄭四靠在椅背上，瞟一眼桌上這千兩銀票，心裡道聲：「看不出這小子年紀輕輕，竟能如此疏財，將來有可能得成大器。」嘴上道：「好吧！你是我的子姪，我盡力而為。」

有所謂「有錢能使鬼推磨」。當年加入洪門者須交「香費」，不過一般的標準只是，城裡人光洋五角至一元，農村約為兩斗穀。鄭子良一出手竟是一千銀兩！哪個洪門大哥都不會拒絕這樣的人。鄭四微笑著把這千兩銀票放入懷中，心中已打定主意：從中扣下二百，八百上呈徐朗西。（註七）

當下鄭四帶上八百兩銀子到法租界白萊尼蒙馬浪路天文台路一座法式小洋房去拜訪徐朗西。當時清政府正在搞「預備立憲」的把戲，作為同盟會員的徐朗西則在考慮如何發動會黨在浙江舉義的事，看到鄭四來訪，以為他又是為了調停搶土事件，兩句寒暄，便言歸正傳：「鄭四，你們土行的事，我說過了，管不了，也不想管。」

「徐大哥，我這次來不為搶土的事，是為我的子姪。」鄭四連忙起立躬身，然後如此這般的把鄭子良介紹了一番，同時婉婉轉轉的說出鄭子良的兩個請求，最後從懷中把那八百兩銀票掏出，雙手奉上：「這是子良入門的香費，請大哥成全。」

徐朗西跟鄭四雖稱不上深交，卻是同門兄弟（鄭四是在老家潮州加入洪門的），也是多年的朋友，聽他這麼說了一通，接過銀票看了看，沒錯，是八百兩！想了一會，道：「好吧。明晚就為他開個小香堂。你跟他九點半準時到。至於他的『四樑』……」

「我跟小號的其他三名伙計，徐大哥也是認識的。」

「那好。你列個名單就是了，他們不必來。現在是什麼時候你也知道，這件事不要太過張揚。」

「明白。」鄭四躬躬身。

徐朗西把銀票掂了掂：「他入幫後，我就封他為峪雲山的心義大爺好了。」頓了頓，「至於他跟范三的事，我會處理。」

第十一章　遂心願加入青幫

第二天，鄭四來到光裕里，在鄭子良的會客密室裡輕輕鬆鬆地坐下來，把見徐朗西的經過略說了一遍。

「四叔，多得您老的面子。」鄭子良聽說徐朗西已答應自己的請求，那雙圓眼笑成一條縫，對著鄭四拱手作了一揖，「只是，什麼『四棵』，什麼『小香堂』？為什麼要晚上才開？」

「入幫要舉行儀式，這叫『開堂放標』，也稱『開香堂』。」鄭四靠在太師椅上，說得氣定神閒，「入幫人數多，就開大香堂，禮節繁雜，隆重其事，一大幫人，叩頭叩到發昏，不說也罷。入幫人數少，就開『小香堂』。看徐朗西的意思，這個小香堂只為你開。至於『四棵』，這是幫內的話，每人入幫都得有介紹人、接收人、保薦人和引進人，稱恩兄、承兄、保兄、薦兄，便是『四棵』。現在我是介紹人，也就成了你的『恩兄』；其他三人，是鄭洽記裡我手下的伙計，都是洪門中人，你記住他們的名字就是，萬一到了外地，同門盤問起來，你要說得出。至於為什麼要晚上開，那是歷來的規矩，用意是要避人耳目。我跟你說過，洪門的宗旨是『反清復明』，是跟本朝作對的，從它成立之日起，就只能處於秘密狀態。以前不管是開山立堂還是開堂放標，一般都在鄉間廟堂內秘密進行，並且從來不讓幫外人參加，從來不事張揚，這次徐朗西更說得明白。你遵照就是。」

把入幫儀式略說了一遍，如何叩頭，如何斬香，如何讀誓詞等等，然後笑了笑，「子良，你加入洪門以後，在租界裡是安全的，租界當局對你是不是會黨，是不是革命黨，都不會管；朝廷官府也奈何不得你，因為捕快不能進租界來捉人。不過你若進縣城裡，那就可得小心點。雖說捕快裡有不少人本身就是洪門兄弟，但難說他們也會捉革命黨的！不久前有個人不知跟誰結了仇，竟被個和尚騙了入城，誣告他是革命黨，結果就被捉到官府去，不死也得脫層皮！這一點你得記住，別給自己惹麻煩。」

「是，四叔。」鄭子良恭恭敬敬地拱拱手，想了想，又問，「心義大爺又是個什麼職位？在內外八堂中似乎都沒有這個名稱？」

「這個職位相當於心腹大爺，不過有職無權，一般不介入山堂事務，只是提供點錢財給山堂。照規矩，只有內八堂的大爺才有『背榜下山，分設字號』亦即設立分會的資格。這個心腹大爺是外八堂的首位，同時又是內八堂的末位。一入山堂便任此職，也可算是『一步登天』。」頓了頓，「徐朗西答應讓你『一步登天』，是既不想讓你參與峪雲山的事，又算是給了你一個自己向外發展的『合法』機會。就從這招來看，徐朗西也真可謂老江湖了！子良，這些都是你的千兩銀子起了作用，你要好自為之！」

「承四叔指教！」鄭子良先一拱手，再大笑起來：「一千兩銀子，值！」

當晚九點半，兩人準時來到徐宅，見客廳上坐著兩個客人，竟是沒有辮子的。

大家拱手寒暄幾句後，徐朗西向客人輕輕道聲：「失陪一會。」對二鄭道：「請隨我來。」然後轉身向後間走。二鄭緊隨其後，拐了兩個彎，便來到一間隱秘的密室，推門進去，只見室內已佈置成一個「香堂」的模樣：正中設一個關帝牌位，上懸一塊匾額，書「忠義堂」三個泥金字。

牌位前置三層供桌：上層設羊角哀、左伯桃二人位；中層設梁山宋江位，下層設始祖、五宗、前五祖、中五祖、後五祖、五義、男女軍師和先聖賢哲等位。各用紅紙書寫。

供桌上置有香爐（上有「反沮復汨」四字，即「反清復明」的隱語）、燭台、七星劍（「滿覆明興」之意）、算盤（計算滅清後明帝再行登位時間）、尺（衡量會員的行為及計算）、鏡（照破一切善良與邪惡）、串珠與木魚（為合抱一劍，以成穹窿之形）。另懸外層三盞、中層八盞、內層二十一盞（意思是把「洪」字拆開為「三八二十一」）的紅燭，下面設置一橋（意為五祖逃難遇險之處）。古銅香爐裡插著三炷香，悠悠飄出青煙繚繞，香氣四溢。燭台裡的一對舞龍嬉珠紅燭連同懸在空中的三十三根紅燭，映襯著那些牌位器物，照得室裡別有一種莊嚴肅穆而又詭秘怪誕的氣象。

根據自清初流傳下來的天地會文獻記載，在乾隆年間，新入洪門的拜盟儀式是比較簡單的：「凡傳會時，在僻靜地方設立香案，排列刀劍，令在刀下鑽過，即傳給會內口號，結為弟兄。」這就完了。後來隨著起義次數的增多，鬥爭的慘烈，新人入會的儀式就變得越來越複雜，用意顯然是要在一開始就對入幫者加強心理上的控制和對組織的認同。大約過了百年，到道光年間，儀式的程序已發展到：一、接五祖；二、開堂令；三、安位令；四、斬鳳凰令；五、宣誓；六、斬香令；七、喝血酒；八、掃堂令；九、送五祖。這在不同的地域又有所不同，如另有記載是：「一進洪門，二進忠義堂，三進乾坤圈，四飲三河水，五到木楊城，第六蓋被，第七斬七，第八插（歃）血，第九飲太平宴，第十過火坑，十一到德福祠買果，十二老母俾（給）本錢三個，另有血根錢一個。」總之都是非常的繁雜。而在這整個儀式中，最重要的一項是「飲血酒」，這是原始時代結盟形式的遺傳。新入門者要用銀針刺破自己的中指（或割雞血代替），滴血入酒，共飲一杯血酒。飲時要唱「此夕會盟天下合，四海招徠盡姓洪；金針取血同立誓，兄弟齊心要和同」之類的詩句。這就是所謂「歃血拜盟」，「刺血之友，如分同氣」，以此使會員形成血緣的共同意識，彼此成為血盟兄弟，同時也表示結盟者互相信守誓約，違反則「神明殛之」。

現在徐朗西保留了開香堂的格局，而有意把大部分的繁文縟節去掉。他是留學東洋的同盟會員，接受當時正方興未艾的所謂「文明風氣」；況且，他設立峪雲山的主要目的是發動會黨舉義以協助革命黨人推翻滿清統治，比當年很多洪門山頭有明確得多的政治目的，而他斷定像鄭子良這類街頭大流氓加入洪門的目的，主要是想倚靠幫會的力量來建立、維持以至發展自己的碼頭，而不會有什麼政治觀念；他並不準備要鄭子良去衝鋒陷陣，跟清兵作戰。他所以願意收鄭子良加入洪門，除了使洪門又多個會眾外，更重要的是因為那八百兩銀子。因而他不想用繁雜的入會儀式來加強鄭子良對峪雲山的向心力。何況，現在客廳上正坐著兩位從東洋來的同盟會員等著跟自己商議有關陳其美等人返滬的事。「何必拘禮！」他心中道一聲，打算儘快結束這個儀式。

這時三人進了密室，關好門。徐朗西一句閒話沒說，便站到了供桌的旁邊，雙手垂立，神情莊重嚴肅，沉聲喊道：「甘願加入本堂，信守洪門誓約的，叩拜關帝聖君！」

鄭子良入門後就站定了，正在上看下看，「觀賞」香堂的佈置，一聽此令，立即急走兩步，在供桌前撲通一聲跪倒，通通通，連叩三個響頭。

「上香！」

鄭子良爬起身，遵鄭四事前的吩咐，上了三把半香：第一把香，敬「羊角哀、左伯桃結生死交」；第二把香，敬「劉關張桃園三結義」；第三把香，敬「梁山宋江有仁義」；半把香，敬「雄信至死忠劉王」。每上一次香，叩三個頭。

下一個儀式，本應是揮刀砍香，那就是「斬香令」。砍時，香是兩頭點燃的，稱「紅香」，共三炷，入幫者必須一刀砍斷，方為心誠，哪知徐朗西喊出的下一個儀式是：「歃血盟誓！」

香堂之上，來不得半點猶豫討論。鄭四一碗酒遞過來，鄭子良接過，往供桌上一放，再接過銀針，一刺中指，滴血酒中。現在就他一個入幫，沒人跟他同喝血酒，於是又撲通一聲雙膝下跪在供桌前，雙手捧碗，昂首目視關帝牌位，高聲頌出誓詞來：「夫子打坐在雲端，弟子下跪在塵埃。上有三十六碼頭，下有七十二渡口。上憑青天，下憑黃土。弟子鄭子良生於光緒五年八月十日寅時……」下面的誓詞本來是「今與眾兄弟結義以後」，但現在就自己一人，哪來的「眾兄弟」？隨口就改成：「今入洪門與同門兄弟結義以後，患難相顧，疾病相扶。上有認兄，下有認弟，如有欺兄滅弟及違反一切條款等事，紅香一斷，人頭落地！此誓。」誓完，一仰頭，咕嚕咕嚕，一口氣把碗血酒喝得乾淨。再叩三個頭。

鄭四聽他改了誓詞，心中打個突，怕徐朗西見怪。哪知徐朗西好像沒聽見，便從懷中掏出個小紅布包來，交與鄭子良。照規矩，龍頭大爺在這時本來還要宣讀幫規和進行「訓話」，但他說的只是：「內有『票布』，是為本山堂憑證，印有本山堂山、堂、香、水圖案及本山頭詩詞，你須熟記。

還有『海底』，亦須熟讀牢記。內裡所載幫規，十條、寶訓等等，全都不得有違，否則家法處置！」

鄭子良雙手接過紅包，再叩三個頭：「遵大哥令！」

「從現在起，本堂封你為本山堂的心義大爺！」

「謝大哥！」又叩三個頭。

「請起！」

這就完成了鄭子良加入洪門和「一步登天」的程序。徐朗西隨即就做個「請」的手勢，三人走回客廳。照一般規矩，新入門者在入幫儀式完後要請山主赴宴，哪料鄭子良剛說「大哥請到昇平樓……」還沒說完，徐朗西已把手一擺：「不必。兩位請便。我還有要事。」

鄭四在江湖上混久了，頗善察顏觀色，立即拱手：「恭敬不如從命。徐大哥，在下與小姪就先告辭。」

「請。」徐朗西也不挽留。

來到門口，鄭子哥終是忍不住，低聲問：「徐大哥，有關范三的事……。」

徐朗西把手一揮：「你後天下午三點到這裡來。」

回到光裕里，已是夜深。兩人在密室坐下。鄭子良開了瓶陳年佳釀，兩叔姪對飲。一杯下肚，鄭子良低聲問：「四叔，這次為小姪開香堂，似乎並不像四叔你說的那麼繁雜？」

「嘿嘿，這是徐朗西有意簡化了儀式！」鄭四笑道，「他自有他的道理，不過你放心，只要你在香堂裡上過香，拜過祖，就算是正式入門。」指指桌上的紅包，「拿『海底』出來，看看洪門的規矩章程。」

鄭子良邊打開紅包邊問：「四叔，洪門有什麼『寶訓』？」

「這很簡單，就『孝、悌、忠、信、禮、義、廉、恥』八字。」

「十條又是什麼？」

「十條是洪門的基本紀律：一、忠心報國；二、孝順父母；三、長幼有序；四、和睦鄉鄰；五、為人正道；六、講仁講義；七、叔嫂相敬；八、兄仁弟義；九、遵守香規；十、互敬互助。」

這時鄭子良已打開了紅布包，見「票布」下面是一本薄薄的小冊子，翻開來，上面記有洪門的起源、幫內通常使用的隱語，還有幫規，包括三十六誓、二十一則、十禁、十刑、十款、十條、『寶訓』。

抬頭看一下鄭四，鄭四正在慢慢品嘗美酒，嘴上輕輕道：「你既然入了洪門，就得仔細讀一讀。」

鄭子良點點頭，先看《三十六誓》，寫的是：

第一誓：自入洪門之後，爾父母即我之父母，爾兄弟姊妹即我之兄弟姊妹，爾妻我之嫂，爾子我之子姪，如有背誓，五雷誅滅。

第二誓：倘有父母兄弟，百年歸壽，無錢埋葬，一遇白綾飛到，以求相助者，當即轉知有錢出錢，無錢出力，如有詐作不知，五雷誅滅。

第三誓：各省外洋洪家兄弟，不論士農工商，以及江湖之客到來，必要留住一宿兩餐，如有詐作不知，以外人看待，死在萬刀之下。

第四誓：洪家兄弟，雖不相識，遇有掛出牌號，說起投機，而不相認，死在萬刀之下。

第五誓：洪家之事，父母兄弟，以及六親四眷，一概不得講說私傳，如有將衫仔腰平與本底，私教私授，以及貪人錢財，死在萬刀之下。

第六誓：洪家兄弟，不得私做眼線，捉拿自己人，即有舊仇宿恨，當傳齊眾兄弟，判斷曲直，決不得記恨在心。萬一誤會捉拿，應立即放走。如有違背，五雷誅滅。

第七誓：遇有兄弟困難，必要相助，錢銀水腳，不拘多少，各盡其力。如有不加顧念，五雷誅滅。

第八誓：如有捏造兄弟逆倫，謀害香主，行刺殺人者，死在萬刀之下。

第九誓：如有姦淫兄弟妻女姊妹者，五雷誅滅。

第十誓：如有私自侵吞兄弟銀錢什物，或托帶不交者，死在萬刀之下。

第十一誓：如兄弟寄託妻子兒女，或重要事件，不盡心竭力者，五雷誅滅。

第十二誓：今晚加入洪門者，年庚八字，如有假報瞞騙，五雷誅滅。

第十三誓：今晚加入洪門之後，不得懊悔嘆息，如有此心者，死在萬刀之下。

第十四誓：如有暗助外人，或私劫兄弟財物者，五雷誅滅。

第十五誓：兄弟貨物，不得強買爭賣，如有恃強欺弱者，死在萬刀之下。

第十六誓：兄弟錢財物件，須有借有還；如有昧心吞沒，五雷誅滅。

第十七誓：遇有搶劫、取錯兄弟財物，立即送還。如有存心吞沒，死在萬刀之下。

第十八誓：倘自己被官捉獲，身做身當，不得以私仇攀害兄弟，如有違背，五雷誅滅。

第十九誓：遇有兄弟被害捉拿，或出外日久，所留下妻子兒女，無人倚靠，必須設法幫助，如有詐作不知，五雷誅滅。

第二十誓：遇有兄弟被人打罵，必須向前，有理相幫，無理相勸。如屢次被人欺侮者，即代傳知眾兄弟，商議辦法，或各出錢財，代為爭氣；無錢出力，不得詐作不知。如有違背，五雷誅滅。

第二十一誓：各省外洋兄弟，如聞其有官家緝拿，立時通知，俾早脫逃。如有詐作不知，死在萬刀之下。

第二十二誓：賭博場中，不得串同外人，騙吞兄弟錢財，如有明知故犯，死在萬刀之下。

第二十三誓：不得揑造是非，或增減言語，離間兄弟。如有違背，死在萬刀之下。

第二十四誓：不得私做香主，入洪門三年為服滿，果係忠心義氣，由香主傳授文章，或前傳後教，或三及第保舉，以晉昇為香主。如有私自行為，五雷誅滅。

第二十五誓：自入洪門以後，兄弟間之前仇舊恨，須各消除，如有違背，五雷誅滅。

第二十六誓：遇有親兄弟與洪家兄弟，相爭或官訟，必須勸解，不得幫助一方。如有違背，五雷誅滅。

第二十七誓：兄弟據守之地，不得藉端侵犯。如有詐作不知，使受危害，五雷誅滅。

第二十八誓：兄弟所得財物，不得眼紅，或圖分潤。如有心懷意念，五雷誅滅。

第二十九誓：兄弟發財，不得洩漏機關，或存心不良。如有違背，死在萬刀之下。

第三十誓：不得庇護外人，欺壓洪家兄弟。如有違背，死在萬刀之下。

第三十一誓：不得以洪家兄弟眾多，仗勢欺人，更不得行凶稱霸，須安分守己。如有違背，死在萬刀之下。

第三十二誓：不得因借錢不遂，懷恨兄弟。如有違背，五雷誅滅。

第三十三誓：如姦淫洪家兄弟之幼童少女，五雷誅滅。

第三十四誓：不得收買洪家兄弟妻妾為室，亦不得與之通奸，如有明知故犯，死在萬刀之下。

第三十五誓：對外人須謹慎言語，不得亂講洪家書句，及內中秘密，免被外人識破，招引是非。如有違背，死在萬刀之下。

第三十六誓：士農工商，各執一藝，既入洪門，必以忠心義氣為先，交結四海兄弟，日後起義，須同心協力，殺滅清朝，早日保明主回復，以報五祖火燒之仇。如遇事三心二意，避不出力，死在萬刀之下。

鄭子良看到這裡，抬頭看看鄭四：「四叔，這規定似乎訂得很詳細？」

鄭四笑笑：「這可以說是洪門維持會內秩序、約束會眾行為的主要會規。規定得是不錯，看起來洪門中人簡直親如自家兄弟，但有多少人真正做得到？你看第七誓：遇有兄弟困難，必要相助，錢銀水腳，不拘多少，各盡其力。哈哈，洪門大爺腰纏萬貫，手下什麼職也沒有的會眾不少窮得幾乎討飯！哪來『錢銀水腳，不拘多少』？有勢力的不去搶自家兄弟，就算不錯了！再看第二十二誓：不得私賭博場中，不得串同外人，騙吞兄弟錢財。但這可是在今天常見的事呢！再看第二十四誓：不得做香主，入洪門三年為服滿。現在你看看各處的洪門山頭，哪來三年服滿，然後才由原香主傳授文章？再看第十五誓：兄弟貨物，不得強買爭賣；第二十七誓：兄弟據守之地，不得藉端侵犯。如真遵守了，哪來這麼多的爭奪碼頭，聚眾械鬥？更可笑的是第三十一誓：不得以洪家兄弟眾多，仗勢欺人，更不得行凶稱霸，須各安分守己。哈哈，『安分守己』？遵守了這條誓盟，洪門還哪來威勢？還哪有這麼多各霸一方的碼頭？」頓了頓，「不過第三十六誓倒值得注意，那是說明瞭『既入洪門，必以忠心義氣為先，交結四海兄弟，日後起義，須同心協力，殺滅清朝，早日保明主回復』，這就是洪門的『忠義』二字、它始建的宗旨，也正是朝廷決不容於洪門的原因，不過現在明主在哪裡？連個影兒都沒有！」把酒杯往桌上重重一放，「時到今日真能『殺滅清朝』的，不是洪門，而是孫中山、黃興領導的革命黨！你別想去當什麼開國功臣！」

「四叔真是目光如炬！而我，才不這樣想！」鄭子良喝口酒，頓了頓，「那『五祖火燒之仇』是什麼回事？」

「這是說的『前五祖』的事。話說鄭成功派蔡德忠、方大洪、馬超興、胡德帝、李式開潛入大陸發展洪門徒眾，五人來到福建興化府莆田縣九連山少林寺投方丈智通為僧，此五人便被洪門尊稱為『前五祖』。所以世傳洪門的祖師是和尚。」

「少林寺僧以精於武藝稱著。到康熙時，鄭成功的侄子鄭君達帶著老婆、妹妹投居少林寺，後來應清廷招募，率僧眾一二八人組成僧軍，出征西魯，大獲全勝。朝廷嘉賞，僧人自請回寺修道，只是鄭君達做了總兵。後來有人密告少林僧眾謀反，康熙於是發兵圍攻少林寺，並縱火焚寺。僧眾逃出十八人，前五祖也得以脫身，這就是『五祖火燒之仇』。你在香堂上見紅燭下置一橋，那就是表示五祖逃難遇險之處。」

「香堂上還有『中五祖』『後五祖』的牌位，那又是誰？」

「蔡德忠等人從少林寺逃出，中途遇到清兵追殺，在沙灣口幸得勇士吳天成、方惠成、張敬之、楊仗佑、林大江等五人掩護才得以逃脫，這五人就是『中五祖』。此後吳天成等人隨蔡德忠等到了廣東，途中遇清兵追迫，又幸得惠州寶珠寺和尚吳天佑、洪太歲、姚必達、李式池、林永超等五人救護，才避過大難，此五僧人就是『後五祖』。」鄭四說到這裡，話題一轉，「二百多年前的事，傳說而已，是真是假，天曉得。你倒是有沒有注意三十六誓中的處罰？要嘛是『五雷誅滅』，要嘛是『死在萬刀之下』……。」

「這才真是天曉得！」鄭子良笑起來，「真想被『五雷誅滅』，真要『死在萬刀之下』還不容易呢！誰怕？」

「所以就得製訂處罰細則，好令會眾害怕。」鄭四輕輕一指《海底》，「往下看，二十一則、十禁、十刑。」

鄭子良於是翻過一頁，是《二十一則》，上書：

第一則：犯罪而累及其他會員者，重則處死刑，輕則割兩耳。

第二則：姦淫兄弟之妻室，及與其子女私通者，處死刑，決不寬貸。

第三則：誘拐兄弟至國外為奴隸者，割兩耳。

第四則：圖得懸賞而捕縛兄弟者，處死刑。

第五則：僭稱香主，為一切事件的指導者，處死刑。
第六則：私以儀式書，及會員之憑證，示與外人者，割兩耳，加笞刑一百八。
第七則：新會員有僭越之行為者，割一耳。
第八則：會中事件，報告於外人者，割兩耳，加笞刑七十二。
第九則：以惡意言語對其雙親者，割兩耳。
第十則：恃強欺弱，或以大壓小者，割兩耳。
第十一則：私行毀壞香主之名譽，或濫放邪曲之言語者，割兩耳。
第十二則：兄弟起義時，隱身不出者，割兩耳。
第十三則：遇兄弟危難不救者，割兩耳，加笞刑一百八。
第十四則：盜劫兄弟之財物，不肯返還者，割兩耳。
第十五則：私自毀傷兄弟，或浪費其錢財者，割一耳。
第十六則：外省洪家有召募兄弟之文書到來，匿不應名者，處死刑。
第十七則：如被外人嘲笑，或誘惑，而報告會中情形者，割兩耳，加笞刑七十二。
第十八則：如管理事件，而有過情之舉，或任意消費公款者，割兩耳，加笞刑一百八。
第十九則：入會後，如一月以內不繳會費者，割兩耳，加笞刑七十二。
第二十則：強請兄弟，或欺虐之者，割兩耳。
第二十一則：如破壞規則，抗拒定刑，或歸其罪於他人者，割兩耳。

鄭子良讀完，看一眼鄭四。鄭四微笑，擺擺手，意思是：看下去。於是又翻過一頁，是《十禁》，上書：

第一禁：兄弟之妻室，必須務正；兄弟既有妻室，不應貪色；如妻室不務正者，割兩耳；兄弟貪色者，處死刑。

第二禁：如遇父母之喪，無力埋葬，而告貸於兄弟者，應各盡其力，以謀補助，拒卻者，割兩耳。

第三禁：兄弟訴說窮苦，而借貸者，不得拒卻，如侮慢，或嚴拒之者，割兩耳。

第四禁：兄弟在賭博場中，不得故令輸財，或私行騙取，如犯之者，笞刑一百八。

第五禁：自入洪門後，對於會中章程，不得私與外人，如犯之者，處死刑。

第六禁：如兄弟營謀事業，或與國外有所交往，因而封寄錢財，托寄文書者，不得私用，或吞沒，如犯之者，割兩耳。

第七禁：兄弟與外人爭鬥，而來相告，必須援助，如有詐作不知者，笞刑一百八。

第八禁：如有以尊壓卑，或恃強欺弱者，割兩耳，加笞刑七十二。

第九禁：兄弟遇有困難，應即濟助，如有違背者，笞刑一百八。

第十禁：兄弟遇有危急，或遭官府緝拿，應各設法營救，如有假托規避者，笞刑一百八。

又翻過一頁，是《十刑》，上書：

第一刑：不孝敬父母者，笞刑一百八。

第二刑：洩漏機密者，笞刑一百八。

第三刑：無事詐為有事者，笞刑一百八。
第四刑：愚弄兄弟者，笞刑一百八。
第五刑：結識外人，侮辱兄弟者，笞刑一百八。
第六刑：經理兄弟錢財而濫費者，笞刑七十二。
第七刑：昏醉昏鬥，而起糾紛者，笞刑七十二。
第八刑：隱匿兄弟寄託之財物，謀算入己者，酌量加刑。
第九刑：違反兄弟之情，而與其親戚爭鬥者，笞刑七十二。
第十刑：欺騙兄弟賭博者，笞刑七十二。

鄭子良看完，心中微微打個冷戰：「如此嚴刑峻法，動不動就鞭笞割耳處死，這個洪門加不加入也罷！」喝了口酒，目視鄭四：「刑罰訂得如此嚴酷，真的這樣執行？」

鄭四笑起來：「哪能當真。別的不說，就說《十禁》中的第一禁，有妻室就不得貪色，貪色者處死刑，你說洪門兄弟貪色的有多少？嫖女人的有多少？真的切實執行這條禁律，洪門還能剩下多少人？實話實說吧，只要不是影響到山堂的安危、聲譽，不是影響到各級大爺的名聲、利益，不是影響到會眾的團結，很多條規不過是訂者自訂，做者自做罷了！但是，在做到大事時可能也會很認真。」神情慢慢嚴肅起來，「洪門要反清復明，朝廷一直嚴加清剿，這是使洪門刑罰訂得越來越嚴酷的主要原因，為的是防止奸細混入與維護內部團結，在跟清朝政府作戰時，這個刑罰是會被執行的。跟你講個故事。」

「四年前，革命黨的首領黃興等人在長江準備起義，公推洪門大爺萬武與劉道一前往湖南湘潭策動哥老會首領馬福益共圖大業——什麼三合會、天地會、哥老會、三點會等等全屬洪門，隨後，他們前去柳州活動。在動身的前幾天，出了件事。馬福益有個結義兄弟叫馬龍標，少年英俊，辦事能幹，頗得馬福益的寵信，竟勾搭上了同門中一個兄弟的妻子，在洪門中這叫『穿紅鞋』，違反了《三十六誓》中的第九誓和第三十四誓、《二十一則》中的第二則、《十禁》中的第一禁，結果被馬福益得知，將他交刑堂提訊，處了重刑。洪門中的家法規定，『極刑』是凌遲或刀殺，『重刑』是活埋或溺斃，『輕刑』是三刀六眼。到了執行日期，也就是去柳州的前兩日，馬龍標當面托馬福益照顧他的母親，然後自赴刑場，那天夜晚送他的人有六七個，就跟在他的後面。一路上陰雨綿綿，除寒風呼呼外，四週如死一般的靜寂。馬龍標突然回頭對馬福益叫一聲：『大哥，地下很滑，前面又有條小水溝，你小心點呀！』聽得送行的人紛紛淚落。馬福益更是淚流滿臉，叫一聲：『兄弟啊！謝謝你！你不該生得這麼體面，枉送了性命。好好去吧，十八年後又是一條頂天立地的好漢！』這時刑場到了，眼下是浩蕩長江。馬龍標大叫一聲：『各位兄弟，一齊少陪了！』說完，就縱身躍入江中。一行人俯視長江，只見一江夜色，水波蕩漾，再無浮頭。可謂慘烈悲壯！」

鄭四仰臉把杯中酒一飲而盡，輕輕嘆口氣，「這是一個『自綁自殺』的實例。我相信在二百多年來的洪門史中，這類事不會少！」

鄭子良沒答話，慢慢喝口酒，眼望窗外，只見夜色沉沉，一絲風兒沒有，覺得天氣悶得壓人。

鄭四又喝口酒，繼續道：「起義大舉，攻城掠地，明刀明槍，那是跟朝廷玩命。這就必須製訂嚴刑峻法，從內部來維護這支部隊，嚴防機密洩漏。但到了今天，領導起義的是革命黨，幫會不過是隨從，名不見經傳的洪門山頭紛紛建立，他們哪管什麼反清復明！違則違禁的事多了！遠的不說，就說近的，你看那個范三，就自己建立一個三合會，做大哥，徐朗西莫奈其何！這年頭，有權有勢有實力就是大哥！再說這個法租界，華探長黃金榮，他是個空子，怎麼幫也不是，但他執掌警權，手中拿著槍，下面有幾十個巡捕聽他差遣，又有一幫『三光碼子』為他效力，背後更有法租界當局撐腰，他就夠膽公然收徒弟，這在青幫中是犯了殺頭的幫規的，但有誰敢對他施行『家法』？有人問他是青幫中的什麼字輩，他說他是『天』字輩，比『大』字輩還多一畫！誰敢公開說他的不是！嘿嘿，嚴刑峻法，主要是用來對付那些自己出不了頭的嘍囉，他若有實力，你對他執行『家法』？他掉轉頭可以要你大哥的命哪！」頓了頓，又微笑起來，「你看看大清律例，訂得何等精細，堪稱嚴刑峻法了，但用來治誰？治平民百姓！遍地的貪官汙吏，公然的貪贓枉法，賣官鬻爵，這嚴刑治得了他？治得了他就不是今天這個世道了！看看北方，前幾年鬧義和團，殺得血流成河，砍下的頭顱滾動得像瓜田裡的瓜！結果是朝廷向外國人賠款四億五千萬兩白銀，又把那些保護教堂教民不力的官員大批革職判刑，起而代之的是大批捐班出身的官員，這些人用錢買官，上任後自然拼命搜刮，管什麼大清律例！不少老百姓鋌而走險，搞出那遍地的亂民土匪、草寇綠林，地方官吏對他們何以施嚴刑峻法？嘿嘿，全都是一樣的道理！」

「四叔真是世事洞明啊！」鄭子良把手中酒杯一舉，「承四叔指教！這比讀一百部《海底》都來得實用和有益處！」

酒杯中映出那半殘秋月。

第十二章　迷戀美色自討打

第二天日上三竿的時候，鄭子良與鄭四上了昇平茶樓，在雅座裡坐下，要了幾樣點心，正在低聲談論徐朗西將以什麼方式來擺平自己跟范三之間的爭鬥，突然鬼仔三慌慌張張跑上來，衝到鄭子良身邊，低聲道：「大哥，不好了，范三帶了二十多人到了馬浪路的燕子窠，要收煙槍費。阿榮哥不給，跟他論理，現在可能要打起來了！」

鄭子良一聽，霍地站起來，鄭四平靜地向他擺擺手：「子良，坐下。」吸了口煙，兩個大鼻孔裡徐徐噴出煙霧來，話說得慢條斯理，「小不忍則亂大謀。這件事我相信明天下午徐朗西會擺平。」

鄭子良也平靜下來，對鬼仔三一揮手：「你回去，暗裡告訴阿榮，把煙槍費給他。多出的錢由我來付。」

鬼仔三下了樓，鄭子良問鄭四：「四叔，如果他得寸進尺怎麼辦？」

「今天一天，明天一個上午，他最多也就是把馬浪路的兩間燕子窠和賭檔的保護費收了，絕對翻不了大浪，你要採取任何行動，都必須在徐朗西出面調停以後。」很平靜地看著鄭子良，「古語云，君子報仇，十年未晚。」鄭子良點點頭，坐下，喝茶吃點心。

果然，由於阿榮的退讓和鄭子良的有言在先：多出的錢由我付，結果馬浪路的兩間賭檔和兩間燕子窠在一天半內都向范三交了保護費和煙槍費，損失大概是二百個大洋。

終於到了徐朗西約定的下午，鄭子良長衫馬褂，戴上氈帽，乘了一頂轎子，身後跟著陳小猛和董志，來到徐朗西的法式樓房前。下了轎，看到路邊有一頂轎子，旁邊蹲了三幾個幫會打手之類的青年人在抽水煙，隱約認得是范三的人，笑了笑，吩咐陳、董二人也留在外面，自己遞上名片，一個人進去。跨步進客廳，首先看到的不是徐朗西，而是端坐在那兒的范三。

范三一見鄭子良，暗吃一驚，臉上怔了一怔；倒是鄭子良一下醒悟過來，大大方方地一拱手：

「原來是范三爺在此，小弟有禮！」

范三也拱拱手，口張了張，沒說出聲。

鄭子良在他對面坐下來，你眼望我眼。鄭子良微笑，范三一臉疑惑：徐朗西要我來說有要事相商，難道就跟這個「空子」鄭子良？

傭人進來獻了茶，敬了煙，退出去。徐朗西還是沒露臉。

兩人大概就這樣相視了約十分鐘，鄭子良首先開口：「范三爺這兩天威震馬浪路，發了一筆小財，也該滿意了吧？」

「嘿嘿，你不服氣嗎？」范三冷笑起來，「那可以開明車馬，我范三隨時奉陪。」一拍座椅扶手，「鄭子良，你別再冒認什麼徐老虎三姨太的表弟！在江湖上你開這樣的玩笑，也算你夠膽了！」

「哪裡哪裡，三爺你過獎了。」鄭子良仍然微笑，「小弟在法租界，跟徐老虎有什麼關係？哈哈，這你都相信，這怎能怪小弟冒認？今天有徐大哥在，你用得著在小弟面前這麼耀武揚威麼？」

范三一聽，驟然冒火：你這小子既然是「空子」，在洪門龍頭大爺家的客廳還這麼得意，實在可惡！現在臭罵你一頓，也好出出四天前受的冤氣！右手一指鄭子良：「前幾天算你大命！現在我就收了馬浪路的保護費，下一步我還要搶了你的殺牛公司地盤！鄭子良，你聽好了！我們洪家兄弟人多勢眾，救助相扶。」仰臉大笑，「哈哈！你這個潮州佬蹿到上海灘來，算個什麼東西！」

鄭子良強壓著不動火：「這個徐大哥會跟你說。」

范三再拍坐椅扶手，正要站起來，只得沉沉的一聲響起：「自家兄弟，不要傷了和氣！」聲調甚有威嚴。

兩人別頭一看，只見徐朗西正從側面廂房那邊走進來，連忙起身打揖：「徐大哥！」

「坐吧！」徐朗西也拱拱手，走到八仙方桌旁坐下。

照當年上海有錢人家客廳的規矩，正中放一張八仙方桌，兩旁放兩把太師椅，左面的那張是主人席，右面的那張是主要賓客席，兩側放兩三對坐椅，右首一列為客席，左首一列為主人陪席。現在徐朗西在左面的太師椅坐下，鄭子良在左面垂手站立，范三在右首的坐椅上坐下來，看看鄭子良沒坐，只得又站起來。

徐朗西掃二人一眼：「都坐下。」

鄭子良躬躬身：「謝座。」兩步走到右面的太師椅上坐下來，弄得范三只好坐在陪席上，臉色好不尷尬。

「子良，你把跟范三的事說一遍。」徐朗西拿起陝北農民常用的那種旱煙桿，慢慢抽一口。

「是，徐大哥。」鄭子良躬躬身，把潘阿毛如何誤闖原福里賭檔，范三如何設局，自己如何脫險，這兩天范三又如何搶馬浪路的地盤等事略說一遍，拱拱手，「這些事有很多兄弟見證，小弟請大哥評個理。」

鄭子良講述時，范三幾次想插嘴，都被徐朗西擺擺手止住。現在鄭子良說完了，徐朗西看一眼范三：「阿三，他有沒有亂說？」

「大致沒差。」范三不能否認，「但這個潮州佬，搶了姜一鳴的地盤，還要四處亂踩，竟踩到薩坡賽路原福里，那是不把我們洪門兄弟放在眼裡！大哥，他是個『空子』！我教訓他，沒有道理不道理，只是為了擴大我們洪家在法租界的碼頭！」

「那這件事可以解決了。」徐朗西說得平靜，「現在鄭子良不是空子，他在前兩天入了洪門，而且是峪雲山的心儀大爺。阿三，他是你的同門兄弟，因此，你們互相爭鬥就是兄弟相殘，有違幫規！以後你倆中誰若還搶奪對方地盤，那就等於不把我徐朗西放在眼內了！」陰森的眼神掃了兩人一眼。

「我聽大哥的！」鄭子良首先起身拱手。

范三一聽鄭子良竟成了峪雲山心儀大爺，心裡就怔了怔，現在也只得站起來：「是，徐大哥。」

「我徐朗西這所房子就在這條馬浪路上，現在我給你倆作個調停：就以這條馬浪路為界，馬浪路以東的地方，阿三就不要過去；馬浪路以西的地方，子良你也不能過去。如果手下的兄弟發生什麼衝突，一切以和為貴，不得動不動就揮刀輪板斧。你倆覺得怎樣？」手中的旱煙桿在八仙桌上敲了敲，眼睛不看二人，只管端起桌上的參茶來，慢慢呷一口。

「小弟聽從徐大哥的吩咐！」徐朗西手中的茶杯剛送到嘴邊，鄭子良已站起來，拱手作了一揖。

范三現在是一股悶氣塞在胸口。他看鄭子良這兩天放棄了馬浪路的賭檔、燕子窠，不敢跟自己正面交鋒，就打定主意要一步步向東推進，最後吞掉鄭子良的全部地盤，把這小子趕回英租界，或者乾脆搞個暗殺手段。他認定鄭子良手下這幾十個街頭癟三小流氓，是鬥不過自己有一百幾十號人的三合會的，何況自己還相識不少「洪家兄弟」，這些人中除流氓白相人外，還有三兩個是華界的捕頭、捕快，租界的巡捕。鬥下去自己必佔優勢。哪料這小子竟一下靠上了徐朗西這棵大樹。若論在洪門中的聲望和勢力，自己根本不能跟徐朗西比，鄭子良現在已表示遵從，自己若抗拒，就等於跟這個真正的洪門龍頭大爺作對，那是惹不起的！於是只好勉勉強強地起身拱手：「是，徐大哥。」

「好，這件事就這樣定了。以後誰也不得向對方滋事！」徐朗西把手一擺，向站在廳堂外恭候的女傭叫一聲：「張家嫂嫂，上茶！」

當年的習俗，叫僕人再送茶是為送客的暗示。鄭、范二人一聽，明白徐朗西的意思，再一躬身：「徐大哥，小弟先告退。」

「請。」徐朗西把兩人送出門口，再沉著聲道：「《海底》內寫得明白，洪門兄弟應救助相扶，不得內鬨相殘，你倆記住了！」二人又拱手躬身。

范三說：「是。」

鄭子良道：「謝大哥教訓。」

看著范三的轎子離去，鄭子良心中哈哈一笑。

就這樣，鄭子良靠著徐朗西這大好佬的調停，避過了跟范三的血戰。范三震懾於徐朗西的威望，沒再過馬浪路以東來滋事。不過雙方都各自在心底埋下了仇恨的種子。

雙方這樣相安無事的過了大半年，兩人又發生了一次衝突，再次增加了彼此的仇恨。不過這次不是為了爭地盤，而是因為一個女人。這個女人，便是鄭子良流浪時曾想吃她豆腐的那個餅鋪女子。

鄭子良先是娶了張氏為妻，後來又娶了柯蘋為妾，開始時都感覺良好：大老婆賢惠大度，會持家，還為自己生了兩個兒子；小老婆嬌嫩，玩起來令人意亂情迷，過門兩年，生了個女兒。不過大凡女人生育了，身形體態多少都會改變，少數的是變得更為成熟豐腴而越加嬌豔迷人，大多數的則變得肥胖以至臃腫，又或乾瘦下來，那些什麼曲線玲瓏、雙乳堅挺之類是比不得生育前的了。鄭子良現在看著這兩個妻妾就覺得不滿意起來，加上男人那種飽暖思淫欲、吃著碗裡想著鍋裡的毛病，不時便到么二堂子去快活，但快活過後，每每從心底裡湧出一種「髒」的感覺（誰知道堂子裡的這些女人曾被多少男人玩過？這些男人從富商權貴到販伕走卒都有，不知什麼時候會惹上風流病。一個人錢多了自然就想保命），並時不時浮出那個餅鋪女子的倩影來。後來這個倩影竟攪到他有點心神不寧，心中時時打著嘀咕：五年時間過去了，不知這女子還在不在？是不是還那般典雅豔麗又英氣颯颯？還是已兒女三五個，變成個臃腫的黃臉婆？……如此三幾個月，終於右拳一擊左掌：得去看看，免得她攪到我朝思暮想！不過不能說去看就去看，因為那裡是在馬浪路以西，是范三的地盤，范三雖然住在那餅鋪隔一條馬路的范家弄裡，但到了那裡難免會碰上，就算碰不上他本人，碰上他手下的流氓癟三，認出自己來，也是麻煩。又如此這般想了幾天，決定化裝前往。

這天午睡醒來，梳洗畢，穿上長衫馬褂，在上唇貼了鬍子，戴上金絲眼鏡，穿上一對光可鑑人的皮鞋，十足一個新派商家模樣，獨自坐上轎子，一搖一搖的，便到了呂班路那間旺記餅鋪門前。

下了轎，抬頭看店裡，心中怔一怔：一個壯實漢子正提著一個大餅盒從店裡走出來，另一個三十歲左右的漢子跟在後面相送。鄭子良認得，前者正是范三的手下，那個在原福里賭檔拳打潘阿毛的人；後者則是五年前手舉木棒當街追打自己的傢伙，只聽他道：「請豪哥回稟三爺，這盒桂花鮮栗羹就當是我孝敬三爺的。慢走慢走。」

壯實漢子別過頭連說兩聲「好好」，轉過頭，一眼瞥見鄭子良，愣了一下。送客的漢子也看一眼鄭子良，同樣愣了愣。

鄭子良當沒在意，只管自己抬頭欣賞屋簷下的招牌，仍是那個上書「旺記」二字的木匾，不過已經舊得多了，只是那筆氣仍然顯得是那樣的剛勁有力。再看店裡，那個「豪哥」已經不在，送客的漢子也已走回店裡。看櫃面，五年前的景象恍若重現眼前，仍是那位美貌少婦坐在那兒，頭上仍是梳一個橫的S髮型，穿一身長裙圓角短襖，這回左襟上沒有別花；原來的瓜子臉圓了些，仍是那柳葉眉、桃杏目、懸膽鼻，少了稚氣而添了成熟感，別有一種典雅和颯颯英氣的韻味。

看得鄭子良只覺心旌搖動，那雙腳著了魔似的便向這餅鋪走去，這時好像聽到那漢子對少婦說了一句：「這位先生怎麼有點像幾年前那個街頭癟三？」

鄭子良猛覺心頭一顫，正好碰上少婦定著眼望過來的目光，一種「做賊心虛」的感覺驟然湧起：還是走了吧！一個轉身，正好看到一輛馬車路過，一招手，急走兩步便跳了上去：「回洛斐德路茄勒路口光裕里！」

回到家裡的書房密室，鄭子良坐在太師椅上喝悶酒，左思右想了一會，喚女傭把帳房先生賴鏡叫來。

賴鏡是個年近六十的乾瘦老頭，不過身子仍然硬朗，生得嘴尖鼻尖眼也尖，一對猴耳，眉毛稀疏，腮窄顴高，曾經做過師爺，只因幾年前鬼迷迷的出了個餿主意，搞到縣太爺幾乎丟了烏紗帽，結果被逐出衙門，流落到上海灘做了私塾先生，半年前在茶館裡偶遇彼此曾有過一臉之緣的鄭四，鄭四覺得此人為人精細，便推薦他給鄭子良做了帳房。現在他走進書房，拱著手一躬身：「少爺有何吩咐？」

「你去幫我查一個餅鋪婦人。」鄭子良如此這般略說了幾句，「半個月後給我一個清楚的答覆。」頓了頓，「這事你知我知，只能暗訪，不得張揚，不得外傳，對誰都不要說。」

「少爺放心。在下明白。」賴鏡躬身而退。

不足半個月，賴鏡就查清楚了，回來稟報鄭子良：「這婦人姓紀名氤，虛歲二十五；母親早死，父親在三年前病故。上有一兄長，叫紀濤，二十八歲，已娶妻，有三兒二女，在英租界老閘路卓記水果店當跑街。丈夫叫張長旺，獨子，父母雙亡，今天三十歲，也就是少爺看見的那個人，跟范三的手下李東豪是好朋友。紀氤結婚六年，至今沒有小孩。」

鄭子良聽完，默默無語。以後一連幾日，賴鏡見他心神不寧，茶飯不思的模樣，這天又見他在喝悶酒，便慢慢走過來，輕聲拐了個彎兒問：「不知少爺是不是想會會那個婦人？」

鄭子良看他一眼：「會她？我想把她討了來！」把手中酒杯往桌上一放，「但她是人家的老婆！」

賴鏡「嘿嘿」笑了兩聲：「少爺今年二十九，可謂年少英俊，高大威猛，又有財有勢，比那個張長旺強多了！哪個女人不喜歡像少爺這樣的？據小人多天的觀察瞭解，紀氤在旺記是主子，而她丈夫好像是她的隨從。小人約張長旺出去上茶館酒樓開飯，去大世界白相，張長旺還得先問過紀氤才敢跟小人出來。少爺只要捨得出錢，把她討了來，不難。」

「你做得到？」鄭子良瞪他一眼，猛喝一口酒。

「沒問題！給小人三百兩銀子就行。」

「好！事成之後，另賞你一百兩！」

「謝少爺！小人明天就去辦！」

賴鏡誇下了海口，手裡拿著那三百兩銀票，心中在急劇地盤算：暗裡把個紀氤找出來，勸她私奔？還是跟張長旺開明車馬，給他三百兩銀子，要他休妻，把老婆讓出來？想了一會，前計行不通：

紀氤肯定聽人說過鄭子良，但跟你無親無故，又沒有正式見過面，就這樣聽我吹得天花亂墜的就肯私奔過來？看她那個聰明樣，哪會有這樣的便宜事！後一計看來可行：張長旺得了這大筆款子，還愁不能再討個百依百順的嬌妻？討一妻兩妾都夠了！這對他來說，太合算了！他若不願意，我就抬出鄭子良的牌頭來嚇他一嚇，兩下權衡，他哪敢不從！待他一紙把妻休了，我再鼓動這三寸不爛之舌，勸紀氤跟了鄭子良。那時她被夫家休棄，在呂班路已無顏面，少爺又比她前夫強得多，她還會有什麼不願意的！又或者，勸這張長旺把老婆直接送到鄭府來，當著鄭子良的面講明瞭，那就更妙。想這紀氤一個小女子，既然丈夫都不要自己了，反而這麼個有財有勢的公子爺要娶自己，豈有不從的道理！這個師爺老頭微微笑了，自以為得計，哪知卻遭了羞辱挨了打。

第二天，賴鏡懷中揣著那三百兩銀票，乘了轎到呂班路來找張長旺。張長旺一看這個「徐家匯的私塾先生」又來約自己上茶館，以前幾次都是他付錢的，天南地北的聊得挺投機，十分高興，兩人便又上了位於薩坡賽路的五福樓。賴鏡這回更大方，找了個雅座，兩人坐下，要了幾樣上佳的點心，邊喝邊聊，說了一會天氣怎樣、商情如何、么二堂子的女子多麼叫人銷魂，賴鏡覺得時機已到，把話題擦著邊兒輕輕一拐：「旺兄，你若果有那麼幾百兩銀子在手，那真是要嫖哪個女人就是哪個女人，其樂無窮啊！」

「那當然是好。」張長旺嚥口口水，「不過小弟就開那麼間小餅鋪，哪來幾百兩空閒的銀子去逛堂子？況且老婆看得緊，小妾不讓討，連想去逛堂子時還得找藉口，賴先生你也說得輕鬆。」

「那你老兄現在是財運、桃花運一齊來啦！」賴鏡瞇著那雙小眼睛，對張長旺眨了兩眨。

「什麼財運、桃花運？」張長旺莫名其妙。

「跟你老兄明說了吧，有個大商家看中了你老婆，只要你老兄願意把老婆讓給他，他願意出三百兩銀子！」

「什麼！」張長旺大吃一驚，「誰要搶我老婆？」

「你老兄怎麼說是『搶』?」賴鏡笑嘻嘻,「他是塞錢進你口袋,還要給你逛堂子的自由啊!你想想,三百兩銀子呢!夠你逛幾百次堂子了!或者再討個一妻二妾回來都夠了!這是多合算的事!你何樂而不……」

「放屁!」張長旺大怒,雙目圓睜。大多數男人都是這樣的,面子和自尊要緊得很,他可以在別人面前說老婆左也不是右也不是,數得出一百幾十個令自己不滿意的理由,扭著別的女人時更可以將老婆說得一無是處,但在心底裡老婆自有老婆的「價值」。誰若想動他老婆的主意,除非他跟老婆真的已勢同水火,誓不兩立,恨不得把她賣到鹹肉莊裡去讓人糟踏,又或此人懦怯得無可救藥,又或是性命攸關,否則他絕難容忍那頂綠帽子在自己面前晃來晃去。

現在張長旺怒罵一聲「放屁」,當胸一把就抓住了賴鏡:「我老婆這樣漂亮的女人,別說三百兩,三千兩也不出讓!你這老傢伙身為私塾先生,怎麼做起拉皮條來!簡直是斯文癟三!說,誰要搶我老婆!」

賴鏡萬沒料到這個對著老婆唯唯喏喏的張長旺在這樣「優厚」的條件面前竟然不但不買帳,而且還會怒火衝天,心中算好的計謀不覺就薦了,不得不祭出最後的手段來。只見他臉上先是一怔,掃一眼四週,幸好其他兩張桌子沒人,再慢慢撥開張長旺的手,沉著聲道:「你老兄不願意也就罷了,何必這樣殺氣騰騰!不過我老實告訴你,我不是什麼私塾先生,我是殺牛公司霸主鄭子良的帳房先生。看中你老婆的也不是什麼大商家,而是這個有財有勢夠膽白刀子進紅刀子出的洪門心儀大爺。我是代表他來跟你商量,你不願意我不勉強你,不過你最好想想得罪了鄭子良這種人的後果。」

這回輪到張長旺愣了一愣。他聽李東豪說過范三跟鄭子良爭鬥的事,知道這個鄭子良是個大流氓頭,自己是惹不起的,但又豈能容自己這個貌美如花、千嬌百媚的老婆就這樣被人搶奪了去!一指賴鏡,叫一聲:「你!……」

說巧不巧,李東豪正好在這時走進來,一看張長旺這惱怒交加的模樣,再聽他這一聲喊,連忙問：「阿旺，什麼事？」

「唉啊，豪哥你來得正好！」張長旺別頭一看是李東豪，興奮得一聲大叫，他猛然覺得自己找到了靠山：鄭子良這個大流氓自己惹不起，但若由范三來出面，那鄭子良就肯定不敢再來打自己老婆的主意，「鄭子良想搶我老婆，派這個賴老頭來做說客！」

「什麼！」李東豪直撲過來，一把抓住賴鏡的胸口，「鄭子良膽敢到三爺地盤來搶女人！」將這個嚇得呆住了的老師爺幾乎從凳上提起來，拉著就向門外走，「好！我就帶你去見三爺！」

賴鏡現在是嚇壞了，掙扎了幾下想奪門而逃，但這個乾乾瘦瘦的老頭被個壯實漢子李東豪拉著，張長旺夾著，哪裡動彈得了，就這樣在茶客們眾目睽睽之下出了五福樓，走不多遠便到了范家弄，不過當走進范三的客堂裡時，賴鏡的師爺本色回來了，臉上顯得頗為鎮定。

范三的客廳除了常置的八仙方桌、太師椅和左右兩排坐椅外，靠牆處還放了一張煙榻，那是用來供自己或貴客抽鴉片的。當時范三就躺在上面吞雲吐霧，聽得一聲喊：「三爺！」，抬頭一看，只見李東豪拉著個老頭進來，後面還跟了個青年人，便悠悠噴出一鼻煙，問：「這是誰？」

賴鏡一下甩開李東豪搭在自己肩頭上的手，對著范三便深深一揖：「小人賴鏡，拜見三爺。」

「三爺！」李東豪一指賴鏡叫起來，「這老傢伙做鄭子良的說客到這裡來想搶張長旺的老婆！」

「不是搶人！」賴鏡說得斬釘截鐵，「是鄭子良叫小人來跟張長旺商量。」

「什麼商量！」范三一聽鄭子良三字，霍地坐起來。

「是這樣的。」賴鏡也不隱瞞，一五一十把事情經過說了一遍，「如果旺兄不願意，鄭子良也不會到這裡來搶，我回去覆命就是了。」

賴鏡說的時候，范三一言不發，現在瞪著這老頭，慢慢踱到他面前來，突然一出手，「啪！」狠狠甩出一記耳光，打得賴鏡昏頭轉向，再聽得一聲怒吼：「到我這裡來搶女人！他是瞎了眼！你回去告訴鄭子良！休得再來搞事！別以為……」

范三本來想說：「別以為靠上徐朗西我就怕他！」一想這話傳出去可不妙，話到喉頭也就吞回去了，對著賴鏡的瘦屁股踹了一腳：「滾回去！」客堂裡的人一齊哄堂大笑。

賴鏡被打得七葷八素，再挨了這一腳，踉踉蹌蹌的出了范家弄，昏頭昏腦的回到光裕里。本來以為這事可以手到擒來，淨賺一百兩銀子，哪料半個銅錙沒得，還遭了這樣大的羞辱，真箇恨得咬牙切齒，五官往中間擠，原有的縐紋更顯得溝壑縱橫，這是他惱火時的怪相。

鄭子良一看他進門時的模樣，就知大事不妙：「老賴，怎麼？張長旺不肯，跟你打起架來了？」

「不！是被范三打的！」賴鏡簡直「義憤填膺」，把如何跟張長旺說，如何被拉到范宅去挨了打的經過添油加醋地說了一遍，聽得鄭子良怒拍八仙桌：「他媽的，你這個范三！」

正要再罵出幾句街頭流氓癟三的粗話，女傭黃嫂來到門口稟報：「少爺，四爺來了。」

鄭子良只得收口：「請。」對賴鏡一揮手，「這件事就這樣算了！以後不要再提。」

賴鏡儘管一肚子氣，但這次事情不但沒辦成，反而還給鄭子良帶來了名聲上的損失，自己也不敢提報仇或打賞打賞的話了，躬著身退出去，正好鄭四走進來，連忙又作了一揖：「四爺，你好。」

鄭四在太師椅上坐下，看看賴鏡的背影，再看看鄭子良的臉色：「子良，發生了什麼事？」

鄭子良把事情略說一遍，又大罵了一聲：「這個范三！」

鄭四盯著他，深深嘆口氣：「子良，男人要想做大事，就不能夠身陷情網。上海灘五方雜處，要嫖要玩，女人多的是，何苦為了這麼個他人婦跟范三鬧翻？」冷笑一聲，「哼！你自以為是情種啊？荒謬！」

鄭子良不哼聲，坐下來，嘴上儘管不說，心時承認鄭四罵得沒錯。

鄭四讓他喝了杯茶，火氣降下來了，才一轉話題：「子良，上次跟你說的事籌劃得怎麼樣了？」

「唉！」鄭子良嘆口氣，臉現愧色，「這幾個月來被這個女人搞到心神不寧，沒有心思去想。」

「不像話！收起這份心思！」鄭四狠狠一拍八仙桌，「你一定要想得到這個女人，也要等到自己的勢力足以震懾范三的時候，那是以後的事！」

「四叔教訓得對！」鄭子良拱拱手，精神一振，「好！我不想那個女人了！哼！不就是女人嗎！堂子裡各式各樣的都有！我聽四叔的，立即著手籌劃，爭取在這個月就建立起自己的山頭來！」

「這才像個樣！」鄭四把手一揮：「不過我今天來跟你說的不是建立山頭。」

「不開山立堂？」

「時勢變得越來越凶吉難卜了，滿清王朝已是日薄西山，岌岌可危……」

「這跟我開山立堂有什麼關係？」

「西方人說，上帝要叫他滅亡，就先叫他瘋狂。這說法對慈禧老佛爺來說真的沒錯。大清王朝看來氣數將盡，那它對反抗者的鎮壓就必定是越加嚴厲和殘酷。朝廷可以容忍不動用武力的立憲運動，但決不能容忍公然聲稱要『反清復明』的洪門。現在革命黨人竭盡全力聯絡和發動會黨參加推翻滿清的暴亂，為此他們自身也加入會黨，有的更成為龍頭大爺、山主、紅棍、白扇，會黨跟革命黨配合得太緊密了！這十多年來，廣州起事、惠州起事、自立軍起事、洪全福起事、萍瀏醴起事、黃岡起事、七女湖起事、皖浙起事、鎮南關起事、馬篤山起事、河口起事，十多次的暴亂，全都是以會黨作為基本力量跟朝廷幹的，可謂前仆後繼，而朝廷對此則是堅決鎮壓。上次我跟你講過的那個馬福益，後來就起事失敗，並遭捕殺。除在舉事中被殺的，南方還興起過規模不小的所謂『黨獄』，告密、通緝、捕殺，不知死了多少洪門會眾。唉！」

鄭四想起跟自己一同在潮州加入洪門，結果死於黨獄中的一個同鄉好友，不覺輕輕嘆了口氣，「外地的不說了，就說我們上海。你知道嗎？今年五月，陳其美與龍華會首領張恭密謀起事，在公共租界後馬路天寶客棧建立聯絡點，各地革命黨人在那裡聚會相議，豈料內部出了個叛徒劉師培，把這事密告了兩江總督端方，端方派蘇松太道蔡乃煌跟租界當局交涉，由租界捕房派偵探搜查了天寶客棧，張恭被捕，現在被關在獄中，還不知什麼時候問斬。過了一個月，革命黨人王金發則在南京路上槍殺了跟隨劉師培的汪公權。」

說到這裡，鄭四慢慢喝口茶，對鄭子良輕輕一揮手，「這不是一般幫會之間的械鬥爭碼頭，而是一場充滿血腥味的、用性命來作賭注的賭博。革命黨賭贏了，就得天下；賭輸了，連跟隨他的人也可能會丟了性命。大清律例，犯上作亂者，誅九族，其實是連九族以外的也誅。當年一伙苗人作反，大概也就一二百人，把他們的九族算在內，也不過幾千人，結果朝廷派兵前往鎮壓，被殺者是二萬人。你若建立洪門山頭，那就難免會被捲入其中。」

「那四叔的意思是不要建山頭了？」

「不，要建。豎起旗幡後，自有小鬼來。建立一個組織才可以把其他人收羅進來；不過得換個形式，改個名稱。」鄭四右手食中兩指輕輕敲擊著八仙桌，「我為你想好了，用『社』的名稱。就建一個『俠誼社』，『俠』是俠義，符合洪門講『忠義』的庭訓；『誼』是友誼，符合儒家的友愛精神，兩字合用，音好義好。『社』是一般團體，不會引起當局的注意。建社時要歃血拜盟，那是籠絡人心的手段，但不必發什麼『海底』。收徒時只管收贄金、門生帖就是。建社後，除鞏固此處的地盤外，更主要的是要收羅黃浦江邊貨物裝卸碼頭的工頭。除正常貨運外，鴉片等違禁物都是從水路進入的，那裡才是真正好油水的地方！」嘿嘿笑了兩聲，「管他革命黨不革命黨！革命黨發動會黨以後若真的成功推翻了滿清，俠誼社也屬洪門，是會黨的一份子，只有功，沒有過；革命黨不能推翻滿清，我俠誼社也沒說要反清復明，只是一個普通的社團，加罪不到我的頭上。這叫做立於不敗之地！」

「真真多謝四叔指教！」鄭子良拱手作揖，話是從心底裡喊出來的，「遵命！」

第十三章 爭地盤碼頭浴血

鄭子良遵從鄭四的謀劃，大概在宣統二年的春天，換個形式名稱開山立堂，建立了俠誼社。在建社儀式上，他與高丁旺、潘阿毛、阿榮、阿祥等骨幹在關帝聖君牌位前宰殺了一隻公雞，雞血直注酒中，然後歃血拜盟：「不求同年同月同日生，但求同年同月同日死。皇天后土，神明共鑒！」儘管心裡誰都明白這些豪言壯語都是廢話，但還是一人一大口，十分豪氣地將那大碗血酒喝個精光。

豎起了「俠誼社」這個牌頭後，鄭子良便公開收徒，把殺牛公司一帶的流氓癟三收歸門下。附近有些店鋪老闆還主動前來依附，這些商人向鄭子良交上點錢，認了這個大哥，成為俠誼社中的一員，目的是找個靠山保住自己的財產，免遭其他流氓的滋擾欺負。鄭子良的名氣漸漸大起來，隨後有不少分散上海灘各處的潮州人來投到他的門下，其中也包括一些潮州店鋪老闆。真所謂「豎起旗幡後，自有小鬼來」。鄭子良是韓信用兵，多多益善，小小無拘。組織建立，地盤顯得比以前穩固多了，不覺躊躇滿志，便開始籌劃向碼頭發展自己的勢力，但這不是可以說幹就幹的，因為每個碼頭都各有自己的流氓勢力，該如何下手，大費周章。左思右想，不得要領。

這天便來到英租界棋盤街找鄭四，兩叔姪上了四馬路的重元樓，這是當年上海灘一間有名的京菜館。鄭子良點了幾樣有名的京菜：松花拌鴨掌、溜炮肚口、腰丁腐皮、磨菇鍋巴湯，再要了一支洋酒，兩叔姪便對飲起來。

寒暄幾句，兩杯下肚，鄭四微微一笑：「子良，我看你是有心事了。」

「四叔果然明察秋毫。」鄭子良也笑笑，「現在俠誼社是建起來了，小姪也名符其實的做了大哥，但怎樣向碼頭發展？我想來想去沒個萬全之策，特來向四叔請教：我是率領手下兄弟去公開搶奪某個碼頭呢，還是應該使用別的什麼手段？」

鄭四先呷口酒，再把鴨掌往口裡一放，慢慢咀嚼，再慢慢吐出骨頭來。兩道濃眉下的小眼睛對著鄭子良眨了兩眨，那張寬嘴向上一翹，似笑非笑：「發展勢力，爭奪碼頭，那是去搶人家的錢財，萬全之策是沒有的，不過未必一定要明火執杖，刀光劍影。你看看地圖，從殺牛公司到黃浦江畔，少說也有三四里地，中間還隔著個方圓十里的老縣城，你哪能帶著大幫人馬明目張膽的去強搶？」

「是。那怎麼辦？」

「最好能夠不見血光。現在各碼頭有各碼頭的霸首，大多屬青洪兩幫，但沒有一個統一的碼頭幫，所以他們為爭奪利益有時彼此之間會發生械鬥。子良，這是一個有利的時機。依我所見，你最好是把各碼頭的霸首收歸自己的旗下，也就是讓他們加入你作為社長大哥的俠誼社，你來做他們的大頭目，每月收他們的貢奉，坐享漁利。世上的錢財是撈不盡的。有飯大家吃嘛，你也不能把什麼都抓在自己的手裡。」頓了頓，「行走江湖嘛，不就是求財麼！這才是上策。」

「四叔說的是，但他們怎麼會願意奉我做大哥？」

「那就要讓他們服你。拿出點真本事來。」頓了頓，一轉話題，「知道公和祥碼頭的霸首是誰嗎？」

「聽高丁旺說過，叫劉川，他倆是朋友。」

「那好辦了。聽說劉川只有十來個手下，南碼頭的龍老官已放出風聲要跟他爭奪碼頭，如果這個江湖上的傳言不錯的話，那劉川肯定惶惶不可終日，你現在就通過高丁旺給他插上一手，正是時候。」（註八）

「劉川會不會已經找其他碼頭的人幫手？」

「嘿嘿，碼頭各霸一處，未侵犯到自己，打死是你雙方的事，誰願意無所謂的出面跟另一方結仇？你派高丁旺去跟劉川商量，你出面保住他的碼頭，讓他加入俠誼社，歸到你的旗下，這是相互利用的事！豎起旗幡後，自有小鬼來。開好這個頭，以後就會有人投奔過來。看你自己的本事了！」

公和祥碼頭屬法租界，南面不遠就是華界。南碼頭屬華界。

鄭子良先派出幾個骨幹到公祥和碼頭和南碼頭一帶打探消息，再經幾日深思熟慮，臉上才露出陰冷一笑，心中定下條毒計來。

他派高丁旺去找劉川商議，囑咐須如此如此。高丁旺走後，他就自己親自出馬去找龍老官。

先說高丁旺來到公祥和碼頭找劉川，劉川當時剛收了手下小工頭的孝敬，正在和田弄的賭檔裡推牌九。心情既惡劣，手氣又差，幾輪下來，輸了十多個大洋，嘴裡正在不停地嘮嘮叨叨的罵人。高丁旺走進來，喊一聲：「川哥原來在這裡發財！」

劉川抬頭一看，不覺愕了一愕：「啊？旺哥，好久沒見！」

「小弟是特意來跟川哥飲兩杯！」

「唉呀，難得！難得！好！我正要去解悶！」劉川沒好氣，把手中竹牌往桌上一摔，起身便走。這本來很不合賭規，但其餘幾個賭徒見他怒氣沖沖，只得忍了。

兩人上了十六鋪真如路德興館，這是開設於光緒九年（一八八三）的老字號滬菜館，原先只是間平房，專營鹹肉豆腐湯、紅燒肉等大眾菜，後來生意興隆，就翻建了三層樓面，取名德興館，致力研製正宗上海菜餚，名聲日顯。有關此菜館還有這樣一段軼聞：說的是本世紀二十年代時，十六鋪洋行街上經營海味生意不佳，有貨銷不出去。當時上海人還不懂得如何吃海參，有兩家海味行商為了打開銷路，首先向德興館無償提供了一大批烏參。廚師將烏參經一番火烤、剷殼、水浸、燒煮的製作，再配以蝦子、肉鹵、鮮濃湯同入鍋燒，製出一道軟潤香糯、酥醇不膩的菜餚，立即風靡上海灘，使德興館名聲更響了。

高丁旺與劉川上了德興館，點了竹筍醃鮮、蝦仁魚唇、冰糖甲魚等幾種名菜，要了支紹興花雕酒。劉川還未等菜上，就已一仰頭喝了一杯，看著高丁旺道：「旺哥，難得你請小弟到此痛飲！多謝了！以後也不知能不能夠跟你老兄在此痛飲了！」

「川哥何事如此感慨？」高丁旺假裝不知。

「聽說過龍老官吧？這傢伙糾合了趙大豹子、六指頭阿二等人，要來搶我的碼頭！」

「呵呵，小弟風聞過這件事。川哥是準備跟他們開戰？」

「當然！我打生打死才打下這個碼頭，」用手一指臉上那條蚯蚓般的疤痕，「這就是當年的戰績！今天難道就這樣拱手相讓？呸！」又灌一口酒。

「川哥果然是英雄。不過川哥想必也聽過『寡不敵眾』、『兩拳難敵四手』的話。對方可能有五六十人，你川哥不過一二十人。人家是志在必得，你的手下卻未必肯這樣拼命，到時……」

「觸那！到時再說！劈死就劈死！劈倒一個夠本，劈倒兩個有賺！」也不知是酒精的作用還是因為熱血奔湧，劉川臉上的這條蚯蚓發紅起來，「要我拱手相送，我寧願跟他拼命！」

「為什麼不找找其他碼頭的兄弟？」

「你老哥別提這事，提起我就冒火！我找十六鋪碼頭的陳世昌，他說你們洪門罵我青幫是叛徒，你們洪門裡的事，還來找我幹嘛？我說他媽的這事跟朝廷沒關係，現在龍老官是要來搶碼頭，不是跟官兵打仗。我說他搶了我公和祥的以後也會來搶你十六鋪的，他說這個不擔心，給龍老官個水缸做膽他也不敢。然後就送客。氣得我真想打那個老柴頭一拳。後來我又去找過大達碼頭的劉芒、關橋碼頭的黃勝，今早我還去找過新開河碼頭的陳大鼻，哪知一個個全成了縮頭烏龜，抱著拳頭說愛莫能助，抱歉抱歉。他媽的！尤其是那個陳大鼻，我和他一起入洪門，飲血酒，說『皇天后土，神明共鑒』，平時又跟他稱兄道弟，杯上杯落，現在他竟然見死不救！」又猛灌一口酒，

「全他媽的見利忘義！」「啪！」把酒杯重重地往桌上一放。

高丁旺看他那怒火衝天的模樣，心裡罵一聲：「你還不是一樣！」慢慢呷口酒，嘴上卻道：「你老哥也不必這樣義憤填膺。有道是『車到山前必有路，船到橋下自然直』，你老哥這麼艱難打下來的碼頭，只要找到個真正有本事的人，不會這麼容易就失去的。」

「旺哥你也說得輕鬆，我還能找誰？報警？他媽的，那個法租界華探長黃金榮每月收我的孝敬

錢，但我怎樣跟他說？我又沒證據！況且，真要他派十個八個巡捕來彈壓，不知道又要孝敬他多少！我哪來這麼多金條白銀！我他媽……」

「找黃金榮也未必真頂用，」高丁旺打斷他的話，語氣十分肯定，「這傢伙十足是個守財奴，就算收了金條白銀也最多跟你彈壓那麼三兩天，他總不能在你老哥的碼頭上駐紮巡捕，對不對？退一步說，他若真駐紮了反而更要你老哥的命，你有多少銅鈿來填他和他手下的錢包？」

「就是嘛！」劉川仰頭又灌一口酒，瞪著血紅血紅的眼睛，「那我還能找誰？」

「找俠誼社大哥鄭子良。」

「俠誼社？你的大哥鄭子良？江湖上傳言的那個山東大個子？聽說他拜師徐朗西，又跟范老三爭地盤搶女人。」

「那是以前的事，並且不少是謠傳。上兩個月，我們建立了俠誼社，他是大哥，我是二哥。兄弟有難，小弟我自然應該幫一把！」

「唉呀！旺哥真是講義氣！多謝多謝！」劉川一聽，興奮得連連拱手。

「不過有個條件。」高丁旺拱手還禮，「鄭大哥說了，他願意幫川哥你打走龍老官這幫人，但事後川哥就要加入俠誼社，大家有福同享，有難同當。」

劉川拱著的手定在那兒，兩人對視了一會，劉川沉聲問：「你們有多少人？」

「一百幾十。」

「有把握打走龍老官？」

「絕對沒問題。鄭子良為人講義氣，手下的兄弟都願意聽他的。他武功又好，有事衝殺在前，龍老官不是他的對手。」

劉川腦中猛打轉：跟龍老官拼命，說不定真會被劈死，與其這樣，不如投了鄭子良，找個強有力的靠山，平時孝敬孝敬他，給他交保護費便是。有俠誼社這麼大幫人做後盾，以後就不必擔心誰還敢來搶我的碼頭。一得一失，也屬合算。主意打定，拱拱手：「好！如果鄭子良能夠打走龍老官，幫小弟保住公和祥碼頭，小弟願意加入俠誼社，奉他做大哥！」

「那好，」高丁旺聲音壓得低沉，「鄭大哥吩咐，在他做好佈置並打倒龍老官之前，老兄不得把我來跟你商量的事跟人說，連半點風聲都不能透露出去！否則就是老兄自己吃虧！你一定要記住！」

劉川連應三聲「是是是」的時候，在南碼頭，龍老官正瞪著他的那雙三角眼，盯著鄭子良。

鄭子良帶著陳小猛和董志到南碼頭來拜會龍老官，龍老官當時正跟趙大豹子和六指頭阿二蹲在一個小貨棧裡的板凳上商量如何搶奪公和祥碼頭。阿二提出最好是用突襲的辦法，打對方一個措手不及；趙大豹子瞪著他那雙怪豹眼，表示反對。

兩人爭吵了一會，只見龍老官站起來一揮手：「他媽的！我們的人多他們兩倍！我們浩浩盪盪的殺過去，劉川這小子說不定就嚇得屁滾尿流的跑了！兵不血刃就搶了他的碼頭，叫各幫各派以後都不敢小覷我們，用不著搞什麼突襲！」

「老官就是老官，果然豪氣干雲！」鄭子良這時正跟著個小嘍囉走進來，剛好聽到龍老官的豪言壯語，立即拱手讚嘆。

龍老官別頭一看，微微一愣：「你是誰？」

「法租界殺牛公司俠誼社鄭子良，人稱山東大個子的便是。」

龍老官以前聽人說過這個大個子，但彼此從未打過交道，也一拱手：「原來是子良兄，失敬失敬！看座！」哪有什麼座，小嘍囉就搬過來一條板凳。

彼此一番寒暄，自我介紹了兩句，趙大豹子眨了眨那雙怪豹眼，拱拱手：「良哥遠道而來，不知有何貴幹？」

鄭子良立即拱手還禮：「小弟聽說幾位兄長要跟公和祥碼頭霸首劉川講數，劉川正在準備迎戰，竊以為同是洪門兄弟，何必自相殘殺？故此特來做和事佬。」

眾人一愕，龍老官心裡罵一句：「你這個大個子什麼東西！有什麼資格來做大好佬！」不過嘴上還算說得客氣：「良哥有何高見？」

「小弟歷來主張，江湖兄弟，有錢大家花，有飯大家吃。因而在兩個月前建立了一個俠誼社，誠招天下英雄加盟。黃浦江畔，碼頭林立，為了爭奪利益，各幫派之間不時發生械鬥，這實在是有傷江湖上的道義。若大家都統一在一個山堂之下，同撈同煲，有事好商量，就可以避免動用武力。小弟準備說服各碼頭共建俠誼社，現在就先來跟各位商議，然後再找劉川、陳大鼻等人商議。讓大家都成為俠誼社的好兄弟。不知各位可肯屈就？」

「什麼？你建立俠誼社，要我們入社，」阿二伸出他的六指頭，在鄭子良面前晃了兩晃，「你來當大哥？」

阿二的語氣中明顯有火藥味，但鄭子良似乎沒聽出來，神情仍是非常的誠懇：「小弟建俠誼社，自然是暫領這大哥的位置了；不過以後如果做得不好的話，小弟也會讓賢的。」

「放屁！」龍老官現在簡直覺得忍無可忍，霍地站起來，那雙三角眼定定地盯著鄭子良，臉上的橫肉抖起來，「你這小子簡直狗膽包天，到這裡來竟是想要做我們的大哥！你的俠誼社算老幾？」一手幾乎指到鄭子良的鼻頭上，「他媽的！你以為自己是徐寶山徐老虎、徐朗西徐大爺？你也不撒泡尿來照照，自己算個什麼東西！敢來這裡自封大好佬，敢來管我們的事？」

趙大豹子和阿二一齊逼到鄭子良面前，也是破口大罵，什麼你這個潮州佬，是不是活不耐煩了想找死之類，簡直把個鄭子良罵得狗血淋頭。

以鄭子良的脾性，哪受得了這樣的侮辱，但是怪，鄭子良一點沒動火，只顧連連拱手哈腰，一副賠禮道歉的模樣：「各位大哥請息怒請息怒，既然覺得小弟的提議不妥，那就當小弟沒說過。多多得罪多多得罪，小弟再不敢管各位大哥的事，今天說過的話全當小弟沒說。小弟先告退，小弟先告退。」邊說邊退出小貨棧的門，陳小猛和董志依照事前的吩咐，也連連打躬作揖，跟著退出。

正要轉身離去，龍老官一步上前，拍拍鄭子良的肩頭，笑道：「哈哈！好，見你這副可憐相，剛才的話我就當你沒說。不過你既然來了，我就托你帶個口信給劉川，就說我龍老官明天就帶五六十位兄弟去公和祥碼頭，識相的，就從此把碼頭讓出來，以後我們每月給他五個大洋的俸祿，我並不想劈他。但如果反抗，就休怪我把他打落黃浦江！」

「是是是，」鄭子良拱拱手，「小弟一定替龍老大傳話。小弟先告退，先告退。」三人惶惶如喪家之犬，轉頭走出南碼頭，也不顧龍老官、趙大豹子等人留在身後的一片哄笑聲。

回到光裕里，鄭子良靠在太師椅上，臉色平靜，好像什麼事也沒發生過。

董志看他竟然這樣好心情，自己則還憋著一肚火，忍不住問：「鄭大哥，你請他們加入俠誼社也不過是為大家好，他們這樣亂罵人，口水幾乎噴到我們的臉上，你怎麼一句話都不反駁？」

「這叫先驕其志，欲擒故縱，再後發制人。」鄭子良說著一揮手，「拿支香雪酒來！」

董志原來是個街邊癟三，沒有讀過書，聽不懂鄭子良這幾句成語，愣了愣，看看陳小猛，陳小猛跟他一樣，也沒讀過書，同樣沒聽懂，兩個小青年就只得莫名其妙地你眼望我眼。鄭子良心中則是清楚透了，他到南碼頭之前就已料到會有這樣的結果。以龍老官、趙大豹子這伙老流氓的脾性，哪會就憑自己這麼幾句話就奉自己做大哥！要他們入社，先得激起他們的無名火，再在他們面前表現出自己怕事謙讓恭順的模樣，使之放鬆警惕，再打他一個措手不及，這就是妙計所在。同時這還可以帶來另一個好處，那就是使得自己出師有名：我既是鋤強扶弱，幫劉川伸張江湖正義，也是為自己出氣，因為龍老官等人侮辱了我！而現在的又一個大收穫是，知道了龍老官的進攻時間，自己便好從容部署。

鄭子良慢慢品嘗著香雪酒，心中得意，臉露微笑。聽得一聲喊：「鄭大哥！」抬頭一看，高丁旺回來了，春風滿臉。

龍老官、趙大豹子等人看著鄭子良離去，得意地放聲大笑，不知已中了這個大個子的詭計。

第二天中午飯後，龍老官領頭，後面跟著趙大豹子、六指頭阿二及五十來個嘍囉，有的提斧頭，有的執砍刀，有的拖木棒；有的衣衫襤褸，有的一副幫會打手裝束，有的乾脆赤膊，吵吵嚷嚷，耀武揚威，浩浩盪蕩，向北而來。

從南碼頭到公和祥碼頭，大約兩里地。一片黃泥路，初夏之時，這大幫人既帶來一片殺氣騰騰，又帶起一路塵土滾滾，路人見了，個個躲得遠遠的。

走了一會，便遠遠看到了公和祥碼頭，龍老官抬頭向前望，心中打個突：遠處有大群人，正朝南面望；看來劉川這小子不但沒有被嚇得躲起來，反而還在碼頭空地擺下陣勢迎戰。走得近了，看得清楚，對方是排開了一字形陣勢，個個提斧執刀舉木棒。更叫龍老官和趙大豹子等人吃一驚的，是對方並非只有十來二十人，而是竟有四五十人之多！劉川哪來這麼多人？龍老官心中又打個突，別頭看趙大豹子、阿二等人，一路上走來時的那種趾高氣揚的神氣蔫了不少，並微顯驚愕之色。

「士氣可鼓不可洩！」龍老官心中叫一聲，自己急走幾步來到相距對方大概十來步處停下，手中大棒一舉，對著劉川大叫：「劉蚯蚓！你最好識相，讓出碼頭，否則刀棒無情，休怪我龍老官人多欺你人少！」

劉川也一舉手中大竹桿，叫道：「龍老官你他媽的來搶碼頭，壞了江湖道義！我劉川怕你是龜孫！你夠膽就放馬過……」

「來」字未喊出，站在他左右兩邊的潘阿毛、方千里、阿榮、阿祥已同發一聲吼：「兄弟們，殺過去啊！」手中刀斧棍棒齊舉，向龍老官這邊就衝殺過來。

這是遵了鄭子良事前的吩咐：不要拖延講廢話，一是免得巡捕趕來，二是要在氣勢上壓過對方。果然，潘阿毛這命令一發，鄭子良的那幫手下也跟大喊大叫著緊隨後面殺來。劉川一看，原來還想多說兩句的，現在已箭在弦上不得不發，帶著自己的手下也一同衝出。

龍老官愕了一愕，他萬沒料到對方竟敢首先動手，立即一邊大叫「打啊」，一邊就舉棒迎戰，趙大豹子等人也跟前怪叫著向前衝去，兩伙流氓於是就大戰起來。

哪料雙方剛一交手，遠遠還未分勝負，從西邊縣城東門處突然響起一聲大吼：「殺啊！打死龍老官！殺啊！」隨即響起一片喊殺聲。

龍老官當時正一棒格開劉川掃過來的大竹桿，就要反手給對方一棍，聽得這聲喊，心中一驚，急別頭一看：苦也！一大群人正提刀舉棒的向自己這方殺來，一眼望去至少也有二三十人之多，領頭的不是別人，正是昨天近午時被自己罵得點頭哈腰連連道歉的大個子鄭子良。心中不覺就叫一聲：「這下壞了！」

鄭子良事前把二十來個流氓手下放在碼頭空地，與劉川那幫人合在一處，自己則帶著另外二十來人埋伏在西面，鬥毆一開場，隨即殺出，打對方一個措手不及。這一招果然厲害。來之前，龍老官這伙人以為對方會被他們的氣勢嚇得屁滾尿流，但到戰場一看，對方不但沒有被嚇走，反而還搬來了外援，心就有點怯了。待潘阿毛一聲喊殺，士氣就輸給了對方，人雖多，但已失去了必勝的優勢，現在再一看這般情景，似乎是中了埋伏，陣勢頓然大亂，有的就雙腳抹油，掉頭開溜。

現在的鄭子良跟昨天點頭哈腰的鄭子良完全是兩個樣了，他本來就是高大威猛，眼下更是殺氣騰騰，氣勢逼人。只見這大個子雙手執一丈多長的木棒，帶頭衝殺過來，橫掃豎劈，如入無人之境，龍老官的手下流氓一下子就被打倒了兩個，倒地慘叫，鬼哭狼嚎，沒受傷的，眼看情勢不對，掉頭便跑。沒人敢擋鄭子良，鄭子良也不四週亂打，而是擒賊擒王，直撲龍老官，同時吼聲震天：「龍老官！你她媽的昨天耀武揚威，今天我就來跟你交交手，打你落黃浦江！」

龍老官四十來歲，在江湖上頗有威名，武功也算了得，若是單打獨鬥，未必就輸給鄭子良，不過現在情勢不同了，他的手下已被對方衝殺得七零八落，逃的逃，傷的傷。看趙大豹子，正以一鬥三，料難取勝；阿二剛好發出一聲慘叫，被打倒地上，幾個手下正在拼命上前護衛，將他拖起背走，不知只是負傷了還是已經死了。其他幾個骨幹也有一兩個已經倒地，其餘的雖在拼死抵抗，但就整個形勢來看，己方已呈敗勢，雖是在江湖上打滾了十多年，刀光劍影中也衝殺過好幾次，但似現在處於這樣劣勢的，還是頭一遭，心中不覺就有些忙亂。現在看鄭子良舉大棒氣勢洶洶撲來，明知凶多吉少也只得揮動大棒，轉身迎戰。

鄭子良撲上前，拼盡全力，發一聲吼：「我殺！」給龍老官當頭一棒。龍老官不敢硬接，將身一閃，恰恰躲過，料不到剛才連退幾步的潘阿毛就趁這空隙攔腰一棍掃來。龍老官大叫一聲：「我呸！」一車身，雙手執棍一擋，果然了得，潘阿毛掃得狂，龍老官擋得狠，只聽「喀嚓」一聲，竟震斷了潘阿毛的木棒，潘阿毛虎口一陣劇痛，呀的慘叫一聲。不過龍老官擋得潘阿毛這一棍，就防不得鄭子良一反手掃來的另一棍，不偏不倚，正中髖骨。潘阿毛的叫聲未完，龍老官也是一聲慘叫，向前踉踉蹌蹌了七八步。

這時候，鄭子良正好可以給他當頭一棒，叫他腦袋開花，但鄭子良不想鬧出人命，只是挺棍直逼過去，三幾步就把龍老官逼到了江邊，再對著他的下三路一掃。龍老官這時已痛得兩眼發黑，哪還有招架之力，右腳上五寸下五寸處就又中了一棍，「呀！」的又一聲慘叫，整個人仰後便倒，鄭子良緊逼上前飛起一腳，撲通！把個自稱南碼頭霸主的龍老官踢落了黃浦江。

從鄭子良衝出到現在，不過是七八分鐘的時間。

鄭子良知道該收手了。一轉頭，對著十來個還在抵抗的龍老官的手下流氓怒吼一聲：「龍老官已經掉進了黃浦江！你們誰再敢打我就先打死誰！」一邊大叫一邊又舉棒朝著趙大豹子這邊撲過去。

龍老官的手下現在更無鬥志了。大首領已被打落江中，阿二又被手下人背著不知跑哪去了，趙大豹子怎能頂得住鄭子良，那還抵抗來幹嘛？有人就發一聲喊：「不要打啦！跑呀！」跑得動的一下子就跑個乾淨，跑不動的倒在地上，仍在呻吟慘叫，一下子，還在抵抗的就只剩下個趙大豹子。

趙大豹子到底叫什麼名字，這在江湖上已經失傳了。不過像俗語說的，有中錯狀元，無改錯花名，這小子確實是頭怪豹，脾性暴烈，富有鬥志，加上武功不錯，得以稱霸南碼頭一帶多年，這次跟人聯手來搶公和祥，事前曾跟龍老官交過手，輸了，所以願意奉龍老官做頭。現在他殺得雙眼通紅，雖然身上已經掛彩，但誓死不降，手中那條大竹桿還能舞得如車輪子一般，高丁旺及其兩個手下嘍囉已中了招。

鄭子良知道這個怪豹的脾性，明白非得把他打倒不可，現在一邊朝他撲去一邊大吼：「趙大豹！你的同伙全跑了！你還在打什麼！」

當頭便給他一棒，趙大豹子舉竹桿一擋；他狂，但論武功不是鄭子良的對手，兩個回合下來，自知招架不住，正想跳出圈子逃跑，不料一個拿板斧的小嘍囉就趁著他應對鄭子良無暇他顧之機給他的小腿飛來一斧，不偏不倚，中其左膝，趙大豹子一聲慘叫倒地，血如泉湧。鄭子良也打狂了，對著他又是一棍。趙大豹子也算了得，儘管已痛得兩眼發黑，眼見一棍打來，還是咬著牙來個懶驢打滾。這一棍本是當胸劈下，現在則中了腰肋邊，趙大豹子又是一聲慘叫，大概是肋骨斷了。

就在這時候，北面吹起了急促的哨子聲，鄭子良大叫一聲：「帶上自己人散啦！」自己一把背起還倒在地上唷唷叫痛的高丁旺，其他人也背起己方的傷者，一窩蜂似的就朝南面湧去，衝不多遠就出了法租界，進了華界。照當年的規矩，租界巡捕是不能進華界追捕人的，華界的捕快同樣也不能進租界去捉人。現在十個八個巡捕衝過來，只能眼光光看著這伙人越界而去，再看公和祥碼頭的這片空地，就剩下龍老官幾個被打傷的手下倒在地上慘叫呻吟。趙大豹子是昏過去了，不知死了沒有。此外，還有幾灘血跡。

初夏的陽光照著清末年間上海灘這古怪而悲慘的一幕。

第十四章　改朝換代風雲會

公和祥碼頭一場流氓鬥毆，龍老官被淹死了，幾天後屍體在外灘江畔被人撈了上來。趙大豹子折了兩條肋骨，髖骨被砍了一斧，傷了主筋，幾個月後從醫院出來，也殘廢了，靠兩根拐棍撐著才能走路，沒有哪個小流氓再願意服從他的指揮，就只得退出江湖，離開上海灘，回到鄉下去。六指頭阿二也從此銷聲匿跡，據江湖上的傳言，是變成了四指頭阿二，並且背部的一條肋骨斷了，留下了一條十多公分長的傷疤，比劉川臉上的那條蚯蚓要醒目得多。這三個流氓頭落得如此下場，使南碼頭原來的流氓團伙隨即陷入了四分五裂的狀態，更因那裡本已生意不佳，後來便漸漸散了伙，各謀出路，一些人進入了租界當癟三，一些人加入了別的流氓團伙。後來有申盛、席部兩個流氓幫乘虛而入，不過都被杜月笙用計擊倒並佔了南碼頭。

在這場大戰中，鄭子良雖然也傷了幾個手下嘍囉，不過他可算是大獲全勝；尤其使他得意的是，經此一戰，使他在江湖上名聲大振，在黃浦江畔十六鋪一帶，各幫流氓都聽說了他的名字。劉川對他的「智勇雙全」更是佩服得五體投地，此戰之後，不用高丁旺來催他，就主動提出要帶著手下人一同加入俠誼社。鄭子良當然高興，為這伙流氓舉行了歃血拜盟的儀式；手下又多了十來個徒眾，公和祥碼頭更順理成章的成了他的勢力範圍。

不過鄭子良並不滿足。等到地盤穩固以後，他就指使劉川去說服關橋碼頭霸首黃勝也來加入俠誼社。關橋碼頭距公和祥碼頭不遠，黃勝手下有大約二十人，聽了劉川對鄭子良的一番吹噓，看看江湖上你爭我鬥的情勢，想想雖然每個月得孝敬鄭子良三幾十個大洋，但可免了被人吞併的後顧之憂，也還合算。經過一番思慮和討價還價後，黃勝也帶了手下幾個骨幹到光裕里去歃血拜盟，奉了鄭子良為大哥。

這時候，已是農曆辛亥年了。

這個辛亥年，中國發生了翻天覆地、改朝換代的巨變。身為流氓頭的鄭子良，當然看不到這一點，他只想著如何爭地盤，撈銅鈿，看到又一個碼頭被納入自己的勢力範圍，真箇躊躇滿志。過了一段日子，便又指派劉川去找新開河碼頭的霸首陳大鼻，勸他「歸順」自己。

哪料這個陳大鼻還未等劉川把話說完，就把手一擺：「川哥，俠誼社離我這裡隔了整座縣城，鄭子良的手也未免伸得太長了點，我對此沒有興趣，決不會奉他做自己的大哥！」猛喝了一口酒，紅絲遍佈的雁眼瞪著劉川，「你若方便，不妨對他說一聲，江湖道，最好是井水不犯河水，我陳大鼻在新開河做生意，不會把手伸到他的殺牛公司；他在殺牛公司設賭檔，開燕子窠，最好也別把手伸到我新開河來。」說完就把手中酒杯向上一舉，「川哥，我們不說這個事了，乾！」

劉川看他那個「老子決不做天下第二」的樣子，無可奈何，只得收口。本來人家不願意，也就罷了，但這劉蚯蚓在心中卻還記恨去年陳大鼻沒幫自己一同抵抗龍老官的事，於是在第二天去光裕里向鄭子良稟報時，就把陳大鼻不願意「歸順」的話添油加醋地亂說了一通，說是陳大鼻恃著自己手下有二三十人，新開河跟殺牛公司、關橋碼頭也隔得遠，根本不把你鄭大哥放在眼裡。他還說自己跟黃金榮有交情，不怕哪個幫派來踢盤子，你鄭子良最好別把手伸得太長，別把腳四週亂踩，免得傷了江湖上的和氣。如此這般，等等。

鄭子良默默聽著，沒有說話，臉部表情也沒有多大的反應，其實心底是湧起一股又一股的怒火：「陳大鼻你這小子，竟敢小覷我鄭子良！」其實，他聽得出劉川的話可能有誇大，但陳大鼻這樣說絕不是沒有可能。

待劉川說完了，鄭子良擺擺手：「好吧，這件事就暫時到此為止，以後再說。」

過了幾天，鄭子良另派黃勝去勸說陳大鼻，探探對方的虛實。黃勝回來稟報時，面色很難看。「怎麼樣？陳大鼻有什麼話說？」鄭子良問得輕鬆，因為他並不感到意外。

「良哥，你既然在前幾天派了劉川去找陳大鼻，事前應該先跟小弟說一聲。」黃勝三十來歲，看上去不像個流氓頭，倒像個小商家。他現在沒回答鄭子良的話，先自說了這一句。

「什麼？」鄭子良這回感到意外了，他本想說：「我是你大哥，為什麼要事先跟你說？」，一想這話不妥，急切間就來了個大轉彎：「陳大鼻對你不客氣？」

「不是不客氣，是很不客氣！」黃勝顯得沒好氣，「我跟他說了沒幾句，剛剛算是說完開場白，他就一瞪眼睛，說你黃勝怎麼啦？前幾天劉川才來幫鄭子良傳話，我已經答覆得很清楚了，現在你又來，這算什麼意思！我說我不知道劉川來過，他說你回去問鄭子良。你也算是俠誼社中的頭目，怎麼只會幹些為大頭目傳話的事，而且另一個頭目做過了的事也不知道！良哥，你要我怎麼說？」

鄭子良無話可說。他真氣惱！惱的不是黃勝，他承認黃勝說得坦率直白，儘管聽來叫人不怎麼舒服，但他對這種性格不反感；他惱的是陳大鼻：你這小子這樣說黃勝，等於是說我鄭子良！

鄭子良現在是上火了。思考了幾日，一拍八仙桌：「你陳大鼻不就是二三十人麼！我鄭子良可以拉上五六十人來跟你幹！」決定拿出去年打龍老官的那股勁頭，公開跟陳大鼻宣戰。

這天正準備命陳小猛去把高丁旺、潘阿毛等幾個手下幹將叫來，正巧鄭四來訪。兩叔姪寒暄話說過，三杯下肚，鄭子良看看這個一肚計謀的四叔，就把有關陳大鼻的事說了一遍：「小姪準備給這個陳大鼻一點顏色看看，不知四叔以為如何？」

鄭子良講述時，鄭四是一言不發，現在看著侄子這怒氣沖沖的神色，沉思了一會，道：「子良，若說江湖上的名聲，你現在也算得上是一個人物，不過若然恃著這名聲就明火執仗的去搶碼頭，四叔我是不贊成的。自古至今，在江湖上靠強力稱霸的，沒有幾個能夠真正的長久。這些人要麼得逞於一時，最後被對手一把摜下來，就如俗語說的『眼看他樓起了，眼看他樓坍了』；要麼就遭了自己人或別人的暗算。連政壇大人物、軍界大將軍都防不勝防的事，何況只是個稱霸一方的大哥？江湖結怨，誰也不知何時會飛來橫禍。況且，以你今天的聲勢，還遠未夠恃強橫行的資格。」頓了頓，「如果陳大鼻真的拜了黃金榮的門，你公開去搶奪，那是明剃黃金榮的眼眉，而你決不是黃金榮的對手。」

邊說邊把上身往太師椅上一靠，也不管鄭子良的臉色似乎已變得有點難看，輕輕一揮手，「江湖道上，以柔制剛方為長久之策，恃強橫行只可以是一時之計。這是我幾十年行走江湖的體會。何況今日的時勢，國家極可能出現大變動，至於會變成怎樣，一時難料。因而我勸你最好是站穩陣腳，以不變應萬變，別做出過激舉動。暫且把這事放在一邊吧，說不定你以後的勢力更大了，陳大鼻自然來歸順；又或他像去年劉川那樣，被人公開搶地盤，無路可走時要你幫手，那樣也自然會歸順，何必一定要動用武力？就算以後陳大鼻不來歸順你，你也沒有什麼損失。帳可以慢慢算，但不是這個時候。一句話，在這大清氣數將盡，社會將出現大動盪之際，維持現狀，方為上策。」

鄭子良心裡說一聲：「四叔你開土行一定是錢賺得太多了，才這樣的保命。」不過表面上還是恭恭敬敬地點頭：「是，謝四叔教訓。」

鄭四的話對於剛在江湖道上露出頭角的鄭子良來說未免是顯得謹慎了點，但不得不承認，這個土行經理見多識廣，眼光不差，頗具洞察力。當年的大清王朝確是氣數將盡了，中華民族二千多年來的封建帝制已然垂亡。革命黨人前仆後繼，一次又一次地表現出他們推翻這個腐朽政權的勇氣和勁頭，那時候的神州大地可謂風雷滾滾。

當時的上海已成為革命黨籌劃舉事的重要地點。

西元一九一〇年十月二十五日，革命黨人張承標被上海閘北洪門首領劉福稱推為大哥，他手下的三千多名洪門兄弟就此接受了革命黨的領導。一九一一年三月，上海商團正式成立，人數近五千名，主要成員為一般中小商人及其子弟，也有部份店員、職員，以及文化教育界和宗教界人士。商團的成立在以後的上海光復中發揮了重要作用。而在鄭四講了這番「社會將發生大動盪」的話不久，一九一一年四月二十七日，廣州爆發黃花崗起義，雖然沒有成功，但已震動全國。上海各報隨即對這次起義作出連續性的報導，《神州日報》在《廣東革命之大風雲》一文中公開稱讚起義者「大有視死如歸之概」，《民立報》連續發表《廣州血戰記》、《革命黨流血後之廣州》等文讚揚和鼓吹革命，並公開警告滿清政府：「汝兵雖勁，汝刑雖厲，吾敢斷言，為汝自殺之具而已。」滬上革命黨人則從這次起義失敗中吸取教訓，決定把革命重點轉移到上海和長江中下游地區。

七月三十一日，同盟會中部總會在上海湖州公學正式成立，策動長江流域起義，所發表的《宣言》起首第一句是：「現政府之不足以救中國，除喪心病狂之憲政黨外，販夫牧豎皆能洞知，何況憂時之志士！」到十月十日，武昌起義爆發，敲響了清王朝的喪鐘。十月十三日，上海各報多以顯著位置登載了起義消息，上海灘頓時沸騰，市民蜂湧而至報館林立的望平街頭，爭購報紙、號外，《民立報》竟賣到每份一塊銀元。據當時人所載，「每當捷報傳來，萬眾歡呼。及聞失利消息，或嗒焉若喪，或憤惋不平，甚至有目眥欲裂，幾乎揮拳攘臂而起者。」《申報》曾報導革命軍敗退的消息，即遭千餘人圍攻，市民指責這是替清政府宣傳，動搖民心，並將報館的大玻璃窗砸碎。上海道劉燕翼無法彈壓，竟要求租界當局進行干預。可見當年上海民心傾向革命之熱情。

滿清政權大勢已去。繼武昌起義成立中華民國湖北軍政府後，十月二十二日，湖南長沙新軍起義，宣告湖南獨立。次日，成立湖南軍政府；同日，江西九江新軍起義。二十九日，山西太原新軍起義，宣告獨立，成立軍政府。三十日，昆明新軍起義，兩日後成立雲南軍政府。三十一日，南昌新軍起義，成立江西軍政府。統治神州大地二百六十七年之久的清政府處於風雨飄搖之中。

隨後，上海起義爆發，時間是十一月三日，起義的實際領導人是陳其美。

陳其美，字英士，浙江吳興人，時年三十三歲。

這是清末民初一位富有傳奇色彩的人物，自小就以膽大敢為聞名。相傳他在十歲左右，有一次隨同鄉到附近崇德縣石門鎮遊玩，則巧碰上城隍誕辰，看到鎮上的人對神像都表示得誠惶誠恐，心中大不以為然，後來走進地獄殿，看見那些泥雕木塑的神像猙獰可怖，陳其美就對著神像怒斥：「百姓已遭你遇弄，你竟還如此可惡！」乘人不備，他竟把一個最為凶神惡煞的神像偷了回家，先給予一輪鞭打，然後棄置於茅廁，令它小心看守。第二天，被家人發現，他父親是做生意的，得知兒子如此胡作非為，既氣壞了也嚇壞了，先用兒子鞭神像的鞭子狠揍了兒子一頓，再恭恭敬敬的把神像送回廟宇去。哪知這個陳其美倔強得很，在第二天就偷偷溜進神廟，把那個神像打得稀巴爛，再丟進糞坑裡去。

長大成人，陳其美來到上海，在當鋪裡當學徒，後來又在康泰絲棧內當助理會計員。相傳就在這時候，他加入了青幫，成為大字輩，並以「四捷」（口齒捷、主意捷、手段捷、行動捷）聞名於上海灘。又有傳說，他曾拜於黃金榮門下。

一九〇六年，陳其美赴日本留學，就讀於東京警監學校習法律。同年夏，加入孫中山領導的同盟會。翌年，進東斌學校習軍事。一九〇八年回國，在浙江一帶聯絡幫會，籌劃舉事，並曾參加廣州黃花崗起義。武昌起義爆發後，他就積極組織發動上海起義。

十月二十四日，陳其美與宋教仁、沈縵雲等革命黨人在民立報社商議，決定首先聯絡商團、溝通士紳，把全國商團聯合會會長、江南製造局提調李平書爭取過來，讓留日學生李石英任上海商團臨時總司令。由已成為上海閘北洪門首領的張承標等統領的一支原擬援鄂的秘密敢死隊三千餘人留滬參加起義；並由張說服巡防營統領梁敦綽保持中立。光復會的李燮和去把吳淞巡官黃漢湘、閘北巡警總局騎巡隊隊長陳漢欽爭取過來，並通過他倆使大部份軍官傾向革命。這些部署在以後的幾天時間內便一一完成，相當順利。這樣，除城南高昌廟的江南製造局外，駐滬清軍就基本上被瓦解了。

十一月三日上午，陳其美命令各隊於午後二時齊集斜橋西園，進攻製造局。豈料事情洩漏，陳漢欽當機立斷，率先於上午十時提前起義，佔領了巡警總局，閘北光復。下午四時，各路敢死隊和商團數千人在老城廂內九畝地誓師，宣佈上海獨立。上海道劉燕翼聽到消息，嚇得倉皇逃進租界。當晚，是農曆九月十三，深秋初冬時節，風高氣爽，一輪冷月掛在東方夜空，陳其美親率一支三百人敢死隊去進攻清軍最後的堡壘製造局。

大體說來，當年參加上海起義的主要是三支力量，一支是吳淞、閘北的軍隊，一支是上海商團，另一支便是由幫會分子組成的敢死隊。這支敢死隊原先的首領是曾國璋。此人是洪門哥老會的大頭目，其勢力本在常州、江陰一帶，後來與熊滿堂創立的天目山聚眾堂會合，勢力就發展到通州一帶。一九〇四年夏，他們遭到了已接受清政府招安的春寶山山主徐寶山徐老虎的鎮壓，熊被捕處死，曾則逃亡到了上海，並很快在上海租界裡重新發展起自己的勢力。一九〇八年，他的手下劉福彪用他的名義在租界內向鋪戶收取「保護費」（稱之為「會費」），劉因而遭到租界當局的逮捕，被判處二年拘押。曾國璋逃往湖北，結果被招降的哥老會員李和生抓獲。曾死後，他在上海的餘黨並沒有散伙，而是由「當家三爺」、「管事五爺」劉福彪、孫紹武、王小弟等人掌管會務。武昌起義後，他們找到同盟會員張承棲，表示願意參加革命。陳其美就利用這支力量，組織起一支三百人的敢死隊。現在這支部隊就在陳其美、張承棲和劉福彪的率領下，從滬南軍營曠地出發，一路大喊大叫，鼓噪喧譁，殺奔製造局而來。

江南製造局是清王朝中曾位極人臣的洋務派首領李鴻章創辦的，是當年中國最大的兵工廠，而當時的總辦便是李鴻章的外甥張楚寶，此人效忠清廷，頑固不化。

他已得知革命黨人要來攻打的消息，恃著自己有一支三百人的衛隊，都是剽悍善戰的淮勇，局內又備有大量的槍砲彈藥，就不但不投降革命黨，反而還搬出六尊排砲、幾十門小鋼砲與水冷式機關槍，陳兵嚴陣以待。陳其美的敢死隊，只有四十支步槍和少量土製炸彈，一半人還在揮刀舞棒，於是雙方一番接戰，鎗彈橫飛，敢死隊死傷了五十多人，卻未能攻破製造局。

在裝備上，敢死隊明顯處於劣勢。陳其美為減少傷亡，又認為清廷大勢已去，諒張楚寶也不致頑固到底，於是下令向敵人喊話，大家暫停開火，然後自己走出陣前，向清兵大叫：「我是革命黨首領陳其美，找你們張總辦談話！」

張楚寶想不到陳其美有這樣的膽量，他自己卻不敢走出來，只叫侍衛傳話：「張總辦有請。」

陳其美托了托眼鏡，一挽長衫下襬便向前走。敢死隊司令劉福彪和張承槱等衝上前護衛，陳其美一擺手：「你們留在原地，不必跟來！」隻身就進了製造局。一進敵營，立即就被幾個淮勇夾在中間。

陳其美毫無懼色，一副大義凜然的模樣，跨步走進辦公廳，對端坐在辦公桌後，正對自己虎視眈眈的張楚寶一拱手：「我是革命黨首領陳其美，張總辦想必洞悉天下大勢？」

「什麼天下大勢！」張楚寶怒目一瞪，「我張楚寶只知道有皇上！」

「天下大勢，是人心思共和，不是思專制！不是思年僅六歲坐在龍椅上屁事不懂的皇上！」陳其美盯著張楚寶的眼睛，語氣沉穩有力，「武昌首義，清軍土崩瓦解，革命軍銳不可擋；各地隨即紛起響應，捷報頻傳，宣佈光復。張總辦，這就是天下大勢！滿清政權已經覆亡了！你身為漢人……」

陳其美還未說完，張楚寶已霍地跳起，大喝一聲：「把他綁起來！」

幾個淮勇應聲：「喳！」立即將陳其美捆了個五花大綁。

陳其美並不反抗——反抗也沒有用，只是繼續高聲大叫：「張楚寶，你出去看看整個上海城！你的同僚所有文武官員全都跑到租界去了！大清的黃龍旗已經被扔進了黃浦江！各城門豎起了民軍的旗幟，革命已經勝利了！試問你這個製造局還能支持多久！只有你還在為一個覆亡了的政權賣命！只有你還在負隅頑抗！你這樣不過是在給滿清王朝殉葬！」聲音一下子更高出八度，「張楚寶，你身為漢人，你想想，這值不值！」

「他媽的！陳其美！亂臣賊子！我斃了你！」張楚寶掏出手槍，「我叫你先為革命殉葬！」

陳其美仰天大笑：「革命成功，我死何足惜！你殺了我，全上海全中國的人都知道我陳其美是為推翻滿清而死！我是為主義成仁！哈哈！死得所哉！死得所哉！」臉一板，盯著張楚寶，「而你張楚寶就是千古罪人！況且，你不但要自己死，還要令跟隨你的三百侍從也得跟著一齊死！」

張楚寶怔了怔，陳其美說的是事實，他料不到這個革命黨竟能如此視死如歸，提槍的手不覺微微顫抖，就在這時，一個師爺模樣的中年人從外面直撲進來，一把按下張楚寶的手槍，低聲叫：「老爺，這使不得喲！」

「這匪首犯上作亂，人人得而誅之，為什麼使不得！」張楚寶眼一瞪。

「老爺殺了他，等於成全了他呢！這豈不是讓革命黨又多了個烈士！何況，現在民軍已經佔領了整個縣城了，原來的文武官吏全跑光了，就剩下製造局啦，不知還能不能夠守得住啊。」把革命黨在縣城中如何聲勢浩大的情形說了一番，「那老爺何必為洩憤而跟革命黨結怨呢？」

「張師爺，」張楚寶又把眼一瞪，「你這是在為革命黨做說客？」

「唉呀！老爺怎麼說這樣的話？小人是在替老爺你著想啊！老爺你想想，少爺、小姐、少奶奶們都在外面呢，你若殺了這個匪首，他手下的那些革命黨是一定會報仇的！少爺、小姐、少奶奶們的命就可能全都要填進去了呀！這又何必！」

這就令張楚寶不得不考慮考慮了，他愣了愣，問：「那你說怎麼辦？」

「先把他關起來吧。等援兵到了，打走了革命黨，再處死他不遲；如果革命黨真的攻進來了，那老爺還是走了的好。」

張楚寶看一眼陳其美，只見這小子不但面無懼色，而且還在對著自己微笑，不覺又冒出火來，提起手槍在他面前晃了兩晃：「我就讓你多活兩日，待把你的同黨全捉來後再一齊處死！」對侍衛叫道：「把他吊到院中的大桂樹上！」

這時已是午夜過了，一輪冷月正掛中天。幾個淮勇把陳其美押出院中，將大麻繩往院中的大桂樹橫枝上一拋，就要把陳其美吊起來。突然有兩個人從大門外直衝進來，同聲大叫：「張總辦，手下留人！」

淮勇們認得這兩人，就停了手，張楚寶提著槍從辦公廳裡衝出來，先是愣了愣，然後站定了，雙腳叉開，左手扠腰，右手指著一個五十來歲的中年人就是一聲暴喝：「他媽的李平書！你既不為朝廷效力，還跑來幹什麼！」

李平書是製造局提調，在官位上，張楚寶是製造局的主官，李是他的部下。之前李平書已接受陳其美的策反，傾向於革命，並離開了製造局。現在他聽說陳其美孤身勸降張楚寶，嚇得搓手跺腳：「此事壞了！張楚寶這人，冥頑得很，可能會把陳其美殺了的！」立即去叫上張楚寶的好朋友、日清洋行買辦王一亭，一起前來為陳其美求情。現在面對怒氣沖沖的張楚寶，李平書拱拱手，道：「張總辦，政見不同，可以商量，也可以各執己見，可是動刀動槍，就是人命關天。這陳其美是小弟的朋友，請張總辦看在小弟的面子上，就放他一馬，小弟不勝感激。」九十度的深深一揖。

李平書話音剛落，王一亭也打躬作揖：「張總辦，現在革命軍已佔領了縣城，其他人都跑了，就只剩下總辦大人為大清盡忠，令人欽佩。就當是各為其主吧。陳其美是小弟和書哥的朋友，大家都是朋友，那彼此何必做得太絕情呢。就看在朋友的面子上，請放陳其美一馬吧。」

張楚寶瞪著那雙猴眼看著這兩個人說情，突然大笑起來：「哈哈！他媽的！想不到你兩個竟是來為這個匪首求情！實說了，我現在只是把他吊起來，不是要他的命；待官軍收復了上海縣城，我再殺了他！」說著說著臉孔就板起來，「我們大家是朋友，看在平日交情的份上我不難為你們兩位，但你們休得再說求情的話！否則我不知道自己會做出什麼事來！」把手中的手槍舉了舉，「小弟是大清忠臣！你們兩位如果還願意為大清效力，就留在製造局跟這些革命黨決一死戰，我這裡機槍鋼砲樣樣有，彈藥多的是，不怕他革命黨！兩位若然不願意，我也不勉強，那就廢話少說，立即離開！免得我鎗彈無情！」

李平書跟王一亭面面相覷，看張楚寶的模樣，知道再講也沒用，說不定還會激起他的火，惹來殺身之禍，只得對著這個橫眉怒目的「大清忠臣」拱拱手：「張總辦務請言而有信，待打走了革命黨再殺人。我倆先告退。」悻悻然走出製造局。

劉福彪、張承棲等敢死隊頭目聽了李平書的講述，你眼望我眼，沒有辦法。沉默了一會，李平書一拍大腿站起來：「迅速找人增援！」

李平書與王一亭去搬兵。製造局這邊雙方對峙著，戰場平靜下來。到了大約午夜二時，商團軍、義軍趕到，還跟來了數千市民，會合上原來的敢死隊，力量大增，立即對製造局展開強攻。但在武器裝備上，還是製造局佔著優勢，急切間還是攻不下來。這時，上海灘著名演員潘月樵帶上幾個演員兄弟和一大箱火油，悄悄繞到製造局的後牆，再翻牆進了後院，隨即放起火來。就在這時，製造局大門被炸彈炸開，敢死隊領頭，後面緊隨義軍、商團，齊聲吶喊，衝殺進去，清軍大亂。

不久前還在自封「大清忠臣」的張楚寶聽報大門已被攻破，立即從辦公廳急步而出，只聽得槍砲聲轟鳴，遠處傳來殺聲一片，轉頭一看後院方向，已是火光衝天，即時嚇得臉色青灰，雙腳抖起來。只聽張師爺在耳邊道：「老爺，走哦！再不走就來不及了！」

如夢初醒，「是，走！走！」銀票是事前就已全部放好在懷裡的，其他細軟也來不及拿了，更忘了自己是「大清忠臣」，掃一眼左右的侍衛，「快！從邊門走！」話未說完，人已狂奔而去，逃到黃浦江畔，跳上事前備好的小火輪，向北急駛，躲進了租界避難。這時他才發現，一幫貼身侍衛跟來了，而張師爺沒有跟來。

張師爺叫張杏村，是劉福彪的朋友，又跟陳其美相識，算得上是革命黨在製造局裡的半個內應。他看著張楚寶倉皇衝出了小邊門，那些親信侍衛緊護而去，自己便返回前院想去解救陳其美，只見火光中一人揮刀狂奔而至，先砍倒了一個持槍的清兵，再甩出一刀，砍斷了吊著陳其美的繩子，在陳落地前一把將他接住，身手之敏捷，叫張杏村愣了一愣。也就在這時，劉福彪剛好殺到，不禁喝一聲采：「月樵哥，果然好身手！」衝上前，三下五落二為陳其美解了五花大梆。

陳其美被吊在樹上，動彈不得，卻在這槍林彈雨中竟然毫髮無損，說來真是個奇蹟。現在他抖了抖雙手雙腳，對潘、劉二人一抱拳：「多謝兩位相救！」向著正走過來的張杏村一揖：「若非杏村兄搭救，英士性命休矣！」

夜色深沉，一些守軍還在頑抗。陳其美下令：「頑抗者殺！」這時義軍已佔了絕對優勢，打到天亮，槍聲漸稀。九時許，民軍掃除殘敵，全部佔領了製造局。至此，上海完全光復。

作為全國第一大工業城市，上海的光復立即產生重大影響，同日貴州新軍起義，雲南大理宣佈獨立，隨後蘇州、杭州、廣西、廣東、山東、重慶、成都等地相繼義軍舉事，宣佈獨立。滿清政權土崩瓦解。

上海光復後，上海商會、商團、救火會等組織就成立政府一事舉行會議，在推舉都督人選上發生了爭論，正相持不下之際，劉福彪突然攘臂而起，把手槍往桌上一拍，叫道：「上海與中國全局有關，武昌起義，選出鄂軍都督，聲望不小。陳其美昨天吃過大苦頭，現在給他一個軍政長，太不公平，不足以響應起義。」他主張組織都督府，讓陳其美做都督。剛才還在爭論的人看著這個殺氣騰騰的敢死隊司令，沒有人提出反對，於是大家一拍手，就通過了。

十一月六日，滬軍都督府正式成立，負起治理上海的責任。陳其美任滬軍都督，李燮和、陳漢欽、鈕永建等十一人任參謀，虞洽卿等八人任顧問官。下設各部，司令部部長陳其美、參謀部部長黃郛、軍務部部長鈕永建、外交總長伍廷芳、民政總長李平書、財政部長沈縵雲、交通部長王一亭，海軍部長毛仲芳。在都督府成員中，有一些是立憲派，一些是舊官僚，但同盟會員還是佔了主要地位。稍後，滬軍都督府下又設立閘北民政總局，虞洽卿為民政長；並設上海縣政府，吳馨為民政長；原上海城廂自治公所改為南市市政廳，莫錫倫為市長。這是上海歷代政權機關中第一次出現了「市長」的名稱。據傳，陳其美曾想授潘月樵以部長職，潘一笑婉拒，仍當他的演員。此事成一時美談。不過，潘後來還是就任了滬軍調查部長之職，後又在西南任軍職。

十一月八日，滬軍都督府為嚴明軍紀，頒佈軍律十一條。

新生政權的成立給全上海人帶來的一個最明顯的新氣象則是一刀剪去垂在腦後的長辮子。

想當年清兵入關，滿洲貴族開始統治中原，下令漢人執行剃髮律令，蠻橫宣佈：「留頭不留市民的疑慮。

髮，留髮不留頭。」將是否剃掉頭髮，蓄起長辮作為判斷順民逆民的標準。以至有漢人以自殺反抗，又或逃亡隱避。二百年後太平軍起，就在軍中規定：「首嚴蓄髮之命，有剃髮者謂之妖，殺無赦！」表明跟清廷的誓不兩立，以致被時人稱為「長毛」。現在漢人政權建立，軍政府特地頒發了一個剪辮告示，稱：「自漢起義，各省響應，凡我同胞，一律剪辮。除以胡尾，重振漢室。」大大打消了市民的疑慮。

隨後，陳其美又特為軍人發佈通令：「著各兵迅將髮辮即日剪除，如有抗違不遵者，即行追繳餉銀，革除軍籍，不稍寬貸。」於是軍警帶了頭，民政總長也隨之發佈告示：「垂辮為滿清之俗尚，現者地方光復已久，極應革除舊習，咸與維新。務各父誡其子，兄勉其弟，速將辮髮剪除，以表眾心一致。」

其實，在當年年頭，即一九一一年一月十五日，那時仍是清政府統治，上海人就已鬧過剪辮風潮。當天，上海各界一萬多人在張園召開剪髮大會，有十多位理髮匠到場，會上群情激昂，先後有一千多人剪掉了辮子。不過鬧笑話的是，大會發起者「上海慎食衛生會」原來是準備把剪下的辮子收集起來，賣掉後充抵對外賠款的，結果最後只收集到三條辮子，其他人把剪下的辮子帶回家去了。

「張園剪辮」帶起了上海各界人士的剪辮風氣，但大部份市民仍心有疑慮。現在新生政權公開號召，情形就大不相同了，中城剪辮風迅猛刮起。「光復實行剪辮團」、「義務剪辮團」等團體紛紛成立。在小南門內的群學會，首創義務剪髮，他們在南城和榛苓學校開了兩次大會，先宣佈蓄辮「罪狀」，再宣告剪辮辦法：剪學生頭概不收資，由各同仁分任義務；若要剪得美觀並分出頭路的，收費一角，特請文明理髮匠整理。一時間來剪髮者絡繹不絕，每次「不下數百人」。又一個義務剪辮團在大東門火神廟舉行「剪辮緩易服」會，主持人袁頌豐發表了一番激動人心的演講，當場就有三百多人剪辮。

當年還有這樣一件趣事，有一個叫徐志棠的市民，以個人名義在公共租界會審公廨隔壁暢園茶館內附設了一個剪辮義務會，規定凡在三天之內有願入會剪辮者，不但不取分文，還贈大肉麵一碗，「以助興趣」。結果三天內有二五四人前來剪辮，其中還有五十人將髮辮變價助餉，一時傳為美談。

當時滬上風行一句話：「除此數寸之胡尾，還我大好之頭顱！」

不過在剪辮風勁刮申城之時，也出現了一些過激行動，那就是民軍士兵或剪辮團體強行攔截路人剪辮，並引起非議。陳其美為此於一九一二年元旦發佈《禁止強行剪辮告示》，稱實行自願剪辮。

大勢所趨，風氣所及，半年之後，上海人拖辮者已甚少了，商號所製西式帽子竟至供不應求。「文明」一詞開始風行滬上，辛亥革命給上海灘帶來了新氣象。

身為都督的陳其美在處理新建政權政務的同時，開始籌劃處理幫會問題。

第十五章　閒話上海花煙間

過了三個月，青幫大字輩頭目應桂馨開始籌劃將青幫、洪幫和哥老會三幫聯合組成中華民國共進會，聲稱其用意是「組織純粹民黨，實行取締會員，各處支部成立後，不准在外私開香堂，另立碼頭，剪除其舊染之習慣，免致與民國法律相抵觸。總期立圖改良，維持國內和平，增進國民道德……」這跟中華和平會的宗旨相一致，於是獲得了陳其美的支持，並予贊助。七月一日，中華民國共進會在上海成立，總機關部設在法租界維爾蒙路九七號。這是上海幫會歷史上第一個聯合政團，也可以說是幫會頭目試圖以社團形式出頭露面來參予政治的一個嘗試。

經過一番爭奪，應桂馨戰勝徐寶山，出任會長。湖南哥老會頭目張堯卿任副會長，並在會上發表了演說，稱：「今既三家合而為一，成一大團體，自應協同共濟……深望同胞痛改前非，從茲為善，共守法律，同享自由。」

聽起來真是一件天大的好事情，如果幫會份子真能做得到的話。但實際上，這共進會並沒能統一幫會，大部份的幫會頭目和幫中各派勢力仍在各行其事，他們為鞏固以至發展自己的勢力地盤，哪管什麼「痛改前非，從茲為善，共守法律，同享自由」，連發起組織這個中華民國共進會的幫會頭目在實質上也是一樣。這個聯合政團對各幫會幫派並沒能起到統領的作用。結果，該會成立不足兩個月，即在一九一二年八月二十五日，便被併入了孫中山任理事長的國民黨。一次改造、取締舊幫會而代之以合法新社團的企圖終歸失敗。

這一失敗給民國社會帶來了可怕的後果和影響：幫會已全然失去了它原來的政治目的，而一步步淪為稱霸一方的黑社會惡勢力。尤其在上海灘，幫會分子包辦黃、煙、賭、毒等非法行業，又欺壓正經商戶和老百姓，擾亂治安，危害社會，搞得上海灘一片烏煙瘴氣。其中的大頭目，更是勾結執掌治安大權的租界巡捕房、工部局、公董局當權的洋人、黨政軍商界的要人，而使自己成為所謂

「海上聞人」、「商界大亨」，其勢力通過其徒子徒孫滲透進社會各階層，稱雄一時。

現在再說鄭子良，這個剛在江湖道上露出頭角來的俠誼社大哥，在這一年多改朝換代的社會大變動中，既沒有參與推翻滿清政權的戰鬥，也沒有被參予組建新政權的新貴或幫會大頭目看上，在所謂的上流社會中根本沒有露面的機會。當然，他也沒有理會試圖改造和聯合幫會的新政團組織。他只是遵循鄭四的勸導，貓在光裕里，繼續經營他的賭檔、燕子窠，收他的碼頭陋規錢。現在，他認為自己已經看清楚了：租界還是外國人統治的租界，新政權並沒有進入租界，除剪掉了辮子這件顯而易見的事外，除出現了許多「文明」新詞外，除人們的服飾慢慢出現了變化外，新政權對租界並沒有什麼實質性的影響，各行各業像往常一樣的做生意，江湖上各幫各派也是如常活動，他們對中華和平會、中華民國共進會等新社團沒有興趣，青幫還是青幫，洪門仍是洪門。幫會份了仍是把持著上海的煙業賭業娼業，並沒有受到什麼衝擊和觸動：這個改朝換代的社會大動盪跟他沒關係！

鄭子良坐下來，心中湧出一種衝動：「我應該擴展自己的地盤，完全可以對陳大鼻採取行動。」但怎樣行動？鄭子良謀劃了幾天，決定先把情況摸清了再說，便把董志叫來：「我記得以前聽你說過，你有個朋友在新開河碼頭？」

「是，那小子叫田有財，其實窮得要死，又癡食鴉片煙，綽號就叫煙鬼財。去年光復時，他有個朋友來找他，帶他去了新開河碼頭跟陳大鼻。」

「不知現在他還是不是跟陳大鼻？」

「應該是。上個月我才見過他，還請他香了幾口。」

「我想跟陳大鼻交個朋友，你幫我去摸一下陳大鼻的底。不過你不要直接找陳大鼻，就找煙鬼財問清楚好了。」鄭子良邊說邊掏出五個大洋來，往桌上一放，「再去請他香幾口。情況瞭解得越清楚越好，回來告訴我。」

五個大洋，哪止可以香幾口。董志一聲多謝，把大洋往懷中一揣，出了門，穿過舊縣城，去新開河碼頭。這時已是下午四點多鐘。

新開河碼頭在縣城東北黃浦江畔，碼頭南邊有一間平房，是永利洋行用來放貨物的倉庫。董志聽煙鬼財說過，他們沒事幹時，就在這倉庫裡推牌九，於是就去倉庫，來到門口一看，大門緊閉，只有一個上了年紀的老頭蹲在倉庫對出的江邊上看著寬闊的黃浦江發呆，看見來了個小青年東張西望的，便大叫：「喂！找誰？」

「我找田有財，綽號鬼仔財的那個小工頭。」董志道。

「今天整日沒貨上，這些人都不知去哪裡了，不在！」

「他們去了哪裡？」

「我哪知道！問他們去！」

董志看一眼這個老頭，衣衫破舊，髮灰、鬚白、背躬，大概是個看倉的，心中沒好氣：「老匆死！定是老糊塗了！我找得到他們，還用問他們去了哪？」轉頭便走。沿著黃浦江向北面慢慢逛去，心中嘀咕：這煙鬼財會去了哪？不知不覺便走過了法蘭西外灘，進了英租界。沿著四馬路向東慢慢走去，突然想起，上次跟煙鬼財敘舊，就是在前面路口拐彎處的青蓮館請他香了兩口，莫非這小子又在那裡吹橫簫？正想著，遠遠看見前面的四海昇平樓走出兩個人來，好像有點面善，走近幾步看清了，原來是梁源和李中百，上次在青蓮館見過面的，也是新開河的小工頭。

「兩位久違！」董志迎上前，拱手施禮。

梁源和李中百愣了愣。梁源先拱拱手：「這位……你是董志？」

「源哥好記性，正是小弟。不知煙鬼財在哪裡？」

「煙鬼財？」李中百看一眼董志，「你找他？」

「是。」

「他說不定跳黃浦江了。」

「發生了什麼事？」董志大吃一驚。

「他私扣碼頭小工的工錢，被任哥知道了，判他違反幫規，不但把他的所有積蓄全拿了，還打到他幾乎吐血，然後逐出了新開河碼頭。」

「什麼時候的事？」

「就今天吃完午飯後。然後他就不知跑哪裡去了。」

董志又問了幾句煙鬼財可能會去了哪裡，兩人幾乎是一問三不知，然後擺擺手，一聲「後會有期」，走了。董志看著兩人的背影，愣了一會，心想鄭子良給的這幾個大洋是賺不到了。

心中不覺十二分的沮喪，向前走不多遠，一抬頭，眼前就是青蓮館，心中叫一聲：嘻！橫豎已經來了，就上上面開開燈！

青蓮館名字聽來很雅，其實是個「花煙間」。清末民初的上海灘，鴉片煙館林立，有些煙館老闆為招徠顧客，便僱用一些女子，名義是為客裝煙。那些煙鬼花銀一二角錢，便可以在煙間裡放肆。若付足費資，裝煙女就成了秘密賣淫女。青蓮館便是做這種勾當，在舊上海可以算得上是一間名館。

董志上了樓，走到後面一個煙榻，往上一躺。一個十七八歲的女子塗了一臉的胭脂水粉，已緊跟著過來，一邊嘴裡說著先生好，小女子來侍候先生您了，一邊就送上煙具，打好煙泡，然後就在董志對面也來個躺倒橫陳，侍候他吞雲吐霧；同時嘴角兒撇撇，秋波送過來三五個，柔聲細氣地道出「先生真俊喲，小妹能夠侍候先生，真是一種榮幸呢」之類的話語來。

董志隔著煙霧看看這個小女子如何賣弄風情，要在平時，這小流氓早已伸手過去摸摸臉蛋兒，甚至要「上下其手」了，現在卻提不起興趣。在這裡香上幾筒煙不外二角錢，回去卻要還鄭子良五個大洋，一想心裡就好像被人刮了一刀的痛。吸了幾口，耐不住便對著小女子一擺手：「姑娘收口吧，阿哥我沒心情。」叫那女子著實愣了一愣。

這女子不哼聲了，卻聽到旁邊不遠處的煙榻上竟有人講起這青蓮館的「掌故」來。董志抬起頭來看了看，原來是個五十歲左右的中年人，身材矮小，臉瘦如猴，眉毛生得低，粗而濃，把深陷的雙目壓著，身上穿一件彩藍光緞面的羊皮袍，外罩馬褂，束一條白線絡的腰帶，煙榻下是一雙擦得晶亮的外國皮鞋，這時大概是已過足了癮，正翻身坐起，一邊拿起頂圓頂寬簷禮帽往頭上戴，一邊就對著仍橫陳在他對面的裝煙女大聲道：「姑娘你硬要說我是商家，我告訴你，我是文化人，而且是名人！專門研究上海灘歷史掌故的！遠的不說，就說這青蓮館，你可知道十年前這裡發生過一件什麼轟動上海灘的事？」

裝煙女也坐起來，看上去二十開外，撇了嘴兒笑道：「十年前我還在鄉下，哪知道這裡發生過什麼大事喲。」

「好好，」中年人賣起關子來，「那你可曾看過『西洋影戲』？」

「唉呀，看過，就在前幾天看的，在虹口戲院看的。唉呀，那真是有趣極了呢！那些人呀、車呀、大象呀在那塊大白布上走來走去，可惜就是沒有聲音。」

「這是個無聲電影的時代！」中年人把手中的煙槍在小几上輕輕敲了敲，「那你知不知道上海灘什麼時候開始有影戲？」一副「吾若不知，誰人能知」的神態模樣。

「唉呀，先生您這是考我呢！我哪知道喲！」

「那好，我告訴你，前清光緒二十二年，」捏著手指數了數，「現在政府要用陽曆，那就是公曆一八九六年。這年的八月十一日，西洋影戲第一次在上海灘徐園的『又一村』放映。」邊說邊做手勢，「放映場裡，觀眾都坐好了，那些老爺太太、少爺小姐一個個在品香茗，嗑瓜子兒，等著看影戲。突然，場內的燈燭一下子全熄滅啦，漆黑的一片。人們大感莫名其妙，有些人還慌張起來！就在這時，黑暗中啪的冒出了一片白光，白光處出現了一間房子，房子裡養著很多馬，在走來走去。然後房頂冒出濃煙來，接著是熊熊大火，幾匹馬就向前排觀眾衝過來了！那些什麼老爺太太、少爺小姐被嚇得怪叫，有人跳起來：『著火啦，跑呀！』把那些正在品茶嗑瓜子的人都嚇得東躲西藏。」中年人邊說邊手舞足蹈，「突然，什麼都沒有了，燈燭亮起來，人們一看，著火跑馬的地方就是一塊丈把寬的白布，一個個就驚愕得說不出話，有幾個膽大的爬起來，走過去一看，只見白布後面是一架木殼怪物，還有幾個洋人，正笑得趴在地上爬不起來了！哈哈！」中年人仰天大笑。

「嘻嘻，原來當年嚇倒了這麼多人呀？真好玩呢。」裝煙女也笑起來，笑了一會，「先生，這跟青蓮館有什麼關係呀？」

「我還未說完呢！」中年人收住笑，「那次放映西洋影戲，一下子上海灘全轟動啦！自此後，徐園就經常放映啦，一直延續了好幾年。那些洋人見放映影戲有錢賺，就湧到上海灘來淘金啦。那時候還未有影戲院的，一般就借茶館放映。其中有個西班牙人叫雷馬斯，長得神高馬大的紅鬍子綠眼睛，原來只是個洋癟三，他借了五百元，在光緒二十九年，就在這間青蓮館樓下的小房子裡放影戲，這個洋癟三還挺有辦法的，放映前雇了幾個人，穿得花花綠綠的，對著路人大吹大擂大喊大叫，說是這影戲千載難逢可以大飽眼福。當日就在這樓下放了一部風光片，大火車在大沙漠上亂跑，大輪船在大海上蕩來蕩去。然後又放了一部滑稽片，映的是一個小偷闖了禍，被路人到處亂追，他就亂跑，那禍就越闖越大，最後就被捉住了，然後他就做出許多醜怪乞憐相來，逗得看影戲的人哈哈大笑。有個八十多歲的老頭笑叉了氣，從板凳上啪的一聲倒到地下了，他兒子背了他去搶救呢！咳！我口乾了，拿杯龍井茶來！」

那裝煙女跳下煙榻，提了個茶壺來：「那老頭死了沒有？」

「嘻！我哪知道這老頭死了沒有！我是研究文化的，不研究老頭。只是那個雷馬斯後來就發達啦！你說的那間虹口大戲院，就是這個洋人在光緒三十四年時用鉛皮搭建的！當時座位只有二五〇來個，但它可是全上海以至全中國的第一家影戲院呢！現在北海寧路、北四川路的維多利亞大戲院也是這個雷馬斯開的！」

「唉喲！先生您真是見多識廣呢！」

「過獎過獎。還有，你可知道上海灘最早的露天影戲院在哪裡？告訴你，在南市西園、新園。光緒三十二年，讓我算算，對，六年前，一個夏夜，那裡賣票放影戲來招徠遊客，花園就成了露天影戲院啦。」喝了口茶，「我還要說……」

中年人得意洋洋地正要繼續賣弄他的學問，突然隔壁煙間傳出了一個女人的怪叫聲，中年人就收了口；那怪叫聲又喘氣又呻吟的持續了約有五六分鐘，突然就變成了好幾聲「唉呀唉呀」的尖叫，那女人像在壓抑著自己低聲求饒：「先生，痛死我啦！您輕點兒……」叫了好一會，接著是一個男人的接連幾聲大叫，喘粗氣聲。過了一會，靜下來了。

中年人似乎就沒了繼續賣弄「見多識廣」的興趣，從袍子裡掏出二角銀洋來，往煙榻上的小几一放，看一眼他的裝煙女：「這是很不文明，很不人道的。」下了榻，穿上皮鞋，一副很正義又頗得意的模樣，昂昂然走了。

董志瞟一眼他的背影，心裡罵一聲：「臭文人！」突然想放聲大笑，就看到隔壁踉踉蹌蹌的走出個小青年來，身穿一套又破又舊的工裝，腳蹬一對藍布鞋，戴了頂髒兮兮的白帆布圓形闊邊遮陽帽，壓得低低的，嘴時好像在嘮嘮叨叨的罵：「他媽的！女人！去死啦！……」

董志愣了愣，待他幾步走近，心中便確定無疑，大叫一聲：「煙鬼財！」

煙鬼財一愣，收住腳步，抬頭一看：「志哥？」

董志已跳下煙榻，走上前，看清楚了，這小子左眼角一片瘀黑，右頰腫了一塊，那張臉本來就生得小，現在便顯得怪模怪樣的醜陋。一伸手搭在他的肩頭上：「你怎麼啦？」

煙鬼財一臉苦笑，嘴角就歪起來：「不說啦！」起步就走。

董志猛然記起李中百說這小子的話，大叫一聲：「等等我！」從懷裡掏出兩角銀洋，扔給那個裝煙妹，拉了煙鬼財，走下青蓮館。

兩人進了一個小飯店坐下。董志點了幾個菜，要了一支狀元紅，兩人就對飲起來。煙鬼財的遮陽帽一直沒脫下，遮著那個黑眼角，董志也不管他，低聲問：「跟誰打架啦？」

煙鬼財抬頭看他一眼：「這是給陳任陳大鼻打的！」

「什麼回事？」董志故作驚訝。

「他媽的！他說我私扣小工工錢，也不知是哪個冤鬼私下告我的！」

董志不再問，喝了口酒：「那你現在打算怎麼辦？」

「新開河碼頭回不去了！其他碼頭的霸首也不會願意用我。他媽的被那個陳大鼻打到內傷又沒錢醫，身上就剩了幾角洋銀，我還能有什麼打算？他媽的！就香上幾筒，把個女人玩個夠，要不是碰上你老哥，說不定我現在去跳黃浦江了！」

董志一拍胸口：「煙鬼財！大丈夫夠膽做，還怕餓死！找個跌打醫生開兩服藥，沒事！」當夜董志就讓煙鬼財住自己原來租住的亭子間。他自從當了鄭子良的保鏢，就住在鄭宅，這亭子間用來放些雜物。

過了兩天，董志向鄭子良稟報：「大哥，陳大鼻的底細我摸清楚了。」

「詳細說說。」鄭子良靠在太師椅上，手上一杯紹興花雕。

「陳大鼻三十二歲，有一妻一妾，二子二女，住法租界天主堂街同興里五號。五年前，他打走了原來新開河碼頭的霸首癲佬馬，那個癲佬馬本名叫馬平山，就佔了新開河碼頭，原來手下有二十九人，現在走了一個，剩下二十八人。新開河碼頭屬永利洋行，老闆是個法國佬，叫紮克。陳大鼻就是專門為紮克上貨落貨。」

「唔，」鄭子良點點頭，「這個陳大鼻有什麼特別的本事？」

「煙鬼財說，他雖然生得不高大，但功夫很好。上兩個月，縣城裡有一伙小癟三十多二十人跑到新開河一帶鬧事，舞棍弄棒的，跟煙鬼財、梁源、李中百等幾個人發生鬥毆，陳大鼻聞訊趕來，把這伙人打到落花流水，以後再沒敢來。」

「這事我也聽說過。」鄭子良喝口酒，「陳大鼻為人如何，有什麼愛好？」這是他最關心的。

「我問清楚了，煙鬼財說他脾性暴躁，又好打不平，見有什麼他覺得看不順眼的，就會衝上去打。至於有什麼愛好，煙鬼財說他喜歡喝酒，又每隔三幾日就會去逛堂子。天主堂街和福弄有個賭檔，他有時也去賭，不過煙鬼財說他不吃黑飯。」

「打架嫖賭，常事。我問的是他有什麼特別的愛好。」

董志搔了一下頭：「我想起來了！煙鬼財說他喜歡聽唱戲，最近他經常去新舞台捧角，那小妞叫玉蘭，是有名的花旦。」

鄭子良心頭一震，不過面上沒表露出來：「他是和妻妾去還是自己去？」

「煙鬼財說他是帶著手下的人去，有時十多個人，有時三五個人去。煙鬼財就跟他去過。」

鄭子良想了一下，突然問：「剛才你說陳大鼻原來有二十九個手下，現在走了一個，走了誰？」

董志有點不好意思：「就是走了煙鬼財。」

「煙鬼財現在哪裡？」鄭子良一聽，幾乎站起來。

「就在我以前租下的亭子間裡安身。這小子是個孤兒。」

董志囁囁嚅嚅的，把如何找煙鬼財的經過說了一遍。說完瞟一眼鄭子良，很擔心這個大哥要自己交回那幾個銀洋。

鄭子良根本就沒有想到那幾個銀洋，他沉思了一會，眼睛盯著董志，沉聲道：「董志，你聽著，就讓煙鬼財住在亭子間，」說著還掏出三個大洋來，「你把這三個銀洋交給他，就說是我鄭子良送給他的，要他好好養傷，沒事不要出去。以後我可能有事要找他。」

鄭子良想到的是要在新舞台下手。

新舞台在中國戲園變遷史上赫赫有名。

第十六章　戲園裡暗施毒手

新舞台之所以名聲顯赫，因為它是上海灘，也是全中國的第一家新式戲園，要講它的這件值得後人紀念的歷史功績，還得先說說上海灘的戲園春秋，這是一段十分有趣的掌故。

話說上海本地的土產戲曲，如上海文書、鈸子書、扁擔書、唱因果等等，都是走街串巷，到人家宅院裡借條板凳便演出的。上海最早有戲園演出的是北方來的平劇（京劇）。後來京劇大盛，被推為國劇。

只說一八四二年八月，《南京條約》簽訂，上海被開放為通商口岸，老城廂最發達的區域，在大東門與小東門之間，此處緊靠商船頻繁進出的黃浦江，大小商店行號萃聚。開埠不久，上海最早的一家專業戲園就創辦於城東的衙前街上，名叫「三雅園」，是由一家顧姓的住宅改建的，這所住宅為沿街八扇門的高平房，進門入室，有小型花園，花木扶疏，假山點綴，戲台就建在大廳中，台前放置紅木桌椅，這便是上海灘第一家公開對外的戲園了。日夜開場，專演崑曲。

清朝咸豐四年的正月初一（一八五四年二月十七日），正值上海道台吳健章借租界洋兵攻打城內起義的小刀會之際，三雅園遭了火焚。此後老廂內市面日衰，而城外的租界迅速熱鬧起來，市面日趨繁華，尤其小東門外的直街，更呈現一派市廛櫛比，萬商輻輳的繁華景象。這時候，洋涇濱北面的寶善街已興建了滿庭芳、丹桂軒等戲園。前者可算是英租界中的第一家戲園。三雅園也在法租界小東門處重新開設，地點在小東門外弔橋下往西數十步的城河西岸，那條路也因之而被稱為「戲館街」，可見其影響之大。

同治末年時，在三雅園的右邊還開設了「同桂軒」新戲園，專演皮簧戲。不過那時的戲園不叫戲園，而叫茶園，為什麼呢？說來可笑。自三雅園創辦後，營業狀況甚佳，其他戲園子也跟著建起來。由於開戲園要接納各式觀眾，只有具特殊勢力者才可保治安無虞，因而當初經營戲園者都是吃衙門飯的「卯捕頭」，他們一邊在衙門當差，一邊開戲園當副業。哪料過了幾年，即一八五〇年，就在這些戲園子方興未艾之際，卻天有不測風雲，道光帝在北京圓明園病死了。按規定，全國老百姓要戴孝三年，禁止演戲。這下子可要了戲園的命，幾乎沒把那些藝人們餓死。

當時昆戲班儘是蘇州人，其中有個叫錢文元的，來個變通，把昆戲改為清唱，不登台演出，一律坐唱，如此勉強維持了兩年生計。到了第三年，藝人們也終於想出個法子來：那就是把戲園的招牌換掉，改稱某某茶園，如天仙茶園、金桂茶園、春仙茶園等等，外面看來是個吃茶的地方，其實藝人們就在裡面演戲，袍笏登場，笙歌盈耳。那些地方官已好久沒看戲，也是吊癮得很，又收了戲班的孝敬，便睜隻眼閉隻眼，如此茶園招牌掩護下的戲園便層出不窮，後來竟成了時髦，上海灘的戲園都叫成茶園了。

不過在清末前看戲，確實又是同時吃茶的，可說戲園跟茶園是結下了不解之緣。那時戲園是不賣票的，看客來了，落座後，便送白瓜楞有蓋茶碗一只，一碗茶便算是一份戲錢。就好像我們以前上茶樓吃點心，沒有打卡的，最後便靠數碗碟計帳一樣。當年戲園的看門人除了捉拿看白戲的人外，其重要職責就是分發和清點每天的茶碗。這樣也可以防止那些想揩油的案目（相當於售票員）作弊。不過茶水質量如何，就少管了。

當年戲園還很值一提的趣聞是，除了白茶碗外，還有綠茶碗，是專門供給妓女和洋人用的。當時上海灘上最吃得開的是為洋人有些也是為自己做生意的買辦階級，這些人夜夜笙歌，佔了戲園的前排看戲，還要去長三館請妓女來陪坐，一邊聽戲一邊左擁右抱，趾高氣揚；到後來更請來洋人，哇啦嘻哈，令人側目。戲園後來就訂下規矩，對這些人加倍收費，辦法就是給他們綠茶碗以作標記。哪知後來又弄出一件事來。一批留洋歸國的學生穿了洋服進來看戲，看門人當他們洋人辦，就給他們每人一只綠茶碗。留學生大怒，兩方便爭吵起來。

看門人道：「先生你看，明明寫著洋人加倍的。」

留學生反駁：「豈有此理，我們是洋人嗎！」看門人道：「這個我們不管，總之你們穿了洋服就當你洋人算帳。」吵不清楚。後來戲園乾脆就把「洋人加倍」改為「洋裝加倍」。這是戲園史上一個很有意思的笑話。

相對今天來說，傳統舊戲園的最大特點是它的建造形式：戲台都是方形的，像個三面透空的方亭子，沒有背景佈置，前後台之間以一塊板壁相隔，板壁中間通常懸掛紅綠幔，上有獅子滾繡球、二龍搶珠、和合二仙之類的圖案。板壁後面是後台。一般規矩，戲台西側有門，上場門上書「出將」二字，下場門上書「入相」二字。演員不是可以隨便出入的。打鼓拉琴的跟演員一同登台，不過是坐在台上正中靠後的地方。台上沒有佈景，最多放一張桌子，幾把椅子，便象徵一切。台前左右還建有兩根柱子，這就使得坐左右兩邊的觀眾為看清楚台上的表演而把頭晃來晃去，本來十分令人生厭，但傳統如此，陳陳相因，一直沒人敢改。這就是上海灘舊式戲園的大致情形。

到了清末光緒三十四年（一九〇八），終於出現了一場戲園革命。發起者便是上海光復時的革命志士潘月樵。是年，以藝名「小連生」名滿滬上的潘月樵會同名伶夏月珊、夏月潤兄弟等人在當年華界十六鋪創建了「新舞台」——這是在名稱上首次將「茶園」改為「舞台」，在形式和內容上都對舊戲園進行了具有深遠意義的變革，標誌了上海海派戲劇的誕生。

在形式上，新舞台把舊戲台的方形改為半月台，去掉了舊戲台的那兩根阻擋視線的台柱，這就使觀眾的視野寬闊多了；同時，裝上了活動佈景，戲台上第一次出現了轉台設備，根據劇情需要，電燈一關鑼鼓一敲，就變出與之相應的佈景來。這對於今天的觀眾來說是司空見慣的事，但就當時而言真可以說是破天荒的舞台革命。

再者，台下還有地窖，放進水則波濤滾滾，不放水時俠客就可以從地下鑽出來。後來新舞台更搞出日月星辰、雷電交加、聲光魔術，樣樣俱全，可算是新舞台這一改革的發揚光大。

還有，當時戲園的觀眾席是方桌坐椅，戲開場後，人們仍在不斷的倒茶斟水，觀眾呼朋喚友，使得場裡一片嘈吵喧譁，把個戲園確實弄得像個茶館。新舞台則把觀眾席改為長排連椅，由前至後逐漸增高，按號入座，同時廢除泡茶、手巾、小帳等傳統積弊，這可以容納更多的觀眾，而秩序就比舊戲園子好得多了。可謂一新當時戲園耳目。也大概從有了新舞台後，上海的戲園就漸漸不再叫茶園了。

新舞台建成後，生意甚佳，觀眾雲集，十六鋪一帶也因之更加熱鬧非凡。

不久，潘、夏等人又把新舞台遷到南市露香園，並在那裡進行了內容上的改革。據當時的梨園舊規，演三國戲是不准演關公「走麥城」的，因為那是關老爺觸霉頭的一節，關老爺是要忌諱的；又傳誰若是演了，那關老爺一發怒，紅面孔一板，戲園就要著火。新舞台不管這陳規，就編演了「走麥城」，廣告一出，戲迷們是聞所未聞，於是一下子便轟動了上海灘，竟至場場爆滿。哪知真的就這麼巧，這天正上演「走麥城」，隔壁人家剛好失火，就燒到了新舞台，這引起人心惶惶，更有人說關老爺真的是得罪不起的，你看，這不真的引來火災了？潘、夏等人不管人們如何議論，舞台修好後照樣上演「走麥城」，不買關老爺的帳，結果當然是安然無恙。

於是其他戲園也紛紛仿傚，這就打破了舊戲園的陋規了。

自新舞台創辦並獲得成功後，新式戲園在上海灘相繼開設，宣統二、三年，在公共租界興建了大舞台、新新舞台；民國後，又有大新舞台、亦舞台、天蟾舞台、三星舞台、共舞台等聞名滬上，舊有茶園越來越顯得相形見絀，有的只好關門大吉，有的只好改建，漸成了歷史陳蹟。上海灘的這場近代戲園革命，開風氣之先的新舞台功不可沒。

鄭子良現在就想利用這個大名鼎鼎的新舞台來放倒陳大鼻。新舞台後來遷到了露香園。露香園在縣城的西北角，正處於光裕里至天主堂街的中間位置，那裡既不屬鄭子良的地頭，也不屬陳大鼻的地頭。煙鬼財說過，陳大鼻到新舞台捧角，總是帶著他的手下門徒，這就不容易下手；萬一行刺不遂，雙方打將起來，鹿死誰手，是難說的事。更重要的是，鄭子良只想暗算，並不想讓江湖上知道是自己幹的，這就要更大費周章。

謀劃了好幾天，鄭子良沒能想出個萬全之策，最後一拍大腿：「找四叔去！」

來到英租界棋盤街鄭洽記，伙記左韋是認得鄭子良的：「良哥找四爺？四爺陪個客人上了大雅樓了。」

鄭子良十年前在鄭洽記做過伙記，知道這間大雅樓，向左韋拱拱手道別，然後沿棋盤街向北走，一會便到了四馬路口，轉向東，再走不多遠便看到大雅樓的大招牌。鄭子良登上三樓，一間間雅室看過去，在樓尾最邊角的雅室終於找到了鄭四。

鄭四正跟一個客人飲酒，看見鄭子良，點了點頭。

鄭子良也點點頭，就在大堂坐下，自斟自飲。

約過了一個鐘頭，鄭四出來送客，並向鄭子良打個眼色。鄭子良點點頭。鄭四送完客，回到雅室，鄭子良已在原來客人坐的位置坐著。

兩叔姪寒暄幾句，鄭子良邊斟酒邊低聲道：「小姪又來向四叔問計了。」

鄭四眨眨他那對銳利的小眼睛，微微一笑：「又想興風作浪？」

「時勢造英雄罷了。」鄭子良笑笑，「其實做成了對四叔也是大有好處的。」一把近來想放倒陳大鼻的想法說了一遍，「去年四叔勸我以不變應萬變，現在，滿清推翻了，民國建立了，但租界還是以前的租界，還是外國人統治的租界；新開河碼頭還是以前那個新開河碼頭，霸首還是以前那個陳大鼻。民國政府根本就沒有能力收回租界，況且現在還讓個前清的直隸總督兼北洋大臣袁世凱做了總統，我鄭子良就算在上海灘興風作浪，也沒有什麼對不起孫中山和革命黨。國家大事我們也別管了，現在是，如果我佔得了新開河碼頭，那對四叔您運貨收貨也是大有好處的。」

鄭子良講話時，鄭四只是微笑，沒插嘴，其實心裡是連道幾聲：「好！好！正中下懷！」

鄭四也想除掉陳大鼻。

本來鄭四跟陳大鼻歷來合作得不錯。鴉片從四川等地從水路運到上海，陳大鼻為鄭洽記等幾家土行負責起貨進倉保護，土行付給他保護費，自己派人去運回行裡，再把貨分售給上海灘各處的煙館燕子窠。近這三幾年，接連發生「劫土事件」，土行不時就遭受損失，但又無可奈何。上個禮拜，在運貨途中又一箱印土被人劫去，打鬥中，鄭洽記裡的兩個小伙記還受了傷。身為經理的鄭四想來想去，終於起了疑心，覺得這陳大鼻是不是從中搗鬼，跟劫土的幫匪串謀，暗通消息，從中分利。但懷疑歸懷疑，毫無證據，也就不能跟陳大鼻「講數」，正憂慮是不是放棄新開河碼頭，找屬於鄭子良勢力範圍的公和祥或關橋碼頭起貨，一想又不行，這兩個碼頭離棋盤街更遠，運貨時遭劫的可能性更大。現在鄭子良要剷除陳大鼻，霸佔新開河碼頭，那真是求之不得。

不過鄭四是老江湖，他不把這番話說出來，一是免得以後萬一東窗事發受到牽連，二是怕說出來，自己的利益就等於也涉及其中，鄭子良會向自己「要價」。現在他就只是微笑，好像這事跟自己毫無關係，淡淡的問：「那你打算怎樣做？」

「小姪愚昧，想不出個萬全之策，故來向四叔求教。」

鄭四慢慢喝口酒，半瞇著眼睛，像在品賞美味，過了好一會，突然左手把手中酒杯一放，右手就向窗外遠處一指：「子良，知道那間戲園嗎？」

鄭子良向窗外望去：「知道，那是新丹桂戲園。」

「記得幾年前那裡發生過的一件慘劇嗎？」

鄭子良想了想：「記得。當晚新丹桂上演時事京劇《官場醜史》，戲園裡擠滿了人，突然有人大叫：『失火啦！快跑呀！』於是樓上的人就嚇得潮水般的擁下來，你踩我踏，哭聲罵聲怪叫聲亂成一片。突然樓梯欄桿被擠斷了，不少人從樓上掉了下來，頭破血流，斷筋折骨，傷者不計其數。據說後來還搞出了幾條人命。」

「知道這件事是誰幹的？」

「我記得報紙上說是『有人哄傳失火』。」

「哼，」鄭四冷笑一聲，「那是黃金榮在幕後策劃指揮，陳大鼻為錢出面搞出來的傑作！」

「啊！」鄭子良微吃一驚，「四叔怎麼知道？」

「當晚我本來是要去看戲的。中午時我帶手下去新開河碼頭運貨，無意中跟陳大鼻聊起京劇，我說今晚要去新丹桂看一齣新戲。陳大鼻聽了後，說：『四爺你最好不要去。』我覺得奇怪，問他為什麼，他說這是朋友的忠告，信不信由你。我看他說得很認真，不像在開玩笑，當晚就真的沒有去。事後我向各路江湖朋友打聽，終於弄明白了，在戲園裡大叫：『失火啦！快跑呀！』的那些人，全是陳大鼻的門徒，而陳大鼻那次收了黃金榮五十兩銀子。」

「黃金榮這老傢伙至少是個巡捕房的華探長，是負責維護租界治安的，他為什麼要陳大鼻跑到英租界去搗亂？他跟英租界華探長沈杏山有仇？」

「他跟沈杏山有沒結仇我不知道。但那次新丹桂慘案，是他跟新丹桂的老闆單勉有仇。」

「單勉在英租界開戲園，怎會跟他法租界的黃金榮結仇？」

「單勉是個混血兒。」鄭四笑笑，「他的母親是蘇北人，他的父親卻是個英國佬，據說是那個地產巨商、猶太佬哈同手下的一個經紀。仗著洋人的牌頭，這個單勉開了新丹桂戲園，而且也沒向沈杏山『孝敬』。沈杏山是『大八股黨』的頭，大概是錢賺多了，也不想因這麼點銅鈿跟個半洋鬼子鬧翻，所以也沒管這個單勉。哪料後來竟是黃金榮手下的巡捕越界過來鬧事。那天，這三個巡捕穿了便服，到新丹桂來看霸王戲，被單勉的手下發現，雙方發生衝突。戲園人手多，結果把這三個巡捕狠狠揍了一頓，大概也傷得不輕。這三人便跑回去向黃金榮訴苦。黃金榮一聽，打狗也得看主人，打我的手下分明是坍我黃金榮的台！其實開打時戲園裡的人也不知道他們是法租界的巡捕，到知道時雙方已是火遮眼，就算是皇帝老子也罷了。黃金榮氣得惱火，要為手下的巡捕出氣，但想想自己實在不可以出頭，自己是負責治安的華探長，帶著人過英租界去跟人打架，這成何體統，不等於給公董局抹黑，等著被洋人撤職查辦？但這面子又拉不下，發誓一定要報復單勉。當天跟林桂生商議，這位白相人嫂嫂確是厲害，出了這條毒計，黃金榮就用錢收買了陳大鼻，讓他在戲園裡亂叫失火。那場慘劇確實把單勉弄慘了：他要給死者賠棺收殮，又要將傷者送院治療，事情就發生在你開的戲園，責任自然就由你全部負擔。這一下花掉了一大筆錢，維修戲園又花掉一筆，更要命的，自那件事後，生意大減，以至入不敷出，最後單勉只得把新丹桂盤了出去。你猜猜是誰把它盤下來了？」

「誰？」鄭子良沒想到這件案後有這麼多的曲折。

「徐寶珊，徐重道藥店的老闆，青幫中的悟字輩，又是黃金榮的門生。據說黃金榮從中收了一筆可觀的『介紹費』，現在還每個月從新丹桂戲園那裡拿一筆『俸祿』。」

鄭子良沒哼聲，心裡暗道：「這黃金榮不但稱雄法租界，還殺到英租界去，也真夠厲害！」

鄭四說到這裡，慢慢喝口酒，看鄭子良一眼：「嘿嘿，陳大鼻做了這件缺德事，你可以以其人之道還治其人之身。給他一個報應。」頓了頓，「亂中動手，是最適合的時機。」

鄭子良這才明白鄭四為什麼要跟他說這件慘案，微微點點頭，眼睛看著杯裡那黃橙橙的美酒，若有所思。想了一會，既像問鄭四，也像問自己：「要怎樣才能出其不意，攻其不備呢？」

鄭四笑笑：「看來你讀過《孫子兵法》，可否記得其中的《九變篇》裡有這麼幾句：『故將有五危：必死，可殺也；也生，可擄也；忿速，可侮也；廉潔，可辱也；愛民，可煩也。凡此五者，將之過也，用兵之災也。』」

「這是什麼意思？」鄭子良愕著眼，「我沒讀過什麼兵法。」

「這意思是說，做將帥的有五種致命的弱點：只知死拼的，可能被誘殺；貪生怕死的，可能被俘虜；急躁易怒的，可能會因被凌侮而妄動；廉潔好名的，可能會中羞辱之計；只知愛民的，可能會被敵煩擾而陷於被動。這些都是為將者易犯的過失。」

鄭子良愕然：「這跟我要放倒陳大鼻有什麼關係？」

「孫子這幾句話的實質是要告訴兵家，可根據對方的弱點來制定致敵於死命的策略。你愛民如子麼，我就搶掠你轄區的老百姓，你可能就大感煩惱，甚至因而降服，道理都是一樣。」頓了頓，「你可知道陳大鼻這人有什麼弱點？」

「動不動就跟人打架，聽說還好打不平。」

「什麼好打不平，他是喜歡出風頭。」鄭四又微笑，「此人見到有什麼能夠在大庭廣眾中出風頭的事，他就會衝將出來，想表現自己是個英雄好漢。」說著嘿嘿笑了兩聲，「現在城北剛拆掉了城牆，一地破磚爛瓦，而新舞台所在的露香園，便成了兩不搭界的地方，法租界的巡捕不會過來管，原來城裡的捕快也懶得理。在那裡下手，真是一個千載難逢的良機。完事後，沒有城牆的阻隔，就不可能關城門捕人，要走也容易。」

鄭子良點點頭：「四叔說得對，但確實應該怎樣下手呢？」

「給他個逞英雄的機會就是了。」

鄭四又嘿嘿笑了兩聲，如此這般說了幾句，聽得鄭子良連連點頭：「四叔，您果然好計！」

回到光裕里，鄭子良要董志把煙鬼財叫來，道：「煙鬼財，你現在已經是俠誼社的人了。做人要感恩圖報，知道嗎？」

「是，是。」煙鬼財連連躬身。

「你現在的傷好了吧？」

「好了，好了！多謝鄭大哥！」

「那好，現在你回新開河找些舊朋友，瞭解清楚陳大鼻什麼時候去新舞台看戲，帶多少人去，坐哪排位置。記住，不得洩漏風聲，否則休怪我不客氣。問清楚了就回來告訴我，賞你兩個大洋。」

「唉呀！多謝鄭大哥！多謝鄭大哥！」

過了兩天，煙鬼財急匆匆回來了：「鄭大哥，陳大鼻今晚去新舞台，可能是帶上五六個兄弟。

票買在第三四排，中間位置。這是我剛才請梁源和李中百飲酒時，他倆告訴我的。」

「你有沒有說自己入了俠誼社？」

「沒有，我說自己就要回鄉下了，所以請他倆飲酒。」

鄭子良微笑點頭，掏出五個大洋，往煙鬼財面前一扔：「兩個是你的。立即去新舞台買十張今晚的票子回來！要二三四排，右邊最邊的。餘下的錢，歸你了！立即去！」

「多謝鄭大哥！多謝鄭大哥！」煙鬼財點頭哈腰，高興得雙手打顫，拿過銀洋，一溜煙跑出去。

當晚，新舞台上演《黑籍冤魂》，這是當年聞名滬上的一齣編得相當成功的「文明戲」，由夏月珊、潘月樵、七盞燈主演，表現的是一個古代大家庭因吸食鴉片而致家敗人亡的悲劇，內容曲折，情節動人，在新舞台上演多場，場場爆滿。

這晚也不例外，排排長椅上坐滿了觀眾。開場不久，便已全場肅靜，正演到主角要變賣田產，並把小妾賣到么二堂子，而小妾又在引吭高歌時，坐在第三排的陳大鼻突然叫起來：「他媽的！吹橫簫食黑飯，活該！活該！」

坐在他左右兩邊的梁源和李中百連忙應和：「是！是！」

坐在後排的四名門徒也跟著叫：「大哥說得對！大哥說得對！」

如此一叫，即時前後左右的觀眾全都望過來。如鄭四所說，這陳大鼻真是愛出風頭的，竟一下子站起來：「觸那！有什麼好看！你們說是不是！」大家聽他那殺氣騰騰的語氣，不難想像這人凶神惡煞的模樣，沒誰駁他是還是不是，台上扮小妾的演員當然也不管他，只顧著自己十二分悲淒的繼續往下唱。

就在這時候，坐在第二排最右邊的一個身穿長衫馬褂的男人突然站起來，一把抓住坐在他左邊的一個衣衫樸素的女子的頭髮，向上一提，同時破口大罵：「他媽的你這個騷貨！敢頂嘴！我把你賣到鹹肉莊！」

那女子像是被提了起來，悲淒著聲音尖叫：「老爺我不敢了，我聽話了！求求你別賣我去鹹肉莊，求求你！」一邊哀告一邊哭泣。

「不行！」那男子一點憐憫心都沒有，聲音更高了八度，「他媽的我現在就把你賣了！」邊說邊一揚右手，「啪！」給了那女子一記清脆耳光，「現在就走！」左手就扯著那女子的頭髮，向外拉。

陳大鼻原來的一聲喊叫，本已使全場驚愕，緊接著又出了這「老爺」要賣「婢女」的情景，整個戲園都騷亂起來。

坐在這男人前後左右的觀眾就有五六人起身相勸：「唉呀！先生你有話慢慢說，別說賣人嘛！」有的又勸：「唉呀！這裡是公共場所大戲園，你怎麼能夠又打人又叫賣人的呢！」

那男人把女子一推，女子「啪」的一聲便倒在地上，同時「唉呀！」又一聲尖叫。男人連看都不看她一眼，雙手一扠腰，對著勸他的人竟大吼起來：「他媽的你們管什麼閒事！」一別頭對著倒在旁邊的女子踢了一腳，「他媽的誰敢管我老爺，我就像踢這騷貨那樣踢誰！誰敢……」

話未說完，陳大鼻已從座椅上跳起來：「他媽的你這小子敢在我陳任面前欺負人！告訴你我陳任專好打不平！」邊說就邊衝過去，後面跟著梁源、李中百，一個用手指一個揮拳頭，同聲大叫：「你這小子想找死！」

全場大亂。有人向這邊擁過來看熱鬧，有的人躲得遠遠，更有些怕事的，就溜出戲園大門。只有台上那小妾的功夫最到家，還在十二分悲淒的唱，這時正好唱到：「唉呀呀！堂子裡的活哪是人過的喲，被那千人壓萬人騎苦不堪言！」

台上是裝出來的悲淒，台下那女人的哭叫聽來卻很真實，陳任的大吼則充滿路見不平拔刀相助的俠士豪氣。他衝過來一把分開圍觀的人，向著那正向後退縮的男人一伸手就要撲過去，卻突然發出「唉呀！」一聲慘叫。

當時除了戲台上的燈光外，觀眾席上是黑暗暗的一片，遠點兒就看不清對方的面孔。梁源、李中百雖在陳大鼻的左右，但只顧對著那個男人大喊大叫，根本沒注意其他圍觀者的動靜，更沒想到有人會暗算陳大鼻；另外四個門徒從後排衝過來時，像是被一些觀眾有意無意的攔了幾次，以致陳大鼻一聲慘叫時他們還跟陳大鼻隔了幾重人。

梁源被陳大鼻的這聲叫嚇得一別頭，見他雙眼發直正往地上倒，立即一伸手扶住，大叫：「大哥！你……」

李中百也一把攬過來，同時驚恐得大叫一聲：「刀！血！殺人啦！」——他的手正好碰著了留在陳大鼻右肋外的刀柄，這等於絞了陳大鼻一刀，陳大鼻再慘叫一聲，頭就歪了。

連續這幾聲慘叫怪叫，其嚇人的程度遠甚於晴天霹靂；圍觀者隨即發出驚叫，一哄而散，四處亂躥。原來的全場騷亂現在已變為全場恐慌，觀眾們喚爹喊娘，拖兒抱女，紛紛離座，太太少奶小姐們高聲尖叫著，一片黑壓壓的人頭一齊向正面大門和兩邊側門擁去。

李中百一把抱起陳大鼻，跟隨其他幾個門徒大吼著：「讓開！」向門外衝，一片慌亂中，梁源別頭一看——想找那個男人和所謂婢女，早已不知所蹤。

第十七章　乘虛入據新開河

陳大鼻被送進了法租界的同濟醫院搶救，如果當年有今天這樣的急救技術，他本來是死不了的，但他卻在兩個時辰後死了。死前來了一次回光返照，瞪著那雙混濁的眼，看著站在床邊的幾個門徒，終是沒能說出一句話來。

在陳大鼻邁進鬼門關的時候，鄭子良正坐在光裕里鄭宅的太師椅上，慢慢喝他的紹興花雕，旁邊是七八個親信手下，仍然身著長衫馬褂，腳穿皮鞋，一副紳士模樣，不過用來化裝的鬍子扯去了，禮帽也脫下來了。一對男女站在鄭子良的面前，躬著身。男的三十來歲，就是那個「老爺」，女的二十來歲，就是那個「婢女」，在新舞台時穿著的服裝仍穿在身上。他倆本是一對從蘇北流浪到上海灘的夫婦，帶著兩個孩子，被鄭子良「請」進鄭宅，來一番軟硬兼施，就使之絕對服從；幾個小時前陳大鼻發出第二聲慘叫時，這對夫婦便已趁亂混進人群，擁出邊門；那時他倆的一子一女正在鄭宅當人質，現在則緊靠在父母的身旁，瞪著天真無邪的雙眼，看著這伙得意洋洋的紳士流氓。

鄭子良終於把酒杯放到八仙桌上，臉露微笑，對這對夫婦誇獎了兩句：「做得不錯！兩位似乎很有演戲的天份，不過這上海灘再不是你們能待的地方了！」把桌上的一個小布袋子向前一推，「我說到做到，這裡是二十個大洋，全部拿去！回老家去做點小生意吧！以後不要再回上海灘了！」看一眼站在兩旁的陳小猛和董志，「你倆現在就送他們去十六鋪碼頭，送他們上船！再回來喝酒。」

兩夫婦點頭哈腰：「是，是，多謝老爺！多謝老爺！」男的拿了銀元，又躬了兩躬身，然後拉了老婆孩子向門外走。陳小猛和董志緊跟在後。

鄭子良仍靠在太師椅上，看著他們出去了，便閉目養神，過了約三分鐘，才輕輕舒出一口長氣，向門外叫：「張家二嫂，上菜！拿幾瓶好酒來！」

眾人圍著大桌子，開始猜拳怪叫，大碗喝酒，大塊吃肉，只有鄭子良舉著酒杯在慢慢品嚐——

他的心還在七上八下，擔心那個陳大鼻死了沒有。

正臉紅耳熱之際，阿榮、阿祥急步走進來，興奮地叫一聲：「大哥！陳大鼻死了！」

「千真萬確？」鄭子良抬起頭，拿著酒杯的手有點微微發顫。

「絕對沒錯。李中百抱著他衝出新舞台的邊門時，我們遠遠地跟在後面，看著他進了同濟醫院，二十分鐘前又看著他進了殮房。親眼所見，千真萬確。」

潘阿毛對著鄭子良一豎大拇指：「大哥這一刀真是神出鬼沒！」

鄭子良像沒聽見，只見他一舉酒杯，大笑起來，「哈哈！各位兄弟！明天帶上各自的得力手下，跟我去接收新開河碼頭！」

眾門徒齊聲怪叫：「好呀！大哥又多個碼頭！俠誼社又多塊地盤！」然後你跟我碰杯，我和你撞碗，興高采烈，繼續大吃大喝，直至半夜方散。

大覺醒來，已是日上三竿，約二十個俠誼社門徒先後來到鄭宅集合，一個個摩拳擦掌，只等鄭子良一聲令下，便要開赴新開河碼頭「接收」，如果陳大鼻原來的手下反抗，就準備開仗明搶。

最冷靜的反而是鄭子良，他瞇著眼睛坐在太師椅上，心中打著小鼓：「動手之前，還有什麼要做的？」最後認為已是功夫做足，十拿九穩，一拍太師椅扶手，霍地站起來，正要開口叫聲：「走！」女傭突然入報：「老爺，四爺來了。」

鄭子良心中打個突，剛說「請」，鄭四已微笑著走進來，眾人紛紛叫：「四爺您早。」鄭四拱拱手還禮：「早，早。」掃一眼眾人，再向鄭子良點點頭：「子良，四叔有話對你說。」

鄭子良心中又打個突，忙把鄭四讓進後間密室，兩人坐下，女傭獻上茶，出去了。鄭四輕輕鬆鬆的往太師椅背上一靠：「子良，我今早在茶館得知，陳大鼻昨晚在新舞台遇刺，已經死了。看剛才你手下各位的模樣，你是準備帶他們去新開河碼頭動手了？」

「正是。」鄭子良怔了怔，「有什麼不妥？」

「是有不妥。」鄭四笑笑，「你知不知道陳大鼻的僱主是誰？」

「永利洋行老闆，法國佬梨克。」

「你知不知道陳大鼻跟黃金榮的關係？」

「黃金榮執掌法租界的治安大權，陳大鼻自然要向他進貢。」

「這就對了！」鄭四身體向前傾，兩肘支撐在桌上，輕鬆表情變得嚴肅，雙眼直視鄭子良，「子良，你要取得新開河碼頭，就必須事先跟梨克談妥條件，並拜上黃金榮的門子，而不能恃強硬來。尤其黃金榮，他今天稱得上是法租界的一哥，黑白兩道都要看他的面子，你知道其中奧妙何在嗎？」

「因為他是巡捕房探長。」

「這是明的一面。他這個探長，手下有一幫公開拿槍的巡捕，有他捕人，沒人捕他。法國佬靠他來維持租界治安，公董局甚至稱讚他是『租界治安的長城』，可見洋人對他的信任。這是他公開的權勢，得以威風八面。但他更主要的是還有暗裡的一面。他本來就是個小癟三、白相人，熟悉江湖道上的內情，很會運用以黑制黑，以毒攻毒的手法，收受各路江湖人物的進貢，不少人曾受過或受到他的庇護。小白相人一方面對他畏之如虎，一方面又是衷心仰慕。此人雖沒有正式加入青幫，也沒有正式加入洪門，是個『空子』，但他卻跟青幫大字輩的張鏡湖、曹幼珊等青幫大頭目稱兄道弟，自己還公開收徒弟，有一班幫會人物為他效力，青洪兩幫都沒人敢公開說他的不是，從中你不難看出他在江湖道上的聲勢；同時，他又運用手中的權力走私鴉片，好幾家土行都曾暗裡跟他打過交道。這是他主要的斂財之道，跟撈偏門的黑道人物並沒有兩樣。明的一面使他有權勢，暗的一面令他有財勢；就是這明暗兩面，使他得以稱霸黑白兩道。」

說到這裡，鄭四頓了頓，伸出一隻手指：「還有一點你要知道，在推翻滿清的活動中，黃金榮掩護過革命黨人。今天的都督陳其美四年前從東京返回上海，在法租界平濟利路德福里一號建立機關；同年，張靜江從法國返上海，跟前浙江鹽運使蔣孟蘋在法租界福建路四〇八號開通濟公司，表面上做古董生意，實質上也是個黨人的機關。此外，蒲石路新民里十三號、新橋街寶康里等處也是當年革命黨人的機關。辛亥前，陳其美、于右任都在八仙橋文元坊住過。黨人在租界裡的種種活動，黃金榮身為探長，靠他手下那幫消息靈通的三光碼子，他絕不可能不知道，但他不但沒有逮捕他們交與清政府，還儘量拒絕了清政府追捕黨人的要求。當然，這也是照著法租界公董局的意思去做。表面上，黃金榮沒有跟革命黨人公開來往，但照我所知，他曾通過別人跟革命黨人達成一個默契：只要不藏軍火，便可加以保護。革命黨利用這點，於是租界就成了他們逃避清政府追捕的避難所和進行策劃革命的基地，清政府對這些躲在租界裡的黨人束手無策。革命成功後，據說都督陳其美曾在私下稱讚過黃金榮掩護黨人的功勞。由此可知，民國政府是不會損他黃金榮的。你想想，這老傢伙有洋人撐腰，有新政權要人的暗裡賞識，又有幫會頭面人物的捧場，他的權勢就將會更大更牢固。這個人物你是得罪不起的！如果你現在去強搶新開河碼頭，難免不會跟巡捕發生衝突，那就不管明裡暗裡，於公於私，黃金榮都會對你不利；就算巡捕沒有把你逮個正著，你這樣公然強搶，既不是他的門徒，又沒跟他黃金榮打個招呼，以後難說黃金榮會對你採取什麼行動，對你都是很不利的！」

鄭四說的時候，鄭子良一直沒插嘴，只是聚精會神地聽，不時點頭。他明白鄭四的意思，心中不得不佩服這個多年私販鴉片的土行經理：不愧是經驗豐富的老江湖！「那麼，四叔，小姪到底該怎樣做呢？」見鄭四拿起杯喝茶，鄭子良便恭恭敬敬地問。

鄭四抬頭看他一眼：「我得知陳大鼻已死，怕你一時衝動，故特來跟你說說。至於實際怎樣做，你自己拿主意。不過動手時間也不好拖得太長，因為若另有強者搶奪新開河碼頭，你就前功盡棄，另樹強敵。」說著把茶杯往桌上一放，站起身，「行裡有事，我先回去了。」

鄭子良送鄭四到門口，鄭四突然又回過頭來，低聲道：「我沒有拜黃金榮為師，別人如何向他投帖，不大清楚，不過有一點可以肯定，黃金榮是一個守財奴，他對銅鈿有特殊的愛好。」說完，跨上黃包車，手中紙扇在黃包車伕的背上一拍：「速去英租界棋盤街。」車伕飛跑而去。

鄭子良回到客廳，對手下二十來個徒眾揮揮手：「情況有變。你們先回去辦自己的事，至於什麼時候動手，等我的話。」

眾門徒你眼望我眼，見大哥神情沉重，也不敢問，便紛紛拱手告辭。他們走了一會，鄭子良坐在密室裡一番沉思瞑想，隨後也出了光裕里，後面跟著陳小猛和董志，去同孚里拜訪黃金榮。

黃金榮剛從茶館「皮包水」回來，正躺在煙榻上吹橫簫，程聞走進來：「黃老板，俠誼社大哥鄭子良求見。」

「鄭子良？」黃金榮悠悠吐出煙霧來，他記得以前曾聽過這個名字，「去年在公和祥碼頭把龍老官踢落黃浦江的那個大個子？」

「正是。」

黃金榮想了想：「我好像聽你說過，他幫劉川打走南碼頭那幫人，劉川就加入了俠誼社。後來劉川又把關橋碼頭的黃勝也拉入了俠誼社，是不是這樣？」

「黃老闆好記性，在下是這樣跟老闆說過。」

黃金榮又慢慢香一口：「他有沒有說來找我什麼事？」

「他說請求投拜在黃老闆的門下。」

「說來投拜就來投拜？」黃金榮霍地坐起來，語氣中露出明顯的不滿。

黃金榮雖是個沒入幫會的「空子」，但他恃著自己是華探長而公開收徒，他收的徒弟要嘛是法英租界巡捕房的小頭目和骨幹分子，要嘛是在文藝界、戲曲界、工商界裡有一定地位聲望的人士，當然也包括其中的流氓頭目，如天蟾舞台的老闆顧竹軒之流，並非一般人都可以入黃門的。當年在法租界，誰若能攀上黃金榮這棵大樹，頓時就有了身價，可以恃著這牌頭耍耍威風，其他惡勢力打狗也得看主人，得掂掂這個牌頭的份量。況且，黃金榮收徒雖然簡化了傳統幫會收徒的很多手續，不搞「四柱」「四樑」那一套，也無需歃血盟誓的儀式，但若要投入黃門，一般也得有一人介紹，一人具保，一人引見，向他填寫申請書，被准許後再填寫正式帖子。據江湖上留傳下來的說法，這種帖子用大紅宣紙精印封面，泥金嵌邊，居中印四個金色大字「蘭衡竹苞」。帖子裡面抬頭寫：「黃老夫子大人貴台」，下面寫「門生某某某百拜」，旁邊再寫上自己的籍貫、年齡、出生年月日，還要寫上介紹人和具保人的姓名。另一面則印有介紹人和具保人應負的責任等等，末後是年月日。

黃金榮收徒很有頭腦，他把入門者分成兩類，一類稱「門徒」，是向他叩過頭，照著傳統幫會的規矩向他拜過「老頭子」的，這大多是一般的流氓小頭目；另一類稱「門生」，只要通過介紹人搭橋，向黃金榮投一個紅帖子，內寫「黃老先生貴台」，下面寫「門生某某某百拜」，再封上一分贄金（一般比門徒高一倍），在關帝像前鞠三個躬便算入了黃門；因為這些都是稍有地位和身份的人士或商業流氓之類，怕開香堂拜老頭子有失面子，黃金榮明白這類人的「苦衷」，就來這麼個「通融」。還有更高一層的「門生」，是只需備個帖兒，附份贄金，托介紹人把這些投遞給「先生」就行，連面都不用見的。這些人本身就很有權勢，結交上黃金榮，廁身這個有強大勢力的黑網之中，一來是使自己的權勢更穩固，二來也是互相利用。像上面提到的顧竹軒便是。黃金榮弄出這種既不用磕頭禮拜，又能遮掩門生秘密的招徒方式，使自己的權勢伸展到四面八方，深入到社會多個階層，可謂老奸巨滑。

現在這個鄭子良說來投拜就來投拜，不顯得我黃金榮的門檻太容易入了嗎！這就是黃金榮感到不滿的原因。

程聞明白黃金榮心中這種種感受，不過他不為老闆拿主意，只是垂手站立，恭恭敬敬的等著自己主子的吩咐。

黃金榮一揮手：「不見，要他回去吧。至少得找個介紹人、具保人來。」

程聞輕聲應道：「是，黃老闆。」人卻沒有向後轉，只是稍稍遲疑了一下，「不過在下覺得是否可以對此人破破例？」

「為什麼？」黃金榮的肥腫大眼皮眨了眨，他比較信任這個親信師爺。

「據在下所知，鄭子良是洪門龍頭大爺徐朗西的徒弟，算得上是洪門中一個有實力的頭目，手下俠誼社的徒眾有一百幾十人，多年來雄霸殺牛公司一帶。公和祥碼頭的劉川、關橋碼頭的黃勝雖然月月向黃老闆孝敬，但實質上都是他俠誼社的人。他才三十歲左右的年紀呢，以後在租界裡很可能是個人物。況且，他的堂叔是鄭洽記的經理鄭四，鄭洽記是英租界有名的土行大商號，跟黃老闆也是打過交道的。這麼個人物願意加入黃門，老闆跟辛亥革命的功臣徐朗西也算是平起平坐的了，這多少也可說是給黃門增添了點光榮的色彩。綜合這各方面的情況來看，這個人已足夠當門生的資格，黃老闆是否就算給他個面子呢？」

程聞的話講得很輕，很恭敬，不過黃金榮聽得出，這個親信師爺是經過一番深思熟慮的，說得頗有道理。不過有一點他不知道，那就是程聞現在懷裡正放著鄭子良剛才跟他一握手時塞進他掌心的十兩銀票。

沉默了一會，黃金榮又香了兩口，才又揮揮手：「好吧，那就讓他進來。」摸了摸侍候他吹橫簫的那個侍女的臉蛋兒：「小乖乖，你出去。」

過了大約七八分鐘，鄭子良跟著程聞走進來，拱手對黃金榮深深一揖：「在下鄭子良，拜見黃老闆。」

黃金榮皮笑肉不笑地「哈」了兩聲：「有禮，有禮。看座。」

鄭子良側著身子坐下。他從黃府的規模、擺設、氣派，從他的保鏢手下和那些坐在客廳等他接見的來客中看出，這個法租界的第一把頭確是名不虛傳，自己不得不表示對他這個前輩的恭敬。不過看著這個大把頭的傲慢神情，心中還是不覺有氣，但他強壓著這心頭的不快，臉上努力裝出恭敬的樣子來。

黃金榮瞇著眼睛又香了兩口，才看鄭子良一眼：「你來找老夫，有何貴幹啊？」

鄭子良立即站起來，躬身拱手：「黃老闆名震法租界，子良如雷灌耳，特來拜黃老闆為師，請求黃老闆接納。」說完，從懷中掏出個鼓鼓的、沉沉的紅帖子來，遞與黃金榮。

黃金榮接過，用手這麼輕輕一按，臉上傲慢的神色就少了幾分，咧開大嘴，喜上眉梢來——他摸到了幾十個大洋，還有兩根金條！他對金條是摸得太多了，憑著手感就能斷定個七七八八，況且諒這鄭子良也不敢這樣明目張膽的來騙他。於是乎，這帖子寫的是「百拜」還是「千拜」，也就不是要緊的事了。

「哈哈！客氣客氣。」黃金榮的笑比剛才真實了不少。

程聞一看火候已到，連忙給鄭子良打個眼色。鄭子良立即對著黃金榮深深三鞠躬：「多謝黃老闆收子良為徒。」

黃金榮擺了擺手，臉上的笑容還在：「我黃某人跟你的堂叔鄭四也算是朋友，那你也就算是我的世姪輩了。」頓了頓，「不過入了黃門，就得守黃門的規矩。同門兄弟要互信互助，不得在社會上惹事生非，破壞租界治安。」又把那些青幫、洪門的幫規拐著彎兒說了十句八句，什麼「不准欺師滅祖，不准姦淫邪道，要講仁講義，要和睦鄉里，要為人正道，必須仁義禮智信」之類，最末了再加一句：「這些，你都得記住了。」

「是，黃老闆。」鄭子良恭恭敬敬的聽他說完，又躬一躬身，臉上是十二分的恭敬，心裡則在發笑：「黃金榮，你他媽的說得好聽！若照著你自己說的去做，你會有這麼多銀洋金條？能當得了法租界的大把頭？能在這裡教訓我鄭子良？我當你小癟三辦！他媽的，有權有勢就裝起好人來，罷了！」當然，這些全都不能說出口。

鄭子良就這樣入了黃門。離開同孚里，一邊悠悠逛逛一邊想著是不是該去找法國佬紮克，不知不覺便進了舊縣城，來到了豫園。

豫園是上海城廂最著名的古代園林，江南名園之一，始建於明嘉靖三十八年（一五五九），歷時十八年才峻工，佔地四十餘畝，築樓閣亭台、假山池沼等三十餘處。後來園主人潘允端病死，田莊變賣，景園頹廢。延至清乾隆二十五年（一七六〇），地方紳商醵資重建，歷時二十五年建成，交城隍廟道士管理。

今天豫園內的玉玲瓏景區南面，原是城隍廟的廟園，建於清康熙四十八年（一七〇九），因居廟東，故稱東園；豫園也因之而被稱為西園。一九五六年修整時才將兩園連在一起，原來是並不相及的。歷來有這樣的說法：「不遊豫園城隍廟，等於沒到大上海。」可見豫園在上海城的地位。不過在民國初年，也就是鄭子良走進來的時候，這豫園卻因幾十年前的戰火而被破壞得殘破不堪，並未真正修復。

鄭子良與陳小猛、董志走進豫園時，已是中午，還有一些攤販在園中擺賣，有的正在跟客人討價還價。鄭子良向四週掃了兩眼，慢慢踱上大假山。

大假山是豫園內的明代遺物，全部用浙江武康的黃石疊成，雖高僅十公尺，卻顯得重巒疊嶂，遠望似有磅礴之勢。鄭子良登上望江亭，向東面遠眺，只見夏日高照下，黃浦江南北橫陳，映出一水鱗光，江邊帆檣林立；再細看新開河碼頭一帶，儘管離得遠，也看得清楚：碼頭空地上只有三幾行人，心中嘀咕：陳大鼻那伙人哪裡去了？都去了為陳大鼻治喪？

看了一會，鄭子良走下望江亭，慢慢向東踱去，雙眼有些茫然：吃完午飯，該去新開河碼頭看一下虛實，還是去找法國佬紮克？

不知不覺便走進了地處城隍廟的「老飯店」，這是一家上海飲食業中資格最老的滬菜館，據說開設在清同治年間。

鄭子良三人坐下，要了草頭圈子、竹筍鱔糊、八寶全鴨、松鼠黃魚等幾樣老飯店的看家菜，邊吃邊慢慢飲酒。

吃喝了一會，鄭子良終於拿定了主意，看一眼董志：「你現在回光裕里，叫煙鬼財立即到這裡來；再去找潘阿毛，要他叫上今早的兄弟，帶上傢伙，也到這裡來，不過不要成群結隊，不要招搖過市，要分散來，像逛街那樣逛過來。去吧。」

約過了一個鐘頭，煙鬼財小跑步地衝上樓來，在鄭子良身邊坐下，還有點微微喘氣。陳小猛給他一杯茶，鄭子良看他喘定了，才低聲問：「為什麼那麼急？」

「沒事，我聽說大哥要我立即來，所以我就跑了來。」

「煙鬼財，陳大鼻已經死了，照你看來，誰可能做新開河碼頭這伙人的大哥？」

煙鬼財想了一會：「難說。」

「什麼意思？」

「陳大鼻的親信保鏢有四個，梁源、李中百、古沙浪、易豐。陳大鼻死了，四個人都可能想做大哥，不知道誰能做得成。」

「四個人中，誰跟誰可能會聯合起來？」

「梁源跟李中百較好，古沙浪和易豐經常走在一起。他們又各自有些較好的兄弟。不過大多數兄弟並沒有跟誰，只是聽陳大鼻的。」

「你跟誰較好？」

「梁源和李中百。」頓了頓，「不過我跟古沙浪和易豐也沒有什麼不好。」

鄭子良不再問，擺擺手：「吃菜，喝酒。」過了一會，低聲吩咐陳小猛，「你去樓梯口等著，看到其他兄弟上來，叫他們分散坐，不必到我這邊來。」

過了約二十分鐘，潘阿毛等人陸續到了，鄭子良也拿定了主意，對仍在大吃大喝的煙鬼財道：「你現在去新開河碼頭，找梁源和李中百，跟他倆說說我們俠誼社的好處，告訴他倆，如果願意加入俠誼社，我鄭子良就助他們做新開河碼頭這伙人的大哥。如果可能，就把他倆叫到這裡來。去吧。」

煙鬼財應聲：「是，鄭大哥。」下樓去。

煙鬼財飛跑下樓的時候，新開河碼頭貨棧正出現一場內鬨。

流氓團伙有一個不成文的法則，叫「強者為王」。這個「強」字包括多個方面，比如，一、打得，功夫好，衝殺在前，夠膽拼命，白刀子進紅刀子出，臉不變色；二、講義氣，所謂有錢大家花，有飯大家吃，不貪同門兄弟的錢財，必要時能夠掏自己的錢周濟急難；三、說到做到，遇事一拍胸膛，挺身而出，毫無懼色；四、智謀高，想出的主意勝人一籌，卓有成效。如此等等。這些都是「服眾」的條件。陳大鼻在時，他智謀不怎麼樣，但好勇鬥狠，功夫好，又講義氣，令新開河碼頭的流氓服他，奉他做大哥。他一死，這些都成過去，手下這伙流氓烏合之眾，把他的屍體在殮房安置妥當，後事就由他的妻妾來辦了，他生前的幾個親信流氓則想起自己要做大哥來。二十八個流氓聚在貨棧裡，你眼望我眼，一時沒人哼聲。

李中百根據先前和梁源商量好的語氣，首先開口道：「大哥死了，不知是被哪幫人暗殺的，我們應該早早推個大哥出來，否則別的碼頭的人會來搶碼頭的。」看看貨棧裡的所謂兄弟，已不知不覺的大致分成了三撥，自己這一方除了梁源外還加三人，古沙浪這方則除了易豐外還有五個，餘下的二十來人分散開來，一些倚牆靠著，一些蹲在地下，一些坐到貨物上，三撥人雖不致涇渭分明，大致也可看得出來。

李中百不管了，只顧自己往下說：「梁源哥跟著陳大哥打下新開河碼頭，可以說得上是我們得到這個碼頭的首要有功之臣，現在大哥既然不在了，我的意見是推梁源為大哥，跟那個法國佬打交道。你們說怎麼樣？」

李中百話音未落，蹲在他對面的易豐已跳起來：「什麼首要功臣！我和浪哥不也是一道跟著陳大哥來開闢新開河碼頭！打下這個地盤，我們哪一樣做得比梁源少！憑什麼他來做我們的大哥！」

這樣雙方就爭執起來了，各擺自己的所謂功勞。斯文人爭論問題，可以平心靜氣，一條條的擺道理，到最後也可以求大同存小異，哪怕連大同也沒有，還可以和氣收場，「各執己見」。流氓爭論可不是這樣，爭著爭著就變成吵架，越吵就越躁，躁則動氣，動氣到一定程度就冒火。語言不能解決問題，就靠武力。

梁源生得並不高大，但跟陳大鼻學過拳腳，到雙方都跳起來時，梁源就把手一指：「你們兩個誰要當大哥？站出來！就跟我梁源交交手，勝者為王！」

易豐別頭看看古沙浪，古沙浪的個頭、力氣都不及易豐，事先兩人也沒有商量過誰來做大哥，面對這一挑戰，古沙浪這時倒很大方：「豐哥，你行，你跟他比試，贏了，你做大哥！」「不要單打獨鬥，要幹一齊幹！」站在易豐這邊的五個流氓先後叫起來，個個捲起衫袖，摩拳擦掌，梁源這邊人少，那三個跟梁源關係較好的流氓雖然也捲衫袖，但氣勢就差遠了，還你看看我我看看你。

現在雙方都是火遮眼，下一步就是眼噴火了。

兩伙人爭吵時，不站在任何一方的二十來個流氓是誰也不插嘴，只「坐山觀虎鬥」，現在一看真要幹仗，有的就向外溜，大部份留在原地等著看熱鬧，也有三幾個走出來勸架的：「源哥，豐哥，各位兄弟，別打，別打，有話慢慢說……」

煙鬼財這時已站在外圍看了一會兒，人一騷亂，他就趁機擠進來，拉了拉靠近門口的李中百的衣袖。

李中百一轉頭，怔了怔。煙鬼財再扯他一下，打個眼色，自己先退出門外。李中百會意，隨後出來：「煙鬼財，什麼事？」

煙鬼財又走遠幾步，看一下四週無人，站定了，低聲道：「百哥，他們人多，你們要吃虧的！」「鬼不知道！」李中百瞪他一眼，「難道不打，就這樣退讓？」

「俠誼社鄭子良願意幫你百哥和源哥，他要我過來告訴你和源哥，只要你們入俠誼社，他就幫你們做這裡的大哥！公和祥劉川和關橋黃勝都是加入了俠誼社的！百哥你知道，以後再沒人敢搶他們的地盤。」兩隻老鼠眼盯著李中百，「百哥你快作決定，鄭子良他們現在豫園裡等著我回去回覆。如果你不願意，他說不定會倒過來去幫易豐他們的！」

這時貨棧裡嘈吵得更厲害，說不定就要打起來了。李中百哪還有時間考慮，低叫一聲：「你快叫鄭子良班人馬來，我和梁源願意入俠誼社！」話未說完，人已拔腿就跑回貨棧。

煙鬼財狂奔回老飯店，還不足一里的路，才跑到半路，就遠遠看見鄭子良領頭，左右後面跟隨眾兄弟，正朝東面大步而來。煙鬼財喘著氣扯開喉嚨大聲：「大哥！快！快！快！」

鄭子良跑步迎上來，問了兩句情況，大叫一聲：「衝！」領頭朝新開河碼頭狂奔而來。

這時貨棧裡正打得不可開交。李中百這伙人明顯處於劣勢，梁源更是只有招架之功而無還手之力。他是有功夫，但那只是半桶水之流，哪裡抵擋得住易豐與古沙浪兩人的聯手攻擊，正一邊怪叫著一邊向牆角退，擋得了上三路擋不了下三路，身上已中了幾拳，眼看著古沙浪一招掃把腳打來，已是躲閃不及，「呀」的一聲叫，同時就「啪」！趴到了地上。

易豐已是打得火遮眼，撲上前就要飛起一腳，恰在此時，猛聽得門口一聲大叫：「打他！」別頭一看，只見貨棧門口已站了二三十人堵著，個個手中拿著短斧，板刀，凶神惡煞；而煙鬼財正指著自己；一個大漢應聲衝自己撲來。

易豐與古沙浪一怔，一邊擺個架勢，一邊大叫：「你是誰！」

鄭子良沒答話，撲上前就突然出手，快如閃電；易豐正要使一招「貓兒洗臉」擋住，哪知手剛動，就只覺眼前一晃，眉心處便已受了重重一擊，「呀！」的一聲叫，身體往後便倒。

鄭子良出拳之際，古沙浪突然一閃身，出拳擊其肋部。鄭子良像生了側眼，左手向下一掃，同時左腳一蹬。古沙浪只是個敢打架的流氓，哪料得到這個大個子如此了得，竟然攻守齊發，猛醒過來正要退馬躲避，左腳膝蓋已被蹬中，痛得慘叫一聲，蹲到了地上。

鄭子良沒有再出手，而是發出一聲怒吼：「全部停手！」其實他未叫之前，其他人已為這突然發生的意外停了手，看見鄭子良一眨眼功夫就已打倒兩個，不覺都呆了。梁源趁機爬起來。

鄭子良雙腳一發力，人已跳上了壘起的一堆貨上，眼神向下一掃，大叫道：「我是俠誼社龍頭大爺鄭子良！又是黃金榮黃探長的門生！我知道你們原來的大哥陳任昨天夜裡已經死了，梁源、李中百願意加入我俠誼社，我就任命他倆來做你們的大哥！你們誰不服，跟我過兩招，贏得了我，就由他做！誰來！」沒人來。

易豐中了一拳，現在只覺得天旋地轉，連站都站不穩；古沙浪中了一腳，痛得他齜牙咧嘴，緊閉著眼睛，額頭直冒冷汗，現在還蹲在地上，擔心膝蓋骨是不是被踢裂了。其他人更不用說，況且，這伙流氓中不少人還聽過鄭子良的名聲，更何況他現在又成了黃金榮的門生，誰敢出來作對。看看這個大個子的滿臉威勢加殺氣，一個個噤若寒蟬。

只有梁源心中疑惑：自己什麼時候說要加入俠誼社？但他也痛得哼不出聲，雙手捂著被打了幾拳的胸口、肋間，雙眼望向李中百。

李中百看他一眼，卻沒作出反應，而是向著其他流氓叫起來：「我願意加入俠誼社，奉鄭子良做大哥！」

有三幾個流氓隨即附和：「我也願意。」「我也願意。」一般流氓癟三只是想靠上股惡勢力撈銅鈿，誰是大哥並非重要的事。接著有更多的流氓附和，有的還對著鄭子良打躬作揖叫大哥。

鄭子良一看，大笑起來：「好！好！新開河碼頭是大家的！以後有錢大家花，有飯大家吃！就這樣定了！」

就這樣定了，新開河碼頭歸入了鄭子良的勢力範圍，但他當時萬沒料到，另一股勢力也大約在這時慢慢崛起；而當他在一年後準備搶奪大達碼頭的時候，竟不得不跟這股勢力交手。對頭人正是後來取代黃金榮而稱霸上海灘黑白兩道的杜月笙！

第十八章　杜月笙效命黃門

鄭子良搶奪了新開河碼頭之日，正是前面第二回所講到杜月笙貓在民國里小平房裡跟袁珊寶商量如何去搶奪獨眼狼的東昌碼頭之時。

這兩個一心想做大亨的窮癟三商量了半天，杜月笙提出最擔心的事：「萬一鄭子良出面，那後果會是怎樣？」

袁珊寶聽了，愣了一會，又猛喝了口水，大碗往桌上一放：「月笙哥，難道我們就這樣放棄？」

「也不是，但一定要先找個靠山。」杜月笙說著，從條凳上跳下來，「今天法租界權勢最大的是黃金榮，若能進入黃門，就不必怕他鄭子良。可惜，找不到進入同孚里的門路……。」

「去找馬祥生！」袁珊寶打斷道。

「我以前跟他提過，但祥生哥說自己只是同孚里的一名小廚師，而黃老闆是不會見一般的無名小輩的。」

「哈哈！」

門口突然傳來兩聲大笑，杜、袁別頭一看，只見馬祥生正推開小木門走進來，不覺同時叫一聲：「唉呀！原來是祥生哥！」

「今時不同往日了！」馬祥生大叫道，「同孚里的路鋪到民國里來了！」

「什麼意思？」杜月笙一邊讓坐一邊問。

「是這樣，黃金榮碰到了一件棘手的案子……」馬祥生把廣東桂林和圓頭福的越獄殺人案說了一遍，「月笙哥，如果你有本事把廣東桂林捉拿歸案，還怕黃金榮不賞識你這個諸葛亮？」頓了頓，「黃金榮給了我十個大洋，如果辦成了，四六分成。我四，你六。」

杜月笙又蹲到了條凳上，他在沉思。

過了好一會兒，馬祥生問：「月笙哥，這是個難得的機會啊！沒有辦法？」

「我知道是機會難得，但這事沒有十足的把握，不過我想還是有門路的。」又想了一會，「祥生哥，你說圓頭福曾在嚴九齡的賭場裡做過小開？」

「程聞是這樣說的，應該沒錯。」

「那好，祥生哥，先把六個大洋拿來！辦不成，我以後還你！」

馬祥生知道這個把兄弟欠了不少人的錢，又好賭，又以所謂仗義疏財聞名，以後有沒有錢還真是難說的事。不過他既然開了口，不先給的話他辦不成事不說，傳出去一定會給江湖朋友留個罵名，說自己小氣不仗義；況且，自己以前也得過這個把兄弟的資助。心中說聲「罷了」，儘管捨不得，還是把六個大洋掏出來，不忘鄭重地加上一句：「月笙哥，你可別拿去賭掉了！」

「你放心，我杜月笙賭歸賭，嫖歸嫖，辦正經事歸辦正經事，不會亂來。」

杜月笙有個小兄弟叫丁迅，兩年前曾跟著杜月笙在十六鋪一帶胡作非為，十八、九歲的年紀，自小營養不良，生成個小個子，頭小面小五官亦小，現在英租界嚴九齡的賭場裡專給客人遞毛巾斟茶以撈點賞錢。第二天一早，杜月笙就去把這個小癟三拉上了茶館。

兩人坐定，丁迅對著杜月笙要來的大堆美味點心眉開眼笑：「唉呀，月笙哥發啦？請小弟吃這麼多好東西。」

「發什麼啊？這又不是第一次。」杜月笙不以為然，看他正把幾個寧波豬油湯團往嘴裡塞，便言歸正傳，「阿迅，我知道圓頭福在賭場裡做過小開，跟你是朋友，我有事要找他，他現在哪裡？」

丁迅的嘴裡塞滿湯糰，兩個腮都鼓起來，用力嚥了兩口，仍然有點口舌不清：「我不知道哦。」

「那他平時喜歡去哪裡白相？」

丁迅斜著眼看一下杜月笙：「圓頭福叫我不要跟人說。」

「我不過是有事找他，跟我說沒關係。」

「月笙哥，」丁迅嘴裡嘀嘀咕咕了一會，「我不能出賣朋友。」

「我又不是巡捕房的人，這算什麼出賣朋友？我找他不過是想跟他做一筆大生意，若做成了，你也有好處。」

丁迅一聽有好處，來了興趣：「什麼好處？有多少銅鈿？」

「做成了才知道能分多少錢。不過這單生意是必賺的，我不妨預先給你兩個大洋。」說著把兩個大洋掏出來，放在桌上，「但你得先帶我找到他才行。」

看著兩個大洋，丁迅不覺雙眼放光，一伸手就想拿過來，被杜月笙一把抓住：「找到圓頭福，這兩個大洋是你的；找不到，分文沒有。」

丁迅眨著小眼睛：「月笙哥，如果找著了你不給我，我又打不過你……」

「他媽的江湖上誰不知我杜月笙講義氣，騙你兩個大洋？」眼一瞪，順手拿起桌上的一件點心，「你知道這叫什麼？」

「金華酥餅。」丁迅愣了愣。

「知道其中有個什麼掌故？」

「不知。」心想你這諸葛亮玩什麼花樣。

「我告訴你，唐朝開國功臣程咬金是這金華酥餅的祖師爺！說書人說的！」

「這跟我有什麼關係？」

「你聽我說！程咬金在發達前被官軍追殺，逃到金華來，做起這種乾菜肉餡麥餅買賣，」邊說邊把手中的金華酥餅晃了晃，「但他原來做的不是這個樣子的。相傳有一天程咬金的麥餅做多了，賣不完，就放在爐頭過夜，想不到這餅被烘了一宿，肉油外走，餅皮油潤酥脆，大受客人歡迎，從此就成了有名的點心。程咬金買賣公道，至今留下一句話，叫『程咬金賣酥餅——好漢做買賣從不欺人』。他媽的我杜月笙就是程咬金，做買賣從不欺人。」雙眼瞪著丁迅，「事成了你怕我捨不得兩個大洋？」

丁迅看他一副言出必行的模樣，一咬牙：「好！我帶你去找他！」

兩人下了茶館，向南行進了法租界，走了一段桂平路，再拐進一條里弄，又轉了幾個彎，來到一個小弄堂口，只見前面不遠處的屋簷下，聚了一堆人，杜月笙一眼就看出來，這是一個路邊賭棚。

「那個穿了花格子上衣的人就是圓頭福。」丁迅用手指了指，低聲道。

「沒錯？」

「絕對沒錯。幾天前他還來跟我借銅鈿。月笙哥你沒看出來？他的頭特別圓。」

「那好，」杜月笙塞給丁迅兩個大洋，「沒你的事了，你走吧。」

「多謝月笙哥！」丁迅興奮得叫一聲，捏著兩個大洋，一轉身便跑得無影無蹤。

杜月笙走向賭棚，在圓頭福的對面站定，看這伙人賭大小。心中湧起一股又一股的賭癮，實在叫人難熬，但他還是拼命克制著。

十多輪下來，圓頭福先贏後輸，最後是輸個精光，向旁邊幾個賭徒借錢，沒人答應，又向開這賭棚的流氓頭提出賒帳，流氓頭眼一瞪：「沒有現錢就走開，別在這裡擋你老爺的財路！」

圓頭福又氣惱又沮喪，站在外圍又看別人賭了一會，低著頭向里弄口走，剛轉過另一條里弄，肩頭上被人拍了一下：「福哥。」

圓頭福猛回頭，愣了一愣：「你是……？」

「水果月笙，萊陽梨，杜月笙。」杜月笙滿臉笑容。

「杜月笙？」圓頭福想起來了，「小東門的諸葛亮？」

「朋友的笑話。」杜月笙挺謙虛，話題一轉，「賭光了？」

「就是，他媽的觸霉頭！」

「有賭未為輸嘛！誰知道福哥什麼時候發達？走，上茶樓飲兩杯！」

兩人來到法大馬路，朝東面走了一段路，便上了杏華樓。杜月笙有意找了一間尾房的雅座，點了雙色蝦仁、白切雞、東江豆腐煲等幾樣粵菜，再要了一支玉冰燒。

兩杯落肚，圓頭福紅著臉向杜月笙道謝：「人傳月笙哥對朋友講義氣，慷慨仗義，真是名不虛傳！我圓頭福是個窮癟三，月笙哥同樣看得起，夠朋友！以後月笙哥有什麼用得著我圓頭福的地方，萬死不辭！」說著豪氣的把杯中酒一飲而盡，同時又是一塊白切雞入了嘴。

杜月笙心中冷笑一聲：「你這個大圓頭，萬死不辭？要你死半次你也不幹！」不過臉上卻是微微含笑：「福哥果然好豪氣！我杜月笙真的有點事求福哥幫個忙。」

「什麼？」圓頭福愣了愣，他沒料到竟有當下報應。

「我有事想找廣東桂林，你是跟他一起出來的，想必知道他在哪裡。」

「啊？」圓頭福暗吃一驚，瞪著杜月笙，「你要我幫你找，找廣東桂林？」說著眼睛把雅室一掃，旁邊不遠處還有一張餐桌，一對男女正在那兒卿卿我我。

「不必驚慌。」杜月笙神情輕鬆，「你和廣東桂林是從英租界西牢出來的，這裡又不是英租界，我也不是巡捕。不過有點事想找他而已。」

圓頭福不是丁迅。丁迅是局外人，他是局內人，而且他的江湖經驗比丁迅豐富得多。他突然感覺這杜月笙是來者不善，如條件反射般便啪的一聲放下酒杯：「我不知道廣東桂林在哪裡，一出來我們就走散了。」邊說邊站起身，一拱手，「月笙哥，多謝了。小弟有事先走一步。」

還未等圓頭福開步，杜月笙已一伸右手抓住了他的左手臂：「福哥，坐下，我的話還未說完。」

在江湖上有兩種傳說，一說清瘦的杜月笙是「手無縛雞之力」，另一說是他在少年時曾師從過拳術大家，成名後有意藏而不露，現在圓頭福只覺一股陰力透進手臂，心中暗暗吃驚，只得坐下來，眼神不覺稍稍露出驚惶。

「你不用怕，沒你的事。」杜月笙的神情輕鬆篤定，「但你必須說出廣東桂林在哪裡……？」

「杜月笙，大家初相識，這是什麼意思！」圓頭福終於鎮定下來，把手猛一下抽出來。心想一對一，杜月笙你個頭跟我一樣高，身材還沒我的壯，憑什麼命令我！

杜月笙看出圓頭福的神情變化，知道騙不了這小子，那就幹脆開明車馬：「福哥，明人不說暗話，我就把話挑明。不是我要找廣東桂林，是黃金榮黃探長要找他！那小子捅死了人，而且還是個暗探！」聲調不高，但自有一種陰森森的威嚴，「這十幾天，黃探長發散了手下的三光碼子找你，找著了有什麼後果，你心裡很清楚。」看圓頭福身一前俯，便伸手一指，「你別想逃，最好聽我把話說完。這裡是法租界，是黃金榮的天下。你要逃走，我就在這裡跟你幹一場，自有我的兄弟和巡捕上來，捉到巡捕房去，有你的好受。別怪我不講江湖道義。」

「你，杜月笙，你要怎樣？」圓頭福這回是真的慌了，本以為逃到法租界來就平安無事了，哪想碰上這個瘟神。

「很簡單，黃金榮要找的是廣東桂林，找到那傢伙，就沒你的事。」杜月笙邊說邊掏出三個大洋來，「還有三個大洋的打賞。但若找不到，你就替廣東桂林受罪。黃金榮有話在先，首先叫你在法捕房裡吃生活，再押你到英捕房去。」

圓頭福一聽，整個人呆住，然後哀叫起來：「唉呀，月笙哥，你放過我吧，我真的不知道廣東桂林跑哪裡了。」他明白自己已身處險境，哭喪著臉，幾乎沒跪下來，「一個多月前逃出來後，我們就真的分手了，他後來在英租界捅死了暗探，我還是後來聽朋友說的。唉呀，我真的……」

「少廢話。」杜月笙一擺手，「廣東桂林跟你不是極要好的朋友，就不會和你一起逃獄。他入獄前住哪裡？」

圓頭福想了想：「住老城廂文廟路李家弄三十號。」

「那好，吃了這頓酒，你跟我回小東門。」

今天一大早就不見了杜月笙，袁珊寶和馬祥生在屋裡孵了一上午的豆芽，剛吃過午飯，還在爭論這諸葛亮到底有何本事找到圓頭福和廣東桂林，便看到杜月笙押了一個圓頭進來。

「哪路的朋友？」馬祥生首先發問。

「這位就是福哥，圓頭福。」杜月笙語氣平靜，「他願意將功贖罪，我答應給他三個大洋。」看看袁珊寶，「珊寶哥，你去把馬世奇叫來。」

馬世奇昨天得了杜月笙資助的五百文錢，把母親草草葬了，現在貓在梧桐路的亭子間裡，想想自己已是年近二十，幾年來盡在馬路浪蕩，做小癟三，不但未能侍奉母親，還靠了母親做傭工來養活自己。年前跟杜月笙做了幾個月的勾欄護院，賺了的錢也花光了。如今母親撒手西去，自己成了個十足的孤兒，又無一技之長，以後的日子真不知怎麼過，說不定連亭子間的租費都出不起，豈不要在街頭過夜。正在啃著江蘇餅傷心，兩行清淚淌下來，便聽到袁珊寶在街上大叫：「馬世奇！下來！月笙哥找你！」立即回應一聲：「來啦！」飛跑出去。

兩人一路說著，來到袁珊寶的家，只見杜月笙已換了件長衫，卻不見了馬祥生。

馬世奇問：「月笙哥，祥生哥呢？不是說好一齊去捉人嗎？」

杜月笙把氈帽往頭上一戴，再拿上根文明棍，道：「我已經要祥生哥回去跟黃金榮稟報，已經找到圓頭福，下一步就是捉拿廣東桂林。要他準備幾個巡捕在法租界跟華界相交處接應。現在我們是四個人，廣東桂林就一個。世奇，這回好好幹，以後有財發！走，帶上短棍麻袋，去文廟路！」

袁、馬二人於是各自在腰間斜插了一根短棍，馬再用報紙包裹了一個大麻袋，杜月笙在前頭開路，袁、馬二人把圓頭福夾在中間隨後，外人看來像是一個少東後面跟了三個隨從。四人朝西南方走，斜穿過舊縣城，不一會便到了文廟路。

向西走了不多遠，來到李家弄口，杜月笙收住腳步，低聲道：「你們三個在這裡等著。」自己便往弄堂裡走，找到三十號，那是一間一上一下的石庫門住宅，上前去敲門。

來開門的是個中年婦人，一看是個陌生人，來找廣東桂林的，立即連連擺手兼搖頭：「他幾個月前就走了，回廣東了，沒有回來過。」說著就要關門。

杜月笙躬著身：「請問大嬸是他的……」話未問完，門已啪的一聲關上。

杜月笙又沮喪又惱火，但無可奈何。他愣著打主意：向黃金榮報告，沒有用，因為法租界的巡捕不能來華界捉人；向華界的警察報告，也沒有用，無憑無據，報告什麼？況且華界警察不管租界的案子。況且，要靠巡捕或警察來捉人，也顯得我杜月笙太無能，在黃金榮的面前有失身價……想著想著臉上竟露出微笑來，躬著身向左鄰右裡打聽：最近有沒有見過廣東桂林？問了三四個坐在自家門口或聊天或逗兒孫玩的婦人，都說很久沒見了，有一個還說，聽說他從英租界西牢裡逃了出來，又捅死了人，大概是跑回廣東老家去了。

杜月笙這回真是沮喪極了，回到弄堂口，圓頭福比他還急，低聲叫：「月笙哥，他在不在？」

杜月笙低聲把經過說了一遍，圓頭福又叫起來：「月笙哥！那你放我走吧！我已經幫你找到他的家了，但他跑回廣東了，我也沒辦法。那三個大洋的賞銀我也不想要了，你就放我走吧！」苦苦哀告，圓圓的五官盡往中間擠，幾乎沒哭出來。

杜月笙好像沒聽見，過了一會，問圓頭福：「廣東桂林家裡有什麼人？」

「他的父母，還有兩個妹妹。剛才你看到的，可能就是他母親。」

「他家境如何？」

「十足窮鬼，他父親還是個半殘廢。」

杜月笙想了想，又問：「廣東桂林多大年紀、身材如何？有什麼特徵？」

「二十來歲，身材跟我差不多，」圓頭福搔搔頭，「記得他從西牢逃出來時是留著長頭髮。」

「廢話！這算什麼特徵，說不定他現在剃了個大光頭！」杜月笙瞪他一眼，「我問他的臉部五官有什麼特別的地方。」

圓頭福又想了想：「他長臉，五官沒什麼特別；哦，對了，下巴有個疤。」

「聽好了，」杜月笙對袁、馬兩人道，「福哥這樣的身材，二十來歲，長臉，下巴有個疤。我覺得他現在可能就躲在家裡！否則他媽為何這樣慌張。你兩人看著他的前門，我和福哥看著他的後門。見到他，就跟著，合適的地方就下手！走！」

不過杜月笙失算了，四人一直等到太陽西下，月亮東升，也沒見人，只好收兵。當晚，四人就睡在民國里杜月笙的小平房裡，杜月笙把門上了鎖，防止圓頭福潛逃。以後三天，四人仍去文廟路李家弄監視，從早至晚，一無所獲，除了看見廣東桂林的母親挽著菜籃子出去買菜外，廣東桂林的身影固然沒見，連來找他的人也沒有。廣東桂林似乎真的離開了上海灘。

當晚，四個人圍坐在小方桌旁，面面相覷，長吁短嘆，沮喪得要命。除杜月笙外，其他三人都已失去了信心，認定廣東桂林一定是已經不在上海，杜月笙則堅持他一定還在，否則他母親當時不會是這樣驚慌的神情。

正在各說各的道理，馬祥生急匆匆走進來，一進門就叫：「月笙哥，找到廣東桂林沒有？」

「他的家是找到了，但見不到人。」杜月笙把這幾天的經過略說一遍。

「這就壞了！黃老闆已問了我兩次，今天晚飯後把我叫去，說如果再找不到，就把福哥押去英捕房，由他們來審。」

嚇得圓頭福「媽呀！」一聲大叫，就跪到地上對著杜月笙叩頭：「月笙哥，你放了我吧，進了英租界捕房，我就剩半條命了！」

杜月笙看他一眼：「起來！」自己跳下條凳，在小屋裡踱起步來，踱了兩個圈，突然問馬祥生：「祥生哥，你現在一共有多少銅鈿？」

馬祥生愣了愣：「有十五六個大洋。幹嘛？」

杜月笙不答他，又問袁珊寶：「你有多少？」

袁珊寶想了想：「五個大洋。要錢來幹啥？」

「全部都拿出來。」

「幹什麼！？」馬祥生叫道，那是他的血汗錢。

「湊足二十個大洋，我要把廣東桂林引出來！」杜月笙把自己的謀劃詳細說了一遍，「勝負在此一舉！兩位放心，不管能否成事，這些大洋都不會丟！祥生哥，你現在就回同孚里把大洋拿來。今夜就睡這裡了！」

馬、袁兩人無可奈何，只得應聲：「好吧！」

第二天早上，杜月笙又叫上兩個手下，一個是他的表弟萬木林，才虛歲十五，是小東門一間銅匠鋪的學徒，個頭不高，但體壯健碩，很有力氣；一個叫江肇銘，二十歲開外，標準的街頭流氓癟三，綽號竟叫宣統皇帝，兩三年前曾跟隨過杜月笙橫行十六鋪，後來更成了杜月笙的大徒弟，發跡後，自己又收了很多徒弟。至於那個萬木林，便是後來在上海灘名聲也十分顯赫的萬墨林。（註九）

現在除了圓頭福外，杜、袁、萬、江、二馬等六人均腰藏短棍，後兩人還用報紙各包了一個大麻袋。將近中午時分，七個人分成兩撥，像好朋友聊天那樣逛到了李家弄口。杜月笙把廣東桂林的身材特徵又細細說了一遍，吩咐袁、馬、江三人去監視廣東桂林家的小後門：「見到廣東桂林，只要不招來捕快，就可以動手。」

佈置妥當，低聲對圓頭福道：「福哥，你一定要照著我吩咐你的話去做，能夠引得廣東桂林出來，就萬事大吉，沒你的事。」頓了頓，眼睛陰森森地盯著圓頭福，「但你別以為可以悄悄脫逃，我前後門都有人看著，你若逃跑，我就立即把你綁到法租界捕房裡，聽清楚了。」說著把一袋子銀洋遞過去。

圓頭福接過，躬著腰一臉苦笑：「月笙哥，我哪敢啊！」

「那就去吧。」

圓頭福來到廣東桂林家敲門，門只開了小半，露出那張中年婦人的面，一見是圓頭福，吃驚得低叫一聲：「啊，阿福？」

圓頭福躬躬身：「三嬸娘，我有事找阿林！」說著就自己一閃身進了門。

婦人啪的一聲把門關上：「阿福，你怎麼還留在上海？前幾天有人來找阿林哪！那個人我從未見過的！」

「三嬸娘您怕什麼啊？」圓頭福笑起來，臉顯得更圓了，「林哥是在英租界犯的事，這裡是華界，巡捕是不能過來捉人的！」邊說邊穿過小天井，在客堂坐下。廣東桂林的小妹過來斟茶。

三嬸娘跟在圓頭福後面，語氣很不客氣：「阿福，你來找阿林什麼事？沒事就快從後門走吧！」

「當然有事，而且是大事！」圓頭福邊說邊從懷裡掏了個小袋子出來，解開繩子，把裡面的銀洋倒在桌上，「這是我欠阿林哥的二十個銀洋，要當面還給他。」

三嬸娘看著這二十個大洋果然一下子怔住：「這，這是你要還給阿林的？」

「是，不過我要當面還。」

「他真的不在家裡。」三嬸娘一臉為難，「你就放下吧！我寫個收據給你，按手指模得了。」

「這可不行，這不是小數目。」圓頭福邊說邊把銀洋收回袋中，紮了口，放回懷裡，眼睛看著三嬸娘，「他以前跟我說好的，要當面還，否則不算數。」

「大哥真的不在家裡。」小妹道。

「那就沒辦法了！」圓頭福嘆頭氣，看一眼三嬸娘，「我最近發了筆橫財，所以才有錢還他。明天我就下杭州做生意，三嬸娘你知道的，我們這種人做生意，可能發大財，也可能被警察捉住了，就血本無歸，還要蹲監牢，到時就還也沒得還了。我自己就怕這一點，所以先來還了給林哥。既然他不在，就算了。」說著站起身，躬躬身，「那我先走了。也不知以後什麼時候再來還給林哥了。」

圓頭福走出廳堂，努力保持著神情平靜，心裡其實是沮喪得無法言說，心想引不出廣東桂林，這回完了。

三孀娘緊隨在後，就在圓頭福要跨步出門口時，突然出口問：「阿福，你該不會騙我吧？」

「我阿福怎會騙你三孀娘？」圓頭福一聽，高興得心中怦的一跳，知道有轉機了，別過頭來，面上一副被冤枉的模樣，「我是還錢給林哥啊！又不是向他借錢。」

「那你先坐坐。」三孀娘把圓頭福扯回廳堂落坐，然後把小妹拉過一邊，在她耳邊低聲吩咐幾句，「快去！」

圓頭福看著這個十二三歲的小姑娘出了門，不覺急起來：得給外面的杜月笙報個信，讓他好作準備！心中猛打轉，過了五六分鐘，計上心來，問三孀娘：「林哥要什麼時候才能回來？轎伕在里弄口等著我呢！本來我以為還了錢給林哥就走的，如果林哥遲回來，我就得叫轎伕別等了，免得白花銅鈿。」

「那你叫轎伕別等了，阿林至少得半個多時辰後才能回來的。」

「那好。」圓頭福走出桂林家，看到杜月笙正蹲在隔幾間屋的門前像在看風景，別頭看看三孀娘沒有跟出來，便走過去，低聲把情況說了一遍。

杜月笙點點頭：「好，做得好。把銀洋交出來。你回去，剩下的事我來做。我不會讓他進得了家門的。如無意外，晚飯時候你回民國里認人。」

圓頭福應了兩聲是，把銀洋交回杜月笙，返回廣東桂林的家，心裡真是七上八下。直坐到將近日落西山，三孀娘急得不知出門口看了多少次，最後卻見小妹一個人回來了。

「你大哥呢？」三孀娘從廳堂裡直撲出來。

「他早回來了啊！」小姑娘一臉驚愕，「三姨留我在家玩……」

「他一定是賭去了！」圓頭福大叫道，霍地站起來，心想現在不走更待何時，「我去找他！」也不管三孀娘如何反應，已急步穿過小天井，出門而去。

圓頭福幾乎是一路小跑跑回民國里，猛敲幾下門。來開門的是杜月笙，一看圓頭福這個急樣，笑起來：「哈哈！來得好！進來認認。」關上門，指指牆角，那裡的一張坐椅上結結實實的綁了一個人，塞了嘴，除了頭能動，全身動彈不得。

「他就是廣東桂林。」圓頭福低聲道。廣東桂林瞪著一雙怨毒的眼睛，怒視著圓頭福，嘴部肌肉動了幾下，當然是一句話也說不出來。

「阿林，你不能怪福哥，」杜月笙對著廣東桂林笑嘻嘻，「要怪你就怪自己貪！你好好躲著不就沒事了！明知福哥沒欠你二十個大洋，你竟然想回來取這不義之財！該你倒霉！」別過頭來看一眼圓頭福，掏出三個大洋遞過去：「圓頭福，現在沒你的事了。我杜月笙說到做到，這裡是三個大洋。你走吧。」又看一眼馬祥生，「祥生哥，現在就有勞你去叫黃金榮派幾個巡捕到華界邊來接人，免得夜長夢多。」

圓頭福點頭哈腰地接過銀洋，千恩萬謝，恨不得立即飛奔出門，但他還是耐不住好奇，跟在馬祥生的屁股後面，低聲問：「祥生哥，你們怎麼把他逮住的？」

「這是月笙哥的神機妙算。那個小姑娘一走出來，他就要萬木林一直跟著她。你返回桂林家後，他把袁珊寶也叫過來；然後四處偵查地形，決定在前面那個拐角處下手。他說小姑娘從那裡走出去，廣東桂林也會從那裡走回來。果然過了大約一個鐘頭，遠遠就看到萬木林跟在一個人後面走過來，我們就慢慢迎上去，正好在拐角處相遇。萬木林從後面突然給他一棍，他連哼都沒哼一聲就倒了。月笙哥再用大麻袋一罩，扛起就走出馬路，上了預先雇好等在那兒的馬車，就跑回來了，真沒想到會這麼順利。」聽得圓頭福暗抽一口冷氣：幸好沒跟這個杜瘟神作對，否則被他打暈了綁到法捕房去還不知道！

第十九章　表面捉賊的大賊

廣東桂林的被捕並隨後被送回英租界巡捕房，這為黃金榮掙得了一個大大的面子，費沃利著實把他稱讚了一番，把個黃探長高興得開了瓶陳年佳釀，喝了兩杯。

隨後，他要馬祥生把杜月笙叫來，要看看這個「小赤佬」，「給點事他辦辦。」他說。

馬祥生吃完晚飯，趕到民國里，杜月笙一聽黃金榮要召見他，心中興奮得大叫一聲：「我杜月笙要有出頭之日了！」想想自己往時不知多少次走過同孚里這弄堂口，都只是遠遠的望上兩眼，從來不敢走進去，看著那裡人來車往，門庭若市，進進出出的儘是些挺胸凸肚、趾高氣揚的亨字輩人物，看他們席暖履豐，出手闊綽，吃的是油，穿的是綢，心中羨慕得不得了。想不到自己也終於有走進去的一日，心情真箇是既興奮又緊張。當十多年後杜月笙的勢力超過了黃金榮時，他每當回憶起這晚的心情就暗自發笑。現在他匆匆忙忙穿上那件舊得有點發白的黑香雲衫褂褲，對襟鈕扣；微微翻起袖口，跟著馬祥生便夜進同孚里黃公館。

一路上杜月笙興奮莫名，這時黃金榮正躺在密室的煙榻上悠悠閒閒的吹橫簫。程聞侍立在旁，說著范高頭的事：「黃老闆，鬧天宮查了這麼多天，還是查不出水老蟲是劫了一箱土還是三箱土。」

黃金榮輕輕哼了一聲：「他怎麼說？」

「他說問了跟范高頭相識的人，都說不知道，范的徒弟則說真的只是一箱，所以他搞不清楚。」

「廢物！他的徒弟哪會講真話。」黃金榮又哼一聲，繼續抽鴉片。

過了一會兒，黃金榮終於過足了癮，慢慢坐起身，程聞正要開口，馬祥生帶著杜月笙進來了。

「黃老闆，杜月笙來了。」馬祥生對著黃金榮躬躬身，看一眼杜月笙，正要開口介紹，卻見杜月笙已走前兩步，對著黃金榮便撲通跪倒，連叩三個頭：「杜月笙拜見黃老闆。」又連叩三個。

黃金榮俯視著這個小傢伙，咧開大嘴皮笑肉不笑的嘿嘿兩聲：「好，好，起來吧。」

「是，多謝黃老闆。」杜月笙爬起來，稍稍側身，垂手恭立。

「嘿嘿，蠻好嘛。」黃金榮看著這個清瘦的青年人，大約比自己高出半個頭，目光炯炯，

「聽祥生說，你在小東門有一幫兄弟，人稱諸葛亮；這回智擒廣東桂林，是你出的力？」

「黃老闆誇獎。」叩完頭後，杜月笙的緊張心情已一掃而光，答話十分鎮定，不亢不卑。他突然覺得這個在江湖上傳說得如此了得的黃探長並非高不可攀。

「那好。」黃金榮看一眼程聞，「跟他說說水老蟲的事。」

「是，黃老闆。」程聞躬躬身，把有關范高頭的事略說了一遍，末了，問一句：「月笙，你可明白黃老闆的意思？」

杜月笙突然覺得自己愈加「世情練達」。

他在十年前流浪到上海灘時，就已聽聞黃金榮的威名。他後來結識的一些街邊流氓癟三曾被黃金榮親率巡捕逮進了法租界巡捕房，又聞說有商戶稱讚黃金榮維持法租界治安有功，法國人也認為他捉流氓癟三有辦法，簡直是一個盡職盡責的華人探長形象。杜月笙當時聞之大感敬畏，後來，他終於從同伴中得知，這原來是黃金榮「造賊捉賊」的手法：事前讓一伙流氓去搗亂商鋪，然後他帶領巡捕「及時」趕到，把這伙人捉拿歸案，並在街頭上耀武揚威一番，十足一個「犯罪剋星」的模樣。不知其中內情的商鋪老闆當然就認為他是個好探長，法國人也以為他真有辦法；而事實上，他把這些流氓逮進巡捕房關那麼三幾天，又利用自己的權力把他們放出來。

如此手法多次變著花樣運用，黃金榮於是在黑白兩道都撈到了好處：流氓受他的庇護，自然暗裡倚靠他；法國人看他幹得有成績，自然倚重他；商鋪受到他的保護，自然也感謝他。為免流氓來搗亂，不少人還在背後給他送禮送錢。黃金榮的聲望和職位因而步步高昇，終於從一個小捕頭一步步爬升為探長，執掌法租界的治安大權。

當杜月笙慢慢弄明白了其中的奧妙時，不覺大為驚嘆。

現在令杜月笙更為豁然開朗的是：原來這個責在捉賊的黃探長暗裡竟在操縱劫土！明暗兩手運用得幾可稱出神入化。自己若能靠上這麼個「大人物」，還怕以後在法租界不可以大展拳腳！一聽程聞這樣問，立即躬躬身道：「黃老闆的意思，不知是不是要在下查清水老蟲有沒有違反規矩？」

程聞看一眼黃金榮，黃金榮笑笑：「果然聰明。」喝了口茶，「月笙，這件事你辦妥了，就算是入我黃門的見面禮吧。好好幹！」看看程聞，「給他六個大洋。」

「多謝黃老闆！」杜月笙深深一揖。

當晚杜月笙就沒回民國里，而是住在了黃公館的灶披間，那是和廚房毗連的一間小房子，既可以放物，亦可以住人，裡面並排放了兩張單人床，馬祥生睡一張，另一張是新置的。杜月笙先感驚訝的是黃公館廚房之大。除了一副灶台，廚籠新炭，廚房中竟放著兩張方桌，四面擺了紅漆條凳，靠牆處有個薄薄的紅木櫃，像個裝飾，不知是不是用來放碗碟的。

杜月笙隨著馬祥生走進灶披間，低聲問：「廚房怎麼大得像客廳？公館裡的傭僕在這裡開飯？」

馬祥生笑了笑：「你說像嗎？」杜月笙看他一副神秘的模樣，怔了怔。

「先說說你的事吧。」馬祥生岔開話題，「水老蟲的名聲你想必聽過，鬧天宮徐福生查了這麼多日子，還無法向黃老闆交差，你真有辦法查得出他劫了幾箱土？」

這回輪到杜月笙故作神秘：「山人自有妙計。」

「別賣關子，具體說說，也讓我學學。大家好兄弟，說不定我還能幫上一手。」

「鬧天宮去查水老蟲的同路人，去問他的徒弟，這怎麼可能查得出來！」杜月笙道，「除非有好處，又或不得已，一般人怎會就這樣出賣同門，出賣師父的？」

「說得不錯。那你去問誰？」

「贓物自有收貨人，問收貨人。」

馬祥生想了想：「黃浦江上可不止一個收貨人。你能確定他的貨向誰出手？」

杜月笙不答他，反問一句：「還記得詹六？」

「詹六？」馬祥生一時反應不過來。

「就是那個爛賭六啊。」

「爛賭六？」馬祥生想了想，「幾年前在小東門一帶撿爛水果賣的小癟三？兩年前又跟著我們幹過幾票貨的小青年？他怎麼啦？」

「兩年前你進了這黃公館當廚師，不久，他就去了浦東跟了馬德寬。」

「馬德寬？好像聽說過這個名字，此人是誰？」

「半年前我有事過浦東找爛賭六，見過此人，大家寒暄過幾句，他也是『悟』字輩。爛賭六私下對我說過，他們曾收過水老蟲的貨。」

「你打算問馬德寬？」

「問他可不行。他跟范高頭做買賣，你好我好，范高頭觸霉頭，對他沒好處。他不會說的。我要問，就問他的徒弟，然後讓他的徒弟直接跟黃金榮說。」

「你的意思是去馬德寬的地頭去問爛賭六？我看他不會說。」

「這才叫山人自有妙計。」杜月笙笑笑，「我自有辦法叫他說。」

兩人又聊了一會，關了燈，各自安寢。睡到大約三更天，杜月笙突然驚醒，他聽到了廚房那邊傳來了急促的腳步聲，又像有人在搬弄東西。

他悄悄爬起身，輕手輕腳下了床，打算開門探頭出去看看，還未拉開門梢，突然聽到馬祥生低聲叫：「月笙哥，不要開門。」

杜月笙暗吃一驚，轉回來，屋裡黑咕隆咚的，也看不清仍躺在床上的馬祥生是什麼神情，只得低聲問：「祥生哥，外面發生了什麼事？」

「躺下吧。別開燈。」馬祥生的語氣很平靜。

過了大約半個鐘頭，外面的聲響全部靜下來了。又過了一會，杜月笙終於耐不住，坐起來：「祥生哥，大家好兄弟，告訴我，外面發生了什麼事？」

「別哼哼，月笙哥。」馬祥生低聲道，「外面在運土。」

「什麼！」杜月笙大吃一驚：這個黃金榮不但在暗中操縱劫土，自己還暗中做黑飯買賣？

「很吃驚嗎？」馬祥生得意地笑了兩聲，「明白廚房為什麼這麼大了吧？為什麼會放置方桌條凳了吧？」

「明白了。」頓了頓，輕輕哼了一聲，「靠牆處那個薄薄的紅木櫃大概也不是放碗碟的。」

「諸葛亮果然聰明。聽說後面就是個機關。」

「黃金榮真不愧是法租界第一把頭啊！」

「怎麼說呢，月笙哥你看這個黃公館，多大的地方，數不清的傭人，每天有多少三山五嶽的人物在這裡進出，花費如此浩大，黃老闆若只靠巡捕房的俸祿，他還不早成了乞丐！哪撐得起這樣的場面！」頓了頓，「月笙哥，做好你的見面禮，若真正得到黃老闆的賞識，你就更能眼界大開了！」

「承你貴言。」杜月笙咧開嘴笑了笑，心中想的卻是：「我杜月笙若能出頭，當可取而代之！」

第二天一早，杜月笙離開黃公館，返回民國里，找到正在亭子間裡孵豆芽的馬世奇，吩咐他如此如此。然後兩人來到十六鋪碼頭，乘舢舨過了黃浦江，在東昌路碼頭上岸，沿江岸向南走不多遠，便看到了金絲娘娘廟。這時候，馬德寬正在金絲娘娘廟裡犯愁。

半年前，獨眼狼帶著一伙流氓，從浦西來到浦東，武力搶奪東昌路碼頭，跟原來的霸首厲青展開一場血戰，結果厲青戰敗，左臂上中了一刀，成了殘廢，此後沒再在江湖上露面，他原來的十來個手下也樹倒猢猻散。獨眼狼便佔了東昌路碼頭，靠勒索船商為生。在這場械鬥開戰之前，厲青曾向馬德寬求助。前面提過，馬德寬四十歲開外，生得口寬鼻隆，身材五大三粗，是青幫中的一個

「悟」字輩，手下養有八九個徒弟，專門幹那收贓、窩贓和銷贓的勾當；初出江湖時，也是個好勇鬥狠之徒；這十來年，錢賺了不少，在爛泥渡路建了間豪宅，娶了一妻二妾，生了二子三女，漸漸就收起那動輒白刀子進紅刀子出的脾性，保命起來，對厲青的求助，婉言拒絕，置身事外。哪料獨眼狼打走厲青，在東昌路碼頭站穩腳根後，竟來向他收「保護費」。馬德寬一聽，氣往上衝，幾乎跟獨眼狼幹仗。最後獨眼狼甩下一句：「那以後大家等著瞧。」帶著十多個手下揚長而去。馬德寬冷靜下來想想，自己在人數勢力上，確實不是獨眼狼的對手；況且，自己有資財，有家室，有妻妾兒女，顧忌甚多；而獨眼狼是爛命一條。硬鬥下去，對自己肯定沒有好處，再加妻妾苦勸，最後就一咬牙，向獨眼狼妥協，每月交五十個大洋的保護費。想不到過了幾個月，獨眼狼得寸進尺，兩天前派了自己的得力手下呂影來，說要每月保護費加倍，要嘛就請馬德寬放棄這個金絲娘娘廟碼頭，別在這裡做買賣。馬德寬一聽，氣得心裡打抖，但這半年來，自己只管收贓銷贓賺銅鈿，沒有擴充人馬，獨眼狼卻比以前收羅了更多的手下，如此更硬抗不得，便說考慮考慮，把呂影打發走。今早把八九個徒弟全都叫到金絲娘娘廟來，商議對策。

三幾個徒弟情緒激昂，跳起來捲衣袖，說要明刀明槍跟獨眼狼他們幹；另有三幾個徒弟說不行，人家有二十多人，打起來自己肯定吃虧；其餘的看看這邊，看看那邊，又看看馬德寬，不哼聲。

吵吵嚷嚷了一會，馬德寬掃一眼這幫愛徒，突然高聲問道：「開明車馬去跟獨眼狼幹仗，你們去不去？」

三幾個主戰派大叫：「去！跟他們幹！」其餘的一個個怔住，面面相覷。

「師父，這是不能硬幹的。」有人低聲道，「厲青當時這麼多人，都打不過獨眼狼……」

「屠卓，是你怕死！」有人叫。

「這不能說怕死。」屠卓囁囁嚅嚅的，「俗語說，好漢不吃眼前虧。明擺著的幹起來，人家是三個打我們一個，那是去送死。」有幾個人跟著附和。

又吵吵嚷嚷了一會，馬德寬擺擺手，大家都靜下來，看師父有什麼說。但馬德寬並沒哼聲，只是一個一個地看自己的徒弟，有的人就迎著他的目光，有的不敢看，立即低著頭。

就在這時，門口處響起一聲：「馬大哥！久違了！」

馬德寬別過頭一看：「杜月笙？」

那次杜月笙走後，爛賭六曾說過這個小東門的諸葛亮。現在突然見杜月笙拱著手走進來，難免不愕了一愕。

馬世奇跟在杜月笙後面，大叫一聲：「爛賭六！」

爛賭六當時正蹲在地下。他才十八九歲，個頭生得小，心裡很害怕跟獨眼狼開仗。馬德寬問「你們去不去」時，他就不哼聲，剛才看到師父的目光掃過來，嚇得低了頭；現在一聽這聲叫，連忙站起來：「唉呀！原來是世奇哥。」急步走過去。

「你姐病得很厲害，他要我過來告訴你，要你一定回去看看。」馬世奇照足杜月笙來前的吩咐，說得像真的一樣。

「唉呀！那我立即回去！」爛賭六恨不得立即離開這個金絲娘娘廟，免得馬德寬責罵自己怕死，回過身對著正跟杜月笙寒暄的馬德寬叫道：「師父，我姐病得厲害，我要回去看看。」

馬德寬正跟杜月笙說著「久違，在哪裡發財」之類的客套話，便揮揮手：「快去吧。」

馬世奇也不必跟杜月笙說聲「我先走了」，便和爛賭六拍肩頭攬腰的走出金絲娘娘廟，乘了只舢舨過了浦西，上岸時，馬世奇才對爛賭六道：「你姐沒事，是月笙哥有事找你。他怕馬德寬不放人或事後懷疑，對你不利，所以才編了這麼個藉口。」

爛賭六怔了怔：「我說哪，我姐身體好得很，上個月我才去她家吃飯，哪會就突然病了！喂，月笙哥找我有什麼事？」

「不知道，大概是一段時間沒見，他又賺了銅鈿，想請你吃頓飯吧。走，月笙哥吩咐的，我們上八仙橋北面的老正興菜館等他，他一會就回來的。」

兩人沿著大馬路向西走，上了老正興，點了酒菜，過了才大約一刻鐘，杜月笙上來了。

「月笙哥，沒跟馬大哥談談生意？這麼快就回來了？」爛賭六舉舉酒杯，「有什麼事找小弟？」

杜月笙不回答他，舉起酒杯一碰：「乾！」各自一飲而盡，放下杯，反問道：「你那位馬大哥碰到了什麼麻煩？我想跟他談生意，他似乎心不在焉。」

「是獨眼狼找的麻煩。」爛賭六又灌一口酒，不等杜月笙細問，就一股腦兒把事情經過倒出來，「馬大哥是正在犯愁。」

「哈哈，原來如此！」杜月笙笑起來。

「這有什麼好高興的？」爛賭六一臉困惑。

「你回去跟你馬大哥說，我杜月笙願意助他一臂之力。」

「唉呀！那敢情好！能得月笙哥帶上小東門的兄弟相助，合起來跟獨眼狼開仗，未必會輸！」

「這事等以後再說。」杜月笙話題一轉，「向你打聽個事，大家好兄弟，你要實話實說。」

「什麼事？」

「我知道水老蟲范高頭是跟馬德寬打交道的。半個多月前，他把三箱印土賣給了馬德寬，我想知道一下價格行情。」

「唉呀，月笙哥，這是馬大哥跟水老蟲的交易，我這個當馬仔的，怎會知道價格啊？」

「說得不錯，」杜月笙微笑起來，「三箱印土少說應該也賣個三千兩銀子了吧？你告訴我一個約數就行。」

爛賭六想了想：「我想差不多吧。」

「水老蟲劫土多用麻袋裝箱，當天范高頭是不是用麻袋裝著三箱印土到金絲娘娘廟交易？」

「唉呀！」爛賭六有點覺察起來，「月笙哥你問得這麼詳細幹什麼呀？馬大哥一再吩咐是不能向外說的。」

「所以我才用計把你引出來嘛！現在你不管說什麼，就只有天知地知你知我知，最多還有世奇知，我們決不會說出去的，馬德寬哪知你跟我在這兒喝酒？來，再乾一杯！」爛賭六酒癮大，其實三幾杯下肚就會醉倒，現在臉已經全紅了。

「當天范高頭是不是用麻袋裝著三箱印土到金絲娘娘廟交易，你只說是或不是就行了，難道你這樣信不過我杜月笙？」

「月笙哥，不是我信不過你，但馬大哥這樣一再吩咐，我不好違反。」

杜月笙慢慢喝酒，微笑著看著爛賭六，突然輕聲問：「近來賭況如何？」

「輸個精光。」爛賭六攤攤手，聳聳肩，露出一臉苦笑。

「那好，」杜月笙知道這個錢是省不得了，從口袋裡掏出兩個大洋來，往桌面上一放，「你就說是或不是，這兩個大洋你就拿去吧！」

爛賭六看著兩個大洋，愣起來，把嘴張了兩張，沒說出話。

「其實你剛才已經說了，現在我不過是確證一下而已。」杜月笙原來和藹的神情逐漸變了樣，「剛才的話如果傳出去，當然也是你說的。算了！以後大家就不是兄弟，我也省了兩個銀洋！」

爛賭六看杜月笙怒容滿臉，又要伸手拿回桌上的銀洋，心裡立即急起來：「好，我說，但兩位以後不能說出去。」

「這個當然。」杜、馬二人異口同聲。

「是，當天一大早范高頭是用麻袋裝著三箱印土到金絲娘娘廟交易。」話剛說完，就已一伸手把銀洋捏在掌中。

「哈哈！」杜月笙隨即轉怒為喜，「請拿請拿，不過你還要親口去對一個人說。」

爛賭六愣住：「誰？」

「遠在天邊近在眼前，就是這老正興對面同孚里內的那個黃金榮黃探長！」

「啊！」爛賭六更是大吃一驚，「是他要問？」

「沒錯，是他要問。吃完這頓飯我們就過去給他說。」看著爛賭六那呆呆的模樣：「如果你硬不願去，那我只好叫世奇通知黃公館的人過來請你去。」

爛賭六呆了約三分鐘，囁囁嚅嚅：「好，我去，我去。」

三人來到黃公館後門，只見門口處站了四個幫會打手模樣的青年人。杜月笙明白，昨夜的鴉片就是從這裡運進運出的。他上前打了個揖：「在下杜月笙，有急事要見黃探長。」

一會兒，程聞出來，把三人引進書房。

黃金榮躺在煙榻上聽完了爛賭六的講述，又問了幾個問題，最後對爛賭六擺了擺手：「好了，你回浦東吧，沒你的事了。」杜、馬、爛賭六三人便離開了黃公館。

黃金榮呼呼的猛抽了幾口鴉片，陰沉著臉對程聞道：「你帶上幾個人，去把范高頭找來。」

程聞應聲「是」，帶上六個人，直奔東新橋街，啪啪啪打門，一個中年婦人出來開門，程聞一看，不認識。

「范高頭在不？」

「范先生三天前退租了。我是房東，先生是不是要租房？」

程聞愣了愣：「范先生去了哪裡？」

「聽他說是去了英租界。」

「英租界哪裡？」

「他沒說。」

程聞只得回報，黃金榮怒罵一聲：「觸那娘！」不過不管如何氣往上衝，他不能把手伸到英租界去捉人。

第二十章　笑面虎心狠手辣

杜月笙和馬世奇送走了爛賭六，兩人回到民國里。杜月笙往床上一躺，心裡覺得不舒服：自己幾天之內就為黃金榮辦成了兩件事，這黃金榮好像沒什麼表示，連原先說好讓自己進黃門的話好像都忘了，難道自己以後還是像個小癟三那樣在上海灘混？何時才是真正出頭的日子……心中暗暗嘆氣，想著想著便模模糊糊的昏昏睡去，也不知睡了多久，突然聽到有人叫：「月笙哥！月笙哥！」睜開眼一看，咦？來了八九個十六鋪的小癟三，正在吵吵嚷嚷。馬世奇站在床邊叫自己。

杜月笙坐起來，只聽馬世奇大聲道：「月笙哥，兄弟們來恭喜你啦！」

杜月笙一時反應不過來：「恭喜？」

「當然是恭喜！」馬世奇道，「我跟眾兄弟說了月笙哥如何出計出力為黃探長辦了兩件大事，黃探長就收了月笙哥做門徒。兄弟們聽了，都說月笙哥你了不起，連黃探長都要求月笙哥辦事，還收了做門徒，所以大家都來向你恭喜啦！」

杜月笙一聽，心中苦笑，同時又心頭一振，臉上露出得意的笑容來。跳下床，向這班難兄難弟拱拱手：「多謝各位！多謝各位！」

這班小癟三們有的抱拳，有的作揖，亂紛紛的叫：「月笙哥了不起！以後我們就跟定月笙哥了！我們奉月笙哥你做大哥！」

有三幾個還爭先恐後的問：「月笙哥，黃公館裡面是怎樣的啊？」

杜月笙這時已徹底穩定了情緒，一股得意的心情自然的湧上來：這是自己籠絡這伙兄弟的好機會！一擺手，顯得神采飛揚：「黃公館裡可大啦！」添油加醋的把個黃公館的氣派描述一番，尤其著重說黃金榮如何拍肩頭稱讚自己辦事得力，有智謀，聽得這伙小癟三一個個目瞪口呆，羨慕不已。

杜月笙眉飛色舞地大吹了一會，小癟三們又吵吵嚷嚷了差不多一個鐘頭，才先後告辭。杜月笙看著這伙人離去，心情振奮多了，哪怕黃金榮一時忘記了自己的承諾，但這次為黃金榮辦事，並沒有白做：自己在小東門十六鋪有了更大的聲望了！

第二天，杜月笙更覺得自己已經成了一個人物。日上三竿時，又一幫小流氓癟三來向他恭喜，其中有將近十個是陳世昌「三十六股黨」中的把兄弟，在平時，他們跟杜月笙不過「平起平坐」，現在不同了：杜月笙已經成了黃金榮黃探長的人，陳世昌的勢力跟黃金榮根本沒得比，杜月笙似乎一下子值得他們尊敬和倚靠。

有好幾批來向杜月笙恭喜和打探消息的小流氓，杜月笙簡直覺得自己已是聲威大振於十六鋪。在中午吃飯時，袁珊寶興奮地叫道：「月笙哥，趁著你今天這個聲勢，是不是可以聯合起馬德寬的力量，好好跟獨眼狼幹一場？」

「我也有這個打算。」杜月笙點點頭，「不過……」

「怎麼啦？」

杜月笙看看袁珊寶、馬世奇：「現在沒有外人我才直接地說吧，黃金榮雖然答應收納我入黃門，但實際上並沒有做到。兩件事都為他辦了，除了那幾個大洋，他並沒有給我什麼實在的好處，也沒有打賞，只是口頭說過而已。我現在幾乎是被打回原形。以現在的情形來看，我們若跟獨眼狼開仗，萬一鄭子良出面，黃金榮是不會為我出面的，那事情就麻煩了。」

袁珊寶一聽，不覺有點洩氣：「唉！以為月笙哥你這回是鯉魚跳龍門，想不到並未真正跳進黃門去！」杜月笙不哼聲，繼續吃飯。

三個人沉默了一會，馬世奇放下酒杯，問：「月笙哥，為什麼不找祥生哥要他在黃金榮面前提提？」

「我也這樣想過。」杜月笙沉思著道。

又沒人哼聲了。過了一會，袁珊寶正要開口，突然一個人直跑進來，大叫：「月笙哥！」

大家別頭一看：爛賭六！

「你昨天不是回浦東了？」馬世奇問。

「我昨天是回去了。馬大哥聽說月笙哥願意幫他跟獨眼狼開仗，就特意叫我來請月笙哥到浦東實際商量商量。」

「這是個好機會！」袁珊寶又叫起來，「兩股人馬合力放倒獨眼狼，就可以霸佔一個碼頭了！」

杜月笙沒哼聲。爛賭六眼光光地看著這個諸葛亮：覺得他似乎在魂遊天外。

等了一會，爛賭六急起來：「唉呀！月笙哥！你可不能退縮啊！我在馬大哥面前說好的，說你一定會帶上一班人馬過江的，一起去打獨眼狼！」喋喋不休地把自己如何在馬德寬面前吹噓的話說了一遍，「我說你一定會來的！」

「幹吧！」馬世奇也叫起來。

杜月笙還是不哼聲，過了一會，突然道：「世奇，你現在立即去黃公館，叫祥生哥無論如何來一趟。」

「是！我去叫祥生哥來！」馬世奇邊說邊從條凳上跳下地來。

「哈哈！不用叫，我來了！」馬祥生從門外走進來。

「來的正好！」杜月笙興奮得一聲叫，「看你春風滿臉，應該有好消息。」

「月笙哥果然是諸葛亮。」馬祥生笑道，「帶上你的簡易行李，走吧！」

「什麼？」

「黃老闆要我來叫你去黃公館聽差，每月給你一份俸祿，你以後就真正是黃公館的人啦！」

「哈哈！好！」杜月笙興奮莫名。

「為什麼我們不自己打個碼頭，要去聽黃金榮的調遣？」袁珊寶不以為然。

杜月笙不答，轉過身來對爛賭六道：「阿六，你看見了，黃探長要我杜月笙進黃公館聽差，我作為黃金榮的門生，現在就不能帶幫兄弟過江跟馬德寬一起去跟人打架了。你告訴馬大哥，我杜月笙是講到做到的人，暫時我不過江，不等於以後也不過江。他若認為可以跟獨眼狼開戰，我現在是抽不出身來去幫他；但他若不跟獨眼狼開戰，而向獨眼狼進貢納保費，那末，就請他等著，不出半年，我杜月笙會幫他出這口氣。好了，你現在就這樣回去告訴他。不留你了。」

爛賭六看杜月笙已下了逐客令，本來還想再說幾句的，現在也不說了，一拱手：「好吧，那我先走！」氣沖沖出了門。

袁珊寶看一眼杜月笙：「以前我們打算放倒獨眼狼搶奪東昌碼頭時，找不到人來幫忙，現在既然有馬德寬這伙人加入，為什麼不趁熱打鐵，幹他一場！」

「珊寶哥，要在上海灘真正打出場面來，並不能只靠一個半個碼頭。那樣至多也不過像獨眼狼那樣，他要再拓展，就不容易了。」杜月笙邊說邊在屋子裡踱起步來，「要幹，就幹大的！要幹大的，就得先靠上一棵大樹，以它作為倚靠。今天的上海灘，真正稱得上第一大哥的便是黃金榮！我為黃金榮辦了兩件事，你看到的，十六鋪的兄弟不少就前來表示願意依附，其實我杜月笙還是以前的那個杜月笙，那為什麼？原因就是我已進了黃門，扛上了黃金榮這個牌頭，而且他還找我給他辦事，並且我又辦成了！如果我真正進了黃門，再幹出幾件轟轟烈烈的事，那就是可以大展鴻圖的時候了！珊寶哥，我為黃金榮聽差，不是只為了圖他的俸祿，更主要的是靠上這棵大樹，為將來的發展打個堅實的基礎。珊寶哥，這個你就信我好了。」

馬祥生突然笑起來：「月笙哥，我跟你說句實話，你可別洩氣。要你去黃公館聽差，原來並不是黃老闆的主意。」

「啊？」杜月笙暗吃一驚，「是誰的主意？」

「林桂生。她聽黃金榮說你幫他破了雙案，說是人才難得，便提出要你到黃公館當差。」馬祥生眨眨眼，「會不會感到失望？」

「哈哈！我以為是你的主意！若是你，我就真的感到失望了！林桂生，江湖上相傳她既是黃金榮的老婆，更是黃金榮的智囊，黃金榮的發跡就是靠她的！這個上海灘最有名的白相人嫂嫂看得起我杜月笙，真是大幸！我怎會感到失望！」

「那就走吧！林桂生在等我回話哪！」

杜月笙收拾了幾件衣服，跟著馬祥生走進黃公館。這時候的心情跟第一次進來時是大不相同了。第一次，他的心情是興奮與惶恐交加；現在，他是興奮，而更多的是心底洋溢著一股所謂豪氣，他預感以後自己若真能在江湖道上出頭，這裡就是個起點。

不過杜月笙不愧是後來黑白兩道的梟雄，自有他的某種過人之處。他向黃金榮夫婦叩了頭，喊了「爺叔、師娘」，便在上次睡過的灶披間住下。此後，他不但不讓心中的豪氣表露出來，而且刻意裝扮成一個「好人」。說話不多，事事留神，細細觀察，除了接受黃金榮夫婦的一般差遣，幾乎足不出戶，就留在黃公館，看有什麼需要，就立即幫上手；看有什麼貴客來，就慇勤招待，做得不亢不卑，大方得體，令黃公館的人慢慢對他刮目相看。而對嫖賭兩門，竟能用意志力克制著，幾至全部戒絕。杜月笙成為海上聞人後，曾有小報記者採訪程聞，問起當時杜月笙在黃公館的情況，程聞笑了笑，用十六字來形容：「為人誠懇，做事巴結，頭腦靈活，先意承旨。」而杜月笙自己後來的回憶則是：「懷著戰戰兢兢的心情、躍躍欲試的意念，眼觀四方，耳聽八面，務求做到最好。從那時起我養成了一個習慣：每晚入睡前，我都要躺在床上想想，今天有沒有做錯了什麼，有沒有得罪了人。」

杜月笙說後面的這些話無疑有為自己面上貼金的成分，不過也由此可見這個諸葛亮當年在黃公館裡討生活時是如何的謹慎小心。此外，還有些話他是不會說的，比如，他在時時刻意地觀察黃公館的上上下下，觀察黃金榮如何跟黑白兩道的各路人馬打交道，如何在暗裡發號施令捉賊破案同時又勒索商戶或收受黑錢。每在月黑風高之夜，煙土從黃公館的後門進進出出，那時候，整個黃公館就戒備森嚴，處於一種陰森恐怖的鬼魅狀態，不管是誰，包括家人在內，若沒有被派定工作而與此事無關者，就會全部躲在自己的房中，不會有人出來自由走動，甚至沒人會探出半個頭來。這一切，杜月笙當然是不會公開說的。

就這樣「平平安安」的過了一個來月，正像馬祥生以前說過的，杜月笙發覺自己在黃公館裡真是大開眼界，越來越「世情練達」了，但他也有些擔心：自己現在無疑已經成為黃金榮的門徒，走到外面可以亮起一個響噹噹的牌頭，但黃金榮夫婦似乎並沒有真的看重自己，平時只是差遣一些雞毛蒜皮的事，並沒有派給特殊的任務，這樣下去也不是長久之計。是不是該利用這個牌頭找個機會出去闖闖，還是繼續做下去，到過了新年再說？杜月笙正在考慮，黃公館卻突然發生了一件很震撼的事：失竊。

失竊的是兩件小東西，外面用皮紙嚴密包裹著的，打開來是硬硬的一塊，有點像糖年糕。這是在黑夜裡用麻袋裝著運進黃公館裡來的東西，價值幾百大洋。

一時間，整個黃公館氣氛緊張。一千幾百大洋對黃金榮來說不是大不了的事，但探長的公館被盜，這面子是坍不起的；而被盜的又是這種東西，更不能傳出去。

黃金榮鐵青著面，把家人傭人全部召到大廳，沉著聲宣佈：這件事誰也不得外傳，誰傳出去要他的好看；是誰幹的自己坦白出來，絕不追究。

杜月笙冷眼旁觀，見眾人一個個神色驚惶。當然沒有人站出來承認。以後的十天八天，黃公館裡草木皆兵，大家見面了也不敢說話，以免被人疑為家賊，惹禍上身。

這天吃過晚飯後回到灶披間，馬祥生低聲告訴杜月笙：「事情查出來了。」

「誰幹的？」

「傭人黃望的親戚。」

「什麼？」杜月笙不覺吃了一驚。

「事出偶然。半個月前，黃望的一房遠親來這裡探黃望，其中有一個慣偷，叫黃剛柔，這小子可能知道黃公館裡的這個秘密，竟使出空空妙手盜了兩塊。照黃望自己說，他當時並不知道，幾天前他回鄉下參加這房遠親的結婚儀式，新郎正是這個黃剛柔，當晚他喝醉了酒，說多謝黃望給了他一個發大財的機會，這次能夠娶到老婆，就靠了那兩塊紅土。把黃望嚇得半死。回到公館後，心中一直忐忑不安，這時程聞已在懷疑是不是他的親戚所幹，現在又見他神情驚惶，於是報告給黃老闆，黃老闆即把黃望叫去，一審就水落石出了。」

「黃老闆打算怎樣處理？」

「黃望說，黃老闆真是寬宏大量，說不知者不罪，這事就這樣算了，不過他的遠親以後就別再來上海灘。」

杜月笙愣了愣：「真的就這樣算了？」

「黃望是這樣說的。」馬祥生笑了笑，「誰知道。」喝口茶，「不過那小人逃到了華界的鄉下，黃老闆確實也奈何不了他，總不能派巡捕到那裡捉人吧？」

杜月笙的左嘴角向上掀了掀，這是無聲的冷笑。

又過了大約七八天，這天杜月笙睡醒午覺，正感到有點百無聊賴，突然林桂生的貼身丫環小翠走進來：「月笙哥，太太叫你。」

杜月笙進了黃公館兩個月，只見過幾次林桂生。這個江湖上赫赫有名的白相人嫂嫂，平時很少在大庭廣眾中露面，露面時，也是一副不苟言笑的模樣。聽馬祥生說，這婦人平時要嘛出去會她的姐妹，要嘛就在自己的房中跟姐妹搓麻將，不過她在黃公館裡可說是一言九鼎，她如果開了口，黃老闆一般不敢打回票。現在杜月笙一聽這「太后」召見，連忙整整衣裝，隨小翠上了後院二樓。

林桂生端坐在二樓小客廳的太師椅上，杜月笙上前躬了躬身：「師娘。」

林桂生點點頭，抬起左手揮了揮，旁邊的女傭和小翠均躬身退出，順手關了客廳的門。客廳中就剩下林桂生和杜月笙。

「月笙，你知道黃望的事了？」林桂生語氣很平靜，像在聊家常。

「知道。」杜月笙恭恭敬敬地答。他本想說不知道，但轉念一想，這個白相人嫂嫂非等閒人物，也不知她到底有多大神通，一開口就騙了她，這絕對是有害無益的事。

「那好。」林桂生也不問他從何處得知，「如果你是黃老闆，你會怎樣處理此事？」

杜月笙心中猛打一個突，他萬沒料到林桂生會提出這麼一個問題，不過這杜月笙確有他奸滑的一套，只見他微微躬躬身從從容容地答道：「月笙從來不敢有非份之想，只聽師娘的吩咐。」

林桂生看定杜月笙，嘴角掀了掀，不過語氣仍很平靜：「說得不錯。看你這兩個月在黃公館裡的作為，可知你是個人物。現在就讓你去辦這件事。」說著掏出一支左輪手槍、一把匕首、三十塊銀洋，慢慢放到八仙桌上，「黃剛柔住浦東張江。這些你拿去，事情看著辦。辦成了，回來覆命；辦不成，或者不敢辦，你就不必回來了。」頓了頓，又加一句，「不管成與不成，此事天知地知。」

「是，師娘。」杜月笙又躬了躬身，毫不猶豫，「我一定辦成了回來見師娘。」

當下杜月笙就離開了黃公館，回到民國里小平房，帶上正在那兒百無聊賴地自己跟自己推牌九的馬世奇，乘輪渡過了黃浦江，來到張江墟時已是黃昏，便在墟中唯一的一間小客棧住下。

黃剛柔的名字起得不錯，不過這小子既非剛亦非柔，只是個偷雞摸狗的狡徒。

自從偷了黃公館的兩塊紅土後，心中一直驚惶不安，前幾天黃望特意回鄉來告訴他，說黃金榮已表示不再追究此事，但他不可再過浦西，否則後果不堪設想，同時更狠狠地把他責罵了一頓，說是幸好黃探長宰相肚裡能撐船，就這樣讓他發了一票財，「要是碰上別人，早將你剁成十八塊！」

黃剛柔一聽黃金榮已查出是他偷的，嚇得幾乎沒直衝出門逃命；再聽到黃金榮竟不予追究，當即高興得對著黃望點頭哈腰：「表叔說的是，表叔說的是。小姪以後再不敢了，再不敢了。」心中卻在大笑：哈哈！黃金榮你名震上海灘，卻奈何不了我黃剛柔！竟暗自得意。

這天吃完中飯，黃剛柔正想出門找個豬朋狗友賭銅鈿，突然鄰居李老伯帶了一個小青年走進來：「阿柔，有人找你。」

「你是誰？」黃剛柔一看是個陌生人，心中立即起了警覺。

小青年躬躬身：「哦，這位柔哥，小弟姓李，是法租界昌盛茶館的伙記，黃望今早上茶館喝茶，知道我有事要過張江來，就特意要我來跟柔哥你說一聲，說他前幾天跟你說的話你一定要記住了。不過他沒說是什麼話，他說你知道的。」

「哦哦。」黃剛柔怔著應了兩聲。

小青年拱拱手：「就這麼個事。沒別的事我就先走了。」說完轉身離去。

黃剛柔看著小青年的背景，心中罵道：「表叔啊表叔！你要我過浦西我也不敢去啦！還托人來說什麼！真囉嗦！」即時沒了出門的興趣。

第二天是墟日。張江墟就在江邊，平時沒有多少人，安靜得很；但每逢墟日，附近鄉民便從四面八方擁到墟場來做買賣，一時間倒也人聲鼎沸，摩肩接踵，吵吵嚷嚷。日上三竿時，黃剛柔來到墟場，逛了一會，正東張西望想找個下手的機會竊點銅鈿，突然聽到有人大叫：「柔哥！」

黃剛柔別頭一看，只見江面上停了有十隻八隻小艇，昨天來向自己報信的那個小青年正站在其中一隻的艇頭上，正向自己招手大叫：「柔哥，相請不如偶遇！來喝兩杯！」——船頭的一張小几上擺了酒菜。

黃剛柔看他就只一人，也不疑有他，便應一聲：「好啊！來啦！」走下船來。

彼此寒暄兩句，黃剛柔剛坐定，艇艙裡又走出一個青年人來，小青年立即介紹：「這位是我的大哥，來張江做生意的。」

彼此拱手為禮，又寒暄了幾句。青年人很熱情，一邊說請請請，一邊給黃剛柔斟酒。大家天南地北胡吹一通，不覺已是兩杯下肚，都有點臉紅耳熱，那青年人對黃剛柔道：「柔哥果然是見多識廣，又是本地人，」拱拱手，「有件事真要向柔哥請教。」

「唉呀！李大哥過謙了。不知什麼事？」黃剛柔被人一捧，不覺有些飄飄然。

青年人面呈憂色：「小弟前兩天在墟場買到一塊古玉，花了二十個大洋，現在想來也不知是不是上當了……？」

「你肯定上當了！」黃剛柔未等他說完就叫起來，「這地方哪來什麼古玉，要二十個大洋？一百塊古玉都買了！」

「不過那古玉看上去確是好東西！柔哥你肯定識貨，就請幫小弟看看。」說著站起身，鑽進艇艙，突然發出一聲怪叫，啪！整個人就趴在了艙板上，渾身抽搐。

小青年跳起來：「不好！大哥發羊癇瘋啦！」撲進艙裡，急叫黃剛柔：「柔哥！快來幫幫忙！」黃剛柔急忙鑽進來，俯下身要幫青年人翻正身，就在翻過來的一剎那，青年人猛然出手，右手中的匕首直入黃剛柔的左胸，黃剛柔連呀都來不及呀一聲，猛然嚇呆了的雙眼，在死前一瞬只看到青年人陰陰冷笑的臉容。

小青年也同時一下呆住，上下牙齒打起架來：「月，月笙……」

杜月笙左手順勢把黃剛柔攬住，慢慢放倒在艙板上，嘴裡則在道：「世奇，別哼聲，我放他躺著就是，你快把船搖過對岸去。」

馬世奇已嚇得臉青唇白，全身發軟，彈動不得，一下子也坐在了艙板上。

「那你就陪著他，坐著別動。」

杜月笙鑽出艙，把船搖過西岸。叫馬世奇出來，兩人上了岸，向西便走。

馬世奇還在上下牙齒打架，渾身微微抖著。杜月笙若無其事，站在他的右面，用左手扶著他右肩，向前走了一段，看見來了一輛馬車，便招過來，塞給車伕一個大洋：「我的弟弟急病，快送我們到黃浦江。世奇，別哼聲。」

車伕接過大洋，大喜過望，馬車沿著田間泥路向西飛奔，來到黃浦江東岸時，已是中午。

二人下了車，馬世奇看四週無人，總算驚魂甫定，不過聲音仍在打顫：「月，月笙哥，你不是說要，要綁票撈錢，怎，怎麼殺，殺了他？」

「他是個窮鬼，我杜月笙的仇人。」杜月笙笑道。

當下乘船過了浦江，回到民國里小平房，馬世奇往床上一躺，仍然是臉青唇白，杜月笙掏出十個大洋，道：「世奇，這件事過去了，你知我知，你就當什麼事也沒有發生過。這裡是十個大洋，睡醒後好好去吃一頓。我有事先出去。」

杜月笙急步趕回黃公館，找到小翠：「我有事要稟報師娘。」

過了一會，林桂生仍然是在小客廳見杜月笙。

杜月笙掃一眼四週別無他人，把手槍和二十個大洋拿出來，放在八仙桌上：「師娘，事情辦完了，匕首現在黃剛柔的胸口上。」把經過簡略說了一遍。

「幹得不錯。」林桂生點點頭，然後加重問一句：「馬世奇可知道事情的來龍去脈？」

「照師娘的囑咐，我根本沒提，只說他是我的仇人。」

「好。」林桂生微微一笑，在二十個銀洋上面再加二十個，然後向前一推，「這些你全部拿去。慰勞慰勞你的兄弟。」

「多謝師娘。」

這時候張江岸邊正出現了一場空前的騷動，黃剛柔的屍體被路人發現了，警察隨後趕來。小艇艇主想不到為貪那兩個大洋的租費而惹上了一件血案。據說後來雖然沒被官府定罪，但小艇被判充公，變賣了的銀洋給了黃剛柔的新婚妻子做撫恤金。

第二十一章　仗惡勢強霸梨園

杜月笙計殺黃剛柔，得了林桂生打賞的四十個大洋，心中興奮得大笑。隨後歸還了馬祥生六個大洋，又為自己添了幾件光鮮衣服，打扮起來也像個樣子。

馬祥生看他神采飛揚，便低聲探問：「月笙哥，看你的樣子是運星高照了。那你是準備繼續在黃公館當差，還是自己到外面去闖一番世界？」

杜月笙笑了笑：「為時尚早，好戲還在後頭。」

過了幾天，林桂生果然又交給杜月笙一個任務：去共舞台收盤子錢。

「共舞台」在當年的上海灘是大名鼎鼎的，它的前身叫迎仙鳳舞台，舊址在老北門城外的法租界，戲院的大門就向著老北門，用以接攬城裡來的顧客。創辦迎仙鳳的老闆名何寶慶。

何寶慶是上海人，他在光緒年間開設了這間迎仙鳳舞台，內裡設有七百多個座位，開始經營時尚能賺錢，哪想日子一長，戲院漸漸變得陳舊不堪，下雨時東漏西滴，颳風時直穿舞台。何寶慶這時卻是無力維修，因戲院連年虧損。虧損的原因不是迎仙鳳的生意不好，那裡晚晚幾乎是座無虛席，只是要他老命的是，其中有一半人是來看白戲的！那都是些軍警兵痞流氓地痞，他們大模大樣地入場佔座位，戲院職員不敢攔阻，否則就要吵鬧場子，尋釁打架。何寶慶一個老實商人，只能看著乾著急，卻是無可奈何。

長此以往，真令何寶慶心痛欲絕，後來經人指點，他就去拜會了在上海商界和流氓幫會中都有很高聲望的虞洽卿——也就是辛亥年革命黨人光復上海時的商會會長、民政局長——請這位大亨做迎仙鳳名義上的老闆，希望由他來扮成鐘馗，就可以用來擋鬼。虞洽卿聽了，欣然答應。

哪知舊鬼沒擋著，何寶慶自己反而招進了新鬼。原來這虞洽卿既當了個掛名老闆，就難免有失業的三親六戚各路朋友來托他在戲院內謀份吃飯的職位，虞洽卿既然不是自己掏腰包，樂得大做順水人情，指派這個，委任那個，結果迎仙鳳越來越人浮於事，支出猛增；另一方面，戲院殘破，請不到好戲班，收入不但沒提高，還在繼續減少。正所謂屋漏又逢連夜雨。虞大亨聲望雖高，卻不肯為何寶慶墊款。何寶慶又不敢得罪他，只能忍氣吞聲，拼命死撐，以致靠借債度日。過不了多久，信譽大失，各路債主紛紛上門來催討積欠，搞到這個真正的戲院老闆焦頭爛額。僅苦撐了這麼一年半載，斷定迎仙鳳已不可能再有翻身之日了，不得不一咬牙：把這舞台賣了吧！

當年上海的戲院業，有個聯合組織，叫做「梨園公會」。下轄大小戲院有四十餘家。當時凡開戲院的，都必須加入公會。迎仙鳳舞台自然也在其中，但何寶慶找其他行家出盤，別人看這迎仙鳳如此狀況，個個擺手搖頭。

何寶慶於是又找商界的其他朋友，但還是沒有人敢接手這個攤子。精明的商家個個心中明白，在上海灘要經營戲院、浴室、茶館、旅社之類的行業，背後若沒有響噹噹的牌頭和硬梆梆的後台作倚靠，十間有九間辦不成；就算辦成了也難得有好日子過。尤其經營戲院子，完全是打開門做生意，要接納三山五嶽、三教九流的人物，沒有相當勢力做靠山來鎮住各路牛鬼蛇神，那最後的出路就要嘛出讓給有權勢者，要嘛收攤。俗語說，沒有那麼大的頭，就別戴那麼大的帽子。自己既沒有足夠的權勢，那又何必自找麻煩。

何寶慶被各路朋友婉拒了又婉拒，發現自己幾乎走投無路，正在極度沮喪之時，有行家介紹他找正在上海灘猛然崛起的黃楚九，這個以膽大敢為而聞名滬上的冒險家給他指出一條路：「找黃金榮吧。這個探長是個戲迷，可能有興趣。」

何寶慶一聽，頓感頭皮發麻。作為一個老實商人的心理，他不想跟這個手拿槍桿子的法租界大把頭打交道，擔心不知要被這類人勒索多少銀子。黃楚九見他猶猶豫豫的樣子，一揮手笑道：「老何啊，你這樣的老實人，在上海灘開什麼戲院子啊？罷了罷了，不找黃金榮，就去找曹振聲吧！」

「曹振聲？」何寶慶愣了愣，他好像聽過這個名字。

「早期的法國留學生，現任法租界工部局總翻譯，在法國佬的眼中，他跟黃金榮的地位相當。沒聽過這樣的說法嗎？法租界有一文一武，文是曹振聲，武是黃金榮。這位總翻譯是個神通廣大的人物，他若肯幫忙，應該沒問題。」

何寶慶想起來了。半年前自己請了海派伶人在迎仙鳳表演連檯佈景戲，一時轟動滬上。上演後的第二晚，有個穿著西裝革履的人物乘著一輛豪華馬車來看戲，前呼後擁的跟著一幫人。自己親手給他送毛巾，他的隨從介紹說這位是曹振聲先生，看上去四十來歲的年紀，斯斯文文的模樣。

這總比跟黃金榮打交道好！何寶慶打定主意，向著黃楚九深深一揖：「多謝九哥指點。」

第二天，何寶慶到工部局投帖，拜見曹振聲。曹振聲看見是何老闆，還算客氣，聽他訴了一番苦，問明瞭用意，點點頭：「好吧，我就找個朋友來幫你承頂了吧。」

過了兩天，曹振聲來到同孚里，跟黃金榮聊了幾句閒話，便一轉話題：「金榮兄，我知道你是個梨園行家，現在有個好行當介紹給你。迎仙鳳舞台經營失敗，晚晚被人看白戲，又請不到好班，連年虧損，已經陷入絕境，老闆何寶慶債台高築，被債主逼到發慌，如今走投無路，急欲把迎仙鳳出盤。金榮兄如果有興趣，不妨把它頂下來，一眨眼便做了個現成的戲院老闆了。有你這個大牌頭，相信誰也不敢來看白戲搗亂，好戲班也會不請自來，這就不愁不賺，可以說是一本萬利的買賣呢！」

看到黃金榮已聽得喜上眉梢，便半開玩笑地加上一句，「金榮兄到時撈到了好處，可別忘了我曹振聲就是了！」說完哈哈大笑。

黃金榮此人沒讀過什麼書，不過在上海灘混了幾十年，越混越威風，並且養成了一大癡好，便是看戲聽戲。曹振聲說時，他已在心中盤算。他自己以前曾去迎仙鳳看過白戲，瞭解那裡的情形，大約知道那裡的價值，很明顯地這是一樁送上門來的便宜買賣，不禁便也樂得臉上麻皮點點生出光來，咧開嘴笑道：「好說好說，振聲兄的好介紹，還會有錯嗎！事不宜遲，那就請老兄叫何寶慶明天下午三點到聚寶茶樓來，當面談談。」

第二天，曹振聲一個電話打到迎仙鳳舞台，何寶慶一聽找到的承頂人竟是黃金榮時，在電話那邊就呆住了。

曹振聲等了一會，明白這個何老闆的心境，便笑道：「何老闆，今天在上海灘夠膽接手迎仙鳳的除了黃金榮已很難找到第二人。做生意，講究的是買賣是否合情合理，至於對方是什麼人，那並不要緊。當然，如果何老闆不願意，我也不勉強。那就請另請高……」

曹振聲的「明」字未說出，何寶慶已想清楚了：萬萬不能斷了這條路！便急忙對著電話大叫：「曹先生，我願意！我願意！」

「那好，今天下午三時在聚寶茶樓二樓雅室見。」

當年的聚寶茶樓在東新橋街，何寶慶兩點半就到那裡了，開好茶恭候。到了大約三點，曹振聲與黃金榮一齊走上樓來，各自身後有三四個保鏢隨從。何寶慶起身恭迎，嘴裡連連說著「久聞大名，如雷灌耳」之類的客套話。黃金榮還算客氣。彼此寒暄幾句，各自落座。又說了幾句閒話。

曹振聲道：「何老闆，黃探長有意承頂你的迎仙鳳舞台，你就詳細說說各方面的情況。」

何寶慶欠身連說幾聲是是是，把迎仙鳳的面積、設施、人員等說了一遍，最後道：「現在積欠地租費、土木作、柴米、雜工俸金連同借款等項約五千元。何某實在是經營無方，若黃探長接手，那情形定必大不相同的。」對著黃金榮又躬了躬身。

黃金榮對何寶慶的謙卑神態似乎視如不見，他一言不發，眼望窗外，似乎正在神遊。過了一會，別頭看看站在身後側的程聞，程聞微微欠身對何寶慶道：「不知何老闆的出讓費是多少呢？」

何寶慶早想好了，立即又躬躬身道：「就一萬元吧。這麼大的地方，這麼多的設施，地點又這麼好。現在正在拆北城牆，不久就完工了，到時租界跟縣城就連成了一片，老北門外的地皮售價是日日見漲……」

何寶慶正在嘮嘮叨叨地說著迎仙鳳的好處，還未說完，卻見黃金榮把手一揮：「何老闆，免談免談。」站起身，一抱拳，「後會有期。」帶頭下了樓。何寶慶愣了一下，起身追出，只見這黃金榮已上了馬車，揚長而去。

何寶慶又跑回聚寶茶樓二樓，對著仍在悠閒地飲茶的曹振聲抱拳作揖，喘著氣：「曹，曹先生，這，這……」

「何老闆這個價是開得太高了。」曹振聲看他一眼，輕描淡寫地道。

「但是，曹先生，那麼好的地段，那麼大的地皮，還有那麼多的設施……」何慶寶急得搓手，幾乎要跺腳。

「這樣吧，何老闆，」曹振聲打斷他，「現在要承頂的不是我，是黃金榮，你跟我說那麼多也沒什麼用。為朋友就為到底，我回去探探黃金榮的口氣，再給你一個電話。不過你自己要先想好了，最低價是多少，要是第二次都談不攏，我也就不再管了。」

當晚，何寶慶左等右等，仍不見曹振聲打來電話，心裡越發焦急，猶豫了幾乎半個鐘頭，一咬牙，自己向曹振聲掛電話。這時曹振聲已跟黃金榮談妥條件，就等這何老闆自己打電話來，現在一聽對方果然已是急不及待，對著話筒閒話了兩句「吃飯沒有？在打牌啊？」之類，然後言歸正傳，哈哈一笑：「何老闆，黃金榮的出價是六千。」

何寶慶一聽，氣得拿著電話的手便抖起來。曹振聲在電話這邊微笑著聽他喘了大約三分鐘的氣，才道：「我說何老闆啊，調節商情的最高法則，是供求關係，不管是供過於求，還是求過於供，都會使價格大漲大跌。以你這間迎仙鳳來說，六千的出價聽來是偏低，但你自己把這舞台拿在手中，不但沒錢賺，還得倒貼賠錢的！如果你不賣，豈不還要日日虧損下去？況且，你既然跟黃金榮商議過了，我相信上海灘上就沒有誰會再跟你談這樁買賣。這是只有供而沒有求了。大家好朋友，小弟就提醒你一句。」

曹振聲說得振振有詞，不管說的是歪理還是正理，卻是實話。他自信已把何寶慶捏在了手中。何寶慶確實已是走投無路，但他畢竟也是在商場上混了二三十年的，決不甘心以這樣的低價出售。他從聚寶茶樓回到家後想了幾個鐘頭，最後確定的價格是八千元，現在一咬牙：「曹先生，六千元太便宜了，我的最低價是七千。如果黃老闆不要，我就把迎仙鳳歇了業，以後再賣地皮。」

曹振聲似乎勉為其難：「何老闆，生意嘛，也不是沒有商量。好吧，我就再跟黃金榮商量商量，一會就答覆你。」放下電話，仰天大笑：一千大洋到手了！

看了兩段法國十九世紀著名作家大仲馬的《基度山恩仇記》，曹振聲又拿起電話，告訴何寶慶：「何老闆，黃金榮同意了，你欠下的債務就由他承擔，明天下午三時，你把所有債主叫到聚寶茶樓二樓雅室，記得帶上出盤的契約，大家當面畫押過戶。」

何寶慶的心其實痛得滴血，嘴上卻是連道幾聲：「是是是。」還不忘加上一句：「多謝曹先生幫忙。」

再說那些債主，看著何寶慶焦頭爛額的模樣，心裡早已涼了半截，不知借出的錢何年何月才能收回。現在一聽何寶慶出盤迎仙鳳還債，高興得一個個歡叫雀躍。以為總算老天有眼，自己不致血本無歸。第二天下午便一個個來到聚寶茶樓，看到何寶慶，大家是歡聲笑語，催債時那幾乎要翻臉的神態已是煙消雲散。

大約三點鐘，黃金榮和曹振聲來了，在雅室坐定，揮揮手請所有債主出去。何寶慶掏出契約，黃金榮讓程聞念一遍，當聽到出盤費是七千元時，看曹振聲一眼，曹振聲靠在太師椅上，微微含笑。

程聞念完，黃金榮對何慶寶擺擺手：「好吧，就這樣定了。何老闆請畫押。」又轉頭對程聞道：「何老闆的五千欠債我承擔了，那就給何老闆二千銀票。」

何寶慶接了銀票，一連躬了幾躬身：「多謝黃探長。多謝黃探長。」

黃金榮往太師椅上一靠：「把債主都叫進來，當面核對所欠金額。」

債主們等在外面，一聽黃金榮這句話，便爭先恐後的擁進來。當著眾人的面，跟何寶慶把欠條核對了一遍，然後眼光光等著兌現，卻見黃金榮慢慢站起身來，一板麻皮臉，雙睜老鼠眼，對債主們一揮手，道：「各位，何老闆的迎仙鳳連年虧損，無法做下去了，他已把它出盤給我。何老闆欠下的債，從現在起就由我黃某人承擔了。你們把欠條保存好，決不會落空的，現在就各自請回吧！」

債主們一聽，一個個呆若木雞，但誰不知道黃金榮的權勢，因而就沒人敢哼聲，只在心中連叫「苦也苦也」！對待何寶慶，可以一日來催三次債，可以拍桌子破口大罵，可以用言語威脅，但對著這個法租界的第一把頭，你敢！

債主們呆在當地之時，程聞已做出了「請走」的手勢：「黃探長一言九鼎，你們還有不相信的嗎？各位請吧！我們黃探長還有公幹。」

站在黃金榮兩旁後側的三幾個保鏢同時吹鬍子瞪眼睛：「走吧！走吧！」把債主們連同何寶慶全揮趕出去。

這些欠單最後兌現了多少呢？有說是二分之一，有傳是五分之四，也有傳說還不足三分之一。總之黃金榮是恃權勢賴帳到底，決沒有兌全。而何寶慶一路上被債主們千怨萬恨的時候，黃金榮正把一張千元銀票交與曹振聲：「你老兄果然好口才，我黃某人也說到做到，八千元的餘數就是你老兄的！」

曹振聲大笑：「互惠互利嘛！」接過銀票，「多謝了，金榮兄！」後來何寶慶終於得知此事，氣得幾乎心臟病發作。

黃金榮就這樣用三千元的超低價把間頗有名氣的迎仙鳳大戲院盤下來了，一眨眼間便成了上海灘有名的戲院老闆。隨後，他找到法租界工部局副總監湯姆生，將舊執照換成新執照，更名為「共舞台」。再經一番裝修，大招牌掛出，重新開張。黑白兩道各路人馬得知這共舞台的老闆現在是黃金榮，都紛紛前來祝賀，黃金榮的痲皮臉又增添了幾分光彩。

黃金榮開戲院的目的一是揚名聲，過戲院老闆的癮，這點他做到了；二是撈銅鈿，這點他也做到了。何寶慶經營時，軍警流氓不把他放在眼內，公然進來看白戲，搞到何寶慶只能暗裡自己捶胸口；現在不同了，法租界的第一把頭成了老闆，看看一身幫會打手裝扮的巡捕房人員掛著槍站在門口，誰敢來捋虎鬚，要想看戲就只得老老實實買票。正所謂「蛤蟆吃蠍子，惡蛇吞蛤蟆，一階壓一階，烏龜欺王八」。其次，何寶慶經營時迎仙鳳陳舊不堪，無力維修，自然請不來好戲班；現在則是裝修一新，名聲大振，好戲班幾乎是不請自來。黃金榮在這方面也稱得上是有眼光。當年上海灘盛行京戲，他就派人上北京、天津邀請有名的劇團來。京津戲劇界的人收到邀請，心想這既可以開拓生活來路，掙點銀兩，又可以到上海開開眼界，何樂不為，所以幾乎無不欣然應邀。當時首次到共舞台來演出的名角，相傳有鬚生譚鑫培、青衣花旦王瑤卿、小生金仲仁、老旦龔雲甫、架子花臉郝壽臣、武生楊小樓、小丑蕭長華等。這些都是當年名聲響噹噹的藝人。

開鑼當日，黃金榮腰佩勃朗寧手槍，帶上手下幾名下差巡捕，親自前來把場，那些還企圖來佔便宜的兵痞流氓，看他這副威風凜凜的架勢，只能眼巴巴望「門」興嘆，不敢惹事。

當年京劇是男女分開的，女演員搭班演出的，稱「髦兒戲」。黃金榮在共舞台首倡男女合演，沒有人敢說他破壞規矩，共舞台也因而聲勢更盛。

此外，黃金榮還在茶房、案目的身上撈上一筆錢財。

當年的戲院，戲台對出的正廳中劃分出「官廳」，戲台兩側的花樓又設有「包廂」。這官廳和包廂便是闊佬們看戲享坐的座頭。這些闊佬們一來，茶房就會點頭哈腰的迎上去，給他們泡上香茗，用擦得晶亮的銀盆盛著時鮮水果和精選的瓜子送上，又遞上新毛巾，給闊佬們揩手抹嘴，總之極盡奉承拍馬之能事。當然，闊佬們也不能白接受如此服務，自然要加倍給茶房小帳。

至於案目，更是專門侍奉這些闊佬們的，他們握有上好座位的戲票子，看見有人乘了汽車、馬車來，立即就躬身上前，打開車門，口稱「大爺」、「少爺」、「少奶」、「太太」等等，同時堆出一臉笑容來，引領著這些闊佬貴婦們進官廳或包廂就坐。這些有錢人不必自己買票，即使購票不易，也有上等座位。

看起來，茶房與案目都是卑賤的職業，整天點頭哈腰對著人裝笑臉，但他們的收入可比一般店員工人要好得多，一些沒有工作的幫閒也想謀得這項雜差，但這不是說來做就可以做的，得有一個較有面子和財力的總頭兒推舉，還要自願倒貼上若干押金（舊俗稱押櫃金），並與戲院訂立半年或一年合同。戲院老闆對此公開招標，誰出的押金多就給誰幹。這種陋規，在舊上海服務行業中相當普遍。於是黃金榮便又撈進一大筆銀子。

共舞台是黃金榮恃權勢低價購來，那盤子錢又是什麼一筆款子呢？當年戲院裡的茶房是要給客人用盤子送水果瓜子的，但這並非白送，不但不是白送，而且收費還要比市面貴一倍以上，實在是一種暴利生意。這筆款子就是盤子錢。據文獻資料的記載，一間戲院子，這種盤子錢一個月可能達一、二千元。在黃金榮買下共舞台的時候，林桂生事先跟他講好：盤子錢歸我。共舞台開張後，林桂生就自己派人住在那裡負責管理這筆帳目，每過若干時日，再另派人前往取錢。現在，她有意派杜月笙去。

杜月笙一聽，心中暗喜，知道自己已得到了這個名聞上海灘的白相人嫂嫂的信任，那對自己將來在上海灘的發展大有好處，連忙應了幾聲是，跟著小翠出了黃公館，直奔共舞台。

一路上，不少流氓地痞向杜月笙打招呼，對他成為黃公館的紅人表示出十二分的羨慕。杜月笙心中越發洋洋得意。來到共舞台，點清了盤子錢數目，把款子藏好，已是黃昏時候，兩人便又趕回黃公館，半路上小翠碰上個熟人，杜月笙就自己回來，剛進同孚里口，迎面碰著黃金榮帶了五六個隨從出來，看一眼站避一邊的杜月笙，問：「月笙，上哪去了？」

杜月笙欠欠身答：「馬世奇有事找，出去走走。」

黃金榮當時是趕著出去應酬，也沒在意，便點點頭走過去了。

來到二樓客廳，杜月笙把數目清清楚楚地向林桂生點清。

林桂生笑了笑：「月笙，剛才有沒碰著黃老闆？」

杜月笙點頭：「碰上了。」

「他有沒有問你上哪裡了？」

「問了。我說馬世奇找我有事，出去走走。」

林桂生滿意地點點頭：「其實你並不需要瞞黃老闆。」

「怎麼說呢，俗語講，瓜田李下。我覺得還是不說的好。」

林桂生心中叫一聲：「聰明！」

當晚起了風，仲冬時節，寒氣陣陣，大約是交三更天的時分，馬祥生有事外出了還未回來，杜月笙一個人裹著棉被躺在床上輾轉反側的睡不著，突然聽到外面傳來雜亂的腳步聲，有人大叫：「黃老闆，不好了！」不覺心中打個突：名震上海灘的黃公館會出什麼事？霍地跳下床，把大衣往身上一穿，走出大客廳，剛好看到林桂生從後院那邊走出來，沉沉穩穩地在太師椅上一坐，對著兩個穿工裝的人問道：「發生了什麼事？」

杜月笙以前見過這兩個人，他倆不是住黃公館裡的，卻是為黃公館辦事，一個叫阿衡，另一個叫阿七。兩個傢伙當時正急得搓手跺腳，氣急敗壞，對著林桂生，連連哈腰低聲道：「老闆娘，有一票貨，是只大麻袋，已經到手了的，我倆交與陳富雇輛黃包車帶回來，哪想我倆把後面的手續做完回來了，陳富還未見人。很可能是被劫了。老闆娘請您快派人手去查查。」

林桂生一聽，勃然變色，瞪了這兩個正嚇得臉色發青的嘍囉一眼，再一掃大廳裡的人，心中不由得叫苦：對方既然敢劫土，當然不會是個軟腳色；要動手把土奪回，那可是一件動傢伙拼性命的差事。現在公館裡真正打得的武腳色已跟黃金榮出去了，要去通知顯然已來不及，到黃金榮得知時，劫匪可能都跑到黃浦江對岸去了。而剩下的這些文腳色如帳房、傭人之類，正一個個低著頭，沒人敢哼一聲。林桂生真沒好氣，正要學黃金榮罵一聲：「觸那娘！」卻見杜月笙大步走過來，道：「師娘，可以讓我跑一趟？」

林桂生怔了怔，心中稍稍一震：「夠膽識！」眼睛瞪著這個高高瘦瘦的漢子：「月笙，這可不是鬧著玩的！」

「我知道，師娘。」杜月笙語氣平靜，心中說的則是：難得碰上這個可以大大露面的機會，拼命也得搏一搏！

「那就事不宜遲，去吧！」林桂生揮揮手，從腰間拔出支左輪來，向前一遞，「這個你拿去。」

「是，師娘。」杜月笙恭恭敬敬地雙手接過手槍。

「要不要找人幫忙？」

「不必。」他不想別人分功，也不想人多意見雜，邊說邊走到阿衡身邊，問了幾句走土的路線，一伸手抽出別在阿衡腰間的匕首，往袖裡一揣，然後再一個轉身，大步流星走出黃公館的大門，一副「風蕭蕭兮易水寒，壯士一去兮不復還」的氣慨。

第二十二章　智擒劫匪時運到

杜月笙表面上是豪氣萬丈，大步走出黃公館，其實他的心卻如同井裡的十五個吊桶——七上八下：茫茫上海灘，根本就沒有把握能找到那劫匪。

阿衡說陳富在十六鋪上了黃包車，沿著法蘭西外灘向北走，一般路線就是沿著公館馬路回八仙橋同孚里。公館馬路是法租界最繁華的馬路，一般情況下沒有哪個劫匪敢在這條路上動手。那麼，最大的可能是在公館馬路跟法蘭西外灘相交處被劫，該處相對偏僻，東面是黃浦江，北面不遠處就是英租界，是最適宜躲藏和動手的地方。如果是這樣的話，那劫匪得手後又會向哪個方向逃呢？

杜月笙想到這裡，人已走出了同孚里，剛好看到一輛黃包車走過，便大叫著追過去。黃包車伕還未停穩，他已一步跳到車兜裡：「快跑，去法蘭西外灘！」

黃包車沿著公館馬路向東飛奔，雖是冬季，又是二更天將盡，馬路兩旁仍然是燈火通明，書院、堂子、茶館、酒樓、戲院等正在城開不夜，杜月笙無心觀賞這些，他在急急地盤算：劫匪得手後又會向哪個方向逃呢？

拿著一麻袋煙土，那在當年的上海灘就猶如抱著一個大炸彈，不知什麼時候會轟的一聲響，就把小命送掉。因為黑吃黑的劫土者幫派複雜，一個個是重利之下不惜以命相拼，若被人知道你手中是價值巨萬的福壽膏，那挨刀子棍棒、吃衛生丸是隨時發生的事。如此說來，劫土者必然是想急於找一個地方藏匿起來。

往哪裡藏呢？劫匪看到陳富的車子是由南向北而來的，劫土後，沒有道理往南逃；會不會向東走一段路再逃向南進老縣城？有這個可能，但可能性不大。因為老縣城的北城牆現在正拆得一塌糊塗，遍地瓦礫，極不好走，而且城裡到處烏燈黑火，街巷縱橫，危險性極大。那他會不會還留在法租界？這可能性極小，因為沒有哪個劫土者會在得手後仍留在作案地的巡捕轄區內的。那末，最大的可能是，這傢伙得手後是北逃英租界去了！

杜月笙下了這個判斷，那時車子已將近跑到永泰路口，便大叫一聲：「向左轉！過英租界！」杜月笙坐在黃包車裡由南向北奔過鄭家木橋，他現在是打雀那樣的眼，瞪著洋涇濱這邊有沒有人帶著個大麻袋在趕路，不過，沒有。

杜月笙心中陣陣失望，這時黃包車已過了橋，車伕收慢腳步，回頭正要問他：「先生，往哪走？」杜月笙突覺靈感一閃，叫道：「繼續向前跑！」

繼續向前就是今天的福建中路，舊稱石路。黃包車跑過了五馬路，便來到四馬路，杜月笙又喊一聲：「轉右！去黃浦灘路！」。

後來林桂生曾私下問他：「你當時怎麼知道這樣去攔截？」

杜月笙答：「可能是上天的旨意。」那當然是鬼話。不過他這回是走對了，當黃包車伕上氣不接下氣地跑到教堂路口時，杜月笙看到外灘那邊正緩緩走過來一部黃包車。雙方走近看清了，車上坐的是一個高大壯實的青年人，身前是一個沉沉的大麻袋（一麻袋煙土重一百多斤），連人帶物加起來的重量，使黃包車夫走得很吃力。杜月笙一陣狂喜，心中怦怦怦的跳，他認定這個就是劫匪。待兩輛黃包車打個照面走過去後，他拔出左輪，小聲命車伕轉過頭，追回那輛黃包車。

當一追過了前面，杜月笙低叫一聲：「停，等著！」驀地跳下車來，喝一聲：「停下！」同時右手左輪一舉，直指著車上的青年人：「朋友，你失風了！」

這時候，已是半夜三更，當晚無星無月，只聽耳邊寒風呼呼，路燈已滅，幾無行人。那個黃包車伕聽杜月笙這一聲喝，又見他手中拿著槍，嚇得「媽呀！」一聲叫，就愣在了當地，那車把向下一放，幾乎把車裡那個青年人甩了出來。

青年人死死抱著那大麻袋，車兜翹起，他是上不接天，下不著地，瞪著眼前這支烏黑的槍嘴，嚇得聲音當即顫抖起來：「你，你，你是誰？」

杜月笙的心這下就定了：對方沒有槍！如果他有槍，就肯定不會插在腰間，而是時刻握在手中；就肯定不會問這句話，而極可能把麻袋往自己身前一擋，同時向自己開槍。

杜月笙冷冷一笑：「朋友，月黑風高殺人夜，你最好別動，否則休怪我無情。」

向原來拉自己的那個黃包車伕叫一聲：「朋友，過來把他捆起來！賞你兩個大洋。」又對那個嚇得仍呆著了的車伕道：「朋友，我知道沒你的事，但你得幫個忙，把車拉到法租界八仙橋同孚里黃公館去，也賞你兩個大洋。」

杜月笙這幾句話說得很得體：首先他安撫了車伕，然後說出黃公館，從而表明自己是黃公館的人，車伕聽了這個牌頭，哪敢不從；第三，兩個大洋對一個窮得要拉夜車的車伕來說，是相當可觀的。一切果然順利進行。青年人不敢反抗，被捆了手腳，想逃也逃不掉了，還從車座下搜出一把短刀來。

兩輛黃包車於是並排走回法租界。那青年人嚇得三魂飛了二魄，向著杜月笙苦苦哀求：「先生，你放了我吧，我什麼都不要了，你就拿了這麻袋回去交差，我什麼都不要了，你就放我一條生路吧！先生！」被反綁了的雙手無法作揖，就只能把上身拼命的向下躬，「我家裡還有父母弟妹啊！在等著我掙錢回去養家啦！你就放我一條生路吧！先生！」

杜月笙讓他哀求了一會，問：「你叫什麼名字？哪裡人？」

「小人叫蘇三泉。浦東北蔡人。」

「跟我也算半個同鄉。」杜月笙心裡道，又問：「家裡等你養？」

「是啊是啊！鄉下窮啊！家父家母有病，兩個弟三個妹啊！先生你做做好心放了我吧，我什麼都不要了！」

杜月笙不管他，突然話題一轉：「這麻袋你是怎樣劫來的？」

「我，我一棍把押送的人打暈了，就過英租界來。」蘇三泉不斷地躬身，「小人實在不知這是黃公館的貨，真的，小人真的不知。」又嘮嘮叨叨的哀求起來。

杜月笙仍讓他說了一會：「你是除了保存性命，就什麼都不要了？」

「是的是的，先生，只要放我一條生路，我什麼都不要。」

「那好吧，回黃公館，橫財你是發不成了，但命是可以保住的。」

「唉呀！那是黃探長的公館啊，進去小人是死定了！」

「看你自己的運氣吧！」杜月笙的眼睛一直盯著他，「不過你想必也知道，黃公館裡是從不『做人』（殺人）的。」

「先生，你放了小人吧，放了小人吧！先生！」

「少廢話！」杜月笙眼一瞪。

「是，先生。」蘇三泉低了聲，「先生你到時一定要幫小人求個情呀！幫小人求個情呀！」

「好吧，我會幫你求個情。」杜月笙心中明白，這小子能不能夠保住性命，主要是看黃金榮回來了沒有。如果還未回來，即盡由林桂生處置，那很可能是一頓臭罵和責打，再趕出門去。但若是黃金榮回來了，也有可能拖到後門去一槍崩了，再一腳踢下泥城濱去。

回到同孚里口，阿衡、阿七幾個人仍在那裡等著，一見杜月笙人贓並獲，凱旋而歸，不覺伸大拇指。林桂生仍然鐵青著面坐在客廳的太師椅上，她已經近兩個鐘頭沒說一句話。她在等，既是等黃金榮回來，也是等杜月笙回來。現在黃金榮三更半夜的還未見人，不知在哪裡喝花酒，倒是杜月笙興沖沖地進來了，後面跟著阿衡、阿七等人，押著個仍被反綁雙手的蘇三泉。

杜月笙上前對著林桂生躬躬身，簡略地把攔截的經過說了一遍，然後道：「師娘，現在人贓並獲，請師娘點數，再行處置。」

「月笙，好！夠膽識！」林桂生由衷讚了一句，對阿衡、阿七道：「點數！」

兩嘍囉數了一會：「老闆娘，一件不少。」

林桂生冷冷地點點頭，站起來，走到正跪在地上的蘇三泉面前，一伸手，「啪啪」！就是兩下耳光，隨即破口大罵：「你這個小癟三！觸三頭！也不睜眼看看，打劫劫到黃公館頭上！……」雌威大發，罵得狗血淋頭。

蘇三泉跪在地上，雙手被反綁，就只知猛叩頭：「小人知罪！小人知罪！老闆娘饒命！老闆娘饒命！」

罵了一刻多鐘，林桂生終於也罵夠了，再「啪啪！」一甩手狠狠地又摑了他兩巴掌，然後飛起一腳，把個高高大大的蘇三泉踢翻地上，自己走回太師椅上一坐，那雙圓眼睛本來就圓，現在更成了兩隻小燈籠，柳眉倒豎，十足一個山大王模樣：「拖出去！」

蘇三泉哀聲大叫：「老闆娘饒命啊！」

阿衡、阿七哪管他，剛才自己被嚇得半死，就是由於你這小子！怨氣恨氣正往上湧，一聽老闆娘這聲命令，立即撲過來，一齊拎起這小子，就向外拖。

杜月笙急走兩步上前，躬著身低聲對林桂生道：「師娘，為了黃老闆、師娘和黃公館的聲譽，不能在這裡做人。」

林桂生臭罵了一頓，見這個蘇三泉如此服貼，心理上也滿足了那種雌威，心中的怒氣也多少降了些，便側側頭看杜月笙一眼，心中道聲：「看來是個人才。」對阿衡和阿七道：「放下他！」再看一眼杜月笙，輕聲道，「你說該怎麼做？」

「師娘，」杜月笙的聲音比她還輕，「我答應過為他求情。」

林桂生猶豫了一下，背往太師椅上一靠：「好吧！賊是你捉回來的，就由你處置！」一揮手，「去吧！」

杜月笙又躬躬身：「是，多謝師娘。」大踏步走到蘇三泉背後，左手拿著他的衣領向上一提，右手執左輪，怒喝一聲：「走！」

兩人一前一後出了同孚里，一路上蘇三泉不斷哀求：「唉呀！杜先生，小人聽過你的名聲，你是小東門的諸葛亮、軍師爺。饒命呀！杜先生！……」

杜月笙聽如不聞，心中發笑：「你這傢伙，我跟你又沒有十冤九仇，殺了你對我也沒有好處，江湖上說不定我杜月笙以後還會用得著你呢！」當然這話沒有說出口。押著他向北走了一段路，回頭看看無人跟來，便三兩下給他解了繩索，沉聲道：「夠膽一個人劫一袋土，我看你也算個好漢。走吧，暫時離開上海灘，以後別再到法租界來！」

蘇三泉一聽，激動得倒身便拜：「杜先生！三泉終身不忘先生活命之恩！」

杜月笙一臉「龍恩大赦」的模樣：「好了，走吧，我杜月笙對江湖朋友歷來重情重義……」

「以後我蘇三泉若有出頭之日，定必湧泉相報！」蘇三泉又叩頭。

「你這小癟三也有出頭之日？」杜月笙微微一笑，不過嘴上卻道：「人有三衰六旺，那就祝你發財吧！」頓了頓，「山水也會相逢，我倆以後難說會江湖相會，到時你可別說認不得我杜月笙！」

「以後若能再會先生，我蘇三泉願效犬馬之勞，以死相報！」蘇三泉又叩一個頭，再三指朝天，「我蘇三泉向天發誓！」

「哈哈！好！」杜月笙一把將他扶起，「走吧！」

杜月笙這次為黃公館奪回價值巨萬的失土，頓時成為黃公館裡的紅人，名聲隨後還傳出了法租界以致整個上海灘的黑道。林桂生是上海灘白相人嫂嫂的老祖宗，她在黃金榮面前把這個杜月笙大大稱讚了一番。黃金榮抽著鴉片煙，臉上的橫肉抖了抖，對杜也開始刮目相看，過了幾天，便派他到各碼頭、賭檔、煙格、堂子等處收陋規錢，一兩個月下來，竟從未失風。杜月笙因而結識了很多黑道上的人物。

林桂生則私下派杜月笙為她收利息錢，杜月笙把收帳放帳為她管理得頭頭是道，越發贏得老闆娘的信任。

一天，林桂生對杜月笙道：「月笙，我想讓你吃份俸祿。公興記的台子，就在巡捕房的隔壁，老闆叫耿濤，綽號花和尚，你去找他，就說是我喊你去的，要幫幫他們的忙，就在那裡領份薪水。」

杜月笙一聽，知道是老闆娘有意抬舉自己。公興記在法租界是著名的大賭場，整日門口是車水馬龍，門庭若市，可謂「手談有豪富，進門無白丁」，一般的流氓地痞是進不了的。杜月笙過去癡賭，但只能在地痞開設的賭攤賭棚至多是賭檔裡去賭，從沒有過進公興記賭場的資格。不難想見，若能在那裡吃份俸祿，定然收入不少。於是立即躬了躬身：「是，多謝師娘提攜。」

「穿件光鮮衣服去。白相地頭，先敬羅衣後敬人。」林桂生吩咐一句。

吃過午飯，杜月笙穿上淡青紡綢衫褲，還不忘在胸袋裡掛一塊鍍金的懷錶，興沖沖來到公興記，在後間密室見到耿濤，把來意說了一遍。

這個耿濤五十來歲的年紀，十足是個老江湖，看著杜月笙微微一笑，道：「朋友，『空口無憑』這句話，你一定懂的吧？」

杜月笙一聽，愣了一愣，然後一抱拳：「耿老闆，打攪了。」出門而去。

回到黃公館，見黃金榮在大廳跟客人聊天，林桂生則出去了。杜月笙也不哼聲。

第二天，林桂生把杜月笙叫去：「月笙，公興記給你多少俸祿？」

杜月笙有意支支吾吾。林桂生何等精明，已猜出個八九不離十，心中很惱火：我林桂生開了口，你花和尚也敢駁回？不過臉上卻笑起來：「怎麼啦，月笙，碰了個軟釘子？」

杜月笙猜得出這個老闆娘的心思，又裝出難為情的樣子：「是的。耿濤說是『空口無憑』。月笙不跟他分辯，是不想坍師娘的台子。」

「哈哈，聰明！」林桂生的圓臉笑起來更成了個盆子，再臉色一凜，「好格！我自家帶你去！」對小翠喊聲：「備車！」

兩輛車開出同孚里，一幫人浩浩蕩蕩便來到公興記。林桂生下了車，板著臉進了門，正要直闖後間。這時耿濤已得報，嚇得左腳穿了右鞋的衝出來，一見這位白相人地界「老正娘娘」的這副尊容，再看跟在她後面的杜月笙，腦瓜一轉便明白自己闖下了什麼禍事，立時抱拳躬身哈腰賠出笑臉來：「唉呀！原來是桂生姐駕到，有失遠迎。恕罪恕罪。看座！」一個看場子的立即搬了張大交椅過來。

林桂生一言不發，冷著臉站定，椅子放到了她的屁股後面了，才慢慢坐下來，開了口，語氣叫人辨不清是慍是火，是陰是陽：「耿老闆，你不是要憑據麼?現在憑據自家來了。」

「唉呀!哪裡哪裡。我耿某人哪敢勞動桂生姐您的大駕啊!昨天純是誤會。這位月笙哥是黃公館的人，桂生姐讓他來公興記撐腰，我耿某人哪敢駁回呢?今早我還想找人去請月笙哥來呢。」邊說邊打拱作揖，嘮嘮叨叨又說了一輪廢話，「純是誤會，純是誤會。月笙哥如肯屈就，就每月在公興記領三十元薪水就是了。」

耿濤不停訴說的時候，林桂生不插話，冷冷地看看他，又看看四週，只見所有賭台都已停止操作，賭客們一個個瞠目結舌，呆坐在那兒，目光齊齊望過這邊，看自己發威，花和尚瘺透，不覺心中得意。

現在耿濤終於把話說完了，林桂生側過頭看一眼杜月笙。杜月笙躬身微笑：「多謝師娘。」就這樣，林桂生是台型紮足，面子也掙夠了，明白見好便收的道理，臉色便緩和下來，對耿濤擺擺手：「既然是誤會，這件事就算了。」一副睥睨群雄的神態站起身，本來是想走的，一眼看到不遠處的賭客還在怔著望過來，不覺就起了賭興：「我也來推幾副。」

眾人轟的歡呼，耿濤又點頭哈腰：「唉呀！桂生姐是賞光了！」話音未落，一伙白相人已簇擁著林桂生走過去，原來還在推莊的賭客連忙堆出笑容起身讓座。杜月笙跟在後面，看一眼桌上，是一番兩瞪眼的牌九。

現在林桂生施施然落坐，做了莊家。三十二張牙牌便在她的面前左壘右疊起來，一次每人發四張牌，配搭成對，逐一跟莊家比大小。

林桂生甚少在賭場露面，她在這公興記一坐，算是為這賭場添了不少光彩。花和尚哪敢怠慢，忙不疊把瓜子糖果、熱茶毛巾一一給這個老正娘娘親手奉上，一會兒就擺滿了她坐椅旁的小茶几，同時向四週的人做手勢，於是又走過來十個八個白相人，圍在四週走來走去的做「蒼蠅」，為林桂生捧場。杜月笙站在她的身後，看見這般陣仗，心中羨慕得要命：這才是真正的夠派頭啊！又見這老闆娘手法嫻熟，麻利準確，十足是一個行家裡手，不禁暗暗佩服。十多副莊推下來，林桂生贏得的籌碼竟已有二三百元。

賭徒幾乎沒有不迷信的，他們相信「手氣」，而如此旺的手氣並不多見，同桌的三個人看著自己的銅鈿一撥一撥的進了林桂生的口袋，不覺已有點面色發青，林桂生卻在這時候滿臉春風地站起身來，對杜月笙道：「來，月笙，這些夠做本錢的了，你幫我接下去。」

「這……」杜月笙愣了愣。

林桂生嘴角向上掀了掀：「沒啥事，玩下去。」掃眾人一眼，「都玩下去。我有事先走。」說完離座，走出公興記，也不管花和尚緊隨屁股後說著「桂生姐慢走慢走」，便上車絕塵而去。

回到黃公館，小翠忍不住低聲問：「太太，這樣旺的手氣，怎麼不撈它一把？」

林桂生笑笑：「我堂堂法租界探長夫人，在大庭廣眾中大賭特賭，成何體統？簡直有失身份。讓月笙玩兩手，抬舉抬舉他。」

杜月笙這回是真的受了抬舉。這賭徒已經好幾個月沒摸過牌了，剛才實在已癢得難受。現在面子掙足，又第一次置身於這樣豪華舒適的賭場之中，那種興奮真箇難以名狀。只見他一坐下來便開始呼盧喝雉，目揮手送，賭得暢快淋漓，不亦樂乎。

那些賭客，原以為林桂生這七煞星一走，自己就可以翻身，把輸出去的籌碼贏回來，哪料到這個杜月笙的手氣旺得比林桂生更有過之而無不及，三個鐘頭下來，他面前的籌碼疊起來，竟達二千四百元之多，這個時候的杜月笙卻反而冷靜下來了。

這個莊是林桂生叫代的，手風是林桂生的手風，采頭是林桂生的采頭。為她贏了這麼多，也算是功勞一樁。風太滿了，應該趕緊收篷，否則反勝為敗，那如何是好！

杜月笙想到這裡，便站起身來，雙手一抱拳，作了個四方揖：「各位，時辰不早了，黃公館裡還有事體，在下先走一步，失陪了。」

幾個賭徒盯著他，一齊發出抗議聲。

照賭場上的規矩，贏家是不能首先退出的，這既符合賭徒心理——你走了我還怎樣翻身？更給賭場老闆大開了財源。你想想，贏家不能先退，輸家極想翻本，那就只有繼續賭下去，這樣最大的贏家便是老闆：他只管抽水。尤其是推牌九，它跟賭番攤不同。番攤是由賭場老闆做莊，賭客買中了就抽水十分之一；牌九則是任何人都可以做莊，無論是莊家贏了還是其他賭客贏了，一律要抽水。

要是在以前，杜月笙也不敢破壞這個規矩，但今天不同了，他是黃公館的人，「老正娘娘」親自帶來的，他不怕你花和尚，更無懼這些賭徒。只見他微微笑著，又拱了拱手，就施施然離開了座位，走去兌籌碼，對幾個賭徒的抗議置之不理。

花和尚不敢攔他，輸了錢的賭徒更不敢攔他，眼光光看著他兌了票子，用一張《申報》包了，出門而去。一個個心裡自認倒霉：唉！連個翻本的機會都沒有！

杜月笙出了公興記，跳上一輛黃包車趕回黃公館，上了後院二樓向林桂生繳帳。

打開《申報》紙，林桂生不覺也怔了怔，然後微笑起來：「月笙，這是你的運氣來了。我讓你代幾副，本想讓你贏兩個零用錢，輸了算你觸霉頭。現在倒好，贏了這麼一大票，拿去吧，這錢統統給你。」

杜月笙心中一陣狂喜，他從沒有見過這麼多的錢，不過嘴上說的是：「師娘，我是代你推莊，這是師娘的運氣。這錢我不能拿的。」

「我說這是你吉星高照，月笙。」林桂生說得若有深意，「拿去吧。」

「師娘，不是你的面子，我哪能贏得了這麼多錢。」

「那好吧，我就要個零頭，四百元作為紅利，二千元你拿去。」林桂生微笑著揮揮手。

「這，這哪能呢？」杜月笙仍在作狀，神情誠懇，「師娘能賞我四百元，我就心滿意足了。」

「別說了！叫你拿去就拿去！」林桂生臉色一板，「就這樣定了！」心裡道聲：「二千元對你這窮鬼大得像太陽，對我林桂生算得什麼！我就看你怎樣花！」

當晚林桂生把這件事告訴了黃金榮，黃金榮一聽卻叫起來：「唉呀！月笙這小子，你給他這麼多錢幹什麼？他會瞎花掉的！」

「嘿嘿，」林桂生似笑非笑，「那就不是他的運氣了。」

這時候杜月笙正躺在灶披間。馬祥生吃完晚飯便去了帶鉤橋快活，他沒有跟去。待馬祥生走後，他拿出那二千元票子來，眼睜睜的看著，心中慢慢呼出一口長氣。

這個驟然暴富的白相人想起往事來了……。

第二十三章　回憶初闖上海灘

在黃浦江出海口西南角的一片海灘上，有一小鎮名高橋。那裡原是荒灘。上海在清道光二十二年（一八四二）開埠以後，高橋鎮便逐漸成為沿海重要的經濟貿易中心和商品集散地。從海門、舟山一帶來的江浙漁民多借這片風緩灘平的地方歇腳、逗留。鎮上的街市也因此而逐漸興旺起來。清光緒十四年（一八八八）農曆七月十五中元節，杜月笙就生於這浦東高橋鎮鄉間祖居。他父親因而給他取名「月生」，改名「月笙」是他發跡後的事。但他出生之時，他的父親杜文卿卻不在家，正在上海楊樹浦開設一間小米店，慘澹經營。杜月笙的生母朱氏在鄉間為人洗衣，艱難度日。

第二年的七月，上海時疫蔓延，城鄉百姓死者不計其數。到了八月，又天降淫雨四十五天之久，倉儲稻米棉花等大量黴爛，繼而大饑，簡直民不聊生。朱氏實在活不下去，就抱著長子，步行二十餘里，再渡過黃浦江，到楊樹浦投奔丈夫。

杜文卿當時正焦頭爛額，小米店已瀕臨破產的邊緣，米價一日數漲，米賣出去後卻無法補貨，妻兒到來，更令他坐困愁城，最後竟至作為米店老闆卻無米下鍋。

當年年底，位於楊樹浦沿江的上海機器織佈局正式開工，這是中國第一家棉紡織廠。朱氏眼看全家面臨斷炊的絕境，便去了這織布局做工。這時候，她又懷了孕。過度的勞累與營養不良，給這個可憐的婦人埋下了「殺身之禍」。

第二年夏天，上海流行霍亂，死者累累，馬路上、溝渠中，不時可見倒斃的路人，景況慘不忍睹。也就在這時候，朱氏產下一個女兒，自己卻因衰弱而死。杜文卿中年喪妻，面對亡妻的屍體，面對一雙嗷嗷待哺的兒女，不覺悲從中來，號啕大哭。幸得親友幫忙，才總算買了一副白木棺材，把亡妻運回高橋，浮厝在祖居不遠的的田塍上，再用一束束的稻草，捆在靈柩的四週，眼看棺木暴露荒丘，杜文卿真是欲哭無淚。

喪事辦完，杜文卿又抱著一對兒女回到楊樹浦。苦撐了一年半載，眼看再無法活下去，終於一咬牙，把女兒送給了一個姓黃的寧波商人，希求給女兒一條生路。

哪知從此再無音信。後來杜月笙成了海上聞人，著名大亨，曾千方百計想尋找這個胞妹，結果始終沒能找到，成為他一生的憾事。

女兒送人後，杜文卿心力交瘁，就在這貧困無路之際，一個沉默寡言的年輕女人走進了杜家，這就是杜月笙的繼母張氏。據杜月笙後來的回憶，張氏對他如同己出，他依偎在繼母身傍，是童年時最快樂的時光。不過，杜家不久又遭受了一場災難。

那是清光緒十八年（一八九二），夏秋，上海大旱，人們紛紛逃荒就食，杜氏三口，困守楊樹浦。農曆十二月初九，大雪紛飛，氣候奇寒，杜文卿一病不起，終於油盡燈枯。杜月笙虛齡五歲，便成了孤兒。

張氏表現出了一個窮苦婦人的堅強。她為杜文卿備就了衣衾棺木，然後帶上杜月笙扶柩還鄉。跟朱氏一樣，靈柩無以營葬，就跟朱氏的棺木一起，並排暫厝於田塍之上。相傳杜月笙發跡後，曾想選擇一處好穴，為他先父母落塋，結果請來幾位風水先生，竟異口同聲的說，他父母浮厝之地，正好是一處寅葬卯發的血地，只可浮葬，不能入土；如果入土，風水便被破壞無遺，是萬萬動不得的。而杜月笙的老娘舅朱揚聲更是迷信透頂，說是死人靈柩切切不可移動，否則死者於九泉之下，必不得安寧。杜月笙夠膽殺人綁票，夠膽販毒設賭，卻不敢不聽風水佬的一番胡言亂語和老娘舅的高論；他在故鄉建家祠供奉列宗列祖，搞得全上海灘轟動，卻只能眼光光的看著父母的靈柩繼續遭受風吹雨打。

卻說張氏草草浮厝了杜文卿，便又帶著杜月笙回到楊樹浦，繼續經營那間小米店，兩年後，實在無法支撐下去，被迫歇業，兩母子回到高橋。張氏重走朱氏的舊路，為人洗衣度日，並曾每月湊了五角錢，供杜月笙在一家私塾讀了四個月書。

第二年正月二十二日戌時（晚七時至九時），上海發生大地震，房舍人畜，損失無算。到秋季，又有瘟疫流行，患者吐瀉，死亡枕籍。這兩場天災並沒奪去杜家人的性命，卻是人禍令張氏突然一去無蹤。

這年杜月笙虛齡八歲，已十足是個野孩子。這天在外面玩累了，一身骯髒的跑回家，不見了張氏，並從此後再沒見到。相傳這婦人很可能是被「蟻媒黨」拐走了。

「蟻媒黨」是當年盛行於上海縣一帶的流氓組織，聲勢浩大，從者甚眾。他們的罪行是拐賣婦人，凡見有蓬門質弱的青年寡婦，便千方百計對之進行威逼利誘，把婦人弄到手後，就或賣與青樓，或賣到外鄉嫁人。這伙人販子的罪惡可謂罄竹難書。當時曾有上海士紳組織「保節會」以謀對抗，旌揚所謂的節婦，並助以寡婦衣食，以免她們進了蟻媒黨的圈套。不過浦東的高橋鎮卻不在保節會的範圍，而張氏如何一下子落入彀中，結果又是如何，卻從此無人得知。

自從張氏神秘失蹤，一去杳如黃鶴，杜月笙這下子真正成了孤兒。他先投靠住在對面的堂兄杜金龍，這杜金龍卻是在上海做煙紙店生意，一年到頭難得回家幾趟的。鄉下的家裡經常是缺米少鹽。日子一長，寄食的杜月笙便令人討厭。最後他只好哭哭啼啼的去找自己生母的母親。照上海人的習俗，有「外孫（甥）皇帝」的說法，意思是孩子若到外婆娘舅家，可以百無禁忌地又玩又吃，會受到最好的招待。但可憐他的外祖母，也是窮得有上頓沒下頓，不過還是接納了這個孤苦伶仃、饑寒交迫的外孫，所謂好招待，可就談不上了。

在外婆家住了幾年，杜月笙越發顯露出他的野性。他結識了高橋鎮上的一群遊手好閒，流離浪蕩的野孩子，這些孩子中有的跟他一樣是孤兒，有的卻是雖然有家卻常常不歸的小流氓。杜月笙跟這伙小癟三們糾合在一起，終日多在茶館賭棚流連，並從此儘量避免上外婆家。

一天，這伙人又走進賭棚，一個賭徒有意耍杜月笙：「小朋友，終日見你在這兒溜來溜去，為什麼不下個注啊？」

由小到現在十二三歲了，杜月笙幾乎沒摸過錢，一聽這話，便感到受了深深的侮辱。以後幾天，他一直悶悶悒悒，設法要為自己挽回面子，最後他終於想到，故居中還有些東西可以賣錢。

自父母雙亡、繼母失蹤後，那兩間房子已是塵封已久。杜月笙開了門，屋裡的東西是屬於他的，他便把殘缺不全的傢具、破布爛棉襖、瓶瓶罐罐，以至鐵鍋碗筷往外搬，只要是能夠換得兩文錢的，他都搬。開始時是偷偷摸摸的搬，後來就是公然的搬。這小流浪早已走遍了高橋鎮，知道哪裡有收買舊衣物的小商人，哪裡有兼營典押的小當鋪。於是他很快就換得了幾十文錢，然後，昂首闊步走進賭棚。

杜月笙一生癡賭，這便是他的起步。開賭場後來更成為他發跡的一門主要生意，也大概就是從這裡埋下的根子。

在大人們驚愕的注視下，在其他小流浪兒驚羨的歡呼聲中，虛齡十三的杜月笙像個小大人似的上了台子。如何賭法他已看得多了，操作起來竟相當熟練。結果，這第一次參賭使他贏了十數文錢。

小流浪們開始大聲喝采。杜月笙一揮手：「我贏錢啦！我請客！」一伙頑童就擁著他出了賭棚，擁著他上了大街。這一天，他成了這伙流浪兒的首領。杜月笙後來回憶，那是他第一次感到人生得意的時刻，並猛然覺得自己並非令人討厭的廢物。

他由此還慢慢悟出了這麼一個道理：只要你「出人頭地」，別人就會對你「另眼相看」。這個後來成為上海灘大把頭的人物，在以後的流氓大亨生涯中，只要有可能，就極要保住自己的面子，便是由於認識了這個道理。

贏得的錢便請小流浪們吃了陽春麵。當年的下層社會店鋪，在店外放一張長桌，一條長凳，俗稱「門板飯」，專供窮人在門口光顧之用。店鋪老闆怕窮人吃完無錢付帳，便要食客先在桌面上放下銅鈿，然後才給食物。老闆自以為萬無一失，而杜月笙這小鬼頭竟從中想到一個白吃的辦法。

第二天，他和一個最要好的小流浪杜揚又來光顧那麵鋪，事先商量好如此如此。然後，他就大模大樣地在長條凳坐下，把三文錢往桌上一放，叫道：「來碗陽春麵。」伙記便把麵送上，他就開始津津有味地大吃。一會兒，杜揚出現了，他悄悄走到杜月笙身後，並示意伙記別聲張，然後拿出根稻草，在杜月笙的小辮子上紮了個花結，並隨手拿走了桌上的三文錢。

杜月笙似乎一無所知，吃完了，才恍然大悟：「我那三文錢呢？」

伙記大笑：「你的朋友跟你耍戲，他拿走了，他還在你的辮頭紮了個稻草結呢！」

杜月笙一摸，大怒：「豈有此理！待我把他的錢搶回來！」話未說完，人已飛跑而去。那伙記還在傻乎乎地等他回來結帳時，杜月笙已跑了幾條街，看到杜揚正在另一間麵鋪等著吃陽春麵，這回是輪到他來紮稻草結了。

不過「上得山多終遇虎」，況且高橋鎮就這麼大，麵鋪沒有多少間。杜月笙的伎倆很快被戳穿，並遭了一頓狠打。這時候，他卑劣的所作所為諸如偷雞摸狗，打架鬥毆等已廣為人知。他終於成了神台貓屎——神憎鬼厭。在高橋鎮的父老鄉親眼中，他已是一個不折不扣的壞小囝、敗家子、無可救藥的小癟三。他的老娘舅朱揚聲看見這外甥又騙又賭如此不成器，給家門帶來如此壞的名聲，真是氣得半死。但自己確實又無力撫養他，後來便千求萬托的為杜月笙討了份糊口的活計：做賣油條大餅的幫工。哪料這小子沒過多久又搞出事來。

前面提到，杜月笙第一次參賭竟旗開得勝，這影響了他的一生。現在幫人賣燒餅油條，糊口的米飯本來也算有個著落了，不必再四處遊蕩做三隻手騙吃；老闆又見他為人聰明，懂得討客人的歡心，能夠獨當一面，便放膽把一擔大餅油條讓他自己去賣，哪料這小子卻是賭心不死。收了客人的錢，趁著老闆未來點數，竟拿了這公款往賭桌上一放。賭錢畢竟是輸多贏少的，於是就交不了數，遭了老闆的打打罵罵，不過開始幾次，老闆見他乖巧伶俐，還是用他，只是不斷的勸導，想他學好，而這杜月笙不但不改，反而變本加厲，最後那次，竟至把老闆的整擔燒餅油條變為賭本，盡此一搏，結果輸個精光。

這回事情便鬧得不可開交了。老闆氣得幾乎打上門來，朱揚聲只好千道歉萬賠罪，把那擔燒餅油條的數墊出來，然後把這個外甥狠揍一頓。杜月笙在高橋鎮的名聲本來已是狼籍，現在還來這一下子，幾乎是臭名昭著了，也沒有人敢請他幫工。

面對從四面八方湧過來的鄙視與謾罵，杜月笙感到難以忍耐。又這麼浪蕩了一段日子，老家的破爛幾乎賣個乾淨，這時候，他已無數次聽到人們傳說上海的繁華，說在那裡撈銅鈿比在鄉下容易得多，於是一股要發達，要到上海灘闖世界的慾望在他心中急劇膨脹。終於有一天，他試探著向堂嫂露了口風：打算把歸自己所有的一半祖居賣掉，拿上這筆錢到上海去打天下。

堂嫂一聽，大吃一驚，急忙向他的娘舅朱揚聲和姑丈萬春發報告，因為這個野孩子現在已長成個壯實的小大人，天不怕來地不怕，只對這兩個尊親還算有所畏憚，別人是管不住他的。

朱揚聲本來就對這個好賭懶惰、野性難馴的外甥煩厭透頂，朋友在自己面前說起來自己就覺得面目無光，現在一聽這小子竟如此狂妄，想賣祖居，當即勃然大怒，親手把杜月笙捉來，關進祖宅堂屋，不容分說，便把這小子狠揍了一頓，邊揍邊大罵他是杜家不肖的子孫：「你父母窮得沒飯吃，也從沒有想過要賣祖居，你這個天生的敗家精，竟敢冒出這樣的想法來！怎對得起列宗列祖！」揍完了，提出嚴正警告：「你若還再說一句賣祖居的話，不但我要打，你姑丈也定叫你吃生活！」

這件事當即又傳遍了高橋鎮，杜月笙更是成為鎮上人的笑柄。他感到受了莫大的羞辱，在這高橋鎮是再不能呆下去了！他下了決心離開這個「血地」，到上海去，不管有沒有盤纏，有沒有活命的本錢。

他本可以一走了之，動身前他覺得還是應該去跟老外婆道個別，免得老人家因自己的突然失蹤牽掛，於是就悄悄跑去告訴老外婆。老外婆聽了，覺得這無異於生離死別，心一酸，頓時老淚縱橫。摟著這個外孫，悲聲大慟：「我苦命的孩子啊！你一個人去上海灘，哪裡有安身之處喲！」哭了一會，想起有個鄉鄰的親戚叫杜阿慶的，在上海十六鋪開了一間水果店，便去把鄉鄰找來，千恩萬謝的請他給寫了一封推薦信，讓杜月笙帶上到那兒落腳。

第二天，天色灰暗，幸而沒下雨。老太婆白髮蒼蒼，清淚兩行，邁著小腳送外孫上路。這是清光緒二十八年（一九〇二）的春季，杜月笙虛齡十五。個子高瘦，臉有菜色。身上一套粗布褂褲，腳下一雙爛布鞋，背上一個小包袱，裡面裝幾件僅存的換洗衣裳，還有少得可憐的幾文銅錢。

婆孫倆踏著晨光露珠，一步步向南走，出東溝鎮，過慶寧寺，一直走到八字橋，回頭看已走了十多里路。老太婆實在是走不動了，拿著外孫的手：「月笙啊，到了上海，你要好好做人！鄉下人是被城裡人瞧不起的，你只有發達了，人家才會尊敬你……」說不完的叮嚀話。杜月笙連應是是是，外婆放心吧，別走了，回去吧。老太婆嘮嘮叨叨的未說完，便又放聲大哭，老淚沿著臉上縐紋，縱橫淌下。

杜月笙咬牙切齒，向天發誓：「高橋鄉人個個看不起我！我發誓，以後回來，一定要一身光鮮！一家風光！我要起大屋，開祠堂，出人頭地！做不到，就再不回這塊血地！外婆，您回去吧！」說完一甩手，轉身大步而去，留下個老外婆愣在當地，嘶啞著聲音哭泣，他沒再回頭。

從八字橋穿過洋涇鎮、欽賜仰殿，就來到了滾滾濁流的黃浦江邊。杜月笙找到渡口，隨著別人上了木船，付過渡資，便縮在一角，瞪大雙眼，看著這個陌生而混濁的人世。後來他向人說起當時的心境，是恐懼與興奮交集，同時還有點自傲，因為浦東浦西雖僅一江之隔，但家鄉的高橋人，卻有很多一輩子都沒有渡過江，到過上海。現在，他渡過了這條江，去上海！

木船最後在外灘停泊，杜月笙上了岸。呈現在他面前的是一片城郊景象。當年還未有高樓大廈，外灘的外白渡橋只是一座平橋。橋北堍的百老匯大廈是一九三四年才建成的。跑馬廳一帶但見一片蘆蒿。泥城橋北，荒草蔓蔓。南望縣城，古老城牆已然殘破缺裂，蒼苔斑駁。城外的護城壕上是一片東倒西歪、湫隘囂塵的小平房。壕北是法租界。十餘年後城牆被拆掉，城壕被填平，是為民國路。

杜月笙在外灘呆呆地站了好一會，然後，向南走。一路上，人煙漸漸稠密，看到太古、怡和、招商、寧紹等輪船公司建造的碼頭，在碼頭四週，店肆貨棧鱗次櫛比，貨如山積。東望黃浦江上，停泊著大小船隻，桅檣櫛比，舳艫連接，還有外洋巨輪。走了大約半個鐘頭，終於來到了十六鋪，更見市廛繁盛，店鋪排列相連，有專售洋貨的商號，有大小不一的客棧，有販賣鴉片的商行，而沿著碼頭的街道邊，最多的是水果店。但見車輛川流不息，行人摩肩接踵，又聞人聲鼎沸，大呼小叫，真是一片熙來攘往、相當忙碌的景象。這個來自浦東鄉下的小青年，哪見過如此熱鬧囂雜的場面，他只是強烈地感到自己來到了一個新世界。他當時對此一無所知：這裡是法租界跟華界的交接地帶，華洋雜處，管理混亂，有人乾脆稱之為「三不管地帶」，因而才造成這光怪陸離，畸型繁榮。

就在杜月笙隨著人流向前走，東張西望、目迷五色的時候，突然聽到有人在唱《十八摸》的小調，便收慢腳步，別頭看去，只見有三幾婦人坐在一間小平房的樓梯邊，正把眼光向路人掃來掃去。其中一個看到杜月笙已停了腳步，便一躍而起飛奔過來，嘴裡叫著：「來啥！」杜月笙暗吃一驚，怔在當地，不知發生了什麼事。

還未等他完全反應過來，已被婦人一把抓住了上衣，後面幾個女人也已隨聲趕到，不容分說，便把這個鄉下小子朝小平房拉去。

杜月笙終於怪叫起來：「啥事體哉！啥事體哉！」

「來啥！好玩兒呢！」一個大約十七八歲的姑娘就要把他往樓上拖。

杜月笙急了，發狂力一把掙脫，大叫道：「我是來十六鋪找人的！你們要幹什麼！」幾個女人看他發怒的樣子，停了手。中年婦人看定他：「你說來找人，找誰？」

「鴻元盛水果店老闆杜阿慶！」杜月笙瞪起他那雙有點兒陰森氣的眼睛。

中年婦人點點頭，看他面色青黃，心想也榨不到什麼油水，便對其他幾個女人擺擺手：「毛兒還未生全的小囝，算了，放他走吧。」

杜月笙如獲大赦，急步逃出小平房，心中怦怦跳，也不敢再觀賞街景東張西望了。向路人打聽了幾句，不久便找到了鴻元盛，原來就在第二個街口左轉處。

鴻元盛店面不大，但生意不錯。老闆杜阿慶看了杜月笙的薦函，便收留了他。

這時杜月笙驚魂甫定，趕緊把剛才的遭遇向杜阿慶說了一遍。杜阿慶未等他說完，便已仰天大笑：「哈哈！小朋友！你桃花運來了！你是碰到『跳老蟲』啦！她們拖你上樓，是要你嘗嘗女人味呢！」說著說著臉色嚴肅起來，「小朋友，你以後要小心！跳老蟲在這十六鋪、小東門一帶多的是！你別用眼看她們，走過去時也別收慢腳步，否則她們就以為你有意啦！就會一擁而上把你拉到樓上去，勒榨你的錢財！」

「這事兒巡捕不管？」

「管什麼！」杜阿慶又大笑起來，「老鴇們按月向巡捕交足陋規銀！管？巡捕的銅鈿哪來啊？」

這就是杜月笙來到上海灘後上的第一課，他首先知道的是：這個地方有巡捕、跳老蟲、陋規銀，三者是連在一起的。

杜月笙在上海灘住下來了，當上鴻元盛水果店的學徒。

不過，做學徒的工作是做苦差和打雜，並且是沒有薪水的，老闆只供吃住，一個月發一兩塊剃頭沐浴錢。店裡自老闆以下，有店員兜生意的跑街、資深的「師兄」，他們都是由學徒來侍候。

杜月笙初來乍到，又是鄉下人，年紀小，識字不多，一切外行，吃苦受氣是難免的事。開頭三個月，有關店裡的事務他是一點兒也沒得沾邊。每日一早爬起床，就開始服侍老闆、師兄、店員、跑街，被支來使去，做這做那。漸漸地，他巴結上老闆和老闆娘，成了老闆的小廝和老闆娘做家務的得力助手，幹上了倒夜壺、刷馬桶的差事。一天幹十多個小時，累得他幾乎趴地。

開始的這段日子，杜月笙算是克制住了在鄉下時的野性，拼命的幹，刻意的忍耐。這樣過了大半年，杜阿慶看他乖巧老實，便寄予信任，開始派他跑腿。開始時幹的是粗活，背負肩挑，送貨提貨，工作並不重要，但杜月笙卻自心中暗喜，因為他發覺自己終於從臥室廚房裡掙扎出來了。上大街，跑碼頭，看到的是一片開闊的天地，漸漸覺得自己眼界大開。

當年的上海灘，十里洋場，花花世界，真是光怪陸離，無奇不有。各路好漢癟漢、好人壞人，無分中外，都聚集於這個冒險家的樂園，各施奇技，大展身手。這裡有仁人志士、俊哲君子，而更多的則是流氓地痞、賭徒騙子、娼妓扒手之類。江湖上那軟騙硬搶、揩油調包等各式「相架」，簡直是言之不盡，五彩紛呈。

耳濡目染，虛歲十六的杜月笙又顯示出他的野性，開始跟十六甫、小東門一帶的流氓地痞廝混，瞭解「江湖行情」。他慢慢悟出：要在這上海街道和碼頭上混，要在這波譎詭秘的環境中打出一片天地，就必須結交各路朋友。不過他當時是既沒有請客置酒的本錢，更沒有有力人物的引薦，大幫會頭目他是見不到的，就只能結交些街頭流氓癟三，他看到這些豬朋狗友經常有上頓沒下頓的餓肚子，便想方設法慷水果店之慨，暗裡偷些水果去接濟他們；這事做得多了，難免被杜阿慶發現，給予他嚴厲斥責。表面上，杜月笙唯唯喏喏，但到機會適合，他又照幹不誤。這使他在癟三朋友中有了點慷慨的名氣。而更令他有名氣的是，誰若有難了，他敢於出面，打抱不平。

一天他出去送貨，空著手回店時便順路到處遊蕩，走過一個街角，突然看見遠處一個高個子追打一個瘦小子。杜月笙定睛一看，狂奔而來的正是自己的朋友袁珊寶，便立即飛奔上前，對著大個子暴喝一聲：「站住！」

高個子被嚇了一跳，身材儘管生得高大，但畢竟是十六七歲的街邊小癟三，一看眼前這個高高瘦瘦的小子怒目圓睜，不覺也暗吃一吃，就收住腳步：「你，你是誰？」

這時袁珊寶終於驚魂甫定，站在杜月笙身邊，怯怯地道：「月笙哥，他追打我，你評評理。」

杜月笙看定高個子的眼睛：「我叫杜月笙，你為什麼追打他？」

高個子怔了怔，他聽過杜月笙的名字。這時袁珊寶已搶著說：「我們原先說好的，所得財物平分，但到手後，他卻要六，我不服，拿了就跑，他就追著我要打！」

杜月笙仍看定高個子：「這是你不對！講好了的你怎能反悔！恃強欺弱，算什麼好漢！」這時又有三幾個小癟三圍過來軋鬧猛。

高個子在這麼多人面前哪肯認癟，心想你這瘦猴不是我的對手，語氣頓時就衝起來：「他媽的你這小子多管閒事！我就是反悔了又怎麼樣！信不信我先打倒你這臭癟三！」說著就掄起拳頭。

他以為這下子就可以嚇跑杜月笙，哪知杜月笙不但面無懼色，反而立即雙手握拳同時暴喝一聲：「夠膽就開打！」衝上前來。

這下子把圍過來的幾個小癟三嚇得一齊發出怪叫，退後躲避，以免殃及池魚。

袁珊寶也被嚇得愣在當地，他沒料到這個杜月笙竟是如此「勇武」。不過杜月笙確實不是這個高個子的對手，三兩個回合算是剛交上手，就被對方一下直衝拳，躲閃不及，正中鼻樑骨，鼻血即時奔湧而下。杜月笙呀的一聲怪叫，後退兩步，突然一個轉身，衝到旁邊的一間麵鋪門前，隨手一把抄起長條凳——把正坐在凳上吃陽春麵的一位中年婦人掀翻地上，雙手高舉，怒叫著向高個子直衝過來：「我劈死你！」

高個子一拳打去，見杜月笙淌出血來，不覺就怔了怔，正要再衝上前去打時，卻見杜月笙一嘴一臉的血舉著條凳撲過來，十足是拼命三郎的模樣，不覺心就怯了，愣了一愣，再呀的一聲怪叫，轉頭就跑。杜月笙哪管自己正鼻血奔湧，窮追了兩條街才罷。

不過這件事未完。當他倒拖著條凳往回走時，跑得上氣不接下氣的麵鋪老闆正鼓起最後一口氣衝過來一把將他抓住：「我，我認得你！你，你是鴻元盛的跑街！你，你掀翻了我，我的麵桌，趕走了我的客人。走！見你，你老闆！」

杜月笙掙了兩下沒掙掉，那個被掀翻地上的中年婦人也隨後追上來了，雙手死命抓住杜月笙的衣領：「你，你，你賠我的紗，紗，紗綢！」一口氣幾乎沒喘上來。

杜月笙就這樣先被押回麵鋪放下條凳，再被押往鴻元盛。杜阿慶一看這小子一臉血汙的模樣，著實嚇了一跳；再聽麵鋪老闆和婦人的一番訴說，只得連連說對不起對不起，管教不嚴請兩位原諒，好話說了一堆，最後是各給二人賠償了二百文錢，才總算哈著腰把二人送出門外。轉過身走回店裡，對著杜月笙就大聲責罵起來：「月笙啊月笙！你怎麼這樣盡給我惹麻煩？以前你拿了店裡的水果私下送人，我說過了，也就算了；上個月你跟朋友在茶館吃東西不付帳，被人告到這裡來，我又替你付了！平時你跟人打架，人家告到這裡來，我也幫你擋回去了！是的，你要做英雄，你見義勇為，你敢在朋友堆裡出頭，你被人打到鼻血牙血亂流也不哼聲，但你這都是給我添麻煩啊！你看這回，我又要為你賠錢！……」

杜阿慶在反覆地責備訴說，杜月笙卻好像沒聽見，他的眼睛看著街對面，袁珊寶和剛才幾個圍觀的小癟三正在那裡向他豎大拇指。

「算了算了！」杜阿慶最後大叫道，「你也別當跑街了！還是留在店裡當學徒打雜吧！」

杜月笙是野性，但他還不想失掉這份工作，那就只得聽從老闆的命令，貓在店裡。但這小子不比剛來的時候了，那時他十足是個鄉下少年，現在他已經受了下三流社會的熏染，做事既沒有那麼盡心盡力，更可怕的是心情極度惡劣，過了沒幾天，偶爾看見有位美貌女子穿著一身光鮮坐著黃包車從門口路過，他就對著人家高聲調笑說下流話，並隨手拿起幾個爛生果向著黃包車擲過去。那女子怒不可遏，跳下車來，衝進鴻元盛，破口大罵。這時杜月笙已躲到了樓上，杜阿慶一聽如此嘈吵，急忙走出來一看，心中叫聲「苦也」，這女子不是別人，而是在上海灘名聲響噹噹的顏料商貝天成的三姨太，只好又哈著腰拼命的道歉。三姨太大罵了一會，才一臉怒氣地坐回黃包車上，揚長而去。

杜阿慶氣壞了，覺得已是忍無可忍，恨不得當即歇了杜月笙的生意，但想想這小子是自己的親戚介紹來的，一下子就把他趕出店去，叫他在街頭游離浪蕩的當小癟三，這事傳回鄉下可不好聽，別人以為我無情無義，把個十五六歲的小孩逼到流落街頭。怎麼辦？鼓著氣想了想，想起過兩條街的寶大水果店，那老闆王家棟跟自己頗投緣。對！右手拳頭一擊左手掌心。當晚便前去拜訪王家棟，說自己店裡人手過剩，想解僱學徒。當時寶大水果店正缺人手，王家棟又是見過杜月笙的，知他聰明伶俐，便同意收他為徒。

杜阿慶心中一塊石頭落了地，向王家棟連道了幾聲謝，心中嘿嘿笑了兩聲：這個小流氓，由你來教導他吧！

第二十四章　水果月笙闖江湖

杜月笙看見貝天成的三姨太跳下黃包車，柳眉倒豎尖叫著向店裡衝來，也知自己闖了禍事，便一個轉身逃上樓去。杜阿慶如何道歉，如何賠錢，他在樓上聽得一清二楚，心想這回必定又得挨杜阿慶一頓責罵，哪知這個杜老闆事後竟一句話沒說。

到了第二天，剛給老闆娘刷完馬桶，坐下喝杯茶歇歇，師兄王國生走進來：「月笙，老闆叫你。」杜月笙只得打起精神，走去老闆的辦公室，一進門，便看見杜阿慶坐在八仙桌旁，雙眼盯著自己。

「老闆，有什麼事？」杜月笙儘量令自己鎮定。

「月笙，你聰明乖巧，這我知道。但你盡在社會上結交些不三不四的朋友，給鴻元盛惹了這麼多的麻煩，這個我想你自己也明白。現在店裡人手足夠了，」邊說邊拍了拍桌上的一個信封，「這是你本月的剃頭錢，你拿去，到外面另謀高就吧。」

杜月笙一聽，有點傻眼：「老闆，我以後改過了。不會再給老闆您惹麻煩了。請你收留我，我不想回高橋鎮。」

杜阿慶看他那樣子，似乎真有點改過的意思，沉默了一會，才道：「月笙，你畢竟是我親戚介紹來的，大家師徒一場，你以為我會忍心叫你流落街頭嗎？不過你只在我鴻元盛做，也沒有什麼前途。去吧，收拾收拾你的行李，我帶你去寶大，王家棟答應收你為徒。」

杜月笙這小子好新鮮，一聽挺高興：「多謝老闆。」

「但你記住，」杜阿慶臉孔繃得緊緊，「你不能再像在鴻元盛這樣給人家惹麻煩，否則王家棟給你停生意，我可幫不了你！」

「是是。」杜月笙應了兩聲，轉身上樓。

王國生見他腳步匆匆，便問：「月笙，走這麼急幹啥？」

「老闆介紹我去寶大當學徒。」

王國生點點頭：「月笙，你算走運了。」

「走運？」

「當然是走運。你給鴻元盛惹來這麼多事，老闆還為你找工作。你以為在上海灘想要當學徒是那麼容易的嗎？你出去打聽打聽，想在上海灘的工廠、商店或作坊當學徒，首先得找個有錢人作擔保人，有些人家會為此而四處借錢，欠下一筆債的。其次還要跟老闆簽訂一份學藝契約，裡面寫著：習藝期限三年，其間恪守廠規店約，不能違反，否則願受任何處罰；不得藉故告退，若有傷殘喪命之禍，實乃天命，與老闆無涉；學徒遇有病事和例假，以後應予補足工時；自動離廠離店，須向老闆償還伙食費。條件苛刻得很，簡直是為老闆賣命。但你看你，入鴻元盛，是老闆看在鄉間親戚的份上收留你；現在去寶大，又是王家棟看在杜阿慶的面子上收你為徒。不用你找人擔保，又不用你簽約，你還不是走運？」

杜月笙笑了笑：「國生哥你說得不錯。」

就這樣，杜月笙離開了鴻元盛，去了寶大水果店拜王家棟為師。開始那幾個月，還算記得起杜阿慶和王國生說過的話，收起那份野性，做事規規矩矩的挺賣力，又是起早摸黑的為老闆娘做家務，倒夜壺，刷馬桶，服侍老闆、店員、師兄，還擔擔抬抬，學著裡裡外外兜生意。看上去真箇是熱心誠懇。王家棟看他確是勤勉，就讓他從臥室灶間轉出外堂，在櫃檯上跟人稱斤兩講生意。

這年杜月笙虛歲十六，乖巧好學，又善察顏觀色，逗得客人高興。也大約在這時候，他練就了一手削水果皮的絕技，可以一邊跟人聊天，一邊飛快地將一個萊陽梨的皮削下，削出來的果皮均均勻勻，粗細相若，不折不斷，把它慢慢捲起來可成一個空心梨子。有些人為了看他這手削皮絕技，特意來光顧寶大店，這為王家棟爭來了不少的生意，更為杜月笙本人贏得了名聲，並因而得了一個

綽號：「萊陽梨」。（註十）

這「萊陽梨」的名聲大起來，這樣過了大半年，王家棟看他腦筋靈活，勤勉機靈，便有意提拔他，派他跟師兄外出兜生意。當時寶大店是零售兼批發，當水果運到上海碼頭時，寶大的伙記便上船去批一些中盤貨，一部份放在店裡零售，一部份就轉手批給附近的街邊水果檔。

開始時杜月笙是跟著師兄背後做事，一段日子後，他便找藉口甩開師兄，獨自行動；趁著外出兜生意的機會，又在十六鋪、小東門一帶「重出江湖」，由於他勇救袁珊寶的名聲，又善用小恩小惠籠絡人，以致不少流氓癟三尊敬他，稱他「月笙哥」。

這個小白相故態復萌了，並且比過去有過之而無不及。口袋有了幾個銅鈿，他就偷偷溜出去逛妓院；又或趁著外勤的機會，進賭檔玩幾手。當年的十六鋪、小東門一帶，聚集了三山五嶽的人物，商市繁盛，喧譁嘈雜，堂子妓寨、賭館賭檔等下三流行業夾雜在各種店鋪之間，遍佈於馬路兩旁及里弄胡同之中。沒用多久，這個一身賭癮的杜月笙就把賭攤上的擲骰子、猜大小、打花令，賭館裡的推牌九、搓麻將等賭博方式摸個熟透，儘管其賭技至死仍是平平。贏了錢，他就呼朋引類，上酒樓，下館子，大吃大喝，濟急救難，這為他博得了豪爽的名聲；輸了錢，他就趁老板外出時在寶大店裡暗做手腳，仍行他的「豪爽之舉」。時日一長，豬朋狗友越來越多，平時走在街上，不時可以聽到有小癟三叫「月笙哥」；而他的賊膽更是越來越大。

王家棟慢慢發現店裡不時莫名其妙地失竊，開始警覺起來。經過一番觀察，他覺得杜月笙最為可疑。這天早上，他將一把大洋共三十二個散亂地留在抽屜裡，然後告訴店裡的職員，他要帶老婆孩子過浦東走親戚；又吩咐杜月笙，記得去十六鋪碼頭看看有沒有水果運到，然後一家人就出了門。

過了約一個半鐘頭，王家棟一個人回來了，說是忘了帶東西，然後上了樓，一點抽屜裡的銀洋，少了三個。這時親信帳房黃文祥也走上樓來，低聲向他報告：「遵您的吩咐，老闆一家出門後，只有杜月笙單獨一人上過樓。別人上樓時，我都找個藉口跟著上來的，沒有看到有什麼不規矩。」

王家棟聽完，嘿嘿笑了兩聲：「果然是日防夜防，家賊難防。」

到午飯時分，杜月笙興沖沖的回來了，王家棟用冷冷的眼光看著他：「月笙，你上來。」

兩人上了樓。王家棟坐下，看看垂手站立的杜月笙，慢慢把抽屜拉開，裡面是疊得整整齊齊的二十九個銀洋：「月笙，我想你知道我要說什麼了。」

杜月笙一上樓來就已感到可能是東窗事發，心裡有些發慌，現在反倒鎮定下來：「是我拿了三個銀洋，因為我的好朋友的母親病了沒錢看醫生。」事實上，他是把一個銀洋送了給馬世奇，真的是讓他帶母親看大夫，一個銀洋則是請了一大幫癟三朋友坐茶館，餘下的十來個銅元連同剩下的一個銀洋現在還放在他自己的口袋裡。

「好！做了敢承認，好！」王家棟本來以為還要費一番唇舌，現在見杜月笙這麼痛快就認了，不覺連說兩個「好」字，隨即臉色陰沉下來，「不過，月笙，這你已經不是第一次了！也不是第十次了！」把手一擺，「你不要跟我辯，我查得很清楚。」瞪他一眼，「你的錢用來幹了什麼，這你最清楚，我也不說了。我在上海幾十年，有時也會去賭兩手，喝花酒的。」頓了頓，語氣緩和了些，「我聽說你為人四海，對朋友講義氣，如果你只是用你的銅鈿，那是你的事，我不會說你；但你現在是做著一件在店鋪最犯忌的事，這種事是我最討厭的……」

「王老闆，不必再說。」杜月笙突然打斷他，語氣相當平靜。他斷定自己已經不可能在這寶大店呆下去，與其讓王家棟繼續教訓最終還是趕自己走，不如自己說出來，「你不外是打算歇我的生意。那好，我現在就去收拾行裝。」說完，不等王家棟作出反應，就一個轉身，蹬蹬蹬下樓。

杜月笙背起包袱離開了寶大水果店，走到街上，剛才的那股「豪氣」慢慢消失了，現在到何處安身？只覺一片茫然。這時他才猛然發覺，跟他要好的那幫朋友，要嘛是無家可歸，要嘛是有家不歸。在他們那裡，竟然找不到一個安穩的棲身之所。

漫無目的地逛過了兩條街，正在不知該往何處去，突然聽到有人大叫：「月笙哥！」別頭一看，只見袁珊寶挑著一擔水果急步走過來。

杜月笙收住腳步，袁珊寶走到他跟前，看清他背上的是個包袱，雙眼就直了：「月笙哥，你被歇了生意？」

「是。」

「那你以後怎麼辦？」袁珊寶真為這個曾救過自己的「阿哥」擔心。

「學學叫花子，睡鴿子籠，孵鹹魚桶。」杜月笙壓仰住心中的沮喪茫然，臉上竟露出微笑來。

「唉呀！那怎麼行！」袁珊寶急起來，「要不，到我張恆大店去，我跟老闆說說。夜裡你就跟我睡一起。或者，回鴻元盛吧，杜阿慶……」

「都不！」杜月笙打斷他的話，語氣異常堅決。這個小白相不想受人白眼奚落，並且他斷定，不管張恆大水果店的老闆還是杜阿慶，又或是其他的水果行、水果店，都不會收容他。

在當年的上海，若在學徒期間被老闆逐出店門的，俗稱「回湯豆腐干」，是極不光彩的事。若非有特殊情況，其他店主是不會再收留這類人的。

「那……」袁珊寶也明白這一點，露出一副愛莫能助的憂傷表情來。

「做你的事去！別讓張恆大也歇了你的生意！」杜月笙說完，不願再看袁珊寶的這副尊容，便大踏步而去。

當晚，他真的就跟一伙叫花子為伍，住到了老縣城豫園附近一間殘破不堪的小小關帝廟裡。來到上海灘三年多，今晚他真正覺得自己成了個流浪兒。躺在關帝廟潮濕的泥地上，茫然地睜著雙眼，透過頭頂上掉了幾片瓦形成的「天窗」，看著漆黑的蒼昊，他突然非常想家，想高橋鎮，想他的外婆——他覺得在高橋鎮所有的親友中，白髮蒼蒼的外婆是真心疼他的。

第二天，杜月笙沒出十六鋪會他的癟三朋友，而是從老北門走出了縣城，穿過法租界，來到英租界的外灘，坐上木船，回浦東去。

他很驚異地發現，三年多前從浦東載自己來到上海灘的正是這隻木船，因為當年自己在船舷邊偷偷刻下的一個星形記號，至今還在；而眼前的兩個船伕也正是當年的船伕。

「歲月悠悠，三年多來，我在上海灘幹了什麼？」他蹲在船艙的邊角，呆呆地問自己，看看膝蓋上的小包袱，「我就這樣回高橋鎮去？」

木船向北走，是順流，比三年多前走快了大半個鐘頭；當它停船到杜月笙三年多前下船的那個碼頭時，將近中午。這時的杜月笙已改變了主意，看著滾滾濁流的黃浦江，眺望鄉間無盡的田野，杜月笙想起自己在高橋鎮的屈辱，想起老外婆顫顫巍巍地邁著小腳送自己上路的情景：皺紋縱橫的臉、兩行老淚流淌，千叮萬囑，自己向天發誓：「以後回來，一定要一身光鮮！一家風光！我要起大屋，開祠堂，出人頭地！做不到，就再不回這塊血地！」

但是，現在自己回來了，幾乎是身無分文的回來了！走的時候，天色昏暗；回來的時候，一樣是昏暗天色！這樣回到高橋鎮，還有何顏面？見到老外婆，有什麼話說？……

我不回去了！杜月笙心中大叫一聲。這時，木船在碼頭剛舶定，搭客爭先恐後的跳下船，上岸而去；要乘船的一群人早已在岸邊等著，下船的人還未走完，他們就蜂湧上船。上船下船的都是提行李挑扁擔，於是一片忙亂。

杜月笙走在離船上岸的人群最後，當他前面的人跳上岸，乘船的人同時擁上船時，他悄悄一個轉身，隨著這些乘客又回到了船艙裡。這時船伕正對著搭客大叫：「小心！別掉下水了！扁擔別碰著人了！」根本就沒注意這個小青年。

搭客已上齊，船伕一撐竹竿，木船便離岸南下，走了好一會，船伕便進艙裡收渡資，這時候的杜月笙正有意蹲在艙角邊打瞌睡。

「喂，朋友，十文錢。」船伕拍拍杜月笙的肩膊。

杜月笙抬起頭，一臉的驚愕：「什麼，我不是給過你了嗎！」

「我從船頭一路收過來，你什麼時候付過銅錙？」船伕也愣了愣，他似乎認得這個小青年，「不信你問四週的人。」

「我真是給過你的！」杜月笙邊叫著邊站起身來，向外一望，怪聲驚叫：「唉呀！這船怎麼不是去浦東！」

「你怎麼沒上岸？」船伕記起來了，這小子是在外灘上的船。

「船到浦東了你怎麼不叫我！」杜月笙反咬一口，怒視船伕，「我是去浦東的啊！」

「我是看見你下船的啊！」船伕叫道。

「你這不是瞎說嗎！我花了銅錙從外灘坐到浦東來，怎會下了船又上船的回到外灘去？你問問人，哪有這樣的道理？」

杜月笙說得理直氣壯，沒有人會認為他說得不對。船伕哪知這小子是有意搗鬼，不覺就傻眼了：「那怎麼辦？把船撐回去啊？」

他倆爭論時，船上大多數搭客是充耳不聞，這時船已走了大約半個鐘頭，一聽船夫說要把船撐回去，隨即就抗議聲四起。有人對著船伕叫道：「這怎麼行！走到半路又走回去，我有要事到上海等著辦哪！誤了事你負責？」

嘈嘈吵吵了一會，杜月笙滿有風度地一擺手：「算了，橫豎我的事也不急，我就回到外灘再回來好了！」

這回船伕不但不敢向他要錢，還得多謝他。

船船外灘已是下午，搭客們又爭先恐後的離船上岸。

杜月笙對船伕道：「弩得慌，我去撒尿。你等我。」隨著人群便上船而去。

人裝滿了，船伕見這小子還未下船來，心中沒好氣：「你去拉稀吧！」一撐船竿，離岸而去。

這時候，杜月笙已南行走到洋涇濱了。

過了今四川路口的外洋涇橋，到了橋南便進入法租界。再南行走過新開河碼頭，一會便來到十六鋪。杜月笙茫然四望，發覺自己真要成為名符其實的街頭小癟三了，正不知下一步怎麼走，迎面碰著王國生。杜月笙知道這個以前的師兄，現在已當了鴻元盛的帳房。

「月笙，聽說你被王家棟歇了生意，是嗎？」王國生關心地問。

「是。」杜月笙直言不諱，「聽誰說的？」

「袁珊寶。他今早在小東門一帶到處找你。月笙，你以後怎麼辦？」

「就在這十六鋪混，我不信餓得死！」

「這樣吧，鴻元盛不時也有些次爛水果，我就低價批些給你賣，多少掙點銅鈿。暫時沒有錢，就先賒帳吧。你跟老闆師徒一場，相信他也不會見怪的。不過你可別賣得了銅鈿就瞎花掉了。」

「多謝國生哥。」

以後的一段日子，杜月笙就得了王國生的關照，在十六鋪碼頭附近擺水果攤。

過了不久，寶大店帳房黃文祥得知杜月笙流落街頭，想想這是因自己向老闆告的密才使他弄成這樣，不覺心中不安，便也有意關照他，背著王家棟把店中較次的水果當爛水果批給杜月笙，這大約有半年左右的時間。由於進價低微，售價亦低，同時杜月笙常常在攤檔前表演他的削梨絕技，所以光顧的客人不少，也能掙夠每天吃飽肚子的銅鈿。由於受過黃文祥的這種恩惠，杜月笙在發跡後，把這老頭延為杜公館的座上客；並讓他的大兒子黃國棟當了華格臬路杜公館的帳房，二兒子黃國樑則在杜月笙自己開設的中匯銀行任職。

當時杜月笙虛齡十八，在十六鋪碼頭一帶大約擺了半年的水果攤，這為他贏得了另一個綽號，叫「水果月笙」。這小子生得越發高挑清瘦，若他用心把賺得的銅鈿存起來慢慢用，本來也不致租不起房子而要睡屋簷下、孵鹹魚桶的，但這傢伙爛賭好嫖，又以豪爽自傲，口袋裡有了錢他就亂花，搞到自己經常身無分文，而且還經常欠王國生和黃文祥的帳。

這天，水果攤沒什麼生意，杜月笙正站在路邊百無聊賴的看街景，突然看見袁珊寶帶了一個青年人向自己走過來，來人中等身材，生成一副長臉，寬嘴大鼻，幾大步走到杜月笙的水果攤前，還未等袁珊寶介紹，就自己雙手一抱拳，叫起來：「月笙哥！本人是李阿三！」

杜月笙聽過李阿三之名，這傢伙綽號叫「打不死」，故此又名「打不死阿三」，是協興街錢莊會館一帶有點名氣的流氓白相人，也連忙拱手還禮：「唉呀！原來是三哥，月笙有禮！」

寒喧了幾句，兩人就蹲下來，李阿三話入正題：「久聞月笙哥的大名。你老哥在這裡擺水果攤，不覺得委屈嗎？真是大才小用。為什麼不自己做做碼頭生意？」

杜月笙一聽，來了興趣：「三哥說的是什麼碼頭生意？」

「你看看四週，人來人往，各處的人都有，這就有生意做了。你看看這碼頭，一天不知有多少船來，搬上多少貨物，這又有生意做了。」如此這般說了一通。

杜月笙默默點了兩下頭：「三哥說得不錯！」

第二天，杜月笙叫上馬祥生、江肇銘、馬世奇等六七個小癟三，李阿三也帶上大頭金剛、吊眼阿定和范長寶、闊嘴巴怡生等三幾個癟三朋友，大家一起貓在杜月笙的水果攤前「等機會」，不一會，看見一隻木船泊靠過來，船上裝滿一籮筐一籮筐的水果。李阿三向眾人打個眼色：「來吧！」

這十來個流氓便走下碼頭，杜月笙領頭跨步就要上船去，被船伕一把攔住：「你們幹什麼？」

杜月笙大大咧咧的一擺手：「我們來看看有什麼好貨，上來收貨！」說著就已一步踏上船頭，李阿三等四五人也一擁而上。

船伕只是個小青年，一看勢頭不對，便大叫一聲：「老闆！有人來！」

船老大應聲從艙裡鑽出來，一看來了這伙衣衫襤褸的人，全是一副流氓相，不覺愣了愣：「朋友，你們哪個寶號的？」

「鴻元盛的。」杜月笙道，他兩三年前確曾跟過王國生上船收購水果，這倒不假。

「鴻元盛的老闆伙記我個個認得，如果你要買貨，叫杜阿慶或王國生來帶你一次。」船老大約五十上下，臉色紅黑，皺紋縱橫，寫滿風霜，冷冷地看一眼杜月笙，不過話還算說得客氣。

杜月笙正要再說，李阿三已一步跨上前，叫道：「他是鴻元盛的，我是大三盛的，要來收貨！」

船老大看他這副流氓相，心中明白了大半：「朋友，十六鋪一帶的水果行我全認識，從沒聽過有大三盛的寶號。你要收貨，最好請個行家一起來。」

「你他媽的沒道理！」李阿三長臉一拉，「你運水果來也不過是要賣，賣給誰還不一樣？我的大三盛就是新開的寶號，現在我就要進貨！」

船老大本不願跟這伙人打交道，但李阿三這麼一說，也不是沒有道理，心想把這伙瘟神快快打發走算了，便道：「那好吧，你們自己看。」

杜月笙、李阿三等人於是就在船上左看右看，弄了半天，李阿三指著其中兩大籮筐萊陽梨道：「就要這兩筐！」

「一筐一個銀洋，兩筐兩個銀洋！」船老大一直跟在李阿三的背後，當即高聲應道。

「什麼！」李阿三牛眼睛一瞪，「你這不是欺我大三盛是新開張的嗎！人家才半個銀洋一筐！」

船老大也不是省油的燈，雙眼直視李阿三：「你如果嫌貴，請到別的船買。我不想跟你交易！」

「他媽的你這不是有意瞧不起人嗎！」李阿三使出他的流氓慣技，一捲衣袖，「我就要半個銀洋買你一筐！」

船老大並沒有被他嚇住，隨手就抄起一根扁擔：「你敢動一動，我黃堂就打你落水！」這時三幾個船伕也手提扁擔站到他的身後，雙方怒視著。

杜月笙明白，這個船老大黃堂並沒有開高價，現在一看這情勢，腦筋不覺猛打轉：雖說自己這一方有十二三人，卻多是營養不良的小癟三，真打起來還不知誰會向後縮的。對方雖只四五人，卻是身強力壯，且手握扁擔，真要幹仗，自己未必有什麼好處。連忙向黃堂一抱拳：「黃老闆，大家不過都是做生意，何必動手打架？我就來做個中間人好了，你就以半銀洋作價賣一筐給大三盛，就當初次交易，大家交個朋友算了。」

黃堂看一眼這個做白面的：「半個銀洋？不行！至少七百文！」

「這樣吧，就六百文。」杜月笙不等李阿三開口，立即接口道。

「下不為例，拿錢來！」黃堂深知這伙流氓在，其他水果店都不敢上船來辦貨，恨不得他們立即滾蛋。況且，他也不想打架。

杜月笙掏出幾十個銅元，李阿三也湊上幾十個，湊足六百，交與黃堂，把那大籮筐萊陽梨提上岸去，回到杜月笙的水果攤，馬世奇正在那裡代杜月笙看檔。

「窩囊！想不到那老鬼竟然不害怕。」李阿三又沮喪又惱火，看一眼杜月笙，「月笙哥，為什麼不跟他打？我們人比他們多呢！」

「看起來是這樣，但打起來未必會贏，他們畢竟是在船上走慣的。」杜月笙笑笑，「況且，打起來如果有別的船家過來幫手，那更加不妙。」指指那筐萊陽梨，「六折買回來的貨，也不能說沒收穫。來吧，吃它一頓！」

十來個癟三開始大吃萊陽梨，一邊吃一邊多謝「月笙哥」、「三哥」。

李阿三心裡仍是氣，一張開口就咬掉了半個梨子：「月笙哥，你說以後我們還是這樣做生意？」

「不，」杜月笙正手執水果刀表演他的削梨絕技，話說得似乎胸有成竹，「就目前來說，不能這樣硬來，何必一下子就搞到要動刀動槍呢？得變個法兒。」

「什麼法兒？」

「我想不妨學學水老蟲。」

第二十五章　混世魔迭出怪招

水老蟲的招數是下水作案。

以後兩天，杜月笙跟李阿三等人一番商討，又經過一番小小演練，確認此計可行，便在十六鋪碼頭附近「捕捉機會」。這天將近中午，看到一隻運水果的木船靠泊碼頭。

杜月笙對眾人低聲吩咐了幾句，站起身，下碼頭去，這次跟在他身後的是李阿三等四五人。

杜月笙這回穿的是一件舊得發白的長衫，這是他在估衣店買的；又把平時穿慣了的膠拖鞋換了布鞋，施施然裝出他在鴻元盛和寶大店做伙記時跟人談生意的樣子，走到船頭，先向手執竹篙的船伕抱拳招呼：「朋友，小弟是張恆大水果店的，到貴船看看有什麼好貨，買上一批。」

船伕看他說得客氣，似個生意人的模樣，雖然跟在他身後的像是些街邊癟三，心想可能是他請來的苦力，也不在意，便應道：「請上船自個看看。」別過頭叫一聲：「老闆，有張恆大的客來！」

船老大三十來歲，正在船艙中計數，應聲出來，看這個杜月笙確像個水果行伙記的樣，便問了幾句張恆大水果店的情況，見杜月笙回答得不差，便放心讓杜月笙在船上挑。這時候，其他五六個癟三已悄悄到了江邊，只等暗號便潛入水中。

杜月笙裝模作樣地在船上走了個轉，然後走回船頭，掏出包香煙來，各給船老大和站在船頭的船伕一支，又向船尾的兩個船伕大叫道：「兩位朋友，請過來抽支強盜牌香煙！」強盜牌是當時新出不久的洋煙，對抽慣水煙的窮船伕頗有吸引力，一聽杜月笙這聲叫，便都走過來。

現在船上所有船伕都已聚集於船頭。李阿三等人就擋在他們的面前，天南地北地跟他們亂吹。杜月笙看詭計已經得逞，一邊跟船老大說著上海灘的趣聞，一邊就把左手向上舉了兩舉，像是鬆鬆筋骨。站在江邊玩水的馬祥生、江肇銘等人一看到這個暗號，便紛紛下水，潛入江中，再游向木船。

船老大哪知中了對方的詭計，聽杜月笙說那賭經嫖經，口水花亂噴，講到有趣處，嘻哈大笑，其他三個船伕也跟李阿三等人談得興高采烈。

如此過了約二十分鐘，有三個其他水果行的伙記走上船來，叫一聲：「陳老闆，有什麼好貨？」

話音剛落，突然聽到遠處有條船的人向著這邊大叫：「陳老闆，剛才好像有人上了你的船尾，拿了兩籮筐水果啦！」

船老大一聽，霍地站起來向船尾跑，大叫：「哪個賊敢來偷東西！」衝到船尾，沒見人，卻見船後靠船舷的兩籮筐水果沒有了。向水面處望，沒有形跡；再遠處，則被其他的船擋住了視線。陳老闆只好向著黃浦江破口大罵。

江肇銘曾經做過水老蟲，馬祥生與李阿三的兩個手下水性亦甚好，他們潛在水下，不時浮一浮頭換個氣，便把兩籮筐的水果拖到了下游處僻靜的地方上岸。這伙小癟三，平時東逛西蕩，對十六鋪一帶的地形情況是熟悉透了。

旗開得勝，使得這伙人大為得意，並為杜月笙的「奇謀妙計」喝采。以後三幾個月，他們就幾乎每隔一兩天就變換著花樣作案，或潛於水下乘人不注意時爬上船尾偷水果，或整群人擁到船上裝作買貨，趁人一下疏忽時便下手盜竊，又或雙管齊下，半偷半搶。他們並不專門針對某條船，而是儘量找新來的船或船伕不多的船隻下手。偷得的水果，或在十六鋪附近擺攤出售，或三兩人一伙在大街小巷裡、茶館酒樓上叫賣；如果斬獲甚豐，竟也自己做做小老闆，批給街邊的小攤販。賺得的銅鈿，就或吃或喝，或嫖或賭，花個精光。

開始時，這伙人作起案來還儘量隱秘。後來有些小癟三看到他們屢屢得手，有吃有穿的，便也要求加入一份。既然這些小癟三甘願奉自己做大阿哥，杜月笙是多多益善，漸漸地，這伙人聚集起來竟有二三十人，可謂人多勢眾。作為頭目的杜月笙，越發顯示出他的「組織才能」來。無需集體行動時，他就把這伙人分成四五人一組，在十六鋪、小東門一帶強行兜攬，欺行霸市，硬做生意。若有哪一伙人跟人家發生了衝突，其他幾伙人就衝過去幫忙。

當年每天有不少水果攤販前來碼頭辦貨，這伙人就三五成群攔住人家，以介紹生意為名向人收取所謂「佣金」。對方若是不給，他們就恃著人多，肆意刁難，甚至夾偷夾搶。這些小攤販人單勢弱，往往就只好掏出銅鈿了事。至於那些運水果船，船伕不過數人，明知這伙人是故意來搗亂，也只能打醒十二分精神看著他們，更有些船老大被迫採取息事寧人的辦法，乾脆送他們一筐半筐水果，把他們打發走，圖個安靜，如此時日一長，助長了這伙人的氣燄，而這伙人這樣公開拿了人家的東西，往往就對著人家拍胸口：「以後誰敢來你老闆這裡搗亂，告訴我們，我們為你出頭！」於是一股流氓勢力便逐漸在十六鋪、小東門一帶形成。

這時的十六鋪、小東門一帶比杜月笙初來上海灘時發展得更為繁榮了。江上檣桅如篦，層層疊疊；陸上車水馬龍，貨殖山積，商市輻輳，人群熙來攘往。小東門城外的裡、外鹹瓜街，道路兩旁是參燕鹿茸行和藥行；南碼頭一帶有鹽號和大木行；新老太平弄有各業商行和貨棧；悅來街是絲綢莊和茶葉莊的集中地；豆市街有米麵雜糧行；典當弄有銀號和錢莊；新碼頭街有顏料雜貨行；小東門大街有相當規模的銀樓和綢緞莊。廣東、福建、寧波、溫州等各地商幫在裡馬路開設有自己的商行店鋪。正所謂「天開不夜，雲集萬商」。商市之繁華，可稱冠於全國，作為這一帶流氓頭的杜月笙這時已多少有了點銅鈿，也就不再寄居屋簷下，孵鹹魚桶了，他在縣城老北門附近租了間小平房棲身，也就是後來的民國里小平房。

這天吃過午飯，正想出門，馬祥生突然氣急敗壞地衝進來。

「祥生哥，什麼事？」杜月笙一看他的臉色就知道不妥。

「月笙哥，城裡的財記雜貨店新開張，我和阿富、爛賭六想去討個紅包，哪料老闆凶神惡煞，把我們趕了出來！他媽的窩囊！」

「城中哪裡？」

「小東門附近。」

「如此可惡?」杜月笙一捲衣袖，「走!我去看看!」

兩人走出弄堂，來到方濱路跟四牌樓路相交路口，遠遠便聽見「咚咚鏘」!「鏘咚鏘」!遠望街角處圍了一堆人在軋鬧猛（湊熱鬧），透過人群往裡看，一個大鼓、兩個銅鑼、三個鈸，正在齊聲演奏。一頭彩獅在應著鼓點舞得上下翻騰，一個新簇簇的大招牌已掛在正門右側，上書五個大字：「財記雜貨店」，寫得端莊敦厚、雄渾猶勁，一個塾師模樣的老頭正捋著頷下白花花的鬍子在欣賞，嘴裡不斷地讚嘆：「好字，好字。」木匾招牌兩邊各垂下一條紅綵綢。一長串砲竹從二樓直掛下來。

一個中年男人笑容滿臉，正對前來道賀的親友拱手稱謝。杜月笙認得他，此人叫丁旺財，在豫園附近的安仁街開有一間旺記雜貨鋪，自己在寶大水果店當學徒時曾去那裡買過幾個鐵桶，後來又買過掃帚籮筐等物品，彼此算是打過交道。而這間財記雜貨店原來是間小五金店，大概是這個丁老闆買了下來再多開一間雜貨鋪的。

杜月笙看了一回，對馬祥生道：「走吧。」

兩人出了小東門，馬祥生嘮嘮叨叨的發洩憤懣，杜月笙則一言不發，似在沉思。不一會便來到十六鋪，阿富和爛賭六正蹲在碼頭附近大罵丁旺財，看到杜月笙走過來，阿富便叫道：「月笙哥，你好計謀，想個法子出來治治那個丁老闆，幫我們兄弟出口氣!」

杜月笙笑起來：「這事好辦。」壓著聲如此這般說了幾句，聽得這兩個小癟三和馬祥生興奮得手舞足蹈：「月笙哥真是諸葛亮!」

當晚幾個人就在城門關閉之前進了縣城，聚在杜月笙的小平房裡，到了大約三更天，再如鬼魅般的溜出來，靜悄悄的竄到了四牌樓路口，沿途看城內街道，早已是烏燈黑火，除了躺在屋簷下的叫花子在呼呼大睡外，沒見兩個行人。

杜月笙看清四下無人，一招手，四個傢伙就躥到「財記雜貨店」的招牌下面。馬祥生往地下一蹲，杜月笙就一個跨步騎了上去；馬祥生再站起來，杜月笙手中的鐵鉗子就夠著了掛招牌的那顆大螺絲釘，一發力把它撬起，整個招牌就除下來了，阿富在下面接過，杜月笙跳下來，四個人便夾著招牌，一溜煙的跑了。前後不過幾分鐘的事。

第二天一大清早，財記雜貨店正式開張，店門打開，丁旺財施施然走出來迎客，第一眼看到的竟是老塾師，這個老頭對那個招牌的字欣賞得不得了，今早又來「觀摩」，一看沒了，對著丁旺財就叫起來：「丁老闆你早，怎麼招牌這麼快就收起來？怕人偷了？」

丁旺財吃了一驚：「什麼？」別頭一看，怪叫起來：「唉呀！招牌真是被人偷了！」

這下子財記雜貨店熱鬧了，來買東西的人不多，倒是來看熱鬧的人多，不一會就圍了幾重人，看著丁旺財急得跺腳：「那幾個字是譚五爺的真跡啊！」新開張的店鋪，第一天做生意就沒了招牌，這多麼不吉利！

老塾師看他如此氣急敗壞，明白這招牌確是被人偷了，誰會幹這樣的事？當然是在街坊弄堂裡搗蛋的流氓癟三！便道：「丁老闆，急有什麼用？趕快去衙門報案吧！要捕快捉拿那些小癟三！」

旁邊一個中年人接口道：「老先生，去報案，你告誰呀？城裡租界到處是小癟三，捉拿誰呀？還不被縣太爺罵你胡鬧？」

又有人道：「是呀，捉姦捉雙，捉賊拿贓，除非有辦法把那招牌找出來。」

丁旺財一聽沒好氣：「你這朋友不是在說風涼話嗎！能夠找到那招牌，我還報什麼案啊？」

丁旺財唉聲嘆氣之際，杜月笙分開正吵吵嚷嚷的人群鑽進來：「丁老闆新鋪開張，真是熱鬧呀！恭喜恭喜！」

丁旺財聽人說過這個白相人在十六鋪小東門一帶癟三堆裡的名聲，現在看他穿件舊得發白的長衫，倒還像個人樣，情急之下便叫起來：「唉呀！月笙，你來得好！我知道你在小東門這一帶的朋友多，我的招牌昨夜被人偷了，你幫我問問各路朋友，看看有沒有人知道？」

杜月笙一副驚訝模樣：「唉呀！有這樣的事？寶號新張，這可是很不吉利呢！不過空口講白話，拿了的也不會承認。」

丁旺財知道這小子的意思，便道：「當然不能叫你白做事，找到了，我出兩個大洋作酬勞。」

杜月笙來之前就打算勒索他兩個大洋，但丁旺財剛才的那一聲大叫：「那幾個字是譚五爺的真跡呀！」就使他改變了主意。杜月笙不知道譚五爺是誰，但丁旺財的語氣告訴他：這幾個字很值錢。現在一聽丁老闆開出的價是兩個大洋，立即搖頭：「這難辦，各路朋友有各路朋友的價，兩個大洋哪夠我到處為你丁老闆打聽呀？而且還是找到了才給付，這我可不敢答應。」

丁旺財看著這個小白相，心中哭笑不得：說不定就是你這小子幹的！但這話可不能說出口，只得又道：「月笙你既然肯幫忙，那我另給你一個大洋作酬勞如何？」

「唉呀！丁老闆，你以為我能夠吞掉三個大洋嗎！我得找各路朋友打聽呢！如果做這事的人離開了上海灘，我杜月笙說到做到，還得為你追查到底呢！錢少不能辦事，丁老闆也一定知道的。」

「那你用什麼方法把招牌找回來？」丁旺財突然問，他愈加懷疑是杜月笙幹的了。

哪料這杜月笙神態自若：「我就對各路朋友說，誰拿了丁老闆招牌的，送回給丁老闆，丁老闆有五個大洋在我這裡，送回去了，派個人到我這裡來拿錢。我也不見這樣的偷招牌賊。兩不關連。」

「你是說要五個大洋你就能把招牌找回來？」

「不是五個，是六個。」杜月笙微笑，「一個作為我的酬勞，合理得很。如果在半個月內找不到，我就原銀退還，不要丁老闆你一文錢。」

杜月笙開出這樣的高價，分明是勒索，但丁旺財實在太在意那個譚澤闓寫的招牌，明知如此也沒有辦法，想了一會，掏出六個大洋來，交與杜月笙：「那好，月笙，這事托你辦，辦不成你可得把錢還我。」

「這個丁老闆放心，誰不知道我杜月笙講義氣。」拿了錢，揚長而去。

杜月笙一走，圍觀的市民立即議論紛紛。老塾師叫…道：「丁老闆，這個杜月笙是個不務正業的白相人呢！聽寶大店老闆說，他是偷了錢被趕出來的呢！」

有人接口：「我聽說他叫萊陽梨，是這一帶的癟三頭，我前幾天才在十六鋪碼頭看見他帶著一幫人勒榨了一個船老大的半籮筐萊陽梨！」

丁旺財一臉苦笑：「各位，你以為我不知道他是個白相人？他被寶大行歇了生意後就成了白相人了。但偷招牌這種事看來就只有這些白相人才會幹，我不找他幫忙找回來，還能找誰呀？找捕快？那些捕快可能一點不知情，也可能跟他們是一路，求他們，弄不好還要被他們勒索呢！」

「兩個大洋就可以重新做個很不錯的招牌了，」有人叫起來，「丁老闆你為何願出六個大洋來找舊招牌呢？」

「唉！那是譚五爺寫的啊！」丁旺財看那人一眼，「譚五爺是前工部尚書的公子，當今湖南咨政局議長的五弟，大書法家呢！」

「流氓！」有個中年人突然高聲道，嚇得眾人頓即愕然，一齊望過去，只聽此人又道：「原來這小子就叫杜月笙，我朋友就吃過他的虧！」

「吃了他什麼虧？」有好事者問。

「他帶人搶你朋友？」

「那還不至於。他還不敢這樣明火執仗。不過可算是暗搶。」

「搶就是公開的，怎麼暗搶？」

「你聽我說。我朋友是在十六鋪開布店的，門面不小，不久前有幾個癟三來向他乞飯錢，他就把這些人趕走了。過了兩天，這伙人竟在布店門口吵架，然後大打出手，然後互吐口水，然後互擲垃圾，打了半個多鐘頭，搞到店裡也灰塵滾滾，嚇得沒有客人來光顧。我朋友出來勸他們到別處打，他們竟一齊惡言相向。我朋友氣壞了，叫店裡伙記拿掃帚木棒趕他們走，哪知伙記還未動手，從街角突然飛過來兩包東西，用《申報》包著的……」

「一定是垃圾！」有人道。

「什麼垃圾！是大糞！你說這些癟三損不損？竟向布店裡擲大糞！弄得整間布店臭氣熏天，有些糞水還濺到了布匹上。搞到我朋友狼狽不堪，而那幾個打鬥的癟三就嘻嘻哈哈的怪笑著跑了。」

「那就清掃一番算了。」

「什麼算了！」中年人憤憤不平，「第二天，那幾個癟三又來到門前打架了，我朋友明知他們是故意搗亂，也沒辦法，只好每人給了兩個銅元，軟硬兼施勸他們走，說這兩個銅元你們拿去吃飯，別再來了，否則就要報巡捕來捉你們。這伙人才總算走了。」

「杜月笙是打架還是擲大糞？」有人問。

「都不是，他是幕後指揮，出謀劃策。打架的小癟三中有個跟我鄰居的兒子曾經是同窗，讀過幾個月私塾的，他說的，這條計是諸葛亮教的，說如果我朋友還不給錢，就鬧到他給為止。這個所謂諸葛亮，就是杜月笙。」

圍觀者頓時一片譁然。

「癟三欺負商家，什麼世道！」老塾師義憤填膺地罵了一句，踱著步走了。

這邊廂人們還是吵吵嚷嚷，那邊廂杜月笙已叫上馬祥生、爛賭六等人上了鳳翔樓大吃大喝。第二天半夜，「財記雜貨店」的招牌掛回去了。據說以後的幾個月，丁旺財每到打烊時就把招牌除下來放回店裡，到第二天開門時才敢再掛出來。以後上海灘有些新開張的店鋪半夜被人摘了招牌，到第二天自然就有白相人前來跟老闆講數，勒索到一二個大洋才算了事，相傳這都是杜月笙的「遺風」；而在店門前有意打鬧搗亂，拋垃圾擲大糞之類勒索店鋪老闆的招數，據說始作俑者也是這個杜月笙。

話說杜月笙勒榨了丁旺財六個大洋，跟手下的癟三朋友來了一番大快活。這一天，這伙人又在十六鋪一帶徘徊，尋找機會硬做生意，突然李阿三大叫起來：「月笙哥！你看！」伸手向黃浦江一指，「黃堂的船來了！」

杜月笙別頭一看，沒錯，一艘滿載水果的木船正慢慢向碼頭靠泊，黃堂站在船頭。船上另有四個船伕。

「三哥，你是想要黃堂觸霉頭？」杜月笙微笑著問。

「我是要出出上次的窩囊氣！」李阿三咬牙切齒。

「今時不同往日，這個做到不難。不過我的意思叫他觸霉頭就是了，最好別見血，免得巡捕一來，大家麻煩。三哥覺得怎樣？」

「好，月笙哥你出主意。」

杜月笙對馬世奇和另一個小癟三道：「你們快去把馬祥生、江肇銘、阿富等人叫來，記得帶上傢伙。」

過了一會兒，二十多個小流氓就聚在了一起。杜月笙低聲講了一通如何這般，最後道：「你們動手時，動作要快！」

佈置完畢，杜月笙帶頭，後面跟著李阿三等十來個流氓，一些人拿扁擔，一些人拿木棒，擁下碼頭，向黃堂的木船走去。

這時黃堂的木船已泊定，黃堂自己正坐在船頭抽水煙，等顧客上門，一看這麼伙人朝自己走來，不覺怔了怔，站起身，還未開口，只見杜月笙已拱著手對自己叫道：「黃老闆，好久沒見，近來到哪裡發財？」

黃堂認得杜月笙，更認得走在他旁邊的李阿三，心中不覺有點七上八下，聽杜月笙問得客氣，也不好不答：「有什麼財發，這幾個月是去了新開河碼頭。」

「這回到小東門來，定是有商行向黃老闆訂貨了。」杜月笙的雙手仍拱著，臉上還露出微笑來，人已走到船頭了。

「正是，張恆大等幾家水果行訂了貨，給他們送來。」

杜月笙一步跨上船頭，掏出包三砲台香煙，遞一支給黃堂：「黃老闆，試試這洋貨，味道不錯。」李阿三等人已緊跟著杜月笙紛紛跨步上船。

正所謂伸拳不打笑臉人。杜月笙如此客氣，一臉和善，後面這伙人是跟著他來的，難道你反臉把人家趕下船不成？黃堂接了煙，擦著洋火吸了一口，眼睛盯著李阿三等人。

李阿三是當紅面的，而且他也沒杜月笙裝白臉的本領，看見黃堂他就冒火，現在見對方看著自己，他也怒目相對。

「這位大三盛的老闆是想來向黃老闆進批貨。」杜月笙指了指李阿三，一臉微笑，對黃堂道。

「今天不行！」黃堂沒好氣，「船上的水果全是其他商行訂的貨。」

「他媽的我偏要進貨！」李阿三把手向上一舉再一揮，這是向自己身後的人發出信號，也是向十來個正在江邊玩水的人發出信號。

上了船的十來個流氓就向前擁，黃堂一把抄起放在船舷上的一根扁擔，打横向前一攔，同時怒喝一聲：「站住！」船上四個船伕應聲拿著扁擔從船艙、船尾衝過來。

面對這雙方對峙，杜月笙竟然神態自若，他手上仍拿著三砲台香煙，向船伕們一支支遞過去：「抽支三砲台，抽支三砲台，有話慢慢說，何必打鬥？」

黃堂怒視杜月笙一眼：「拿開！你帶來的人，叫他們下船！否則打起來，別怪我棍棒無情！」

杜月笙卻不動火：「黃老闆，你不仔細看看，你是五個人，我們這邊是十五個人！三個打一個，誰怕棍棒無情呀？」打個哈哈，「大家坐下來，慢慢說怎麼樣？」這時李阿三等人已完成了對黃堂等船伕的包圍。

「沒什麼好說！」黃堂雙眼冒火，「今天的貨誰都不賣！」

杜月笙自己點了支煙，慢慢抽起來，好像沒聽見黃堂的說話。

對峙了約三幾分鐘，木船突然微微搖晃了幾下，黃堂急忙抬頭向船尾一看，這一驚真是非同小可：只見有四五個人已爬上了船尾，還有三幾個正攀著船舷往上翻，便大叫一聲：「你們是誰！上船幹什麼！」要衝過去，但被李阿三等人橫著扁擔擋著。爬上船尾的人像根本沒聽到黃堂的高聲叫喊，只管手腳並用把放在船舷的一籮筐一籮筐水果推下踢下黃浦江。撲通連聲。

急得黃堂高聲怪叫：「我打死你們這幫小癟三！」舉起扁擔就向船尾衝，但他才一開步，擋在他前面的李阿三已高聲大叫：「你敢打人！」雙手平執扁擔直指黃堂，站在他身後的流氓也一同舉扁擔挺木棍，攔住去路。

黃堂急壞了，也知道自己中計了，對方攔在前面，後面又有七八個舉著扁擔木棍，他和幾個船伕簡直是腹背受敵，對方就是攔著，不先動手，他也不敢首先動手，只能大叫：「你們停手！你們停手！」

不過幾分鐘的時間，船尾的十多籮筐水果已被拋入黃浦江中，便聽得有人大叫：「走啦！」撲通撲通！那伙人就一個個跳入水中，潛游而去。

杜月笙這時還對著黃堂勸架：「有話好好說，別動手舞棒！別動手舞棒！」十足局外人，現在看江肇銘等人已潛游而去，沒了蹤影，便很感既地嘆一聲，「唉！這生意是做不成了！」向李阿三擺擺手，「算啦，到別的船上去吧！」說完，自己施施然先跳下船來。

李阿三也覺得該是收篷的時候了，心裡得意地叫一聲：「黃堂你這老鬼這回還不夠你受！」向大頭金剛、吊眼阿根等人一擺手：「走！這個黃老闆根本就不是做生意的！」

這伙流氓就這樣下了船，揚長而去。黃堂衝到船尾，看到損失如此慘重，只能跺腳大罵，最後向天發誓，必報此仇。

〈註一〉：

「小土」，就是印度產的鴉片煙。

當年上海灘毒霧瀰漫，名義上是禁煙，實際上，低級的煙攤，俗稱「燕子窠」的，遍佈大街小巷（上海人稱裡弄、弄堂），有的則與低級妓寨合而為一；小東門、十六鋪一帶，便是這類花煙間最為集中之地。而中級高級的煙館則或藏於賭場、中級妓院之中，或秘於娛樂場所、俱樂部之內。不知多少人在那裏斜身一躺，橫床直竹，吞雲吐霧。正如清末年間上海著名煙館南誠信牆上的一副對聯所寫：「重廉不卷留香久，短笛無腔信口吹。」又有人用另一首詩的詩句續云：「萬管玉蕭吹不斷，紫煙散作五花紋！」

當年從外面偷運進上海的鴉片，可分幾大類。印度產的，稱「小土」，也有直呼「印土」的；英國官方種的，稱「大土」；波斯灣出產的，叫「新山」；土耳其出產的，叫「金花」。國內產的，主要有雲土（雲南鴉片）、川土（四川鴉片）、廣土（廣東鴉片）。當年售價，外國進口的相當昂貴，比如，印土每兩八元至十元，而雲土只二三元，川土不及二元。一般市民用「國貨」，有錢有勢的吸「洋煙」。

〈註二〉：

「包打聽」和「三光碼子」，當年的上海灘，這兩類人在社會上可謂赫赫有名。

「包打聽」是「包探」的俗稱，租界巡捕房裏的偵探，相傳黃金榮在小東門巡捕房當了近三年巡捕，提昇為「三埭頭」，再升一級才是「包打聽」，可見其權力之大。這類人平時戴小帽穿長衫，常到茶館裏私下「辦案」，吃茶不付錢，老闆要靠他們維持市面。三光碼子是其助手，「三光」又稱「蟹腳」，也就是「爪牙、跑腿」的意思。「碼子」在上海話裏則泛指一般男性小人物，帶點狎暱的意味。比如「壽頭碼子」意為傻瓜，「朝陽碼子」指店老闆，「掃青碼子」謂剃頭匠。三光碼子則是為包打聽辦事的人，不過他們不支薪不拿餉，也上不了巡捕房的花名冊，卻在社會上形成一股勢力。他們亮起「包打聽」的名號，靠包打聽的撐腰，來抬起自己的身價，遇到雞毛蒜皮的小案子，竟可以捉人動刑，揚言「跟我到巡捕房去！」把些小偷小摸嚇得屁滾屎流。

在混亂的上海灘，有權就有財，三光碼子這類人也可以斂財，又多是幫會中人，在他們身上，可稱是「警匪合一」：既做賊，也捉賊。

〈註三〉：

「套箱」，這是一種搶土方法。當年法租界裡做煙土生意的商棧，即所謂「土行」，大多秘密設在新開河民國路一帶，取其犬牙交錯的接壤地帶，便於掩護。他們一般用煤油箱裝煙土，運進運出。搶土者動手前，先是駕著馬車，在運貨行列附近往來逡巡，待看準一個時機，就急趕上去，用預先準備好的木匣，猛地套上煤油箱，搬上馬車，再逃之夭夭。是為「套箱」。

此外還有更猖狂的搶土辦法，那就是「硬爬」。事先派人埋伏在土商的必經之途，待土商一到，蜂擁而出，公開以暴力手段搶奪。又或實施突襲，打人悶棍，謀「財」害命。當年在陸上碼頭幹這搶土生意的著名流氓團夥，先後有十六鋪的張椿寶、單阿雲、李德榮，龍嘯雲（綽號蹺腳阿雲），虹口的浦宰元，江灣的粢飯和尚，還有鐵臂膀陳長福等。徐福生是黃金榮的得意門徒，住在天后宮橋，綽號「鬧天宮」，也曾幹過這類勾當。

除陸上搶土外，還有在黃浦江上的水上行劫法：一是撓鉤，二是翻艇。

當年鴉片煙土是禁運品。遠洋輪船將鴉片帶抵上海後，土商為逃避關卡查禁，就曾採用一種秘密卸貨方式：

估準黃浦江漲潮時辰，將包裹密實的煙土一包包拋入水中，利用潮水之力量，送到江邊，再由預伏在那裡的人員撈取。當年曾有一位旅客無意中看到了這件秘密，事後曾這樣回憶道：「大輪船開進了吳淞口，我立在船頭甲板上趁風涼，忽然看見兩舷走廊，有黑幢幢的人影，忙忙碌碌，將一只只的麻袋往水裡摜。這時候有人也跑到船頭來，拿著手電筒，一閃一閃的向前面照。即刻，前面很遠的地方，又有電筒光在向輪船上一閃一閃的回應。然後輪船一逕開到碼頭，沿途就不斷的船上、江面、岸邊，電筒光暗號打過來又轉過去。後來聽說這就是接駁鴉片煙的人一路在打招呼。」不過這種偷運鴉片法實在很不保險。只要搶土者得知消息，屆時也會預先在附近埋伏，煙土一到，悄然擁出，用撓鉤鉤上便跑。是為「撓鉤」。至於「翻艇」，便是把筏子掀翻再行搶奪。其中幹得最出色的就是「水老蟲」范高頭。這類事時斷時續的已鬧了好些年。土商們被搶，損失慘重，但又不敢公開聲張，因為他們做的是違法行當。土商們只能增加人手，加強戒備，但那些見利忘命的流氓團夥並沒有被嚇住，搶土事件繼續發生，只是比以前更加重了血腥味。

〈註四〉：

這「套簽子」是種什麼把戲呢？這有三種不同的說法。一種說法是，執賭者拿一只鐵筒，內插三十二支牌九，下尖上方，如占卜的簽子模樣；賭時莊家賭客，每人各抽五支簽子，配出兩副大牌，比較大小賭輸贏。又一種說法是，執賭者拿一只鐵筒，內插十六支簽，分纏五四三二一不等的五色絲線，賭時又是莊家賭客每人各抽五支簽子，比較誰的顏色多來賭輸贏。第三種說法，是執賭者用三根一頭塗著紅、黃、藍三種彩色的簽子，向圍觀者顯示，然後用手握住有顏色的一頭，讓顧客選擇一種顏色套住另一頭，套中便贏，否則作負。這種賭法，既可賭果品（執賭者大多身旁放一個竹籃子，內裝花生糖果等賭品），也可賭現錢，押多少賠多少；賭客輸了，押銀自歸莊家。不管是如何賭法，總之是執賭者在路旁或站或蹲，騙人錢財。

〈註五〉：

據文獻記載，最早來到上海開業的妓女有兩種，一種是蘇州妓女，主要是些善於彈唱說書的藝妓；一種是民間戲班中的坤伶，是由原來的賣唱藝人逐漸轉化成公開或半公開的妓女的。到後來，當然是各式人物都有了，如舞女浪女，如生活無著落者，如為償還債務養家活口而賣身者，更多的是從貧困鄉村和人口買賣市場買來的女子，當然，也有自甘墮落者。等等。

在清朝道光以前，上海的妓女往往是標榜「賣藝不賣淫」的，妓院稱為「書寓」。鴉片戰爭前後，因為增加兵防，妓院憑藉兵丁的勢力保護，開始半公開化的賣淫。

一八六〇年，太平天國軍隊攻下上海徐家匯，縣城人心驚惶，地主富紳以至平民大量湧入租界以逃避戰禍，各處妓院也跟隨紛紛遷入租界經營，並迅速走向「繁榮」。因為租界完全受洋人的治理，業娼者不再受傳統禮儀文化的制約，加之那裡的市面又比華界繁華得多，更主要的，是洋人執掌下的租界工部局基本上不制約妓院的活動，妓院只要向它領取執照，按時交納營業稅，即可公開掛牌營業。從那時起，上海的娼妓業開始走向公開化。上海妓院開設較集中的場所，最早在東門一帶。道光後，遷入西門附近。到清末民初，也就是本故事發生的時期，妓院就主要在洋涇濱、寶善街一帶。民國時期，閘北的天通庵路一帶、十六鋪橫馬路一帶，以及虹口、八仙橋、北四川路、四馬路等處都是妓院和妓女集中的地方。據統計，在二十年代，上海妓女總數在六萬人以上。有一段時期，人數之多不但可稱全國第一，而且堪謂世界之最。她們主要來自於江蘇、浙江、廣東三省，其中江蘇最多，約佔百分之九十，浙江約佔百分之六，而廣東約佔百分之四。此外還有少數從其他地區來的。

舊上海的妓院和娼妓是分等級的，主要可分這樣幾大類：

一、書寓：這是最高級的妓院，妓女稱為「先生」，又稱「校書」、「錄事」。為什麼會有這麼古怪的稱呼呢？據考證是這樣的：在印刷術發明以前，書靠手抄，手抄難免出錯，那就要校對。校的方法是一人唱（讀）原文，稱「校書」；另一人應對抄文，叫「錄事」。由於這些高級妓女以陪酒、彈唱、說書為主，即如「校書」、「錄事」一般，便得了這種文雅的稱呼，而這類妓院也因此名「書寓」。書寓多是小規模的，裡面只三幾妓女甚或只有一名妓女而已，盡設在曲巷深處，門口掛個牌子，上書「××書寓」。這類女子用豔色招徠客人，一般不賣身；若然賣身，便索資甚巨。

二、長三：這類妓院低「書寓」一等，妓女被稱為倌人，也有稱「先生」的，賣唱也賣身。又有外出陪客制度，如某酒樓有宴會，客人可以通過酒樓安排叫妓女來應酬，這稱為「叫局」；應邀赴會，叫「出局」。鴉片戰爭後，妓院經營一步步走向明碼實價，以上兩類妓院不能再隨意索取嫖資，便大大缺乏了競爭力，以至逐漸式微，書寓更是全然湮沒。

三、么二：這類妓院多由當地流氓把頭開設，收費明碼實價。裡面的妓女大都是老鴇的「討人」或「押帳」，沒有人身自由。相傳客人留宿原來是收費二元的，故有「么二」之稱。

四、花煙間：晚清時，上海灘鴉片煙館林立，有些銷售鴉片的煙店老闆為招徠顧客，便僱用一些女子，名為給客裝煙。那些煙鬼花銀一二角錢，便在煙間裡放肆。若付足費資，裝煙女就成了秘密賣淫女。

五、釘棚：這是一種低級妓院，開在棚戶區裡，其中妓女多已年老色衰，故只在晚上暗中接客。虹口虹橋邊一帶為這類釘棚的集中地。

六、跳老蟲：這是名符其實的下等賣淫所，盛行於十六鋪、小東門一帶。老鴇們向巡捕按月交足陋規銀，便在光天化日之下公然拉客。她們坐在樓梯旁邊，嘴裡哼著《十杯酒》、《十八摸》之類的小曲，眼睛掃著行人，若見誰放慢了腳步，便大叫一聲：「來啥！」如果那人站定了腳步回頭一看，那就壞了，妓女們即時一擁而上，如捉俘虜般將這客人擒拿了上樓去。

七、鹹肉莊：這是十足的「人肉出賣所」。每到晚上，各類妓女就坐在莊內，任客人挑選，下流行話叫「斬鹹肉」。嫖客花費三至五元，莊主抽掉一半，巡捕又抽取三分之二，到妓女手中的不過一元左右。

八、野雞，又或稱「淌排」：這類妓女沒有固定妓院，也沒有營業執照，如同河邊沒有固定的木排般淌來淌去，任何人都可以撈起。她們一般在馬路上隨意拉客，又或到遊戲場中找客人。其中有些是臨時妓女，亦有還債贖身後從良者。

九、鹹水妹：那是在濱畔河邊的廣東妓女。今天的延安東路在一九一四年以前是一條河流，叫洋涇濱，是英法租界的界河：河南面是法租界，河北面是英租界。有許多以船為家的廣東妓女，便把船泊在河邊，赤著腳站在船頭上招徠客人。順便說一句，這條河流還是大名鼎鼎的「洋涇濱英語」的「發源地」，當年外國人走到洋涇濱畔，感到人地生疏、語言不通，這時便有所謂「露天通」的中國人上前搭訕，這些人大多是曾在洋行裡打過雜，在洋人家裡做過僕人的，耳濡目染，懂那麼幾個英語法語單詞，但發音既不準，語法更不通，說出來的外語簡直蹩腳得令人發笑。在應付不了時，這些人就中文洋文配合指手畫腳、手舞足蹈，叫鬼佬們終於大致明白意思為止。一時之間，洋人倒也需要這批所謂翻譯帶他們去妓院快活或到茶館酒樓做生意。於是乎「洋涇濱英語」就這樣應運而生。

十、半開門：或稱碰和台子、私寓子，亦即「開私門口」，這是一種半公開式的住家妓女，名義上她們是招呼客人打牌飲宴，合意的便上床歡度。一般說來，這種妓女是通過熟客介紹來接客，貿貿然上門者不予接待。不少有錢人玩膩了打開門做生意的妓女，便也喜歡光顧這類尤物，不過他們對此亦常心有顧忌，因為若誤中「仙人跳」局，可就苦了。

〈註六〉：

石庫門，是上海分佈最廣，數量最多，建造年代最為久遠的住宅建築，堪稱是上海的「特產」民居。據考證始建於一八七〇年左右，其總平面佈置吸取歐洲聯式住宅的毗連形式，為了充分利用地段，建造得十分擁擠，幾乎遍佈全上海大小九千餘條弄堂。誰若有興趣登上高處，朝四下一望，便可見這一排排形式相同、狹窄擁擠的二三層石庫門房屋黑乎乎的屋瓦似濁浪翻滾，看久了會令人湧起一種透不過氣的感覺。據統計，一九五〇前夕，這類房屋多達二十萬幢以上。以老式石庫門房屋為基礎的弄堂建築，至今仍是上海城市建築中的一大群落。早期的石庫門房子，其建築形式脫胎於我國傳統的四合院、三合院住宅，將門棣改為石庫門，前院改為天井，形成三間兩廂。外觀與裝修早期均帶有鮮明的中國傳統建築的色彩，如風光牆、格門、漏窗，講究的還作飛罩、掛落。後期裝修開始採用西方建築細部，成為東西方建築藝術的結合體。早期老式石庫門房屋，最初是出現在公共租界內的，圍牆較高，兩排房屋間的間距狹小，採光通風較差。較早的石庫門房屋，前有小門廳，中為小院，後來經過改革，進門就是小院子。當時的石庫門房屋多「三上三下」，即正間帶西廂。花崗石或寧波紅石的門框，兩扇烏漆大門，門內的小院，上海人喚作「天井」。樓下正中的一間是客堂，客堂的門是所謂落地長窗，後面是白漆的屏門，一般都是六扇。東西兩廂房，有前後廂房之分，客堂為扶梯，後面有灶間，俗稱「灶披間」，也就是廚房。灶間較低，而上面還有較低的一間，上海人叫「亭子間」。亭子間上為曬台。客堂上層稱客堂樓，兩面也叫廂房。

早年這種三上三下的石庫門房屋，面積有一二百坪，多在今北京東路、寧波路、天津路、廣東路東段。樓下開設商號，樓上有的作為貨棧，或是老闆的家屬居住；也有三代同堂的大戶居住。可是對於一般居戶，並不適宜，所以後來縮為二上二下和一上一下。一上一下的石庫門房子只有天井、客堂、灶間和客堂樓、亭子間，還有後門。

〈註七〉：

徐朗西在中國現代史上也算得上是一個名聲響噹噹的人物，在近代上海地區的洪幫中享有甚高的聲望。他是洪門峪雲山的龍頭大爺，陝西人，是國民黨元老于右任的同鄉、知友，在日本留學時參加了孫中山領導的同盟會，在辛亥革命中發動會黨參加革命，頗有貢獻。推翻清朝後，南京臨時政府成立時，他被孫中山任命為北伐聯軍前敵總指揮；不久南北議和，他卸職到上海創辦《生活日報》，同時從事幫會活動，而以洪門為主，收了不少弟兄。及後在民國三年（一九一四年）的倒袁運動和民國七年討伐段祺瑞的行動中，他都擔任過重要任務。到一九二七年蔣介石利用上海幫會發動「四一二」政變時，他一度隱匿，對蔣大為不滿，以後也沒當南京政府的官員，而是在上海創辦新華藝術專門學校，自任校長，並主持峪雲山會務。

〈註八〉：

上海自開闢租界以後，隨著經濟的發展、市政的逐漸完善，沿黃浦江建造了很多外輪、沿海及內河輪船裝卸貨物的碼頭。這些碼頭大多是由外商經營的，他們為了便於管理，就僱用當地一些能夠稱王稱霸的流氓頭子做包工頭。這些人多加入洪門，也有一部分是加入青幫的。這類大包工頭手下又有一幫小流氓。當年政治腐敗，動亂頻仍，再加災荒連年，大批鄉下人湧進上海灘找工作，加上當年縣城租界內的失業貧民，包工頭不愁沒人受雇做苦力。每有貨船泊岸，這些大包工頭就臨時僱用碼頭小工，把貨物從船上搬到碼頭上或搬進倉庫裡。一般行規，把頭從這些搬運費中抽取百分之六十，而真正賣勞力的搬運工卻只得百分之四十。可謂是敲骨吸髓般的榨取。一個碼頭，繁忙時可能會雇上一二百個小工，把頭的收入相當可觀，這就是油水的主要所在。大包工頭手下的小流氓往往成為小工頭、爪牙、打手，對碼頭小工實行層層的剝削壓迫。由於這些大把頭大都參加了幫會，背後又有洋人及其手下的「二鬼子」撐腰，小工們只是一盤散沙，不但無法與之對抗，而且為了保住這只飯碗，還得孝敬他們。大包工頭如此把持碼頭，久而久之，便逐漸形成一股流氓割據勢力，那就是所謂碼頭霸首（主）。比如，「三泰碼頭」屬蘇北泰川、泰縣和泰興的蘇北幫勢力，泉漳碼頭屬福建省泉州和漳州及廈門幫的勢力，甌台碼頭屬浙江省溫州和台州幫的勢力。此外還有萬裕碼頭、隆昌碼頭等，是停靠從天津、大連、青島、煙台等地來的大船的，也都各有霸首。不過這些碼頭霸主也不是固定的，流氓幫派間既相互依賴，欺負小工和老實人，又彼此爭奪地盤，大打出手，經一番械鬥而易主的事時有發生。至於南碼頭，原來是廣東潮汕幫的勢力範圍，後來這伙人跑到蘇州河外白渡橋靠頭灞一帶建立地盤，龍老官、趙大豹子和六指頭阿二等幾股流氓乘虛而入，隨後就稱霸於南碼頭一帶。光緒年間，清政府在南碼頭等沿黃浦江的主要船泊碼頭處設置了海上稽徵局，按來貨價值徵收貨物稅。開始時還做得像個樣子，到後來，這些天朝官吏們便貪污相沿成風，一個個巧立名目，對海上來貨稅上加稅，捐上加捐，弄得船商們怨氣沖天；為了少繳稅，他們就陸續把船攏靠到法租界的新開河碼頭、陸家嘴碼頭、公和祥碼頭等處卸貨，南碼頭一帶就逐漸冷落下來了。這下子就不但令稽徵局的官吏敲榨不到船商的錢財，更令以稱霸碼頭謀生活的流氓收入大減。他們豈能眼光光的看著油水往租界裡流。天朝官吏進不了租界逞威風，奈何不了洋鬼子，他們卻可以自由出入租界去爭奪利益。於是幾股流氓幫便糾合起來，幾經商議，公推龍老官為首領，決定向靠近華界、勢力又相對較弱的法租界公和祥碼頭霸首劉川開刀，要爭回自己的「既得利益」，一場流氓大戰就這樣醞釀而成。

〈註九〉：

萬木林是上海浦東高橋鎮人，父親叫萬春發，是杜月笙的姑丈，在高橋鎮擺雜貨攤維持生計，家境艱難。一八九八年，上海地區發生大地震，接著瘟疫流行，浦東一帶迅速蕭條下來，許多人跑到浦西謀生。萬家的生意因而更難做了，越加窮困。萬木林長到十一二歲時，迫於生計，告別爹娘，東渡黃浦江，在十里洋場繁華地十六鋪的一家水果店裡做學徒。

萬木林為人不大活絡，又沒文化，年紀又小，儘管「起早睏晏，賣盡氣力」，卻不但沒有出頭的日子，還要整天受老闆、店員、師兄的窩囊氣。一兩年下來，他憤而改換門庭，自己去做了銅匠鋪的學徒。有關他跟杜月笙的交情，除了是姑表兄弟外，有兩件事在癟三圈中頗為流傳：一件事是說在某年冬天，杜月笙正處落難關頭，得睡鴿子籠、孵鹹魚桶的時候，突然害了一場大病，被人送到袁珊寶的家裡。袁看他皮包骨頭，病勢沉重，奄奄一息，便急忙托人送信到高橋鄉下，萬春發得知，便托來人回上海告訴萬木林，要他去照顧表兄。於是萬木林天天去照看杜月笙，為他請醫煮藥，悉心服侍，還用自己的零用錢買水果、點心給這個表哥吃。整整一個月，從沒間斷。杜月笙竟奇蹟般地死裡逃生，心裡對這個表弟感激不已。另一件事是，杜月笙不時幹偷騙蒙搶的勾當，有時就將贓物交與萬木林保管，結果有一次被人告發，法國巡捕把萬木林捉去，但萬木林死活不肯供出杜月笙，結果被狠揍了一頓。事後杜月笙到處誇說萬木林講義氣。

萬木林生成個大腦瓜，下塌鼻子，篤頭篤腦的模樣，大家喜歡叫他「阿木林」。做小癟三時被人這樣稱呼，也無所謂了，但到他做了杜公館的總管，成為杜月笙的貼身親信，並在上海灘有了點名聲後，對這個名字就大為不滿了。為什麼呢？因為「阿木林」這個詞跟戇大、洋盤、十三點、豬頭三、冤大頭、不懂經、搞七廿三、脫藤落攀、拎不清等詞同義，是上海方言中專門挖苦諷刺不聰明、不精明的人的。在北方人中，說某人「戇」有時還有讚美的意思，但在上海人的價值觀念中，憨厚老實是沒有地位的，過去如此，今天一樣。於是萬木林就想為自己改個好名。那時候，曾為袁世凱策劃恢復帝制，後來又為民主革命奔走甚力的著名學者楊度經常出入杜公館，萬木林就請這位在中國近代史上赫赫有名的人物給自己起個新名。楊度不愧是個才子，略一思索，就將其「木」字改為「墨」字，一字之改，意味頓即大不相同。萬墨林之名因而更響，而原名反漸漸不為人知，儘管這傢伙依然幾乎是胸無點墨。

〈註十〉：

他後來的好朋友、四川軍閥兼袍哥大爺范紹增在一篇回憶錄中對此曾有這樣的描述：「當初杜月笙對這個渾名是很得意的，別人叫他，總是連聲答應；自己向人介紹，也愛用它。以後他慢慢發達起來，才沒有人當面這樣叫他。不過當年和他在一起混過的許多小流氓，在向他要錢不遂意時，還是不客氣地當面向他大叫。我在上海和他一道去四馬路會樂里妓院吃花酒時，便看到好幾次這樣的事：當他的汽車剛一停下，一群小流氓便圍過來向他伸手，他一面趕緊走，一面叫他的手下人快給錢。有時錢給少了，這些流氓便大叫：『萊陽梨，多給一點！』他的手下馬上就得加錢，才能把這群癟三打發走。我第一次看到這一情況，大為不解，怎麼這個大青幫頭子會沒有辦法對付這些人？後來馬世奇告訴我上述這一經過，我才明白原來有這麼一段歷史關係。他以後一直還保留了削水果這門手藝。」

《教父版圖》系列一之

上海教父〔上〕

The Godfathers' Land

2101

出　版　者：三誠堂出版社
發　行　人：游世龍
作　　　者：馮沛祖
封面設計：黃維君
版面構成：吳一中
登記字號：北市建一商號八八字第二二七三一六號
地　　　址：新店市僑愛四路10號
電　　　話：(02)2215-2359
傳　　　真：(02)2215-1427
劃撥帳號：19338611　三誠堂出版社
總　經　銷：貿騰發賣股份有限公司
地　　　址：台北縣永和市永和路一段69號8樓
電　　　話：(02)2231-3503
傳　　　真：(02)2231-8834
製版印刷：盛邦國際有限公司
電　　　話：(02)2789-0077
初　　　版：2000年4月
訂　　　價：全套共三冊，每冊零售價220元整

Printed in Taiwan

國家圖書館出版品預行編目資料

上海教父 / 馮沛祖作 -- 初版. --〔台北縣〕新店市：三誠堂，2000〔民89〕
冊； 公分. -(教父版圖系列；1-3)

ISBN 957-0362-23-5(上冊：平裝).
--ISBN 957-0362-24-3(中冊：平裝).
--ISBN 957-0362-25-1(下冊：平裝).

857.7　　89004653